Au cœur de la tempête

—

Le passé ennemi

RITA HERRON

Au cœur de la tempête

Traduction française de
KAREN DEGRAVE

BLACK ROSE

HARLEQUIN

Collection : BLACK ROSE

Titre original :
LEFT TO DIE

HARPERCOLLINS FRANCE
83-85, boulevard Vincent-Auriol, 75646 PARIS CEDEX 13
Service Lectrices — Tél. : 01 45 82 47 47 - www.harlequin.fr
ISBN 978-2-2804-4891-8 — ISSN 1950-2753

Composé et édité par HarperCollins France. Achevé d'imprimer en décembre 2020.
par CPI Black Print - Barcelone - Espagne
Dépôt légal : janvier 2021.

MIXTE
Papier issu de sources responsables
FSC® C108412

Pour limiter l'empreinte environnementale de ses livres, HarperCollins France s'engage à n'utiliser que du papier fabriqué à partir de bois provenant de forêts gérées durablement et de manière responsable.

1

Continue à courir. Un pied devant l'autre. Il t'attrapera si tu t'arrêtes.

Elle se toucha la tempe, là où ses cheveux étaient englués de sang. Elle avait mal à la tête. Ses souvenirs étaient confus.

Le vent hurlait et secouait les sapins, les hêtres et les chênes. Les épais flocons de neige qui tourbillonnaient dans l'obscurité achevaient de l'aveugler.

Où était-elle ? Comment s'était-elle retrouvée là ? Où aller ?

Pourquoi la pourchassait-il ?

Elle se fraya un chemin entre des sapins. Tout se ressemblait. Dans toutes les directions, les arbres étaient si près les uns des autres qu'ils bloquaient la vue. De la neige. Des branches cassées. Des buissons mouillés.

Elle tourna sur elle-même pour essayer de repérer une route, mais il n'y avait que des arbres et les montagnes qui s'élevaient devant elle.

Des pas firent crisser la neige derrière elle. Une branche se cassa et tomba à ses pieds. Elle trébucha dessus et écorcha ses mains déjà ensanglantées sur l'écorce d'un arbre. Elle tomba à genoux dans la neige. Ses vêtements trempés gelaient contre sa peau.

Elle n'avait ni manteau, ni chapeau, ni gants.

Grelottante, elle chercha un endroit où se cacher.

— C'est fini ! cria une voix grave. Tu ne m'échapperas pas !

Non !

Elle devait fuir. Son instinct lui disait qu'il la tuerait s'il l'attrapait.

Elle se força à se relever et à faire un pas, puis un autre. Elle tomba sur un sentier qui montait vers la gauche. Menait-il à une route, ou au moins à un abri ?

Un animal hurla au loin. Un coyote ? Un lynx ? Il y avait aussi des ours dans ces montagnes.

Sa botte buta contre une racine. Elle se tordit la cheville et s'agrippa à un arbre, à bout de souffle.

Elle entendit un nouveau hurlement. Plus près. Était-ce un loup ?

Elle plissa les yeux et le vit. Il y avait un grand loup gris perché sur un rocher devant elle. Il reniflait, le museau en l'air, sans doute parce qu'il cherchait une proie.

La terreur la gagna. Si l'homme ne la tuait pas, le loup risquait de s'en charger.

Elle recula le plus discrètement possible. Elle devait rester calme. Elle se força à respirer lentement. Elle recula encore de quelques pas et se cacha derrière un rocher. Elle pouvait peut-être attendre qu'il s'en aille.

Mais des pas résonnèrent de nouveau derrière elle. Alors qu'elle s'élançait pour fuir, deux mains gantées l'attrapèrent. Elle sentit un corps musclé derrière elle et une odeur masculine.

— Lâche-moi ! cria-t-elle.

Bien décidée à se défendre, elle donna un coup de coude, mais elle manqua sa cible.

— Je t'avais dit que tu ne m'échapperais pas.

Quelque chose de dur lui frappa l'arrière du crâne, puis une détonation l'assourdit.

Elle sentit une douleur fulgurante à la tempe avant de sombrer dans les ténèbres.

Fletcher – Fletch – Maverick n'aspirait qu'à passer un peu de temps avec ses frères avant d'aller se coucher. Il avait travaillé double ces deux derniers jours. Son équipe de sauveteurs enchaînait les interventions depuis qu'une grosse tempête frappait Whistler.

Il avait été demandé aux habitants de rester chez eux, d'annuler tous leurs projets en extérieur et de faire des réserves de provisions.

Cette dernière consigne avait été respectée. On ne trouvait plus de lait, de pain ni d'eau à l'épicerie. Les piles, les générateurs et les lampes de poche avaient aussi disparu des rayons.

Il y avait la queue jusque sur le trottoir chez Larry, qui tenait la boutique de vins et spiritueux.

Mais les gens refusaient de rester chez eux, comme si le mètre et demi de neige et les températures brutalement négatives qui avaient été annoncées n'étaient que de la propagande de météorologue pour provoquer la panique dans les magasins.

Les météorologues avaient vu juste, cette fois. Il n'avait pas cessé de neiger depuis la nuit précédente.

Malheureusement, la météo se trompait assez souvent pour que les gens ne s'en soucient plus. Les écoles qu'on fermait dans le Sud pour cause de chutes de neige prévues alors qu'il ne faisait que pleuvoir faisaient rire tout le pays.

Mais cette tempête était bien réelle et elle ne faisait que commencer.

Fletch grimpa sur un tabouret à la table de ses frères Jacob, Griff et Liam. Il était si fatigué qu'il réussit à peine à leur sourire.

— Tu as mauvaise mine, lui dit Griff, le pompier des quatre.

— Je le sens, grommela Fletch tandis que Liam remplissait son verre de bière.

Liam appartenait au FBI.

Fletch prit le verre avec joie. C'était sa bière préférée.

— Tu as fait du bon boulot en retrouvant ces randonneurs, hier, dit Jacob, l'aîné de la fratrie et le shérif de Whistler.

Fletch but une gorgée et mordit dans une aile de poulet avant de répondre :

— Je suis content qu'on les ait retrouvés à temps. L'un d'eux s'était cassé la jambe et devait être soigné de toute urgence.

Alors qu'il tendait la main vers son verre, son téléphone vibra sur sa hanche. Il regarda l'écran et jura.

— C'est le boulot, annonça-t-il avant de répondre.

— Une famille a disparu sur la piste, lui dit le capitaine Hanley, son patron. Je sais que tu viens de finir, Fletch, mais on a deux autres urgences. J'ai besoin de toi.

Fletch se leva et accrocha son téléphone à sa ceinture.

— Je reviens, dit-il à ses frères.

— Tu y retournes ? demanda Jacob.

Fletch acquiesça.

— Une famille disparue.

Liam demanda une boîte et un thé glacé à la serveuse.

— Emporte au moins quelque chose à manger, dit-il à Fletch.

Fletch accepta, attendit le retour de la serveuse et partit.

Une demi-heure plus tard, il était tout équipé et rejoignait ses deux collègues rangers, Todd et Danny, au début du sentier que la famille avait emprunté.

— Ils s'appellent Patterson, lui dit Todd. Il y a un père et deux garçons de sept et neuf ans. Ils viennent de Géorgie.

Où il faisait toujours beau et chaud. Ils n'étaient clairement pas dans leur élément.

La Piste des Appalaches, qui mesurait plus de trois mille kilomètres et s'étirait de la Géorgie au Maine, était bordée de parkings similaires à intervalles réguliers. Il y avait aussi des abris le long de la piste, mais il ne s'agissait que de cabanes en planches dont l'un des côtés était ouvert à tous les vents.

Les randonneurs expérimentés emportaient des tentes, de la nourriture, de l'eau, des boussoles, des cartes et des bâches pour les clouer sur les côtés ouverts des abris quand les températures devenaient dangereuses.

Elles l'étaient aujourd'hui. Fletch espérait que Patterson avait eu assez de bon sens pour s'y préparer.

Danny, Todd et lui étudièrent la carte. Il y avait des points de repère à différents endroits pour éviter aux randonneurs de se perdre ou de tourner en rond. Les arbres et les rochers se ressemblaient vite.

— En partant d'ici, ils ont pu prendre deux sentiers pour atteindre la cascade, dit Danny. Par l'est…

— Ou par l'ouest, acheva Todd. Séparons-nous.

Fletch acquiesça.

— Prenez l'est, je prends l'ouest, répondit-il.

Ils s'assurèrent que leurs radios fonctionnaient, mirent leurs sacs sur leurs dos et partirent dans des directions opposées.

Il faisait moins sept, et la température baissait encore. Les précipitations de la veille avaient glacé et la neige limitait la visibilité. Les lunettes de protection n'aidaient que jusqu'à un certain point. Fletch éclairait le sol avec sa lampe de poche à la recherche d'empreintes. Il repéra des traces de passage d'animaux, mais aucune empreinte de pas.

De temps à autre, il s'arrêtait pour appeler les Patterson et tendre l'oreille. Seuls les hurlements du vent lui répondaient.

Le faisceau de sa lampe tomba sur quelque chose de rouge. Il s'en approcha. C'était du sang. Il pouvait venir d'un animal blessé.

Ou d'une personne qui avait besoin d'aide.

Il repéra une autre tache de sang un peu plus loin. Il y en avait assez pour inciter Fletch à penser que l'animal ou l'humain était gravement blessé.

Il suivit la piste et finit par trouver une branche ensanglantée. Il scruta les environs. Il venait de repérer les traces de quelque chose qu'on avait traîné dans la neige quand sa radio sonna.

— On a trouvé les Patterson, annonça Todd.

— Quelle est la situation ? demanda Fletch.

— Le garçon de neuf ans s'est foulé la cheville, le père a une bosse et l'autre enfant est près de l'hypothermie.

On les réchauffe avant de les ramener. Une ambulance nous attendra sur le parking. On se retrouve là-bas.

— Impossible, répondit Fletch en sortant son appareil-photo de son sac pour photographier ses découvertes. J'ai trouvé des traces de sang dans la neige. On dirait qu'un humain a été traîné quelque part. Je suis la piste.

— Merde, grommela Todd. Je t'aiderais bien, mais Danny ne peut pas redescendre la famille tout seul.

— Les Patterson sont notre priorité, répondit Fletch. Ramenez-les en lieu sûr. Je vous préviendrai si je trouve quelque chose ou si j'ai besoin d'aide.

— D'accord, répondit Todd d'une voix hésitante. Sois prudent.

— Je le suis toujours.

Aucun d'eux n'aimait laisser un collègue seul dans la nature, mais c'était parfois inévitable.

Par ailleurs, ils étaient bien entraînés. Et il n'était pas question que Fletch rentre chez lui sans avoir découvert d'où venait ce sang.

À plat ventre dans la neige, elle reprit conscience, étourdie et confuse. Elle avait une horrible migraine.

Où était-elle ? Que lui arrivait-il ?

Elle fouilla sa mémoire défaillante, mais rien ne faisait sens. Des coups de feu. Une course éperdue. Une bagarre. Du sang partout…

Son nom… Comment s'appelait-elle ?

La panique la gagna. Comment s'appelait-elle ?

Un sanglot lui échappa. Ses souvenirs étaient noyés dans un épais brouillard.

Elle entendit des bruits de pas au loin. Des pas… Il la cherchait encore.

Il la tuerait, cette fois.

Elle essaya de ramper, mais ses membres étaient trop lourds.

Elle claquait des dents et respirer était douloureux.

La certitude d'être en danger tira quelques souvenirs du brouillard. Quelqu'un l'avait pourchassée. Elle avait reçu un coup.

Elle essaya encore de ramper, mais ses jambes s'enfoncèrent davantage dans la neige. Des larmes de frustration gelèrent sur ses joues.

Elle devait bouger. Se cacher.

Mais son corps ne voulait pas coopérer. La branche qu'elle essaya d'attraper pour se tirer vers l'avant était trop loin. Elle ne pouvait pas abandonner. Le froid la tuerait si l'homme ne le faisait pas.

Elle rassembla tout ce qu'il lui restait de force et réussit à ramper sur un mètre ou deux.

Elle avait mal jusque dans les os. Une bourrasque secoua les arbres, qui déversèrent un torrent de neige sur elle. Elle s'effondra.

Elle appela au secours en entendant à peine sa propre voix. Elle était terrifiée quand les ténèbres l'engloutirent.

Fletch enfonça son bonnet sur sa tête sans quitter les traces des yeux. Il marchait depuis plus d'une heure.

Quelque chose de brillant, près d'une souche, attira son attention. Il s'en approcha et s'agenouilla dans la neige pour le ramasser.

C'était une alliance.

De femme. Elle était trop petite pour un homme. En argent. Que faisait-elle là ?

Bien sûr, quelqu'un pouvait l'avoir perdue en se promenant.

Mais c'était il y avait peu de temps puisqu'elle n'était pas encore ensevelie par la neige.

Il observa les traces qui se prolongeaient. L'alliance appartenait-elle à une femme qu'on aurait traînée sur tout ce chemin ?

Une bourrasque plus violente que les autres arracha des branches qui s'abattirent autour de lui. La neige, qui tombait de plus en plus dru, allait vite recouvrir les traces.

S'il ne se dépêchait pas, il serait lui-même piégé par la tempête.

Mais la devise des sauveteurs résonna dans sa tête.

N'abandonner personne.

Si une femme était blessée et avait besoin d'aide, il devait la trouver.

Il glissa la bague dans sa poche et se remit en route en direction de la Pointe des Vautours – qui avait été nommée ainsi parce que plusieurs personnes s'y étaient suicidées, ce qui attirait les charognards.

Suivait-il une femme qui voulait mettre fin à ses jours ? Elle pouvait avoir jeté l'alliance en chemin. Mais alors pourquoi saignait-elle ? Et les marques indiquaient qu'au moins deux personnes étaient passées par là.

La tempête s'intensifiait toujours. Finalement, après avoir contourné le dernier rocher avant la Pointe des Vautours, il repéra quelque chose de sombre. Une botte ? Non : une écharpe rouge foncé.

Poussé par l'adrénaline, il courut la ramasser. Il y avait du sang dessus et des traces tout autour, comme si quelqu'un avait rampé à cet endroit.

Il était près du but. Son instinct le lui assurait.

Il balaya les environs du faisceau de sa lampe de

poche et finit par repérer un corps, à plat ventre et déjà à moitié recouvert de neige.

Une femme.

Il se précipita auprès d'elle. De longs cheveux noirs emmêlés couvraient ses épaules.

Il inspira profondément avant de tâter son pouls.

2

Fletch écarta les cheveux de la femme et posa deux doigts sur sa gorge. Elle avait la peau pâle, un visage ovale et des pommettes hautes. Elle ne portait pas de maquillage.

Elle était très belle.

Elle n'avait ni bonnet, ni gants, ni manteau d'hiver. Ses bottes n'étaient pas faites pour marcher dans la neige.

Puisqu'elle n'était pas prête à affronter ce temps, elle n'était sans doute pas venue là pour se promener – ou pour se tuer.

Il ne sentit rien.

Elle était si immobile qu'il ne la voyait pas respirer. Si elle était en vie, elle était en hypothermie. Sa peau, qui avait viré au bleu, était couverte de petits cristaux de givre.

Fletch posa ses doigts un peu plus bas en retenant son souffle. Après quelques secondes interminables, il sentit un pouls faible et irrégulier. Elle était en vie – pour le moment.

Il devait la réchauffer pour qu'elle survive, ce qui signifiait qu'il devait l'emporter dans l'abri le plus proche.

Ses cheveux étaient collés par du sang. Il examina

l'arrière de sa tête et trouva une bosse et une entaille. Soit quelqu'un l'avait frappée, soit elle était tombée et s'était cogné la tête contre un rocher.

La colère le gagna quand il découvrit des bleus sur son front et l'une de ses joues. Oui, quelqu'un l'avait frappée – et fort.

Son jean et son pull rose étaient tachés de sang et elle avait des coupures sur les mains et les bras. Il tâta doucement ses membres et fut soulagé de ne trouver aucun os cassé.

Il lui tapota les joues dans l'espoir de la ramener à elle, mais ses paupières restèrent closes. Il les souleva l'une après l'autre. Elle avait les pupilles dilatées.

— Tu t'en sortiras, chérie, murmura-t-il.

Il la prit doucement dans ses bras et partit en direction de l'abri. Le vent le bousculait. Il dut marcher lentement pour ne pas risquer de tomber.

Il finit par atteindre le sommet de la côte et voir l'abri un peu plus loin. Il était basique, mais tout valait mieux que d'être exposé aux éléments. L'adrénaline lui donna la force de parcourir les derniers mètres. Il posa la femme sur le plancher dans un coin de l'abri.

Le vent faisait tourbillonner des flocons à l'intérieur. Il s'empressa de tirer une couverture de son sac pour envelopper la femme dedans, puis une bâche, qu'il cloua aux poteaux du côté ouvert pour les protéger du gros de la tempête.

Le vent était si violent qu'il dut s'y prendre à deux fois. Quand il eut terminé, il retourna auprès de la femme, qui était toujours inconsciente.

Sa respiration était à peine perceptible. Combien de temps était-elle restée dans la neige ?

Sa radio bipa.

— Fletch, dit-il en décrochant.

— C'est Todd. L'ambulance emmène les Patterson à l'hôpital. Où en es-tu ? À toi.

— J'ai trouvé une femme inconsciente qui souffre d'hypothermie. Je l'ai emportée dans l'abri de la Pointe des Vautours. À toi.

— La météo va encore se dégrader, répondit Todd. Je t'enverrai des secours dès que ce sera possible.

— Bien reçu. Si le temps s'améliore et si elle reprend conscience, je redescendrai avec elle. Pour le moment, je vais la réchauffer et soigner quelques blessures sans gravité. Elle n'a rien sur elle qui permettrait de l'identifier. Demande à Jacob de se renseigner sur les femmes portées disparues.

— À quoi ressemble-t-elle ?

— Une trentaine d'années. De longs cheveux noirs. Dans les un mètre soixante-dix et cinquante-cinq kilos.

— Bien reçu. Je te tiens au courant.

— Merci, Todd. Terminé.

Fletch rangea sa radio, puis sortit ramasser du bois pour faire un feu dans le trou qui tenait lieu d'âtre.

Quand il eut les bras chargés, il regagna l'abri et recloua la bâche. Il fallut plusieurs minutes pour que les brindilles qu'il avait entassées prennent feu. Lorsqu'elles le firent enfin, il plaça plusieurs branches par-dessus et retourna auprès de la femme.

Elle était toujours immobile et trop pâle. Il retira son manteau pour le lui mettre, puis replaça la couverture sur elle.

Il souffla ensuite sur les flammes en espérant que

leur chaleur ramène la femme à la vie. Dehors, le vent hurlait et fouettait la bâche.

Une heure plus tard, la femme était toujours glacée. Comme il devait absolument la réchauffer, il lui retira ses vêtements mouillés, qu'il plaça près du feu, puis il se déshabilla et posa ses vêtements près de ceux de la femme.

Il étendit sa deuxième couverture par terre en guise de matelas, posa la femme dessus, s'allongea contre elle et les couvrit. Il la serra dans ses bras en priant pour que la chaleur de son corps la ressuscite.

Il était épuisé, mais il se força à rester éveillé au cas où elle reprendrait conscience et aurait besoin de lui.

Le fait qu'elle soit couverte de bleus le mettait hors de lui. Quand elle serait rétablie, il chercherait celui qui l'avait frappée et abandonnée dans la montagne pour qu'elle y meure.

Elle avait mal à la tête et ses pieds fourmillaient. Mais de la chaleur chassait progressivement le froid qui l'engourdissait.

Elle essaya d'ouvrir les yeux sans y parvenir. Ses paupières étaient aussi lourdes que ses membres.

Les bras puissants qui l'enveloppaient la ramenèrent à l'endroit le plus sûr qu'elle ait jamais connu.

Elle avait sept ans et elle était sur les genoux de son père, qui buvait son café du matin. L'odeur lui déplaisait, mais ce n'était pas grave parce qu'ils faisaient des mots croisés.

— Deuxième vertical : « Un autre mot pour la lumière dehors », murmura son père.

— Soleil ! répondit-elle en posant son doigt sur le journal.

Il fit semblant d'y réfléchir, mais elle comprit à l'éclat de ses yeux qu'elle avait raison. Quelques secondes plus tard, il écrivit le mot dans les cases.

— Tu es intelligente, gamine, la félicita-t-il.

— Celui-là était facile, admit-elle avant d'enrouler ses bras autour de son cou.

Elle adorait son père. Ils faisaient les mots croisés ensemble tous les dimanches. Pendant la semaine, ils faisaient des puzzles. Sur leur table de jeu, il y en avait un de mille pièces presque fini qui représentait un puma.

Ils terminèrent les mots croisés en moins d'une demi-heure – pas un record, mais une performance respectable – puis sa mère apparut avec un panier pour qu'ils aillent pique-niquer au bord de la rivière.

Elle plongea dans l'eau glacée et en ressortit en claquant des dents. Son père l'enveloppa dans une couverture, puis ils firent un feu de camp et regardèrent danser les flammes.

La chaleur et les crépitements du feu la firent sombrer dans un sommeil plus profond.

Alors la chaleur se dissipa. Elle avait douze ans et le vent d'hiver s'insinuait entre les poutres de leur vieille maison. C'était l'un de ces soirs où elle n'arrivait pas à s'endormir. Elle regardait le plafond et écoutait la pluie en ayant hâte que le matin arrive pour qu'elle fasse de nouveaux mots croisés avec son père.

Un bruit la fit sursauter. Était-ce un coup de tonnerre ?

Alors elle entendit sa mère crier.

La terreur la gagna. Elle entendit quelque chose se casser, puis son père crier :

— Allez-vous-en !

Il y avait un intrus dans la maison.

Après un autre cri de sa mère, elle entendit un coup de feu.

Elle se leva en étouffant un sanglot, puis elle courut se cacher dans le placard. Elle en ferma la porte derrière elle et rampa jusqu'au fond, là où ses parents rangeaient les décorations de Noël.

Des guirlandes débordaient d'un carton sur lequel était posé le sac de rubans que sa mère utilisait pour emballer les cadeaux. Le sac était déchiré et des rubans étaient tombés par terre.

Elle entendit un autre coup de feu au rez-de-chaussée, puis quelque chose tomber.

Les yeux emplis de larmes, elle enroula ses bras autour de ses genoux et s'interdit de crier. S'il y avait un intrus dans la maison, elle ne devait pas faire de bruit.

Son père avait une arme rangée dans un tiroir de la cuisine. Avait-il tiré sur des cambrioleurs ?

Elle entendit des pas, un claquement de porte et un bruit de moteur.

Et le silence revint.

Trop terrifiée pour bouger, elle se balança d'avant en arrière en attendant que ses parents viennent lui dire qu'elle pouvait sortir.

Des heures s'écoulèrent sans que personne ne vienne. Finalement, elle trouva le courage de descendre sur la pointe des pieds. Elle sentit quelque chose de collant sur la dernière marche de l'escalier.

Alors elle vit qu'il y avait du sang partout : sur les murs, la moquette…

Son père et sa mère étaient étendus par terre, les yeux grands ouverts.

Elle ouvrit brusquement les yeux. Mon Dieu ! Elle avait rêvé. Mais était-ce vraiment un rêve ?

Un filet de lumière se glissait entre les planches d'un mur de bois. Elle était couchée sur un plancher, sous une couverture.

Il y avait un homme contre elle. Non : il y avait un homme *nu* contre elle.

Elle se redressa vivement en tirant la couverture. Où était-elle et que se passait-il ?

Fletch s'assit et couvrit ses parties intimes avec son manteau. Comme toujours, il avait une érection matinale.

Mais il n'avait pas touché cette femme. Il n'était pas du genre à tirer parti d'une femme vulnérable et il n'en avait jamais vu de plus vulnérable que celle-ci. Elle était couverte de bleus et elle avait frôlé la mort par hypothermie.

Si l'alliance qu'il avait trouvée lui appartenait, c'était peut-être son mari qui l'avait frappée et abandonnée dans la montagne.

Il lut de l'horreur, puis de la colère dans ses yeux.

— Qui êtes-vous ? demanda-t-elle. Et que voulez-vous ?

Il leva les mains dans l'espoir de l'apaiser et répondit le plus doucement possible.

— Je m'appelle Fletch. Je suis sauveteur à Whistler. Mes collègues et moi couvrons cette partie des montagnes. Hier soir, on cherchait une famille qui s'était perdue dans la tempête et j'ai vu des traces de sang.

Il lut de l'hésitation dans les yeux de la femme.

Devait-elle le croire ou avait-elle été enlevée par un pervers ? se demandait-elle sans doute.

— J'ai suivi les traces et je vous ai trouvée à plat ventre dans la neige, poursuivit-il. Vous étiez inconsciente et vous respiriez à peine. On dirait que vous avez reçu plusieurs coups, dont un sur la tête.

Elle jeta un coup d'œil à ses mains encore ensanglantées, puis toucha la bosse qu'elle avait sur le front.

— C'est vous qui avez fait ça ? demanda-t-elle.

Il serra les dents et secoua la tête.

— Non. Comme je vous l'ai dit, je vous ai trouvée et je vous ai amenée ici parce que je ne pouvais pas vous porter hors de la montagne dans le blizzard.

— Alors pourquoi suis-je nue ? demanda-t-elle en serrant la couverture plus fort.

Même si son ton accusateur le blessait, il se réjouit qu'elle soit combative. C'était sans doute ce qui lui avait permis de survivre.

— Vous étiez en hypothermie et vos vêtements mouillés rendaient impossible de vous réchauffer, répondit-il. J'ai fait un feu après vous avoir amenée ici, mais ça n'a pas suffi. Le partage de chaleur corporelle est le meilleur moyen de réchauffer quelqu'un.

Quand il se leva pour s'approcher de son sac, elle tressaillit, sans doute à la vue de son corps nu.

Il aurait peut-être dû s'excuser, mais il était trop tard. Elle l'avait vu. Il l'avait vue. Était-ce vraiment un gros problème ?

Il tira son portefeuille de son sac.

Lorsqu'il se redressa, il lut de la peur dans les yeux de la femme, comme si elle s'attendait à le voir sortir une arme. Il lui tendit sa carte professionnelle.

— Vous voyez ? Je suis un ranger. Mon travail consiste à retrouver les gens qui se perdent dans ces montagnes et à les ramener chez eux.

Elle prit la carte d'une main tremblante et examina attentivement la photo.

— Je suis désolé de vous avoir effrayée, reprit-il en ranimant le feu. J'ai dit où on était à mes collègues. Soit nous descendrons de la montagne quand le temps le permettra, soit ils nous enverront des secours dès qu'ils le pourront.

— Vous m'avez sauvée ? murmura-t-elle.

Il haussa les épaules.

— C'est mon boulot.

Il tâta leurs vêtements et se réjouit de les trouver secs. Après avoir enfilé son jean et son T-shirt, il apporta ses vêtements à la femme.

— Ils sont secs, maintenant, lui dit-il.

Elle lui jeta un regard méfiant, puis lui demanda de se retourner. Il réprima un sourire. Cela lui semblait un peu absurde, mais il voulait gagner sa confiance.

— Je reviens, annonça-t-il avant de sortir de l'abri. Il recloua la bâche avant de ramasser une nouvelle brassée de bois.

Il avait maintenant de la neige jusqu'aux genoux et il en tombait toujours. Le vent était violent et la température très en dessous de zéro.

Le retour était encore trop dangereux. Il valait mieux qu'ils laissent passer le gros de la tempête.

Quand il eut ramassé autant de bois qu'il pouvait en porter, il retourna dans l'abri et refixa la bâche.

— On peut y aller, maintenant ? demanda la femme.

Les flammes illuminaient sa peau blanche. Ses

bleus avaient foncé pendant la nuit et elle avait du sang séché sur le front.

— Pas encore, répondit-il. Il fait très froid et il neige encore beaucoup.

Il posa sa charge près de l'âtre et ajouta quelques branches au feu, puis il tira deux bouteilles d'eau de son sac et en tendit une à la femme.

— Buvez ! lui dit-il. Vous devez rester hydratée.

Elle avait toujours l'air méfiant, mais elle accepta la bouteille et but une longue gorgée.

Il sortit ensuite deux barres de céréales de son sac et lui en tendit une. Il ne mangea que la moitié de la sienne et attendit que la femme ait fini pour s'asseoir en face d'elle.

— Ça va mieux ? demanda-t-il avec douceur.

— Merci, répondit-elle avant d'enrouler la couverture autour de ses épaules comme pour se protéger.

— Je vous ai dit qui j'étais, c'est votre tour, ajouta-t-il.

Elle se mordit la lèvre et regarda ses mains écorchées.

— Votre nom serait un bon début, insista-t-il. Je pourrais le transmettre à mes collègues, qui se chargeraient de rassurer votre famille.

Quand elle releva la tête, il lut du chagrin et de la confusion dans ses yeux.

L'instinct protecteur de Fletch se réveilla.

— Tout va bien, lui assura-t-il. Je ne vous ai pas fait de mal. Dites-moi comment vous vous appelez et ce qui vous est arrivé. La police retrouvera la personne qui vous a agressée et la mettra en prison.

3

Elle observa Fletch avec méfiance. La carte qu'il lui avait montrée semblait authentique, tout comme l'inquiétude qu'elle lisait sur son visage.

Mais elle fuyait un homme et n'avait aucun souvenir de ses traits. Et il était possible de se procurer de faux papiers.

Était-il vraiment qui il prétendait être ?

D'un autre côté, s'il voulait la tuer, pourquoi ne l'avait-il pas laissée dehors ? Pourquoi l'avait-il réchauffée et lui avait-il donné à manger ?

Elle serait morte d'hypothermie en quelques heures. Avait-il des intentions cachées ?

— Je ne vous ai touchée que pour vous soigner et vous réchauffer, la nuit dernière, dit-il comme s'il avait lu dans ses pensées. Je sais que vous avez peur et que quelqu'un vous a fait du mal. Expliquez-moi ce qui vous est arrivé. Je vous aiderai.

Elle se massa les tempes en cherchant désespérément des détails des dernières heures – ou jours. Depuis combien de temps était-elle dans la montagne ?

Il alla fouiller son sac, puis posa une radio devant elle.

— Voilà comment je communique avec mes

collègues, dit-il. Je vais les appeler pour vous prouver que vous pouvez me faire confiance.

Elle avait envie de lui faire confiance, mais elle ne répondit rien. Elle avait été agressée. Le bon sens lui commandait de rester prudente jusqu'à ce qu'elle comprenne ce qu'il se passait.

Il ramassa la radio et appuya sur un bouton.

— Ici le ranger Maverick, de l'unité 9. À vous.

La radio grésilla.

— À vous, répéta-t-il.

Elle entendit d'autres grésillements, puis une voix incompréhensible.

— Merde, grommela Fletch. La tempête crée trop d'interférences.

Il essaya encore plusieurs fois, de tous les coins de l'abri, sans plus de résultat.

— Je suis désolé, lui dit-il en secouant la tête. Je réessaierai plus tard, si la tempête se calme un peu. Mais j'ai informé mes collègues de notre position hier soir.

Elle voyait bien qu'il tentait de la réconforter, mais elle avait les nerfs à fleur de peau.

Il soupira et s'assit près du feu.

— À votre place, je n'aurais pas non plus confiance en moi, murmura-t-il. Mais je jure sur la tombe de ma mère que je ne vous ferai pas de mal et que je ne vous ai pas agressée.

Son ton était si convaincant et si protecteur qu'elle se détendit un peu.

— Maintenant, dites-moi comment vous vous appelez, s'il vous plaît, ajouta-t-il.

Elle réprima un gémissement de frustration.

— Je ne m'en souviens pas.

Fletch plissa les yeux.

— Quoi ? Vous ne vous souvenez pas de votre nom ?

Les longs cheveux de la femme lui cachèrent la moitié du visage quand elle baissa la tête. Il était évident qu'elle avait été agressée ou qu'elle était tombée.

— Je ne me rappelle pas ce qu'il m'est arrivé ni comment je me suis retrouvée là, murmura-t-elle.

Elle se frotta les bras et se rapprocha du feu.

— Comment est-il possible que je ne sache pas qui je suis ? demanda-t-elle.

Fletch lui offrit un sourire compatissant.

— Vous avez une blessure à la tête, répondit-il. Elle a dû vous faire perdre conscience et elle perturbe peut-être votre mémoire.

Elle se toucha la tête et grimaça.

— Vous devez avoir raison, mais je ne me souviens pas comment c'est arrivé, dit-elle d'une voix triste.

Fletch s'approcha d'elle et prit ses mains dans les siennes. Elle avait de la crasse et du sang sous les ongles, dont certains étaient cassés. On pouvait peut-être y trouver l'ADN de son agresseur.

— On dirait que vous vous êtes battue contre quelqu'un, dit-il. Vous souvenez-vous d'une altercation ?

Elle examina ses mains, les sourcils froncés, avant de répondre :

— Vous avez raison. C'est du sang.

Elle releva ses manches pour observer ses bras.

— Les bleus que vous avez sur les poignets ressemblent à des marques de corde, lui fit remarquer Fletch.

Elle regarda ses chevilles.

— On dirait que mes pieds étaient attachés aussi, répondit-elle.

Elle prit sa tête entre ses mains et laissa échapper un gémissement.

— Ai-je été enlevée ? murmura-t-elle.

— C'est possible.

Dans ce cas, son ravisseur était peut-être encore dans les bois, soit piégé par la tempête, soit cherchant à s'assurer qu'elle était bien morte.

Elle avait l'air si perdue et terrifiée que Fletch eut envie de la prendre dans ses bras, mais ç'aurait été déplacé.

— Vous êtes en sécurité, maintenant, répondit-il d'une voix calme. Je vous appellerai Jane jusqu'à ce que vous vous souveniez de votre nom. Ça vous va ?

— Comme Jane Doe, soupira-t-elle.

— Oui, sauf si vous préférez autre chose.

— Non. Jane fera l'affaire, répondit-elle en se massant les tempes.

— On vous fera soigner dès que possible. En attendant, on peut raisonnablement supposer que le coup que vous avez reçu sur la tête a provoqué une amnésie temporaire. Vous retrouverez sans doute la mémoire quand la bosse aura dégonflé. Reposez-vous, pour le moment.

— Vous êtes médecin, maintenant ? ironisa-t-elle.

— Non, mais les sauveteurs reçoivent une formation médicale.

Elle se frotta les bras.

— Comment pourrais-je me reposer alors que je ne sais même pas qui je suis ?

— Parler fera peut-être rejaillir des souvenirs, suggéra-t-il. Vous rappelez-vous des détails de votre enfance ? Un visage ? Quel est votre plat préféré ?

— J'ai fait un rêve, répondit-elle. Je crois que c'était un souvenir.

— Racontez-le-moi, l'encouragea Fletch en plaçant ses mains au-dessus du feu.

— Je devais avoir sept ans et j'étais assise sur les genoux de mon père, dans son fauteuil près de la cheminée. C'était un dimanche.

— Ça ressemble à un bon souvenir, commenta-t-il. Vous souvenez-vous du nom de votre père ? De son visage ?

Elle se pinça l'arête du nez.

— Non. Je me souviens qu'on faisait des mots croisés et qu'il y avait un puzzle commencé sur une table. Je me souviens aussi que ma mère avait préparé un pique-nique et qu'on est allés passer la journée au bord d'une rivière.

— On dirait que vous avez eu des parents aimants, dit Fletch avec un sourire encourageant.

Elle fronça les sourcils.

— C'était un bon souvenir, mais... j'ai fait un autre rêve et je crois que mes parents sont morts.

Fletch soupira.

— Je suis désolé. Que s'est-il passé ?

— Je crois que quelqu'un s'est introduit dans notre maison et leur a tiré dessus, répondit-elle tristement.

Un silence pesant s'ensuivit.

— Pensez-vous que leur meurtre ait un lien avec ce qui vous arrive aujourd'hui ? finit-il par demander.

— Ça m'étonnerait, soupira-t-elle. Si ce que j'ai rêvé est bien un souvenir, je devais avoir dans les douze ans.

— C'est dur pour un enfant, répondit-il avec compassion. Avec qui avez-vous vécu après ça ?

Elle poussa un grognement de frustration.

— Je ne sais pas. Après, c'est un grand blanc.

Un nouveau silence pesant s'ensuivit. Fletch connaissait la douleur de perdre ses parents. Les siens lui manquaient tous les jours. Parfois, il croyait entendre la voix de son père dans les bois, lui rappelant les noms des arbres ou lui indiquant les meilleurs endroits pour pêcher. D'autres fois, il l'entendait rire comme lorsque Fletch était enfant et qu'ils jouaient avec leur labrador noir, Tag.

Quant à sa mère… Il la revoyait dans la cuisine, en train de fredonner. Il repensait souvent à ses chocolats chauds, son amour des dîners en famille, ses accolades du soir et aux petits mots qu'elle mettait dans leurs boîtes à casse-croûte.

Mais il ne s'agissait pas de lui, aujourd'hui. Il s'éclaircit la voix.

— Vous souvenez-vous d'un autre membre de la famille, qui aurait pu vous porter disparue ?

Elle soupira encore.

— Je ne sais pas.

— Vous n'aviez pas de papiers d'identité sur vous quand je vous ai trouvée. J'ai fourni votre description à mes collègues au cas où quelqu'un aurait rapporté votre disparition. Mon frère est le shérif de Whistler.

Cela parut la détendre un peu.

— Il y a autre chose, ajouta Fletch.

— Quoi ?

Il tira l'alliance de sa poche pour la lui montrer.

— Je l'ai trouvée près de l'endroit où vous étiez couchée, dit-il. Vous appartient-elle ?

Jane observa l'alliance, un simple anneau en argent orné de petits diamants.

Cette bague n'était ni chère ni extravagante. C'était le genre de bague qu'elle s'imaginait choisir… Mais que savait-elle sur elle-même ?

Fletch la lui posa au creux de la main.

— Regardez-la, dit-il. Si elle vous appartient, elle fera peut-être rejaillir un souvenir. Le nom de votre mari, l'endroit où vous vous êtes mariée… N'importe quel détail peut nous aider.

La gorge serrée, elle caressa l'alliance. Sa vue se brouilla subitement et elle vacilla.

Alors une image apparut dans son esprit : une grande main d'homme, forte et rugueuse, aux ongles coupés court et à la peau mate. Il y avait un loup tatoué sur son poignet.

Il glissa sa bague à son doigt et elle leva la main pour l'admirer à la lumière et tester son poids.

Elle tourna la tête vers Fletch.

— Elle est à moi, chuchota-t-elle, au bord de la panique.

Il se contenta de la regarder calmement. C'était un homme patient, qui savait écouter – obtenir des réponses. Avait-il reçu une formation policière avant de devenir sauveteur ?

— De quoi vous souvenez-vous, Jane ? demanda-t-il.

— De la main d'un homme qui glisse cette bague à mon doigt.

— Alors vous êtes mariée ?

Elle retint un gémissement de panique.

— Je suppose, mais je ne vois qu'une main, pas le visage de l'homme.

Elle se leva pour faire les cent pas.

— Ça n'a aucun sens ! s'écria-t-elle.

— Ne soyez pas impatiente, grommela Fletch. Ça vous reviendra quand vous serez prête.

— Et en attendant ?

— En attendant, vous reprenez des forces, le temps que la tempête se calme.

Elle croisa les bras. Elle avait besoin de parler de quelque chose d'autre.

— Très bien, dit-elle. Parlez-moi de vous. Êtes-vous marié ? Avez-vous une famille ?

Il pouffa.

— Moi non, mais mon frère Jacob vient de se marier.

Comme les jambes de Jane la soutenaient à peine, elle s'assit à côté de lui près du feu. Les flammes faisaient briller les yeux de Fletch, de la couleur du chocolat. Il avait d'épais cheveux noirs et une barbe de trois jours.

Un instant, sa beauté virile la troubla. Cela pouvait être dangereux.

Mais il t'a sauvée.

Pouvait-elle lui faire confiance ?

— N'avez-vous qu'un frère ? demanda-t-elle pour briser le silence.

Il tira son portefeuille de sa poche et en sortit une photo.

— On est quatre, répondit-il en la lui montrant. Jacob, l'aîné, est le shérif de Whistler. C'est la ville la plus proche.

Il en avait déjà parlé. Et Whistler ? Y avait-elle déjà mis les pieds ?

— À côté, c'est Griff, poursuivit-il. Il est pompier. Et Liam travaille pour le FBI.

— Vous êtes tous des premiers intervenants, commenta-t-elle.

Ils étaient tous grands, bruns, musclés, avec des regards hypnotiques. Celui de Fletch l'était particulièrement. Elle avait l'impression qu'il pouvait voir jusqu'au fond de son âme.

— Oui, répondit-il en se passant la main dans les cheveux.

— C'est impressionnant, murmura-t-elle.

Il haussa les épaules.

— Notre père était le précédent shérif de Whistler, dit-il en fixant les flammes. Il y a cinq ans, un horrible incendie a ravagé l'hôpital local. Il y a eu plusieurs morts et de nombreux blessés. Mon père a aidé à évacuer et n'en est pas ressorti vivant.

— Je suis désolée, Fletch, balbutia-t-elle. Ça a dû être horrible.

— Ça l'a été, répondit-il. Jacob, qui était l'adjoint de papa, a décidé de le remplacer.

— Quelle était l'origine de l'incendie ? demanda-t-elle.

— Criminelle, répondit Fletch. Le salaud qui a fait ça court toujours. Nous essayons tous de le retrouver. Quand je fais des rondes, j'essaie de repérer des traces, au cas où il vivrait dans les bois pour échapper à la police.

Un frisson parcourut Jane.

— Ce serait une bonne cachette, lui accorda-t-elle.

— Il a gâché de nombreuses vies, dit-il en la regardant droit dans les yeux. Nous le lui ferons payer.

La solennité et la tristesse de sa voix donnèrent à Jane une envie de le toucher.

Mais un reflet attira son attention sur l'alliance,

qu'elle tenait toujours. Elle lui appartenait. Elle se souvenait qu'un homme la lui avait donnée.

Mais un mariage… Des vœux… Tout était perdu dans le grand vide de son esprit.

Fletch avait suggéré que sa bosse pouvait avoir causé son amnésie. Mais les traumatismes pouvaient aussi perturber la mémoire.

Continue à courir. Un pied devant l'autre. Il t'attrapera si tu t'arrêtes.

Et sa voix : « Tu ne m'échapperas pas. »

Était-ce son mari qui l'avait pourchassée dans les bois, blessée et abandonnée pour qu'elle meure de froid ?

4

Jane se débattit dans le brouillard de son esprit. Si elle était mariée, son mari la cherchait-il ou l'avait-il blessée ?

Les violences conjugales étaient répandues et les hommes violents pouvaient être charmants, au départ. Son mari avait-il attendu la fin de leur lune de miel pour révéler un aspect sordide de sa personnalité ?

Elle ferma les yeux à la recherche d'un visage ou d'un nom, mais elle ne réussit qu'à intensifier sa migraine. Agitée, elle alla déclouer un coin de la bâche et jeter un coup d'œil dehors.

Un océan de blanc s'étendait devant elle et le vent hurlait comme une bête blessée.

Fletch avait raison. Il était trop dangereux de se déplacer dans ce blizzard.

Pour une raison qu'elle ne comprenait pas, son instinct l'incitait à lui faire confiance. C'était peut-être à cause de sa voix rauque, ou de la tendresse qu'elle lisait dans ses yeux quand il parlait de sa famille.

Mais comment pouvait-elle se fier à quelqu'un qu'elle venait de rencontrer alors qu'elle doutait de l'homme qu'elle avait épousé ?

Pendant quelques instants, des images se formèrent au milieu des flocons.

Un homme, une femme et une petite fille, qui éclate de rire quand l'homme la soulève pour la faire tourner en l'air. La femme fait une boule de neige pour la leur lancer, ce qui provoque une bataille épique.

Jane se raidit lorsqu'elle prit conscience que c'était un souvenir de son enfance. Au moins, elle pouvait se réjouir d'avoir eu des parents aimants.

Jusqu'à ce qu'ils soient assassinés.

Son cœur se serra comme si elle venait de les perdre une seconde fois, peut-être parce que c'était le seul souvenir qu'il lui restait.

Pourquoi avait-elle oublié son nom, celui de son mari et la manière dont elle s'était retrouvée là ?

Elle sursauta quand une grosse branche tomba à quelques pas d'elle, puis elle crut voir une ombre.

Était-ce un loup ? Un ours ?

Elle crut l'apercevoir encore.

Était-ce l'homme qui l'avait blessée ? Et s'il était resté dans le coin pour s'assurer qu'elle était bien morte ?

Fletch ranima le feu en observant Jane. Que ressentait-on quand on avait oublié jusqu'à son propre nom ?

Il arrivait qu'il veuille oublier certaines choses, comme la mort de son père. En parler avait réveillé sa douleur. Il se rappela les dernières minutes qu'il avait passées avec son père. Ils avaient pris un café en ville juste avant l'incendie et parlé de l'équipe locale de football américain.

La mère de Fletch était à la maison. Elle cuisinait son fameux rôti aux petits pois et aux carottes que son père et lui réclamaient une fois par semaine. Griff avait exigé une tarte aux pêches, Liam ses biscuits et Jacob son thé glacé.

C'était une journée ordinaire. Rien ne laissait présager que Whistler allait connaître le pire jour de son histoire.

Après leur café, son père était monté en voiture avec Jacob. Ils avaient reçu l'appel presque aussitôt et Fletch avait vu passer Griff dans son camion deux minutes plus tard. Comme ils risquaient d'être tous en retard au dîner, Fletch avait décidé de tenir compagnie à sa mère. Il était rentré à la maison pendant que son père allait vers sa mort.

Il s'en voulait toujours. Aurait-il pu sauver son père s'il s'en était mêlé ?

Deux heures plus tard, alors que sa mère sortait la tarte aux pêches du four, Jacob avait appelé. Il était à peine cohérent. Il avait dit que c'était le chaos et qu'ils avaient besoin d'aide pour évacuer les patients de l'hôpital.

Fletch et Liam s'étaient précipités sur les lieux. C'était effectivement le chaos. Il y avait des lits et des patients en fauteuils roulants sur le parking. Les médecins et les infirmiers couraient d'un groupe à l'autre tandis que les pompiers arrosaient le bâtiment. Tout le monde criait.

Dès qu'ils s'étaient garés, Liam et lui s'étaient jetés dans la mêlée. Il fallait faire vite.

Une demi-heure plus tard, Jacob était sorti du bâtiment en criant leurs noms. Il portait le corps sans vie de leur père.

Un tressaillement de Jane le tira de ses souvenirs tragiques. Elle agrippait la bâche, les yeux écarquillés.

Il se précipita auprès d'elle.

— Qu'y a-t-il ? s'inquiéta-t-il.

— J'ai cru voir quelqu'un, chuchota-t-elle. Une ombre. Peut-être un homme.

Fletch l'attira derrière lui et scruta la tempête. Elle avait raison. Lui aussi crut voir quelque chose bouger à une trentaine de mètres.

Il songea aussitôt aux blessures de Jane. Si la personne qui l'avait agressée était encore dans le coin, elle pouvait les avoir suivis jusqu'ici.

Fletch s'empressa d'aller chercher son revolver dans son sac. Il lut de la peur dans les yeux de Jane quand il posa un doigt sur ses lèvres pour lui demander de ne pas faire de bruit.

Il se posta à l'entrée de l'abri, l'arme au poing, et attendit.

La terreur paralysa Jane quelques instants quand Fletch sortit son arme. Mais son instinct protecteur évident la rassura. Au moins, elle n'était pas seule pour gérer cette situation.

— Voyez-vous quelque chose ? chuchota-t-elle derrière lui.

— Un mouvement, mais je ne sais pas encore ce que c'est. Peut-être un animal ou un randonneur qui cherche un abri.

Dans ce cas, Fletch lui viendrait en aide.

Mais la tension de ses épaules prouvait qu'il craignait autre chose.

L'inquiétude de Jane s'accrut de seconde en seconde. Si elle se souvenait de ce qu'il lui était arrivé, elle pourrait fournir des informations à Fletch sur son agresseur.

Le blizzard était de plus en plus violent. Fletch se raidit tout à coup. Il avait vu quelque chose.

Alors que Jane scrutait la masse blanche, l'image d'une arme dans sa propre main lui traversa l'esprit. Elle disparut aussitôt et la laissa perplexe.

Savait-elle se servir d'une arme ? En possédait-elle une ?

Le peu qu'elle se souvenait de son père lui revint à l'esprit. Ce n'était pas un homme violent, mais il avait placé une arme dans un tiroir de la cuisine.

Elle ferma les yeux en espérant voir apparaître ses traits. Elle vit son bureau, avec le fauteuil près de la cheminée où ils faisaient des mots croisés. Une grande bibliothèque couvrait tout un mur. Elle se concentra dessus pour essayer de déchiffrer les titres des livres. Son père aimait-il les romans ? Étaient-ce des livres théoriques ?

Elle se massa les tempes et lut « Revue juridique » sur la tranche d'un grand livre noir.

Son père était-il avocat ?

Elle entendit Fletch soupirer et ouvrit les yeux.

— Qu'y a-t-il ? demanda-t-elle.

— C'est une ourse, répondit-il. Elle s'est éloignée. Elle doit chercher un endroit où hiberner.

— Reviendra-t-elle, à votre avis ? demanda-t-elle en frissonnant.

— C'est possible, mais ça m'étonnerait.

Jane se détendit et retourna s'asseoir près du feu. Sa poussée d'adrénaline céda vite la place à l'épuisement.

— Ça va ? s'inquiéta Fletch, qui était toujours près de l'entrée, l'arme au poing.

— J'ai mal à la tête et je suis fatiguée, murmura-t-elle.

— Reposez-vous, lui suggéra-t-il. Je monterai la garde et je vous réveillerai si la tempête se calme.

Elle le remercia, s'allongea et se couvrit. Les claquements du feu étaient d'autant plus réconfortants que le vent hurlait dehors.

Rassurée par la présence de Fletch, elle ferma les yeux et se détendit.

Malheureusement, ses cauchemars l'attendaient.

Le sang. Elle courait… Elle ne lui échapperait pas…

Fletch montait la garde près de l'entrée.

Il essaya sa radio plusieurs fois sans résultat. Jane avait le sommeil agité, comme si elle luttait contre ses démons – ou son agresseur.

En fin d'après-midi, Jane se redressa en marmonnant des paroles incohérentes. Elle cria « Non ! », puis elle ouvrit les yeux et jeta des regards affolés autour d'elle. Elle était encore perdue dans son cauchemar.

— Tout va bien. Vous ne risquez plus rien, murmura Fletch.

Elle tourna la tête vers lui.

— C'est Fletch, dit-il. Vous vous êtes endormie et vous avez fait un cauchemar.

Elle avait le souffle court et ne semblait pas le reconnaître.

— Je vous ai trouvée évanouie dans la neige, lui rappela-t-il. Vous vous en souvenez ?

Elle hocha lentement la tête et écarta ses cheveux de son visage.

— Vous êtes-vous souvenue d'autre chose ? demanda-t-il.

Son regard se perdit dans le vide quelques secondes avant qu'elle ne secoue la tête.

— Je vais ramasser du bois et nous préparer quelque chose à manger, annonça-t-il.

Elle ne répondit pas. Il glissa son arme dans sa ceinture, tira sa petite casserole de son sac et sortit. Après avoir balayé les environs du regard, il ramassa du bois et remplit la casserole de neige.

Il n'y voyait pas à plus de trois pas et le vent était si violent que des congères s'étaient formées un peu partout. Un bruit le fit sursauter et porter la main à son arme, mais ce n'était qu'une branche qui était tombée à quelques mètres de lui.

Il s'empressa de regagner l'abri pour s'assurer que Jane allait bien. Il sentait qu'elle s'était souvenue de quelque chose dont elle n'avait pas voulu lui parler.

Il la trouva enveloppée dans la couverture. Elle le regarda avec méfiance quand il entra.

— La radio ne marche toujours pas, lui dit-il. J'espère que la tempête se calmera dans la nuit et que je pourrai joindre mes collègues demain matin.

Il posa la casserole sur une grille au-dessus du feu, puis recloua la bâche.

Pendant que la neige fondait, il sortit deux sachets de soupe de son sac et deux tasses. Quand l'eau fut bouillante, il la versa sur les soupes et touilla. Il tendit une tasse à Jane, qui la prit d'une main tremblante.

— J'ai pensé que vous aviez faim, dit-il. Vous devez manger pour reprendre des forces.

— Vous êtes bien équipé, commenta-t-elle.

Il haussa les épaules.

— Ça fait partie de mon travail.

Il s'assit à côté d'elle et la laissa manger sans la brusquer.

— Voulez-vous parler ? demanda-t-il quand elle eut terminé.

Elle soupira et secoua la tête.

— Je suis juste fatiguée, répondit-elle.

Inquiet, il se leva et posa la main sur son front pour savoir si elle avait de la fièvre. Sa peau était fraîche.

— Ça vous ennuie si j'examine votre bosse ? demanda-t-il. J'aimerais nettoyer la blessure pour éviter une infection.

Elle l'y autorisa. Pendant qu'il allait chercher sa trousse de secours dans son sac, elle posa sa tasse et se tourna dos au feu. Il écarta doucement ses cheveux, désinfecta la plaie et fut soulagé de découvrir qu'elle n'était pas aussi profonde qu'il l'avait cru.

— Ça devrait guérir tout seul, dit-il. Vous n'avez pas besoin de points de suture.

— Tant mieux, murmura-t-elle.

Son ton était si triste qu'il eut envie de presser son épaule pour la réconforter, mais il s'écarta.

— Vous avez crié dans votre sommeil, dit-il. De quoi avez-vous rêvé ?

Elle écarquilla les yeux et resserra la couverture autour de ses épaules.

— Je fuyais un homme, mais je n'ai pas vu son visage, répondit-elle.

— Rien d'autre ?

Elle secoua la tête, puis la baissa.

Fletch l'observa en se demandant pourquoi il avait l'impression qu'elle lui mentait. Avait-elle vu quelque chose dont elle ne voulait pas lui parler ?

5

Jane faisait les cent pas dans l'abri en évitant le regard de Fletch. La peur lui avait fait faire des rêves bizarres et décousus.

Au point où elle en était, elle ne savait pas ce qui était réel et ce qui ne l'était pas.

Il y avait un tableau en liège accroché au mur du fond de l'abri. Ceux qui s'étaient arrêtés là y avaient épinglé des mots qui témoignaient de leur passage ou des messages destinés à d'autres randonneurs.

Elle lut les mots de ceux qui s'étaient réfugiés là pour se protéger des éléments ou simplement pour se reposer. La plupart des gens qui voulaient suivre la piste de la Géorgie au Maine renonçaient en cours de route.

Le terrain, les conditions climatiques, les longues journées d'isolement et l'épuisement physique étaient difficiles à supporter. L'enthousiasme pour l'aventure faiblissait face aux blessures, aux maladies, au froid et aux assauts des insectes. Plus on mangeait de barres de céréales et de soupes, plus on rêvait d'un repas chaud et d'une bonne douche.

Un message sur lequel des fleurs séchées avaient été collées en forme de cœur attira son attention. Elle esquissa un sourire en songeant que deux amoureux avaient peut-être emprunté la piste séparément en se laissant des mots doux.

Elle ferma les yeux pour chercher le visage de son mari dans sa mémoire. Si ce n'était pas lui qui l'avait blessée, il s'inquiétait sans doute pour elle. Rien ne vint.

Quand elle rouvrit les yeux, un autre mot, plus énigmatique, attira son attention :

« Je te trouverai. »

Son cœur s'affola quand la menace de son agresseur lui revint à l'esprit et elle baissa les yeux vers ses mains. Elle avait toujours du sang sous les ongles.

— Ça va, Jane ? s'inquiéta Fletch.

Elle détestait être dans le brouillard. Elle voulait des réponses. Si elle n'était pas piégée dans cet abri, elle irait trouver la police. Alors que se passerait-il ?

— On devrait prendre des échantillons du sang que j'ai sous les ongles pour les donner à la police, au cas où j'aurais griffé mon agresseur, répondit-elle.

Fletch haussa les sourcils.

— J'y ai pensé, mais je n'ai pas osé vous en parler.

Le doute envahit Jane quand elle soutint son regard. Si Fletch l'avait enlevée, il pouvait l'avoir amenée là et faire semblant de prendre soin d'elle pour gagner sa confiance.

Elle avait entendu parler de ravisseurs qui avaient isolé leurs victimes jusqu'à ce qu'elles développent le syndrome de Stockholm.

— Jane ?

Elle fronça les sourcils et se demanda pourquoi cette idée lui était venue. Elle faisait sens en théorie, mais Fletch avait examiné sa blessure avec des gestes délicats. Elle ne l'imaginait pas faire du mal à une femme. Et il lui aurait suffi de la laisser mourir de froid dans les bois, s'il avait voulu la tuer.

Des grésillements de la radio la firent tressaillir.

Fletch s'empressa de la ramasser et appuya sur le bouton de la réception.

— Ici Fletch, dit-il. À vous.

La radio grésilla encore.

— Ici Fletch. Est-ce que vous m'entendez ?

— C'est Todd, répondit un homme. Je viens aux nouvelles.

— On tient le coup dans l'abri. Que dit la météo ?

— Le blizzard est censé se calmer vers 4 heures du matin. Il fera moins froid demain.

Jane soupira. Si le temps s'améliorait, ils pourraient descendre de la montagne.

Alors que se passerait-il ?

— Jacob a appelé à propos de la femme.

Fletch jeta un coup d'œil à Jane.

— Je t'écoute, répondit-il.

— Il a dit…

Une bourrasque particulièrement violente fit trembler les murs de l'abri et tomber des branches tout autour.

— Todd ?

— Il a dit…

La phrase se noya dans des grésillements.

Fletch essaya plusieurs fois de retrouver le contact, mais en vain.

Jane frissonna. Jacob était un frère de Fletch, le shérif de Whistler.

Avait-il découvert son identité ?

Fletch réprima un juron. Jacob devait avoir découvert l'identité de Jane et savoir si quelqu'un la cherchait.

Ces informations leur auraient peut-être permis d'en savoir plus sur son agresseur.

Il essaya encore de joindre Todd sans y parvenir.

Il soupira de frustration et décida d'attendre un peu avant de faire une nouvelle tentative. Au moins, ses collègues savaient où ils étaient et Jane était en sécurité pour le moment.

— Vous avez raison pour vos ongles, dit-il. On pourrait y trouver des traces d'ADN.

— Je veux des réponses, murmura-t-elle en examinant ses mains.

Il tira un sac en plastique et un petit couteau de son sac à dos. Le couteau parut effrayer Jane.

— Vous pouvez le faire vous-même, si vous préférez, proposa-t-il en le lui tendant.

— Non, répondit-elle. Je vous fais confiance.

Il soutint son regard quelques instants avant de s'accroupir près d'elle et de prendre sa main dans la sienne. Ses doigts étaient longs et fins, et sa peau bien plus pâle que la sienne. Ses mains étaient aussi bien plus douces que les siennes. Leurs regards se rencontrèrent une nouvelle fois, puis elle baissa les yeux.

C'était une femme magnifique. Ses yeux, d'un vert très pâle, trahissaient son chagrin et son angoisse.

La libido de Fletch se réveilla. Comme elle n'aurait pas pu choisir un pire moment, il la refoula.

Il souleva un doigt de Jane et gratta doucement le sang séché et la crasse qu'il y avait sous son ongle. S'ils avaient de la chance, ils y trouveraient des cellules de peau de son agresseur.

Quand il eut fini, il lui tendit un paquet de lingettes pour qu'elle se nettoie les mains.

Elle le remercia et en employa une autre pour se laver le visage et la gorge. Fletch ne s'aperçut qu'à cet instant qu'elle avait aussi des bleus sur la gorge, comme si quelqu'un avait essayé de l'étrangler. Il y avait des traces de doigts bien visibles.

Salaud ! Il fallait être lâche pour s'en prendre à une femme.

Il essaya de contrôler sa colère. La strangulation pouvait avoir des effets secondaires dangereux qui n'étaient pas perceptibles immédiatement.

Jane s'adossa à un mur de l'abri, plia les jambes et enroula ses bras autour de ses genoux.

— Parlez-moi de votre famille, dit-elle.

— Il n'y a pas grand-chose à dire, répondit-il parce qu'il n'avait jamais été un grand bavard.

— S'il vous plaît, insista-t-elle. Ça me distrait.

Il inspira.

— Avez-vous une piste sur le pyromane dont vous m'avez parlé ? demanda-t-elle avant qu'il n'ait trouvé quoi dire.

— Pas vraiment. Une femme qui s'appelle Cora Reeves a accouché d'une petite fille la nuit de l'incendie. Comme sa fille a été enlevée juste après sa naissance, on a pensé que l'incendie pouvait être une diversion.

Jane écarquilla les yeux.

— Et c'était le cas ?

Il secoua la tête.

— Cora et son mari ont divorcé, mais Cora est restée à Whistler. Elle n'a jamais cessé de chercher sa fille.

— Je la comprends. L'a-t-elle trouvée ?

Fletch esquissa un sourire.

— Il y a quelques mois, répondit-il. Elle croyait qu'une petite fille de son école était la sienne et mon frère l'a aidée. Elle avait raison.

— Et qui l'avait enlevée ?

— Une certaine Hilary. Elle était amoureuse du mari de Cora et elle espérait que la disparition de leur fille briserait leur mariage. Ça a marché. Ils ont divorcé et le mari de Cora a épousé Hilary.

— Savait-il ce qu'elle avait fait ?

— Non. Il a été choqué quand il l'a découvert.

— Qu'est-il arrivé au bébé ? demanda Jane.

— La petite a été adoptée. Quand Cora a commencé à s'intéresser à la fillette de son école, Hilary a tué sa mère adoptive et essayé de tuer Cora. Après avoir sauvé Cora et l'enfant, Jacob a épousé Cora. Ils élèvent sa fille ensemble.

— Alors cette histoire se finit bien, murmura Jane.

Il entendit de la tristesse dans sa voix. L'histoire de Jane aurait-elle aussi une fin heureuse ?

Il se jura de faire tout son possible pour que ce soit le cas.

Pour se distraire de ses problèmes, Jane demanda d'autres informations à Fletch sur sa famille.

Même s'il n'était clairement pas bavard, elle réussit à le faire parler de son enfance avec ses frères et de la vie à Whistler.

Il lui parla du mariage de Jacob et de Cora, qui s'était déroulé en plein air.

— C'était sans chichi, dit-il. Cora voulait des fleurs de son jardin et des tables de pique-nique.

Son mariage était censé être le plus beau jour de

la vie d'une femme. Pourquoi Jane n'avait-elle aucun souvenir du sien ? Même le plus petit détail aurait pu l'aider à retrouver le nom de son mari ou l'endroit où ils vivaient.

— Et la musique ? demanda-t-elle.

Fletch haussa les épaules.

— Je joue un peu de guitare, alors Jacob m'a demandé de m'en charger.

Elle trouva son timide assentiment attendrissant.

— J'aimerais vous entendre jouer, un jour, dit-elle.

Il la regarda droit dans les yeux, mais il ne fit aucune promesse. Comment aurait-il pu, alors que son esprit n'était qu'un champ de ruines ? Elle ne pouvait pas reprendre le cours de son existence avant de savoir ce qu'elle fuyait.

— Vous devriez vous reposer, suggéra Fletch. J'essaierai régulièrement la radio. Avec un peu de chance, on pourra se mettre en route demain matin.

Elle se coucha sous la couverture et ferma les yeux. Le lendemain lui apporterait peut-être des réponses. Au moins, elle se sentait un peu plus forte. Elle avait moins mal aux bras et aux jambes, et sa migraine avait diminué.

En s'endormant, elle repensa à ce que Fletch lui avait dit sur sa famille. Il lui avait dépeint une famille unie et aimante. Ses frères et lui se retrouvaient au moins une fois par semaine et il leur arrivait de travailler ensemble.

Elle se souvenait que ses parents étaient morts, mais avait-elle un frère ou une sœur ? Elle repensa aux mots croisés, au pique-nique… Elle ne voyait pas d'autre enfant dans le paysage.

Elle finit par s'endormir, mais ses rêves furent embrouillés et perturbants. Elle revit son père…

Ils avaient fini le puzzle et elle allait aider sa mère à faire des cookies. Le téléphone avait sonné et son père avait répondu.

— Le procureur général a passé un accord. Perpétuité, sans possibilité de libération sur parole.

Son père était-il un avocat ? Non : un juge.

Alors elle revit la nuit du meurtre de ses parents.

Des policiers prenaient des photos. Les corps de ses parents étaient encore dans le salon. Sa mère avait un bras tendu vers son père, comme si elle essayait de l'atteindre.

Son père, mort, ne pouvait plus rien pour elle.

Alors elle vit d'autres corps ensanglantés.

Un homme et une femme qui n'étaient pas ses parents. Il y avait du sang par terre, sur un couvre-lit blanc et sur les murs. La femme avait un bras tendu vers son mari comme si elle essayait de l'atteindre…

Puis un autre couple.

Des visages différents, une chambre différente… Le couvre-lit était jaune et couvert de sang. Les yeux de la femme étaient ouverts…

L'image s'effaça et elle revit l'homme qui avait un tatouage sur le poignet.

Un loup. Elle vit sa main glisser la bague à son doigt, puis se poser sur son torse d'où jaillissait du sang. L'homme tomba en arrière et s'affala contre un mur.

Sa propre main… tenait une arme et tremblait.

Elle se réveilla en sursaut, le souffle court. Pourquoi rêvait-elle de cadavres ? Qui étaient ces couples ? Étaient-ce des souvenirs ?

Et l'homme au tatouage… Son mari. L'avait-elle tué ?

6

Jane s'était souvenue de quelque chose qui l'avait perturbée.

Fletch en était certain. Elle tremblait et ses pupilles étaient dilatées. Dans son sommeil, elle avait marmonné des choses incompréhensibles, s'était agitée et débattue comme si elle repoussait un agresseur.

Il avait songé à la réveiller pour l'arracher à ses cauchemars, mais il s'était abstenu parce qu'il avait espéré que des détails lui reviendraient.

N'importe quoi qui pourrait les aider à mettre la main sur le salaud qui l'avait attaquée.

Elle était réveillée, maintenant. Elle fixait le feu, les bras enroulés autour des genoux.

Il avait envie de l'interroger, mais il sentait que ce serait une erreur. Au moins, Jacob aurait peut-être des réponses à leur fournir s'ils réussissaient à joindre ses collègues le lendemain.

Un bruit le fit tressaillir et tendre l'oreille.

Jane releva la tête.

— Qu'est-ce que c'était ? demanda-t-elle.

Fletch identifia les différents sons à l'extérieur.

— Le vent et des branches cassées, répondit-il.

Elle soupira de soulagement, puis s'allongea dos à

lui. Fletch eut envie de la réconforter, mais elle avait besoin d'espace.

Il avait aussi envie de s'assurer qu'il n'y avait personne dehors.

— Je vais ramasser du bois, annonça-t-il.

Il glissa son arme dans sa ceinture, mit ses gants et décloua un coin de la bâche. Une fois dehors, il mit la capuche de son manteau et balaya les environs du regard. Le vent et la neige le fouettaient. La température avait encore baissé.

De nuit, le paysage semblait plus désolé et sinistre. Des glaçons affûtés comme des couteaux pendaient des branches et la neige gelée craquait sous ses pas.

À une trentaine de mètres de l'abri, il repéra les traces d'un animal. Heureusement, elles s'éloignaient de l'abri. Il se fraya un chemin au milieu d'un bosquet et découvrit d'autres empreintes.

Elles étaient partiellement effacées par le blizzard, mais elles semblaient humaines.

Il savait que quelques solitaires vivaient dans les bois. Certains étaient des sans-abri qui avaient décidé de fuir la civilisation, d'autres avaient des problèmes psychiatriques.

L'un d'eux se faisait appeler Joe le Sans-abri. Il portait tout ce qu'il possédait et vivait de chasse et de cueillette. Cela faisait déjà dix ans qu'il survivait dans la montagne. Fletch connaissait aussi un homme d'une soixantaine d'années qui vivait dans une cabane avec sa femme de quarante ans. Elle prétendait voir les morts, ce qui leur rendait impossible de vivre normalement.

Il y en avait peut-être d'autres, qui fuyaient la police.

Dont peut-être le pyromane qui avait tué son père.

Fletch espérait toujours retrouver ce salaud. Malheureusement, comme il n'avait aucun indice, il l'avait peut-être déjà croisé sans savoir que c'était lui.

Il balaya le sol de sa lampe de poche et repéra d'autres empreintes. Elles étaient grandes. Ce n'étaient pas celles de Joe le Sans-abri, qui était un homme de petite taille et qui boitait.

Fletch continua à avancer et entendit un bruit. Des glaçons se brisèrent au-dessus de lui. Il se protégea la tête, puis il prit la direction de la Pointe du Corbeau. Un autre bruit le fit s'arrêter net. Alors il vit une autre grande empreinte.

C'était l'empreinte d'un homme qui portait des bottes.

S'agissait-il d'un marginal ou de l'agresseur de Jane ?

Le lendemain, le retour de Fletch réveilla Jane. Il était rentré tard la nuit précédente, l'air perturbé. Quand elle l'avait interrogé, il avait prétendu être juste fatigué. Il lui avait aussi dit qu'il avait vu une ombre, mais que ce n'était qu'un animal sauvage.

Elle le regarda faire bouillir de l'eau pour leur préparer du café. Sa barbe naissance ajoutait à son charme rustique. Il avait vraiment l'air à sa place dans la montagne.

Il devait aussi être fougueux et sauvage entre des draps.

Que lui arrivait-il ? Ce n'était vraiment pas le moment de penser au sex-appeal de Fletch.

— Désolé, le café n'est pas très bon, grommela-t-il.

— Au moins, il est chaud, répondit-elle même si elle aurait été prête à tuer pour un *latte*.

Il lui tendit une barre de céréales qu'elle se força

à manger lentement. Elle s'était rendu compte que Fletch les rationnait.

— Merci pour tout, murmura-t-elle. Je n'aurais pas survécu sans vous.

Il haussa les épaules.

— J'ai fait mon travail, c'est tout.

Dans ce petit abri éclairé par les flammes, elle se sentait presque en sécurité, comme si elle n'avait pas un tueur aux trousses.

Il mangea sa barre de céréales et but son café avant d'essayer la radio une nouvelle fois. Les grésillements qu'elle émit lui firent serrer les dents, mais il réussit à joindre son équipe quelques secondes plus tard.

— Conditions météo ? demanda-t-il.

— La tempête s'éloigne. Le vent tombe et la température monte. Elle devrait repasser au-dessus de zéro vers midi.

Jane se massa la nuque. Elle était impatiente de regagner la civilisation et plus encore d'avoir des réponses.

— Veux-tu qu'on vous envoie une équipe ? demanda le collègue de Fletch.

— Non, on peut se débrouiller, répondit Fletch. Je vous rappellerai si on a besoin d'aide.

— Prenez la piste du sud-ouest, conseilla l'autre homme.

— Bien reçu.

Fletch hésita un instant avant de demander :

— Avez-vous des nouvelles de Jacob ?

— Oui. Il épluche les déclarations de disparitions dans l'État et il veut qu'on le tienne au courant de ta situation.

— Dis-lui qu'on va bien pour le moment.

— Pour le moment ? Il y a un problème ?

— La femme a été attaquée, répondit Fletch. Je ne sais pas si son agresseur est encore dans le coin, mais on sera vigilants.

Fletch mit fin à la conversation et se tourna vers elle.

— On est à environ douze kilomètres du début de la piste à Whistler. Je sais que vous êtes encore faible. Pensez-vous pouvoir faire au moins une partie du trajet ?

Elle se leva et s'étira.

— Oui. Je me sens plus forte, maintenant.

Elle devait juste trouver le courage de découvrir qui voulait sa mort et pourquoi il y avait des cadavres dans ses rêves.

Fletch l'encouragea à boire de l'eau pendant qu'il décrochait la bâche et rangeait ses affaires, puis il lui tendit des gants, un bonnet et son manteau.

— Je ne peux pas prendre votre manteau, protesta-t-elle.

— Je suis habitué au froid, répondit-il en sortant une veste plus fine de son sac. Si vous vous sentez faible ou étourdie, dites-le-moi. J'appellerai des renforts.

— Ça ira, lui assura-t-elle.

Le froid lui fit l'effet d'une gifle dès qu'elle sortit de l'abri. Elle ferma le manteau de Fletch et sautilla pour réchauffer ses muscles, puis le suivit. Il écarta les branches qui se trouvaient sur leur chemin et l'avertit quand le sol était instable. Les bottes qu'elle portait n'étaient pas faites pour marcher dans la neige, mais elle maintint l'allure en s'agrippant à des arbres ou des rochers.

Chaque pas la rapprochait de la civilisation – et de la vérité.

Une odeur déplaisante lui fit froncer le nez au détour d'un bosquet. Une bande de vautours tournoyait un peu plus loin.

— Il doit y avoir une charogne, dit Fletch. Je vais vérifier.

Elle resta sur ses talons et accepta la main qu'il lui tendit quand la pente devint plus raide. Ils atteignirent un promontoire et Fletch tendit le bras devant elle pour l'empêcher d'aller plus loin.

Une seconde plus tard, elle repéra l'animal ensanglanté en contrebas.

— C'est un loup, dit Fletch.

L'image d'un loup perché sur un rocher traversa l'esprit de Jane.

Elle tomba dans la neige, certaine qu'il allait l'attraper.

Puis elle entendit une détonation.

Le souvenir fut si vivace qu'elle crut entendre la détonation une deuxième fois et tressaillit.

— Qu'y a-t-il ? s'inquiéta Fletch.

— L'homme… Je suis tombée… Il était derrière moi et il a tué le loup.

— Il vous a sauvée du loup ? demanda Fletch, l'air surpris.

— Je ne sais pas si c'était son intention. Il m'a attrapée par-derrière, il a tiré, puis je me suis évanouie, répondit-elle avant d'effleurer sa tête. Il m'a frappée avec son arme.

— Avez-vous vu l'arme ? demanda Fletch.

Elle secoua la tête.

— Non. Mais la balle est passée si près de ma tête que j'ai cru un instant qu'il m'avait tiré dessus.

Elle réfléchit avant d'ajouter :

— Je ne comprends pas. S'il veut ma mort, pourquoi ne m'a-t-il pas simplement mis une balle dans la tête ?

C'était une bonne question, songea Fletch. Si l'homme voulait la tuer et s'il était armé, pourquoi ne lui avait-il pas tiré dessus ? Il envisagea différentes théories.

— Il ne voulait peut-être pas laisser de traces, répondit-il. Une balle peut permettre d'identifier une arme. Vu la météo, il espérait peut-être que vous mourriez de froid et que ça passe pour un accident.

— Ça tient debout.

Mais cela laissait de nombreuses questions sans réponse.

— Vous vous sentez capable de continuer ? demanda-t-il.

Jane acquiesça. Même s'il connaissait bien le terrain, il se servit de sa boussole et consulta plusieurs fois sa carte pour s'assurer qu'ils ne s'égaraient pas.

À un embranchement, il montra à Jane un sentier qui descendait brutalement.

— C'est le chemin le plus court, mais il est trop dangereux, expliqua-t-il.

Jane se contenta de hocher la tête. Ils poursuivirent en silence entre les buissons et les tas de neige tombée des arbres. Le vent cassait encore des branches, mais il ne neigeait presque plus, et la température s'élevait.

Fletch s'arrêta tous les kilomètres pour s'assurer que Jane allait bien et l'encourager à boire de l'eau.

Le chemin qu'ils suivaient n'était pas très pentu, mais ils devaient avancer prudemment. Les bottes de Jane avaient des semelles plates qui n'étaient pas adaptées au terrain. Il dut la retenir à plusieurs reprises pour l'empêcher de tomber.

Ils finirent par atteindre l'abri situé près d'un endroit baptisé la Saillie rocheuse.

— Reposons-nous un moment, suggéra-t-il.

Quand elle s'approcha de l'abri, elle s'arrêta, s'appuya contre le mur et blêmit.

— Qu'y a-t-il ? s'inquiéta-t-il.

— Cet endroit me dit quelque chose, murmura-t-elle.

Il tira sa lampe de poche de son sac et entra. Il repéra aussitôt des cordes et un chiffon ensanglanté dans un coin.

— Il m'a amenée ici, chuchota Jane. Ces cordes… Il m'a attachée et bâillonnée.

— De quoi d'autre vous souvenez-vous ? demanda-t-il.

— Qu'il m'a traînée dans la neige. Je me suis évanouie plusieurs fois. Quand j'ai repris conscience dans cet abri, j'étais seule.

— Pourquoi vous avoir amenée ici ? balbutia Fletch.

— Je n'en sais rien, répondit-elle en s'approchant lentement des cordes. Quand je suis revenue à moi, je ne savais pas où j'étais. Je savais juste que je devais m'enfuir.

— Que s'est-il passé ensuite ?

Jane s'accroupit, ferma les yeux et se massa les tempes.

— Je me suis détachée, puis j'ai entendu un bruit dehors. Il revenait.

Plusieurs scénarios – tous inquiétants – vinrent à l'esprit de Fletch.

Pourquoi son agresseur l'avait-il amenée ici ? En attendant de recevoir une rançon ?

Les parents de Jane étaient morts, mais il pouvait y avoir d'autres membres dans sa famille…

Les autres possibilités étaient encore plus sinistres.

L'homme pouvait être un psychopathe qui voulait la violer ou la torturer…

Jane s'en voulait de ne pas retrouver d'autres souvenirs de l'homme qui l'avait attaquée.

— Je vais prendre des photos et emballer les cordes et le chiffon, annonça Fletch. Si on a de la chance, on y trouvera l'ADN de votre agresseur.

Elle se massa les poignets en essayant de revoir la scène.

Elle avait mal aux doigts et elle se cassait les ongles en essayant de dénouer la corde. Elle devait se dépêcher. Il pouvait revenir à tout instant. Elle arracha le bâillon, puis se détacha les chevilles. Elle se cassa encore un ongle, poussa un cri de frustration et s'en voulut parce qu'il risquait de l'entendre.

— Jane ?

Fletch fit voler son souvenir en éclats.

— Êtes-vous prête à continuer ou voulez-vous vous reposer ? demanda-t-il.

Un frisson la parcourut. Elle ne voulait pas rester une minute de plus dans un endroit où elle avait été séquestrée. Il y avait du sang entre deux lattes du plancher, à un endroit où un clou dépassait. Elle avait dû se servir de ce clou pour scier la corde qui lui liait les mains.

Fletch sortit un papier de sa poche et l'épingla au tableau en liège. C'était un article sur l'incendie de l'hôpital de Whistler. Il écrivit « Je te trouverai » dessus.

C'était donc lui qui avait laissé le message qui avait attiré l'attention de Jane dans l'autre abri.

— J'en mets dans tous les abris, expliqua-t-il, les sourcils froncés. Si le pyromane se cache dans la montagne, je veux qu'il sache que je le cherche.

— Je vous comprends, murmura-t-elle. Allons-nous-en.

Fletch rangea la pochette dans laquelle il avait mis les cordes et le chiffon dans son sac, puis la rejoignit dehors. Le vent était moins violent et les glaçons qui pendaient des branches commençaient à fondre.

Ils se remirent à slalomer entre des arbres et des tas de neige.

Un kilomètre plus loin, ils atteignirent un promontoire qui dominait un canyon.

— C'est magnifique, murmura-t-elle.

Les mâchoires de Fletch se crispèrent.

— Mon père nous amenait camper ici pendant l'été, mes frères et moi. C'est lui qui m'a enseigné les règles de base de la survie dans la nature.

— Il doit beaucoup vous manquer.

— Tous les jours, reconnut Fletch. C'est pour ça que je traque celui qui l'a tué.

— Vous finirez par le trouver, répondit-elle.

Fletch était le genre d'homme qui tenait ses promesses – le genre d'homme sur lequel une femme pouvait compter.

Son mari était-il de la même trempe ?

Alors qu'ils contournaient un grand rocher, elle entendit un bruit derrière eux. Quelqu'un les suivait.

Fletch porta sa main à son arme. Jane entendit un

coup de feu et une balle passer près de sa tête avant qu'il n'eût dégainé.

Fletch la poussa et elle tomba à genoux alors qu'un deuxième coup de feu retentissait.

Fletch tomba près d'elle en grognant. Une seconde plus tard, elle comprit qu'il avait été touché.

7

— Vous êtes blessé, chuchota Jane en rampant derrière le rocher.

— Juste à la jambe. Ne vous relevez pas.

Fletch essaya d'attraper son arme, qui lui avait échappé quand il était tombé, puis avait glissé dans un buisson.

Une balle ricocha près de sa main, qu'il s'empressa de retirer. Son sang coulait dans la neige comme une rivière et il avait blêmi.

La panique gagna Jane. Et si la balle avait touché une artère ?

Son cœur s'affola. Comme elle était plus près de l'arme, elle roula sur le ventre et tendit la main. Elle entendit des pas derrière elle et quelqu'un se jeta sur elle avant qu'elle n'ait touché le revolver.

Elle donna un coup de coude et atteignit l'homme dans le plexus. Il jura, la frappa à la tempe et se coucha sur elle. Elle se débattit de toutes ses forces jusqu'à réussir à le repousser. Alors qu'elle essayait encore d'atteindre l'arme, il enroula ses mains autour de sa gorge.

Elle lui donna un nouveau coup de coude, des coups

de pied et enfonça ses ongles dans ses mains, mais il serra plus fort. La vue de Jane commença à se brouiller.

Elle refusait de laisser ce fou la tuer. Fletch avait besoin d'elle.

La rage lui donna la force d'arracher les mains de l'homme de sa gorge. Fletch grogna, essaya de se lever et retomba. Malgré sa faiblesse, il rampa vers elle.

L'homme la souleva par les épaules et la plaqua contre le rocher. Elle s'y cogna la tête et resta étourdie quelques secondes.

Alors que le monde tanguait, Fletch saisit l'homme, qui la lâcha le temps de donner un coup de pied dans la jambe blessée de Fletch. Fletch hurla de douleur et s'effondra dans la neige.

Jane savait qu'elle devait agir vite. Elle roula sur le côté, ramassa l'arme et la leva.

Alors qu'elle essayait de viser, l'homme brandit son arme et tira. Elle fut plus rapide. Elle esquiva, tira à son tour et atteignit l'homme entre les deux yeux.

Un jet de sang éclaboussa la neige avant qu'il ne tombe à la renverse et ne bascule dans le vide pour aller s'écraser dans le canyon en contrebas.

Fletch essaya d'ouvrir les yeux.

Il entendit un cri étouffé et chercha Jane du regard. Elle s'était approchée de la falaise et regardait en bas. Était-elle blessée ?

— Jane ! appela-t-il.

Que lui était-il arrivé ? Il avait lutté contre l'évanouissement pendant qu'elle affrontait ce salaud.

Et elle s'était battue comme une tigresse.

Les questions se bousculèrent dans l'esprit de Fletch. Elle s'était battue comme quelqu'un qui avait de l'entraînement. Elle avait aussi manié son arme comme une professionnelle. Où avait-elle appris à se servir d'une arme ? Avait-elle été dans l'armée ? Appartenait-elle aux forces de l'ordre ?

— Jane ? appela-t-il encore.

Elle tourna la tête vers lui, puis elle baissa l'arme et vint s'agenouiller auprès de lui.

— Ça va ? lui demanda-t-il.

Elle acquiesça, les yeux encore écarquillés par le choc.

— Il est mort, dit-elle.

— L'avez-vous reconnu ? Est-ce l'homme qui vous a attaquée ?

— Je ne sais pas, murmura-t-elle.

Fletch leva péniblement une main pour la poser sur son bras. Elle tremblait comme une feuille.

— Vous n'aviez pas le choix, dit-il au cas où elle se serait sentie coupable. C'était de la légitime défense.

— Je sais.

Elle garda son air égaré quelques secondes, puis se ressaisit subitement.

— Nous devons nous occuper de votre blessure, dit-elle.

Elle mit le cran de sûreté de son arme avant de la ranger dans son sac, puis elle trouva la trousse de secours et en sortit une bande pour l'enrouler autour de sa jambe.

— Allons dans un abri pour que je vous soigne mieux que ça, dit-elle avec assurance.

Elle avait raison. Son sang risquait d'attirer un animal.

— J'appellerai les secours quand on y sera, répondit-il.

Il perdait beaucoup de sang, mais il était bien décidé

à ne pas s'évanouir avant qu'ils n'aient atteint l'abri. Aussi forte que soit Jane, elle ne pouvait pas le porter.

Elle l'aida à se lever et glissa un bras autour de sa taille. L'orgueil de Fletch en souffrit, mais il n'était pas stupide. Ils devaient s'entraider pour survivre.

— L'abri le plus proche est à six cents mètres environ, dit-il en lui indiquant la direction.

— Pensez-vous pouvoir l'atteindre ?

— Ne vous en faites pas pour moi. Ça ira.

Fletch mit un pied devant l'autre en serrant les dents et en restant vigilant, au cas où il y aurait un autre tireur dans le coin.

Jane avança sans rien dire avec un air déterminé. C'étaient sans doute sa ténacité et son courage qui lui avaient permis de survivre jusqu'ici.

Ils finirent par atteindre l'abri. Il s'y effondra en mobilisant toute sa volonté pour rester conscient, au cas où l'homme qui les avait attaqués aurait un complice.

Jane sortit la trousse de secours du sac et lui tendit la radio. La communication passa à la seconde tentative.

— Ici Fletch. Un tireur nous a attaqués alors qu'on descendait avec Jane Doe. J'ai pris une balle dans la jambe. Jane Doe va bien pour le moment. À vous.

— Es-tu gravement blessé ? s'inquiéta Todd.

— J'ai perdu du sang, mais ça ira. La balle n'a pas touché d'artère. À vous.

— On t'enverra une équipe médicale dès qu'on pourra. Malheureusement, tout le monde est sur le terrain pour le moment. Le blizzard a fait des dégâts. Il y a des adolescents coincés au nord du pic du Pigeon, un avion de tourisme s'est écrasé dans la zone est et il y a eu une avalanche près de Whistler. On est encore en train de dégager les victimes.

Jane découpait la jambe de son pantalon en lui jetant des coups d'œil inquiets. Le tissu était imprégné d'un mélange de sang, de neige et de terre.

— Préviens Jacob, dit-il à Todd. Il trouvera le corps de notre agresseur en contrebas de la Saillie rocheuse. C'était de la légitime défense.

Il préféra ne pas préciser que c'était Jane qui avait tiré.

— Bien reçu, répondit Todd. Si tu as besoin d'un hélicoptère, préviens-moi.

— C'est promis.

Fletch raccrocha et posa la radio tandis que Jane examinait sa blessure. Il se redressa sur les coudes pour mieux y voir.

— C'est profond ? demanda-t-il.

— Pas trop, répondit-elle. Environ cinq centimètres, je dirais.

— Vous devez retirer la balle.

Elle secoua la tête.

— Je ne suis pas médecin. Je ne crois pas avoir de formation médicale, en tout cas.

— Ce n'est pas nécessaire, répondit-il. Vous avez entendu mon collègue. Ils ne peuvent pas venir tout de suite. Si vous ne retirez pas la balle, la blessure risque de s'infecter. Alors je ne pourrai plus marcher.

Il n'avait aucune envie de perdre une jambe.

Jane posa ses mains sur ses genoux et inspira profondément.

— Je ne suis pas sûre d'en être capable, murmura-t-elle.

Fletch réprima un gémissement de douleur.

— Je vous ai vue vous battre, dit-il. Vous vous en êtes sortie comme une pro. Et vous savez vous servir d'une arme.

Elle blêmit comme s'il venait de l'accuser d'un crime.

— Ce n'est pas une critique, s'empressa-t-il d'ajouter.

Il devait l'aider à se calmer. Elle venait d'être attaquée et de tuer un homme. Même un professionnel aurait été secoué.

— Si vous avez pu faire tout ça, je suis sûr que vous pouvez retirer une petite balle de ma jambe, l'encouragea-t-il.

Elle hésita un instant, puis leva le menton.

— Très bien. Dites-moi ce que je dois faire.

Fletch tapota sa main. Pour le moment, il avait besoin de son aide. Ensuite, il l'interrogerait sur ses talents de combattante.

Jane rassembla son courage. Fletch lui avait sauvé la vie deux fois. Comment pouvait-elle refuser de l'aider ?

Mais l'image de l'homme qu'elle avait tué la hantait. Qui était-il ? Pourquoi voulait-il sa mort ?

Retrouverait-elle la mémoire ou cet homme resterait-il perdu pour toujours dans le vide suffocant de son esprit ?

— Il y a un couteau et une pince dans la trousse de secours, dit Fletch. Il y a aussi des lingettes antiseptiques et une bouteille d'alcool. Vous pouvez désinfecter le couteau avec, ou en chauffant la lame.

Elle alluma un feu et prépara le matériel.

— Un anesthésique ? demanda-t-elle.

— Je n'en ai pas.

Fletch déchira le bas de son T-shirt.

— Je mordrai ça, dit-il. Faites une petite incision à côté de la blessure, puis retirez la balle avec la pince.

Jane essuya son front trempé de sueur. À l'entendre, c'était facile. Et elle venait juste de tuer un homme… Mais cet homme avait essayé de les tuer. C'était de la légitime défense.

Elle n'avait pas envie de faire du mal à Fletch. Il n'avait fait que la protéger. Sans lui, elle serait morte.

— Regardez-moi, Jane, dit Fletch en effleurant sa main.

Elle ne lut que de la tendresse dans ses yeux.

— Vous en êtes capable, lui assura-t-il. N'oubliez pas que vous me rendez service. Ce sera vite fait. Ensuite, on pourra se reposer.

Le visage du tireur la hantait toujours. Qui était-il ? Le connaissait-elle ?

Fletch ferma les yeux comme s'il était sur le point de s'évanouir.

— Le temps presse, Jane. Finissons-en.

Il avait raison. Il fallait qu'il survive.

Elle se dépêcha de stériliser le couteau et la pince, puis elle nettoya la blessure pour mieux voir à quoi elle avait affaire.

— Vous êtes prêt ? demanda-t-elle.

Il était de plus en plus pâle.

— Allez-y, Jane, répondit-il avant de mordre dans le morceau arraché de son T-shirt.

Elle prit le couteau et fixa la blessure. Comme il valait sans doute mieux qu'elle ne fasse pas durer la douleur, elle perça résolument la peau de Fletch.

Il se raidit, mais elle se força à ne pas regarder son visage.

Vas-y ! s'ordonna-t-elle.

Elle en eut la force. Elle essuya le sang qui avait jailli de l'incision, trouva la balle et tira dessus avec la pince. Sa main tremblait quand elle laissa tomber la balle dans une poche en plastique qu'elle avait tirée du sac de Fletch.

Elle s'essuya le front, nettoya la blessure une nouvelle fois et jeta un coup d'œil à Fletch. Il s'était évanoui.

Elle trouva du fil et une aiguille dans la trousse de secours, recousit la blessure, puis la banda.

Soulagée d'avoir terminé, elle s'assit sur les talons et inspira profondément. Maintenant, Fletch avait besoin de se reposer. S'ils avaient de la chance, ses collègues viendraient les chercher quand ils auraient fini leurs autres missions.

En attendant, elle devait veiller sur lui comme il avait veillé sur elle.

Fletch dormit tout l'après-midi en ne reprenant que brièvement conscience de temps à autre. Il frissonna et gémit. Quand elle s'aperçut qu'il avait de la fièvre, elle posa un chiffon imprégné de neige fondue sur son front. Elle profita aussi d'un moment de conscience pour lui faire avaler deux analgésiques.

Il murmurait parfois son nom. Chaque fois, elle lui caressait le bras pour le réconforter.

— Je suis là, Fletch.

— Mon arme, gémit-il à un moment.

— Elle est dans votre sac.

— Gardez-la sous la main, au cas où.

Elle se raidit, mais il avait raison. Si quelqu'un les attaquait, elle devait les protéger.

Quand la nuit tomba, elle était si fatiguée qu'elle

s'étendit à côté de Fletch. Elle savait qu'elle devait rester éveillée pour monter la garde, mais l'épuisement gagna et les cauchemars revinrent.

Le sang… Le cadavre d'une femme aux yeux ouverts. Un homme étendu près d'elle, la chemise ensanglantée.

Elle roula sur le côté pour essayer d'échapper aux images. Ce n'étaient pas ses parents, cette fois.

Non… La femme était jeune. L'homme avait un bras tendu dans sa direction.

Elle se réveilla en sursaut. Pourquoi y avait-il tant de morts dans ses rêves ?

Ses parents… Son mari… L'homme qui la traquait… L'homme qu'elle avait tué…

Y avait-il un lien entre eux ?

8

Jane observa les bois depuis l'entrée de l'abri. Le vent était tombé et un calme presque inquiétant régnait sur la forêt. De temps à autre, il lui semblait voir des ombres glisser entre les arbres.

Les conditions s'étaient améliorées, mais ils ne repartiraient pas avant que Fletch n'ait repris des forces.

Alors qu'elle reclouait la bâche, son estomac gargouilla. Ils n'avaient rien mangé depuis le matin. Elle fouilla le sac de Fletch et y trouva une barre de céréales.

Elle la mangea assise près du feu. Par moments, Fletch appelait son père comme s'il revivait le passé.

Elle n'avait aucun mal à comprendre que son passé le hante. Le sien la hantait aussi. Sauf qu'elle en avait presque tout perdu et qu'elle voulait le retrouver.

Elle prit la main de Fletch entre les siennes quand il ouvrit brusquement les yeux, l'air égaré.

— Il fait nuit, lui dit-elle. On est en sécurité.

Il cligna des yeux et parut retrouver un peu de lucidité.

— Combien de temps suis-je resté évanoui ? demanda-t-il.

— Quelques heures. J'ai retiré la balle et bandé votre jambe, répondit-elle en mouillant le chiffon avant de le reposer sur son front. J'espère que vous vous sentirez mieux demain.

— Il faut qu'on se remette en route.

Quand il essaya de se redresser, elle l'incita doucement à se rallonger.

— Vous avez besoin de vous reposer et il fait nuit.

— Avez-vous mon revolver ? demanda-t-il.

— Oui, répondit-elle en tapotant la poche de sa veste.

— Où avez-vous appris à tirer ? demanda-t-il d'une voix rauque.

Jane fouilla sa mémoire brumeuse.

— Je ne sais pas. J'ai tiré instinctivement.

— Parce que vous êtes entraînée, murmura Fletch. Et vous savez vous battre.

— J'ai peut-être pris des cours d'autodéfense, répondit-elle en se massant les tempes. Ou bien… Je crois que mon père avait une arme. Il m'a peut-être appris à m'en servir.

Fletch fronça les sourcils, puis il ferma les yeux et se rendormit. Jane lui effleura l'épaule avant de repartir observer l'extérieur. Heureusement, elle ne vit personne et n'entendit rien d'inquiétant.

Gagnée par une migraine, elle retourna monter la garde près du feu. Si la fièvre de Fletch n'était pas retombée le lendemain, elle se servirait de sa radio pour appeler de l'aide.

Le temps passa. Comme le froid la gagnait, elle se glissa sous la couverture et se blottit contre Fletch.

Fletch avait raison. Rien ne valait la chaleur humaine. Son grand corps chaud et musclé lui procura un sentiment de sécurité. Subitement, elle eut envie de tout lui dire.

— Fletch ? murmura-t-elle.

— Oui ?

— Je ne sais pas si c'est important, mais je fais un cauchemar récurrent. C'est peut-être un souvenir. Je n'en sais rien. Je vois des cadavres. Des couples assassinés. Je ne sais même pas s'ils sont réels ou les fruits de mon imagination.

Différents scénarios lui étaient venus à l'esprit. C'était peut-être un fait divers qu'elle avait vu à la télévision. Ou bien elle était journaliste et elle avait enquêté sur ces meurtres. Ou elle connaissait personnellement l'une des victimes.

Ou encore… Essayait-on de la tuer parce qu'elle avait assisté aux meurtres ?

Fletch avait une conscience flottante de la réalité. Hanté par la mort de son père et l'incendie qui l'avait tué, il se revit à Whistler au moment où ses frères et lui annonçaient la mort de son père à sa mère. Il se sentait impuissant et elle s'effondrait en larmes. Plusieurs jours de chaos avaient suivi l'incendie. Il y avait des morts. Le bébé de Cora avait disparu. Tout le monde était resté abasourdi quand la police avait révélé que l'incendie était d'origine criminelle.

Il se réveilla en sursaut. Il y avait un corps chaud contre le sien.

— Tout va bien, Fletch.

C'était une femme. Elle lui caressa doucement le dos.

Il se tourna vers elle pour la prendre dans ses bras.

Le souffle court, elle pressa les seins contre son torse et glissa une jambe entre les siennes.

Le cœur affolé, il l'attira plus près. Ce fut plus fort que lui. Cela faisait longtemps qu'il n'avait pas touché une femme – qu'il ne s'était pas permis de baisser sa garde.

Cela faisait longtemps qu'il n'avait pas été aussi excité.

Une part de lui trouvait cela inquiétant, mais il ne put s'empêcher de presser ses lèvres contre les siennes.

Elle lui rendit son baiser en caressant son genou du bout du pied. Il glissa ses doigts dans ses cheveux et se pencha pour embrasser sa gorge.

Elle laissa échapper un petit gémissement. Quand il roula pour se placer sur elle, il ressentit une douleur fulgurante à la jambe.

Elle posa ses mains sur son torse au même instant.

— Réveillez-vous, Fletch ! chuchota-t-elle. On ne peut pas faire ça.

Il sortit brusquement de son rêve. Sauf qu'il ne rêvait pas.

Il était en train d'embrasser Jane.

Elle avait les yeux écarquillés et les lèvres entrouvertes. Il réprima un juron et roula sur le dos à quelques centimètres d'elle.

— Je suis désolé, grommela-t-il en se passant la main sur le visage. Je n'en reviens pas d'avoir fait ça. Je rêvais… Mais ce n'est pas une excuse.

Une part de lui savait peut-être exactement ce qu'il faisait et avec qui.

Il avait franchi une limite qu'il n'aurait jamais dû franchir. Jane était une femme mariée qui souffrait d'amnésie.

Une femme qu'il était censé protéger.

Jane se détourna de Fletch et effleura ses lèvres. Elle croyait encore sentir ses baisers, ses mains dans ses cheveux et son érection contre son ventre.

Il dormait.

Elle aussi dormait. Elle était perdue dans un rêve ou un souvenir.

Elle se trouvait dans une banlieue résidentielle avec des amis. Les hommes faisaient griller des hamburgers et les femmes posaient des salades et des desserts sur une table de pique-nique. Elle buvait du vin et discutait du dernier roman choisi par le club de lecture avec les femmes.

Les maisons du quartier étaient traditionnelles. Ses amis étaient des trentenaires qui partageaient des intérêts communs et une piscine de quartier dans laquelle les enfants s'amusaient pendant l'été.

Son alliance brilla au soleil quand elle tendit la main vers son verre.

Curieusement, elle ne voyait pas son mari dans la scène – et elle ne se souvenait certainement pas avoir couché avec lui.

Elle se sentait si seule… Elle n'avait pas pu résister à la chaleur et au réconfort que les bras de Fletch lui avaient offerts.

Mais elle aurait dû. Elle ne pouvait pas embrasser Fletch alors que tout ce qu'elle savait sur elle-même était que quelqu'un voulait sa mort.

Et si les couples du barbecue étaient ceux qui s'étaient fait tuer ?

— Je suis désolé, répéta Fletch.

Elle secoua la tête et se tourna vers lui.

— Vous n'avez pas à vous sentir désolé. Nous étions tous les deux à moitié endormis. Comme il ne s'est rien passé, n'en parlons plus.

Elle lut du doute dans les yeux de Fletch. Comme

elle aurait aimé pouvoir lui fournir les réponses qu'elle cherchait désespérément…

— Je reviens, annonça-t-elle.

Parce qu'elle avait besoin de prendre l'air, elle tira la casserole du sac de Fletch et sortit. Le paysage était encore couvert d'un manteau blanc, mais la neige qui faisait ployer les branches commençait à fondre et des flaques se formaient un peu partout.

Les rayons du soleil levant se glissaient entre les troncs. Elle ramassa du bois et assez de neige pour faire du café, puis rentra dans l'abri.

Elle trouva Fletch assis, en train de fouiller dans son sac. Elle raviva le feu, puis posa la casserole dessus. Ils préparèrent le café sans échanger un mot. Elle but le sien en se réchauffant les mains près des flammes.

— La nuit dernière, vous avez parlé de couples assassinés, lui rappela-t-il. Pouvez-vous m'en dire plus ?

— Je rêvais, répondit-elle. Je ne sais pas s'il s'agit d'un souvenir ou d'un cauchemar. Tout se mélange dans ma tête.

Un silence chargé de tension érotique s'ensuivit.

Il valait sans doute mieux qu'elle lui dise tout. Ils regagneraient bientôt la civilisation, et son frère, le shérif, serait peut-être en mesure de combler les blancs.

— J'ai rêvé de meurtres, reprit-elle. J'ai vu des cadavres d'hommes et de femmes comme si je me trouvais dans la pièce. Je les ai peut-être vus à la télévision… Je ne sais même pas si c'est réel et encore moins si ça a un lien avec moi.

Fletch plissa les yeux.

— Avez-vous reconnu certaines des victimes ?

— Non, répondit-elle en se massant les tempes. Mais,

dans un autre rêve, je me suis vue dans un barbecue en banlieue. Il y avait plusieurs couples.

— L'une des victimes se trouvait-elle à ce barbecue ? demanda Fletch.

Elle ferma les yeux pour essayer de distinguer des visages, mais tout était flou dans son esprit.

— Je n'en sais rien.

Elle rouvrit les yeux, terrifiée par les souvenirs qui risquaient de lui revenir – et encore plus terrifiée par la possibilité qu'ils ne lui reviennent pas.

Fletch essayait de chasser le souvenir de leur baiser de son esprit, mais c'était terriblement difficile.

Cela l'était d'autant plus qu'il la désirait encore.

— C'est bon signe, lui dit-il. Les images que vous voyez en rêve n'ont peut-être pas encore de sens, mais ça viendra.

Elle se mordit la lèvre avant de suggérer :

— Et si quelqu'un avait débarqué à ce barbecue et tué mes amis ?

— Un massacre ? répondit-il en se passant la main dans les cheveux. Ce serait certainement traumatisant. Je ne me rappelle pas avoir entendu parler d'un événement de ce genre, mais je peux demander à Jacob de se renseigner. C'est peut-être une piste.

— Dans ce cas, l'homme que j'ai tué était peut-être le meurtrier. Il voulait peut-être me réduire au silence parce que j'ai assisté à la scène.

— C'est une possibilité, lui accorda Fletch.

S'ils retrouvaient la trace de ce massacre, ils auraient une idée de la durée de la captivité de Jane.

Mais si l'homme qui l'avait enlevée avait commis

tous ces meurtres, pourquoi n'avait-il pas simplement tué Jane ?

Il défit le bandage pour examiner sa blessure. Jane avait recousu la plaie comme une experte et il n'y avait aucune trace d'infection.

Décidément, Jane avait de nombreux talents cachés.

Elle avait baissé la tête, et ses cheveux étaient tombés devant son visage. Il avait une envie folle de les écarter pour l'embrasser encore.

C'était stupide et contraire à ses obligations professionnelles.

Il lui parut brusquement urgent de regagner la civilisation. Il n'était pas sûr de pouvoir contrôler sa libido s'il passait une autre nuit seul avec elle.

Et il devait parler à ses frères. Si le massacre dont rêvait Jane avait bien eu lieu, Liam était peut-être au courant.

Jane lui tendit une bande propre, puis elle rangea leurs affaires et éteignit le feu. Après avoir bandé sa jambe, il se leva en serrant les dents. À sa grande surprise, sa jambe le soutint.

— Êtes-vous sûr de pouvoir marcher ? s'inquiéta Jane. Vous pourriez demander à vos collègues d'envoyer des secours.

Il n'avait aucune envie de descendre de la montagne sur une civière si ce n'était pas indispensable. Ses collègues avaient mieux à faire.

— Je vais bien, lui assura-t-il. Mon arme ?

Elle indiqua l'endroit où elle l'avait posée d'un signe de tête.

— Donnez-la-moi, dit-il. On pourrait en avoir besoin sur le trajet.

Il espérait sincèrement que c'était une précaution inutile, mais il valait mieux être prudent. L'homme que Jane avait tué pouvait avoir des complices.

Elle lui tendit son arme, qu'il glissa à sa ceinture.

La radio bipa. Jane la sortit du sac et la lui tendit.

Il fit signe à Jane d'attendre à l'intérieur pendant qu'il inspectait les environs et sortit, la radio à l'oreille.

— Fletch, c'est Todd. Je suis avec Jacob.

Fletch se raidit.

— Je vous écoute, répondit-il.

— On m'a dit que tu étais blessé, dit Jacob d'une voix inquiète. Ça va ?

— Oui. Jane Doe a retiré la balle et m'a recousu.

— C'est vrai ?

— Oui.

— Où est-elle ?

— On a passé la nuit dans un abri et on s'apprête à se remettre en route. Elle attend à l'intérieur que je lui donne le feu vert.

Alors qu'il allait parler du massacre à son frère, celui-ci répondit :

— Bien. Laisse-la attendre.

Fletch n'aima pas son ton.

— Que se passe-t-il ? demanda-t-il.

— Une femme qui correspond à la description de ta Jane Doe est recherchée pour avoir tué son mari à Asheville, répondit Jacob. Sois prudent. Elle s'appelle Bianca, et le rapport dit qu'elle est dangereuse.

9

Fletch jeta un coup d'œil à Jane, qui se tenait à l'entrée de l'abri. Sa pâleur ne retirait rien à sa beauté. Ses longs cheveux noirs tombaient sur ses épaules et il y avait de l'inquiétude dans ses yeux verts.

— Tu en es sûr ? demanda Fletch à son frère.

— J'ai eu le policier chargé de l'enquête au téléphone, répondit Jacob. Il m'a envoyé une photo de la scène de crime. Il y avait du sang partout. Son mari, Victor Renard, a été tué par balle.

Il était certain que Jane savait se servir d'une arme, mais elle avait tiré pour les défendre.

Merde !

Juste au moment où il commençait à lui faire confiance…

— On ne sait peut-être pas tout, dit-il en s'en voulant d'être sensible aux charmes de Jane. Je l'ai trouvée blessée. Quand on a commencé à redescendre, hier, j'ai trouvé des cordes et un chiffon dans un abri. Jane m'a dit qu'elle se souvenait d'y avoir été séquestrée.

Jacob s'éclaircit la voix avant de demander :

— Est-il possible qu'elle te mente ?

Fletch se passa la main sur le visage en pensant à une autre femme qui lui avait menti. Hannah Miller.

Il avait stupidement cru à son numéro de demoiselle en détresse.

Mais cette situation était différente…

— Elle était presque morte quand je l'ai trouvée, répondit-il. Elle a des marques de brûlures de cordes aux poignets et aux chevilles et une blessure à la tête.

Il voyait mal comment elle aurait pu se faire cette blessure toute seule.

— T'a-t-elle dit ce qu'il lui était arrivé ?

— Elle ne m'a pas dit grand-chose. Elle est amnésique. Ça peut venir de sa blessure ou d'un traumatisme.

— La crois-tu ? demanda Jacob après quelques secondes de silence.

— Oui. Elle est vraiment contrariée d'avoir perdu la mémoire. Et elle fait des cauchemars. Elle pense qu'elle a pu être témoin d'un massacre. Une histoire de barbecue en banlieue.

— Je vais essayer d'en savoir plus sur Bianca et son mari, dit Jacob. Et je ferai des recherches sur ton massacre, même si ça ne me dit rien.

— Merci. On se remet en route.

— Sois prudent, petit frère, ajouta Jacob. Veille sur tes arrières. Si ta Jane Doe est Bianca Renard, elle peut s'en prendre à toi n'importe quand.

Fletch lui promit de rester vigilant, même s'il avait confié son arme à Jane la nuit précédente et qu'elle n'avait fait que veiller sur lui.

Ce qui pouvait signifier qu'elle était vraiment amnésique ou une très bonne menteuse.

Quoi qu'il en soit, il la garderait à l'œil.

Jane sentait que quelque chose avait changé depuis

la dernière communication radio. Fletch semblait épier ses moindres gestes.

Après un kilomètre de marche, elle s'adossa à un arbre pour reprendre son souffle et aborda le problème de front.

— Que se passe-t-il ? demanda-t-elle. Avez-vous appris quelque chose sur moi ?

Fletch se toucha la cuisse. Il souffrait visiblement, mais il ne se plaignait pas et marchait d'un bon pas.

— D'abord : vous souvenez-vous de votre identité ?

Son ton méfiant la mit mal à l'aise.

— Non, pourquoi ? Savez-vous qui je suis ?

Fletch haussa les épaules.

— Jacob a reçu un rapport concernant la disparition d'une femme qui correspond à votre description.

Jane sentit qu'elle n'aimerait pas ce que Fletch s'apprêtait à dire.

— Comment est-ce que je m'appelle ?

— Il n'est pas tout à fait sûr que ce soit vous, répondit Fletch. Je n'ai pas pu lui envoyer de photo parce que les téléphones ne captent pas dans cette zone.

— Dites-moi ce que vous savez, Fletch, insista-t-elle, gagnée par l'anxiété.

Fletch soupira profondément.

— Cette femme s'appelle Bianca Renard.

Jane répéta le nom dans sa tête. Bianca… Cela ne lui semblait pas coller.

Elle avait l'impression que Jane lui correspondait bien mieux.

— Ce nom vous paraît-il familier ? demanda Fletch en la fixant intensément.

Elle secoua lentement la tête.

— Que vous a-t-il dit d'autre à propos de cette femme ? demanda-t-elle.

Quand Fletch se passa la main sur le visage, Jane ne put s'empêcher de regarder ses lèvres, qu'elle avait embrassées. Un moment, pendant leur baiser, elle avait oublié qu'elle était en danger. Elle s'était sentie en sécurité.

Ce n'était plus le cas.

— Elle était mariée à un certain Victor.

— Victor ? répéta-t-elle. Mais pourquoi dites-vous qu'elle *était* mariée ?

— Parce que Victor a été tué. On lui a tiré dessus.

Jane tressaillit quand l'image de l'homme au tatouage lui revint à l'esprit. Elle l'avait vu tomber à la renverse, le torse ensanglanté.

Et elle avait vu sa propre main tremblante tenir une arme…

Elle déglutit péniblement avant de demander :

— Sait-on qui l'a tué ?

Elle perçut le silence qui s'ensuivit comme une accusation.

— Bianca est recherchée pour son meurtre, finit par répondre Fletch.

Mon Dieu ! songea-t-elle.

Elle se laissa glisser par terre et prit sa tête entre ses mains. Elle ne se souvenait pas de son mariage ni d'avoir couché avec l'homme qu'elle avait épousé.

Mais elle avait vu son meurtre et elle tenait une arme.

Fletch observa attentivement la réaction de Jane, qui ne lui parut pas feinte.

— Est-ce que cette histoire vous dit quelque chose ? demanda-t-il.

Elle releva la tête et cligna des yeux.

— J'ai eu un flash-back, répondit-elle. J'ai vu l'homme qui m'a donné l'alliance se faire tuer, mais je ne sais pas qui a tiré.

Fletch songea qu'on était innocent tant qu'on n'était pas reconnu coupable.

— Jacob ne connaît que les grandes lignes de l'affaire, dit-il. Il a l'intention de faire des recherches sur Bianca et son mari. J'espère qu'il aura des réponses à nous fournir quand on regagnera Whistler.

Jane hocha la tête. Il y avait autant d'épuisement que d'inquiétude dans son regard.

— Si j'ai tué mon mari, l'homme sur lequel j'ai tiré était peut-être un policier, murmura-t-elle.

Fletch y réfléchit quelques instants.

— S'il avait été un policier, il se serait identifié au lieu d'attaquer sans sommation.

Jane tira sur son bonnet pour se couvrir les oreilles.

— Vous avez raison.

Fletch chercha une autre explication.

— Si vous avez été témoin d'un crime, ça expliquerait qu'on veuille vous tuer pour vous empêcher de parler.

Elle fronça les sourcils.

— Prête ? demanda-t-il en lui tendant la main.

Quand elle la prit, l'avertissement de Jacob revint à l'esprit de Fletch – mais la femme qui le regardait ne lui semblait vraiment pas capable de tuer de sang-froid.

Ne sois pas stupide, chuchota une petite voix dans sa tête. *Ce n'est pas parce qu'elle est jolie et qu'elle a des ennuis que tu peux baisser ta garde.*

— J'apprécie votre honnêteté, dit-elle. Et je vous

remercie de ne pas me prendre sur-le-champ pour une meurtrière.

— Je vous demande juste de ne pas me mentir, grommela-t-il. Si vous vous souvenez de quelque chose, dites-le-moi.

Une bourrasque fit frissonner Jane. Elle lâcha sa main, épousseta son pantalon et se remit en route.

Fletch ne s'aperçut qu'elle ne lui avait pas répondu que deux cents mètres plus loin.

Jane réfléchit à l'hypothèse de Fletch et s'efforça de reconstituer ce qui s'était passé.

Malheureusement, il manquait trop de pièces au puzzle.

Elle glissait régulièrement et devait s'accrocher aux branches pour garder l'équilibre. Fletch la rattrapa *in extremis* par deux fois, mais la tension qu'il y avait entre eux restait palpable.

Même si l'hypothèse qu'elle était en danger parce qu'elle avait assisté à un meurtre était plausible, il la regardait toujours avec méfiance.

Comment pouvait-elle le lui reprocher ? Elle-même était envahie par le doute.

Fletch la retint brusquement par le bras. La température montait et ils avançaient de plus en plus difficilement dans un mélange de neige fondue et de boue. Quand un bruit la fit tressaillir, elle comprit que c'était ce qui avait incité Fletch à s'arrêter.

Elle évita de peu une branche qui se cassa au-dessus d'elle. Fletch dégaina son arme et balaya les environs du regard.

Jane entendit d'autres bruits, puis vit quelque chose bouger devant eux.

Elle enfonça ses ongles dans ses paumes.

Quand Fletch lui fit signe de rester où elle était, elle s'adossa au tronc d'un grand sapin et reçut de la neige sur la tête.

Alors elle aperçut de la fourrure brune. C'étaient des loups, il y en avait deux.

Elle attendit en retenant son souffle. Les loups bruns avaient été une espèce en voie d'extinction. Elle n'avait aucune envie que Fletch les tue si ce n'était pas nécessaire.

Fletch et elle restèrent parfaitement immobiles le temps que les loups s'éloignent. Finalement, Jane soupira de soulagement et s'approcha de Fletch, qui touchait encore sa jambe.

— Laissez-moi jeter un coup d'œil à votre bandage, dit-elle. On dirait que vous recommencez à saigner.

— Je vais bien, grommela Fletch.

— Ne soyez pas idiot. Il faut qu'on change votre bandage.

Il poussa un grognement de frustration avant d'aller s'asseoir sur un rocher et de poser son sac. Jane en tira la trousse de secours et défit le bandage ensanglanté. Fletch grimaça. Il était évident qu'il souffrait, mais il était trop fier pour demander de l'aide.

— Vous auriez dû demander à vos collègues de venir vous chercher, dit Jane en nettoyant la plaie.

— Dans mon travail, il est important de bien hiérarchiser les priorités, répondit-il. D'autres personnes ont plus besoin d'aide que moi.

Jane réprima un sourire.

— Si vous le dites, répliqua-t-elle en faisant pression sur la blessure pour arrêter l'hémorragie.

— Vous m'avez bien recousu, grommela Fletch.

Elle haussa les épaules.

— C'était mon premier essai – je crois, du moins.

Le vide de son esprit lui inspira une profonde tristesse.

Fletch posa sa main sur son épaule.

— Ça ira, lui dit-il. Nous découvrirons qui vous êtes.

— Je l'espère. Pour le moment, je m'inquiète surtout pour votre jambe.

Fletch haussa les épaules.

— Ne vous en faites pas pour moi. Je suis robuste.

Il était robuste et sexy – un vrai héros.

La vue de Jane se brouilla et elle dut cligner des yeux avant de refaire le bandage.

— Merci, dit-il alors qu'elle rangeait la trousse.

— De rien.

Elle se leva et essuya la neige de son pantalon.

Fletch rangea l'arme à sa ceinture et se remit en route. Jane le suivit le long d'un chemin si étroit qu'elle avait peur de glisser dans le vide.

Après avoir contourné un bosquet, ils débouchèrent dans une clairière entourée de rochers.

Fletch s'arrêta et tendit le bras derrière lui pour l'inciter à en faire autant. Jane jeta un coup d'œil par-dessus son épaule et tressaillit.

Il y avait un homme étendu au milieu de la clairière. Ses vêtements étaient déchirés et ensanglantés, ses membres bizarrement tordus, et ses yeux ouverts ne regardaient plus rien.

10

Fletch serra les dents. Le cadavre était à plat ventre, la tête tournée sur le côté.

Fletch songea d'abord qu'il avait dû faire une chute, mais le fait que quelqu'un ait essayé de tuer Jane le rendit méfiant.

— Restez ici, dit-il à Jane en posant sa main sur son épaule. Je vais jeter un coup d'œil.

Jane était blanche comme un linge. La part masculine de Fletch eut envie de la réconforter, mais sa part professionnelle lui ordonna de faire son travail.

Il devait prendre des photos, signaler sa découverte et laisser parler les preuves.

Vu les circonstances, il ne put s'empêcher de demander à Jane :

— Le connaissez-vous ?

Elle fronça les sourcils.

— Non.

— Je vais prendre des photos, annonça-t-il. Profitez-en pour vous reposer.

Il sortit son appareil de son sac et photographia l'homme et les environs sous différents angles. Des marques de serres indiquaient qu'il avait été la proie de charognards.

Fletch s'approcha un peu du cadavre avec méfiance. Cet homme était vêtu pour affronter les éléments : il portait un pantalon imperméable, de grosses bottes, un manteau épais, des gants et un bonnet, qui était tombé à côté de lui.

Il y avait une grande flaque de sang sous sa tête.

Fletch prit des photos de ses vêtements déchirés et de la manière dont ses membres étaient tordus avant de s'approcher davantage.

L'homme était blond et commençait à se dégarnir. Il avait une vieille cicatrice sur la joue. Fletch alla chercher des gants en plastique dans son sac avant d'écarter les cheveux du cadavre. Il avait reçu une balle à l'arrière du crâne.

— Fletch ? murmura Jane.

— Il a été tué par balle, dit Fletch en se tournant vers elle pour observer sa réaction.

Jane effleura l'arrière de son propre crâne comme par réflexe.

— Il faut que je prévienne mes collègues, déclara-t-il.

Il sortit la radio du sac et appela la base.

— Ici Fletch. Je viens de trouver un homme tué par balle. On dirait qu'il est mort depuis plusieurs heures.

Il fournit les coordonnées de la clairière.

— Prévenez Jacob, ajouta-t-il. Je vais chercher des indices. Envoyez une équipe récupérer le corps dès que vous pourrez.

Fletch mit fin à la communication, puis inspecta les environs. Il finit par trouver une douille au milieu d'un tas de brindilles. Il la mit dans un sac pour la confier à Jacob. Provenait-elle de l'arme de l'homme que Jane avait tué ?

Fletch fouilla ensuite les poches du cadavre à la recherche de quelque chose qui aurait permis de l'identifier.

Il trouva des cigarettes, des chewing-gums, des pastilles à la menthe, un couteau suisse et un briquet. Aucun papier d'identité.

La blessure à la tête suggérait qu'il avait été tué par un professionnel. Dans ce cas, le tireur lui avait sans doute pris ses papiers.

Une question vint aussitôt à l'esprit de Fletch : s'il avait été tué par un professionnel et si ce professionnel était l'homme qui les avait attaqués, pourquoi Jane avait-elle un tueur à gages aux trousses ?

Jane serra les poings. Fletch voulait la protéger en lui cachant l'homme autant qu'il le pouvait, mais elle avait besoin de voir son visage au cas où cela ferait rejaillir un souvenir.

D'après le frère de Fletch, elle était recherchée pour meurtre. Sa tête était-elle mise à prix ? Cet homme et le tireur barbu pouvaient avoir été payés pour la retrouver.

Mais qui avait tué cet homme ?

— Laissez-moi voir son visage, murmura-t-elle en s'approchant.

Fletch tourna la tête de l'homme. Jane déglutit et l'observa attentivement. Il avait des cheveux blonds, un visage étroit, un long nez et une cicatrice sur la joue gauche.

Son cœur s'affola. Cet homme lui disait quelque chose.

— Jane ?

Elle avait le nom de l'homme sur le bout de la langue.

— Jacob ou Liam réussira peut-être à l'identifier,

dit Fletch. Ça nous aiderait à savoir si sa mort est liée à vous.

— Tout me paraît aléatoire, murmura-t-elle. Je n'arrive pas à assembler le peu dont je me souviens.

— Fermez les yeux et détendez-vous, suggéra Fletch. Prenez votre temps. Pensez-vous qu'il ait un lien avec Victor Renard ?

Le visage de son mari apparut brièvement dans son esprit, puis elle revit une arme dans sa main. Ensuite… Plus rien. Juste un grand trou noir.

Elle serra les poings de frustration.

— Vous progressez, lui assura Fletch en posant sa main sur son épaule. Vous avez juste besoin de plus de temps.

Il avait peut-être raison, mais cela ne la rassurait qu'à demi. Il ne lui revenait que des souvenirs perturbants de mort et de violence.

Fletch, qui en avait déjà assez de jouer aux devinettes, ne pouvait qu'imaginer la frustration de Jane.

Sa propre mémoire était remplie de souvenirs de vacances, de dîners familiaux et de jeux nocturnes. Il s'accrochait à ces souvenirs précieux, au son de la voix de son père, à l'odeur alléchante des tartes aux pêches de sa mère, aux rires de ses frères quand ils se pourchassaient dans les bois.

Il se souvint de vacances où il faisait particulièrement chaud. Après le dîner, ils allaient tous se baigner pour échapper à la chaleur et aux moustiques.

Ensuite, ils se regroupaient autour du feu pour faire griller des marshmallows.

Il lui revint aussi qu'Halloween était toujours une période joyeuse. Sa mère décorait la maison d'araignées et de trolls et son père inventait des histoires. Une année, il avait réussi à leur faire croire que la maison du bout de la rue était hantée par des fantômes de pirates.

Il ne pouvait pas imaginer perdre ces souvenirs ni vivre avec un grand vide dans la tête.

Ni ne pas avoir de famille.

Pourtant, il était si obsédé par le fait de retrouver le pyromane qui avait tué son père qu'il n'avait même pas songé à fonder sa propre famille. Il n'en avait pris conscience que lorsqu'il avait vu Jacob avec Cora et sa fille.

L'amour qu'il avait vu entre son frère et sa nouvelle épouse avait éveillé son désir d'avoir quelqu'un dans sa vie.

Il observa le visage pâle de Jane à la dérobée. Leur baiser avait été torride.

Mais elle avait des ennuis. Si le rapport que Jacob avait reçu disait vrai, elle pouvait avoir tué son mari. Bien sûr, elle pouvait avoir eu une bonne raison de le faire.

La violence conjugale était la première hypothèse qui venait à l'esprit. Elle pouvait aussi avoir découvert quelque chose de grave sur son mari. Par exemple, elle pouvait l'avoir vu commettre un meurtre et l'avoir tué en état de légitime défense parce qu'il avait voulu la réduire au silence.

Ou bien ces hypothèses lui venaient parce qu'il *voulait* que Jane soit innocente.

Sa radio crachota.

— Ici Fletch, répondit-il.

— C'est Jacob. Todd m'a envoyé un message pour me dire que tu avais trouvé un corps. As-tu un nom ?

— Non. Il n'avait aucun papier d'identité sur lui.

Il lui expliqua que l'homme avait reçu une balle derrière la tête.

— J'ai pris des photos et ramassé une douille, ajouta-t-il. J'ai demandé qu'on envoie une équipe le récupérer.

— Bien reçu. Je m'assurerai que le médecin légiste et mon adjoint les accompagnent.

— Veux-tu que je reste ici pour protéger la scène de crime jusqu'à ce qu'ils arrivent ? demanda Fletch.

— Non, répondit Jacob après une brève hésitation. Je veux que tu rentres te faire soigner.

— Je vais bien, lui assura Fletch. Jane a fait du bon boulot.

Jacob hésita encore un instant avant de demander :

— À ce propos, lui as-tu parlé de Bianca et Victor Renard ?

Fletch s'éloigna de Jane pour qu'elle n'entende pas sa conversation. Elle fixait toujours le cadavre comme s'il détenait les secrets de son passé.

— Oui, mais ces noms ne lui disent rien. As-tu découvert autre chose sur les Renard ?

— D'après ma source, Bianca est décoratrice d'intérieur, et son mari agent immobilier. Il était millionnaire. Bianca avait ses propres clients et décorait les maisons qu'il vendait. Le couple venait de s'installer à Asheville. Je n'ai encore trouvé ni parent ni ami pour vérifier ces informations, mais j'y travaille.

— Avaient-ils des ennuis financiers ?

— Je chargerai un analyste d'examiner leurs comptes. Je te tiendrai au courant, promit Jacob. Et… Fletch ?

— Oui ?

— Sois prudent. Les apparences peuvent être trompeuses. Cette femme est peut-être très dangereuse.

Hannah l'avait certainement trompé. Elle avait prétendu l'aimer alors qu'elle n'aimait que l'argent et les jolies choses. Elle n'avait jamais voulu d'un homme qui passait sa vie dans la montagne.

Fletch mit fin à la communication et retourna auprès de Jane. Elle lui jeta un regard interrogateur.

— C'était Jacob, dit-il.

Elle prit une inspiration tremblante avant de demander :

— Qu'a-t-il dit ?

Fletch haussa les épaules. Sans qu'il comprenne pourquoi, les informations que Jacob lui avait fournies ne lui semblaient pas compatibles avec le comportement de Jane.

— Dites-moi ce que vous savez, s'il vous plaît, insista-t-elle.

Sa détresse réveilla une nouvelle fois l'instinct protecteur de Fletch, mais les informations de Jacob pouvaient l'aider à recouvrer la mémoire.

Il lui rapporta ce que Jacob venait de lui apprendre.

— Ça vous dit quelque chose ?

Elle pinça les lèvres.

— Il dit que je suis une décoratrice d'intérieur ?

Fletch acquiesça.

— Votre mari, Victor, était un très riche agent immobilier.

Jane fronça les sourcils.

— Dans mon rêve, j'étais à un barbecue entre voisins dans une banlieue. Tout semblait... normal. Si j'ai décoré des maisons, pourquoi n'en ai-je aucun souvenir ? Et je n'arrive pas à m'imaginer riche...

— Il est possible que vous ayez perdu la mémoire parce que quelqu'un que vous aimez vous a fait du mal, suggéra-t-il. Pourrait-il s'agir de votre mari ?

— J'ai envisagé cette possibilité, admit-elle.

Il était évident qu'elle avait vu quelque chose d'assez horrible pour ne pas vouloir s'en souvenir.

Il fallait pourtant qu'elle le fasse. Son avenir en dépendait.

Une bourrasque la fit frissonner et fit craquer des branches.

Elle jeta un coup d'œil au cadavre en regrettant qu'il ne puisse pas lui parler.

— On ferait bien d'y aller, dit Fletch. J'aimerais qu'on ait quitté la montagne avant la tombée de la nuit.

Jane s'éloigna du cadavre l'estomac noué et suivit Fletch sur un nouveau sentier.

Deux kilomètres plus loin, elle avait l'impression qu'ils se trouvaient toujours au même endroit. Tout se ressemblait. Ils étaient dans une immense forêt aux arbres si proches que très peu de lumière leur parvenait. Le ciel gris rendait le paysage encore plus démoralisant.

Sans Fletch, elle se serait perdue depuis longtemps. Elle avait les pieds trempés et de petits ruisseaux commençaient à se former autour d'eux.

Un kilomètre plus loin, ils entendirent un bruit sourd. Fletch s'arrêta net, tourna la tête, puis lui prit la main.

— Une avalanche, cria-t-il, les yeux écarquillés. Courons !

Ils se mirent à courir, mais l'avalanche était plus rapide qu'eux. Quand elle les atteignit, Fletch la tira brusquement vers la droite.

— Une grotte ! cria-t-il. Entrez dedans !

Elle plongea dans la caverne obscure, Fletch sur les talons. De la neige, des branches et des cailloux roulèrent devant l'ouverture. Deux secondes plus tard, celle-ci n'existait plus.

Jane en perdit le souffle. Ils étaient piégés.

11

Quelle est la prochaine tuile qui va nous tomber dessus ? se demanda Fletch.

Il avait participé à de nombreuses missions. Il avait fait face à de graves urgences et il lui était arrivé de retrouver des corps au lieu de blessés.

Mais il ne lui était jamais arrivé de se faire tirer dessus, puis de trouver un cadavre avant de se faire piéger dans une grotte par une avalanche.

— Jane, êtes-vous blessée ? s'inquiéta-t-il.

— Je vais bien, répondit-elle. Qu'est-ce qui a provoqué cette avalanche ?

Fletch s'assit sur les talons. Quand ses yeux se furent adaptés à l'obscurité, il distingua des poteaux en bois et comprit qu'ils étaient dans une ancienne mine.

— Ça arrive quand la température remonte trop vite, répondit-il.

— J'ai cru entendre une explosion, dit Jane en écartant ses cheveux de son visage.

Lui aussi.

Ce qui signifiait que cette avalanche pouvait avoir été provoquée par quelqu'un.

Dans l'espoir de tuer Jane – ou Bianca, si c'était son nom ? Il n'arrivait toujours pas à réconcilier le prénom

Bianca et le métier de décoratrice d'intérieur avec la combattante aguerrie qui lui avait sauvé la vie.

Même s'il était possible qu'elle ait pris des cours d'autodéfense, comme elle l'avait suggéré. Dieu savait que les femmes en avaient besoin. Il y avait bien trop de prédateurs dans les rues depuis quelque temps.

— Pensez-vous que quelqu'un ait provoqué une explosion, Fletch ? insista Jane.

Il pinça les lèvres. Il ne voulait pas l'inquiéter alors qu'il n'avait que des soupçons.

— Je ne sais pas. Ne tirons pas de conclusions hâtives. Il arrive que le bruit de la glace qui se brise ressemble à une explosion. Et souvenez-vous que mes collègues interviennent sur le lieu d'une autre avalanche.

Jane s'adossa à la paroi et jeta un coup d'œil à l'entrée condamnée.

— On fait quoi, maintenant ? demanda-t-elle.

— Pour commencer, on évite de paniquer.

Il sortit sa radio de son sac, mais il n'en tira que des grésillements.

— J'ai fourni les coordonnées du cadavre qu'on a trouvé à Jacob, reprit-il. Ce n'est pas très loin d'ici. L'équipe qui viendra le chercher nous trouvera.

— Mais vos collègues ne savent même pas qu'on a des ennuis.

Fletch lui offrit un sourire encourageant.

— Mon frère s'attend à notre retour, répondit-il. Dans deux heures, au plus tard, il essaiera de nous contacter. Comme la communication ne passera pas, il se lancera à notre recherche.

Jane soupira.

— Comment pouvez-vous être aussi confiant ?

— Je sais que mes frères nous chercheront, et Jacob est rationnel. Il saura quel sentier j'ai pris et il le suivra. Ce n'est qu'une question de temps avant qu'on ne nous trouve.

Elle fronça les sourcils.

— Ça doit être bon d'être aussi proche de sa famille, de savoir qu'on peut compter sur ses frères en toute circonstance…

Sa voix était si triste que Fletch s'approcha d'elle pour lui soulever le menton et la forcer à soutenir son regard.

— Vous retrouverez la mémoire, Jane, lui assura-t-il. Et vous surmonterez ce qui vous est arrivé. Il est possible que quelqu'un vous cherche : un parent, un ami, quelqu'un qui vous aime…

— Je ne sais pas, murmura-t-elle. J'ai l'impression… que je suis seule depuis longtemps, qu'il n'y a personne dans ma vie.

L'avertissement de Jacob revint à l'esprit de Fletch, mais celui-ci décida de se fier à son instinct, qui lui criait que Jane était une victime qui avait besoin d'être protégée.

Incapable de résister à la tentation, il l'attira dans ses bras et l'embrassa.

L'affection avec laquelle Fletch avait parlé de ses frères avait donné envie à Jane d'avoir une famille sur laquelle elle pourrait compter et quelqu'un à aimer.

Quand Fletch pressa ses lèvres contre les siennes, elle posa une main sur sa joue et s'abandonna à ses sensations. La panique qui menaçait de la paralyser se dissipa presque aussitôt.

Le cœur affolé, elle pressa ses seins contre son torse,

entrouvrit les lèvres et laissa échapper un gémissement. Fletch interrompit leur baiser pour la regarder avec passion.

Il demandait sa permission.

Elle la lui donna en entreprenant de déboutonner sa chemise. Le souffle court, il en fit autant en déposant une série de baisers sur sa gorge.

La passion les emporta et leurs gestes devinrent frénétiques. Il l'embrassa avidement pendant qu'elle lui retirait sa chemise. Quand ce fut fait, elle dut le repousser pour le débarrasser de son T-shirt et dénuder son torse musclé.

Folle de désir, elle laissa courir ses mains sur sa peau.

— Jane…, gémit-il.

Il grogna quand elle déposa un long baiser sensuel sur son torse, puis il pressa son érection entre ses cuisses.

Il se pencha pour sucer et mordiller ses seins à travers son soutien-gorge. Elle s'agrippa à ses épaules et murmura son nom. Dès qu'il dégrafa son soutien-gorge, ses pointes de seins se tendirent comme pour appeler ses caresses.

Quand il prit l'une d'elles entre ses lèvres, elle ne put s'empêcher de lui griffer le dos. Il accorda autant d'attention à son autre pointe de sein, puis il embrassa son ventre en lui retirant son pantalon.

Il effleura le bord de sa culotte en dentelle en lui jetant un regard brûlant de désir. Impatiente, elle fit glisser le pantalon de Fletch sur ses jambes, mais elle se figea quand elle vit son bandage.

— Fletch ? dit-elle d'une voix hésitante.

Il se redressa sur les coudes et plongea son regard dans le sien.

— C'est une mauvaise idée, Jane, répondit-il.

Cela la blessa, mais elle fut obligée d'admettre qu'il avait raison.

— Je suis désolé, ajouta-t-il en s'écartant d'elle.

Il lui tendit ses vêtements, puis il ramassa les siens et lui tourna le dos.

Elle le regarda se rhabiller en mourant d'envie de l'attirer dans ses bras pour qu'ils finissent ce qu'ils avaient commencé.

Mais la raideur de ses épaules prouvait qu'il la repousserait et il n'était pas question qu'elle le supplie de lui faire l'amour.

Pourtant, il avait vraiment eu l'air de la désirer.

Pourquoi avait-il changé d'avis ?

Fletch boutonna sa chemise en s'en voulant d'avoir laissé les choses aller si loin.

Il savait pourtant bien qu'il ne devait pas s'impliquer dans une relation intime avec Jane. Elle était amnésique et vulnérable. Quelle mouche l'avait piqué ?

Il n'avait sauté sur personne jusque-là. À sa décharge, il n'avait jamais autant désiré une femme non plus.

La peur et le chagrin qu'il lisait dans les yeux de Jane lui avaient fait perdre son bon sens et sa maîtrise de lui-même.

Mais si elle était bien décoratrice d'intérieur et millionnaire, elle voudrait retrouver ce monde – celui dont Hannah rêvait.

C'était un monde dans lequel il ne trouverait jamais sa place.

Pour regagner une contenance, il essaya encore d'établir une communication, sans plus de résultat. Alors il décida de chercher une autre issue. Il demanda à Jane de rester où elle était et alluma sa lampe de poche.

Les parois de la mine étaient couvertes de mousse. Il repéra une galerie et s'y enfonça. Il dut se pencher régulièrement pour ne pas se cogner la tête. Après quelques tournants, il se retrouva face à un mur.

Merde.

D'encore plus mauvaise humeur, il fit demi-tour pour rejoindre Jane.

Sur le chemin du retour, il repéra un renfoncement qui lui avait échappé à l'aller. Il l'inspecta.

Il y trouva un vieux gant, des emballages de barres de céréales et des empreintes de bottes. Il s'agenouilla pour les examiner. Elles étaient grandes – sans doute celles d'un homme. De sa nouvelle position, il remarqua un carnet à spirale coincé entre deux cailloux.

Il le ramassa et l'ouvrit. Il y trouva un schéma sommaire des pistes des environs. Son cœur manqua un battement quand il tourna la page et tomba sur un article relatant l'incendie de l'hôpital de Whistler.

Il n'y avait peut-être rien à en déduire, mais cela faisait cinq ans qu'il se demandait si le pyromane ne se cachait pas dans les bois. Avait-il raison ?

Le meurtrier de son père s'était-il caché dans cette mine ?

Fletch se précipita dans la première cavité pour récupérer son appareil-photo et des poches en plastique dans son sac. Jane était assise, les genoux repliés. Elle fixait l'entrée bouchée avec un air inquiet.

— J'ai trouvé des choses un peu plus loin, lui dit-il. Je vais les empaqueter pour les donner à Jacob.

— Croyez-vous qu'elles appartiennent à l'homme qu'on vient de trouver ? demanda-t-elle.

Il haussa les épaules.

— C'est possible, répondit-il même s'il espérait qu'elles appartenaient plutôt au pyromane et fourniraient enfin une piste à ses frères et lui.

— Je reviens, annonça-t-il.

Il retourna dans le tunnel pour ramasser le gant et le carnet sans attendre sa réponse.

Il était impatient de les donner à Jacob.

Quand il rejoignit Jane, elle était si pâle qu'il dut lutter contre la tentation de la réconforter. Il ne fallait surtout pas qu'il la touche. Il risquait de ne pas pouvoir s'empêcher de lui faire l'amour.

À la place, il sortit un piolet de son sac et s'attaqua à la couche de neige et de débris qui bloquait l'entrée.

Jane perçut de l'impatience dans les gestes de Fletch.

— Qu'avez-vous trouvé ? lui demanda-t-elle.

— Un gant et un carnet, répondit-il. Dans le carnet, il y avait un article sur l'incendie de l'hôpital. Les techniciens de la police y trouveront peut-être des empreintes. S'ils appartiennent au pyromane, ça pourrait nous permettre de l'identifier. Sinon, ils appartiennent peut-être à quelqu'un qui aurait des informations utiles à nous fournir.

Elle admira sa détermination. Fletch était clairement le genre d'homme qui ne renonçait jamais.

— L'homme qui a fait ça doit le payer, dit-elle en le pensant sincèrement.

Quand leurs regards se rencontrèrent, elle se souvint qu'elle était recherchée pour meurtre. Elle déglutit péniblement et baissa les yeux pour que Fletch ne puisse pas y lire ses doutes.

— Avez-vous un autre outil pour que je vous aide ? demanda-t-elle.

— C'est inutile.

Son ton macho donna envie de lever les yeux au ciel à Jane.

— Je suis amnésique, pas paralysée, répliqua-t-elle.

Elle balaya la cavité du regard, repéra un gros caillou qui avait un bord saillant et le ramassa.

Fletch ne fit aucun commentaire quand elle se mit à creuser avec lui.

— Dites-m'en plus sur votre famille, demanda-t-elle.

Fletch soupira.

— Ma mère était une très bonne cuisinière, répondit-il. Elle prenait plaisir à nourrir ses garçons. Elle faisait le meilleur rôti de l'État et sa tarte aux pêches était divine. Elle adorait les grands dîners du dimanche et elle aurait aimé avoir des petits-enfants.

Il esquissa un sourire.

— Elle travaillait aussi dans une association, ajouta-t-il. Elle consacrait son temps libre à préparer des repas pour les enfants défavorisés.

— On dirait que c'était une femme admirable, répondit Jane.

— Oui, elle était admirable. Nous l'avons perdue peu de temps après papa. Je pense qu'elle est morte de chagrin. Avez-vous des souvenirs de votre mère ?

Elle se mordit la lèvre. Elle se souvenait des mots croisés qu'elle faisait avec son père, mais sa mère…

— Pas vraiment, répondit-elle. Je crois qu'elle était sociable et qu'elle aimait recevoir des gens.

Et il lui semblait qu'elle-même avait un tempérament opposé et qu'elle n'avait jamais été aussi féminine que sa mère l'aurait voulu.

— Dans un de mes rêves, j'ai vu des livres de droit dans la bibliothèque de mon père. Je pense que c'était un avocat ou un juge.

— Pensez-vous que leur meurtre ait été en rapport avec son travail ? demanda Fletch. Qu'il ne s'agissait pas d'un simple cambriolage ?

Jane arrêta de creuser pour réfléchir.

— Rien ne me permet de l'affirmer, mais je suppose que c'est possible, répondit-elle.

— Vous commencez à vous souvenir de certaines choses, dit Fletch en posant sa main sur son épaule. Tout vous reviendra peut-être quand on regagnera la civilisation.

C'était une bonne raison de creuser.

Ils se remirent au travail. Une heure plus tard, les résultats de leurs efforts étaient à peine visibles. Néanmoins, Fletch s'obstina jusqu'à ce qu'un mince filet de lumière pénètre dans la grotte.

Alors ils entendirent une détonation, et de la poussière commença à leur tomber dessus. La grotte s'effondrait !

— Par ici ! cria Fletch en lui prenant la main.

Il l'entraîna vers le fond de la mine. Quand des cailloux commencèrent à se détacher du plafond, il la plaqua au sol et se coucha sur elle pour la protéger.

12

Le déluge de cailloux produisit un vacarme infernal. La poussière fit tousser Jane, qui resta parfaitement immobile et pria pour qu'ils ne se retrouvent pas complètement enterrés.

Elle ne voulait pas mourir sans avoir eu une chance de prouver son innocence – sans même savoir qui elle était.

Le déluge se calma peu à peu. Quand le silence revint, Fletch s'écarta d'elle.

— Ça va, Jane ?

Elle hocha la tête, cracha de la poussière et jeta un coup d'œil à l'entrée, qui était maintenant complètement murée.

— Oui. Vous ? répondit-elle.

— Oui.

Il jura sourdement en observant les dégâts.

— On est vraiment coincés, maintenant, dit-elle, au bord de la panique.

Fletch pressa ses doigts.

— Pour le moment, mais mon équipe nous trouvera, répondit-il.

Elle aurait aimé avoir son assurance. Elle n'était même pas capable de cacher sa peur. Elle ne savait pas grand-chose sur elle-même, mais elle venait de découvrir qu'elle était claustrophobe.

— Je vous jure que mon frère et mes collègues nous chercheront, ajouta Fletch. Cette mine n'est pas très loin de l'endroit où se trouve le cadavre. Quand ils verront l'avalanche, ils se lanceront à notre recherche.

Jane ne demandait qu'à le croire. L'idée de suffoquer dans le noir la terrifiait.

— Éloignons-nous de ce chaos, suggéra Fletch. L'air sera plus respirable au fond de la mine.

— Mais si quelqu'un venait ? protesta-t-elle. On ne l'entendrait pas, de là-bas.

— Nous n'irons pas jusqu'au fond, la rassura Fletch. Juste assez loin pour mieux respirer.

Elle comprit vite qu'il avait raison. Dès qu'ils atteignirent une cavité un peu plus grande, l'air devint plus frais et plus pur. Fletch s'assit contre une paroi. Il semblait parfaitement calme, mais elle lut de l'inquiétude dans ses yeux.

Fletch essayait de contrôler son anxiété grandissante. Il avait envie de recommencer à creuser, mais l'explosion avait endommagé la structure de la mine. Tout risquait de s'effondrer s'il tentait de dégager une issue.

— Et si l'homme qui a essayé de me tuer avait provoqué cette explosion ? suggéra Jane.

— Sauf que vous l'avez tué, répondit-il.

— Il pouvait avoir un complice, lui fit-elle remarquer.

— Mais qui est l'homme dont on a trouvé le corps ? demanda-t-il, réfléchissant à voix haute.

— J'aimerais le savoir, soupira Jane en se pinçant l'arête du nez.

— On ne peut que formuler des hypothèses, au

point où on en est, dit-il après quelques secondes de réflexion. Passons en revue ce que nous savons.

Jane acquiesça.

— Je me rappelle avoir été attaquée par un homme, qui m'a ligotée et bâillonnée dans l'abri devant lequel on est passés. Je me suis échappée. Il m'a retrouvée, assommée et abandonnée dans la neige pour que je meure de froid.

— Ça fait un premier homme : votre agresseur.

— Je me souviens d'un homme avec un loup tatoué sur le poignet. Il a mis l'alliance à mon doigt.

— Ça fait un deuxième homme : votre mari.

— Il y a aussi le barbu qui nous a tiré dessus, celui que j'ai tué, dit Jane.

— Par légitime défense, lui rappela-t-il. Troisième homme : le tireur barbu.

— Et il y a le mort avec la cicatrice sur le visage, compléta Jane. Ça fait quatre.

— Le tireur barbu et le mort à la cicatrice peuvent l'un et l'autre avoir été votre agresseur. Ils peuvent avoir été complices. L'un d'eux – ou tous les deux – peut avoir été payé pour vous éliminer.

Jane prit sa tête entre ses mains et grogna.

— Ce qui nous renvoie à la question centrale : pourquoi veut-on me tuer ?

— Je sais que c'est déconcertant, répondit-il en se massant la nuque. Mais nous percerons ce mystère.

Jane releva la tête et le regarda avec tant de désespoir qu'il en oublia ses réserves. Il l'attira dans ses bras et lui caressa le dos.

— Tenez bon, lui dit-il. Ça s'arrangera.

Elle plongea son regard dans le sien.

— Mais si j'avais tué mon mari, comme votre frère le pense ?

— Alors vous deviez avoir une bonne raison de le faire, répondit-il avec assurance.

Un silence pesant s'ensuivit. Jane espérait que Fletch avait raison. Elle ne voulait pas s'échapper de cette mine pour se retrouver enfermée dans une cellule jusqu'à la fin de ses jours.

Les heures passant, la mine devint plus sombre et parut plus petite à Jane. Son angoisse s'intensifiait. Elle avait de plus en plus de mal à respirer sans savoir si c'était à cause de sa peur ou parce que l'oxygène commençait à se raréfier.

Finalement, l'épuisement l'incita à se blottir contre Fletch. Elle ferma les yeux et se concentra sur le son apaisant de la respiration régulière de Fletch.

Réconfortée par la présence de Fletch, elle finit par s'endormir et ses cauchemars revinrent la hanter.

Le sang… Les visages de ses parents… Le tatouage de son mari… Sa chute, le torse ensanglanté… L'arme qu'elle tenait d'une main tremblante…

Elle courait. Quelqu'un la pourchassait et elle sentait qu'il se rapprochait. Elle reçut un coup sur la tête et sombra dans les ténèbres.

Un coup de feu. Elle n'arrivait plus à respirer. Elle était piégée dans une mine. Elle mourait…

Elle se réveilla en sursaut au même instant que Fletch et entendit un bruit. Fletch la lâcha et se rapprocha de l'entrée. Elle le suivit en tendant l'oreille.

Elle entendit un autre bruit… puis des voix.

L'espoir germa dans son cœur. Fletch prit la radio et échoua une fois de plus à établir une communication.

— Hé ! cria-t-il. On est là !

Elle se mit à crier avec lui jusqu'à ce qu'ils entendent le son d'une pelle. Alors un homme leur lança qu'on allait les tirer de là.

Les secours étaient là ! On allait les sauver !

Des larmes de soulagement brouillèrent la vue de Jane.

Les secondes s'éternisèrent et devinrent des minutes. Finalement, la neige et les débris commèrent à céder sous les efforts des secouristes. Un petit trou apparut, leur fournissant de l'air et de la lumière.

Jane réprima un sanglot de soulagement.

— Fletch ? appela une voix beaucoup plus distincte.

— On est là, Todd ! répondit Fletch.

— Vous serez bientôt dehors. Éloignez-vous !

— D'accord !

Fletch prit sa main et l'entraîna vers le fond de la cavité. Le nouveau nuage de poussière qui envahit la mine la força à se couvrir la bouche et le nez.

Finalement, les secouristes créèrent un trou assez large pour qu'ils passent à travers.

— Passez la première, lui dit Fletch. Je vous suis.

Elle inspira profondément, puis elle se glissa à travers l'ouverture comme si elle plongeait dans une piscine. Deux hommes prirent ses bras et la tirèrent dehors.

Fletch n'avait jamais été aussi heureux de voir ses collègues. Bien sûr, il n'avait pas menti à Jane. Il avait entièrement confiance en eux.

Mais quelqu'un avait essayé de les tuer, et si quelqu'un d'autre les avait intentionnellement piégés dans cette mine, ils avaient besoin de renforts.

Todd était venu avec des infirmiers, qui se précipitèrent auprès de Jane. Todd et Jacob s'approchèrent de Fletch.

— Ça va, Fletch ? s'inquiéta Todd.

Fletch acquiesça.

— Merci. Je savais que vous nous trouveriez.

— Ça nous a bien aidés que tu donnes les coordonnées du cadavre à Jacob, répondit Todd en se grattant le menton.

— J'ai chargé mon adjoint de le récupérer, et une autre équipe cherche l'homme qui a tiré sur vous, dit Jacob. Maintenant, on t'emmène à l'hôpital.

Fletch offrit un sourire rassurant à son frère, ce qui n'empêcha pas Jacob d'appeler les infirmiers.

— Je vais bien, protesta Fletch. C'est Jane qui a besoin de soins. Elle a une blessure à la tête et elle est encore amnésique.

— Tu as reçu une balle dans la jambe, frérot, grommela Jacob. Tu vas aussi à l'hôpital.

— C'est ridicule.

Fletch se leva pour le prouver, mais sa jambe flancha légèrement.

— Tu vois ? dit Jacob.

— D'accord, admit Fletch. J'accompagnerai Jane dans l'ambulance et on se fera soigner tous les deux.

— Que s'est-il passé entre vous ? demanda Jacob d'un ton méfiant.

Beaucoup de choses.

— Rien, grommela Fletch. Mais elle a besoin de soins et que quelqu'un l'aide à retrouver la mémoire.

— On y veillera, lui assura Jacob. Mais n'oublie pas qu'elle est recherchée pour meurtre, si elle est bien Bianca Renard.

Fletch lui jeta un regard hostile.

— C'est ce que tu dis, répondit-il. Mais rien de ce que j'ai vu ne m'incite à penser qu'elle est une meurtrière.

Une bourrasque secoua les branches, qui les saupoudrèrent de neige.

— Je trouve que tu la défends avec beaucoup d'énergie, commenta Jacob.

— Parce que je pense que c'est une victime, répondit Fletch.

— Merci, Fletch, mais je peux me défendre toute seule.

Fletch tourna vivement la tête. Il n'avait pas entendu Jane approcher.

Il se plaça instinctivement à côté d'elle.

— Jane, je vous présente mon frère Jacob, le shérif de Whistler.

— Je n'ai pas menti à votre frère, shérif, dit Jane.

Fletch lut de la colère dans les yeux de Jacob.

— Pour commencer, Fletch et vous allez vous faire examiner à l'hôpital, répondit-il. Ensuite, vous devrez répondre à quelques questions.

Jane releva le menton.

— Je ne pourrai pas vous dire ce que j'ignore, le prévint-elle. Mais je suis curieuse d'entendre ce que vous avez découvert sur moi.

Jane et Jacob se défièrent du regard. La tension de la situation aurait fait vaciller plus d'un homme, mais Jane garda un aplomb impressionnant, comme si elle avait l'intention de résoudre tous ses problèmes sur-le-champ.

Fletch admira son courage et espéra qu'elle obtiendrait les réponses qu'elle voulait.

Jacob se tourna vers les infirmiers.

— Je veux qu'on la descende sur une civière et que l'ambulance soit sécurisée, dit-il. Mon frère et moi l'accompagnerons à l'hôpital.

Jane pinça les lèvres et leva le menton encore plus haut.

— Cela signifie-t-il que je suis en état d'arrestation, shérif ?

13

Fletch observa son frère, qui était calme et professionnel, comme toujours.

— Pas encore, mais vous êtes une suspecte, répondit-il. Pour commencer, nous devons vérifier votre identité.

Jacob se tourna vers Fletch.

— Tu m'as dit que tu avais ramassé des indices ?

— Ils sont dans mon sac, répondit Fletch en enfonçant les mains dans ses poches. J'ai aussi pris des photos quand je les ai trouvés.

Jacob posa sa main sur son épaule.

— Merci, dit-il. Tu as fait du bon boulot.

Fletch regarda un infirmier aider Jane à s'installer sur la civière, puis se tourna vers son frère.

— Je crois qu'elle ne se souvient vraiment de rien, Jacob. Et rien de ce que j'ai observé ne correspond à ta description de Bianca, si mon avis t'intéresse.

— Liam fait des recherches, répondit Jacob. On avisera quand un médecin l'aura examinée.

— Bien. Il y a autre chose. Je pense que l'avalanche qui nous a piégés a été provoquée par quelqu'un. Et j'ai entendu une autre explosion quand on creusait pour essayer de sortir. Ça ressemblait à de la dynamite.

— Merde.

Jacob plaça sa main au-dessus de ses yeux pour balayer les environs du regard sans être aveuglé par le soleil levant.

— Je chargerai une équipe de chercher des traces d'explosifs, ajouta-t-il. As-tu vu quelqu'un avant l'avalanche ?

— Pas vraiment, répondit Fletch. Peut-être une ombre entre les arbres.

Jacob baissa la voix pour demander :

— Sois honnête. As-tu une petite idée de ce qu'il se passe ?

Fletch eut envie de lui assurer que Jane ne pouvait pas être mêlée à un crime, sauf qu'il n'en avait aucune preuve.

— J'ai des théories, mais ce ne sont que des théories, répondit-il alors qu'une autre bourrasque les saupoudrait de neige. Et si on poursuivait cette conversation sur le trajet ?

Jacob l'observa quelques instants.

— D'accord, mais tu vas faire soigner ta jambe à l'hôpital, répondit-il. Monte sur la civière.

Fletch secoua la tête.

— Pas question. Je suis venu à pied, je repartirai à pied.

— Tu n'as pas besoin de prouver que tu es macho, frérot, répondit Jacob en plissant les yeux.

Fletch éclata de rire.

— Je ne le suis pas, se défendit-il. Mais je ne veux pas forcer mes collègues à porter un homme en bonne santé.

Jacob grommela une remarque sarcastique qui fit pouffer Fletch.

Quelques secondes plus tard, ils se mettaient en route. Jane semblait inquiète. Fletch lui offrit un sourire encourageant tout en gardant tous ses sens en alerte au cas où quelqu'un se serait caché quelque part pour leur tendre une embuscade.

Jane se laissa porter par les collègues de Fletch les mâchoires crispées. Elle avait peut-être oublié son nom et la plupart des détails de son passé, mais elle savait instinctivement qu'elle n'était pas une demoiselle en détresse.

Elle sentait qu'elle était capable de se défendre et qu'elle se débrouillait seule depuis longtemps.

Même si elle avait eu peur de mourir dans cette mine, l'intimité qu'elle avait partagée avec Fletch lui manquait déjà. Elle s'était sentie en sécurité avec lui.

À présent, elle voyait bien que son frère la surveillait du coin de l'œil comme s'il craignait qu'elle ne veuille du mal à Fletch.

Elle passa tout le trajet à s'interroger et à douter. Comment pouvait-elle en vouloir à Fletch de l'avoir repoussée alors que sa vie était un mystère ? Pis : alors qu'elle était recherchée pour le meurtre de son mari ?

Quant à son frère… Jacob la prenait sûrement pour une sorte de veuve noire.

Les infirmiers chargèrent sa civière dans une ambulance. Fletch resta auprès d'elle tandis que Jacob parlait aux autres membres de l'équipe. À cause de la direction du vent, elle n'entendit pas un mot de leur conversation.

L'un des infirmiers appela l'hôpital pour signaler leur arrivée, puis Fletch monta dans l'ambulance.

Elle reçut un regard hostile de Jacob, comme s'il la

suspectait d'avoir séduit son frère pour lui faire avaler des mensonges.

— Je vous suis, annonça-t-il.

Elle cacha sa mauvaise humeur et ne dit rien. Elle savait qu'elle aurait l'air encore plus coupable si elle se défendait.

Au moins, il ne l'avait pas menottée – mais elle sentait que cela viendrait, sauf si elle se souvenait d'un détail susceptible de l'innocenter.

Le trajet jusqu'à l'hôpital fut long et silencieux. Le verglas obligeait l'ambulance à rouler prudemment. Lorsqu'ils arrivèrent aux urgences, Fletch et elle furent emportés dans des salles différentes.

Des infirmiers l'auscultèrent et lui firent une prise de sang, puis ils insistèrent pour qu'elle subisse un examen afin de déterminer si elle avait été victime d'une agression sexuelle. Elle était presque sûre que non, mais elle comprenait que cet examen était nécessaire. De plus, si elle avait fait l'amour de son plein gré avant de se retrouver dans les bois, elle voulait savoir avec qui.

On lui fit passer un scanner, puis une IRM, avant de l'installer dans une chambre. Alors on la mit sous perfusion pour l'hydrater et on lui apporta un bol de soupe.

Il lui semblait que des heures s'étaient écoulées quand un médecin apparut enfin. Il lui posa des dizaines de questions auxquelles elle fut incapable de répondre. Elle fouilla le grand vide où gisait son passé, mais elle n'en tira rien. Non, elle ne se souvenait ni de sa date ni de son lieu de naissance. Elle ne savait pas si elle avait un chien ou un chat. Elle ne connaissait ni sa couleur ni sa chanson préférées.

Elle ne savait pas combien de temps elle avait été mariée.

— Les résultats du scanner sont encourageants, lui dit-il. Le traumatisme crânien a provoqué un léger gonflement autour de votre cerveau, qui peut expliquer votre amnésie.

— Et si ce n'est pas ça ? demanda-t-elle.

— Les traumatismes émotionnels peuvent aussi provoquer des amnésies, répondit le médecin. Il arrive que notre cerveau efface des souvenirs pour nous protéger.

Sauf que c'était contre-productif, dans son cas, puisque son ignorance la mettait en danger.

— Le plus probable est que vos souvenirs reviendront avec le temps et du repos, ajouta-t-il.

— Et si ce n'est pas le cas ?

— Nous pouvons vous donner un rendez-vous avec un psychothérapeute, si vous le souhaitez. Il y a aussi des traitements plus poussés, comme l'hypnose... Mais je ne pense pas que ce soit nécessaire pour le moment.

Bien sûr qu'il ne le pensait pas – mais il n'était pas accusé d'avoir commis un meurtre.

Fletch laissa un médecin examiner sa blessure en essayant de contrôler son impatience.

— Rien d'inquiétant, commenta le médecin. Vous dites que c'est la femme que vous nous avez amenée qui a retiré la balle et qui vous a recousu ?

— Oui.

Et il avait hâte de la revoir.

— Elle vous a sans doute épargné une infection

en intervenant aussi vite, dit le médecin. On peut se contenter de refaire votre bandage.

— Merci, répondit Fletch.

Une infirmière vint changer son pansement, puis Jacob entra dans la pièce.

— Je suis libre, lui dit Fletch en descendant de la table d'examen. Comment va Jane ?

— Le médecin veut la garder en observation pour la nuit, répondit Jacob. Elle était déshydratée. Il pense qu'elle retrouvera la mémoire avec du repos.

— L'as-tu interrogée ?

Jacob grimaça.

— Pas encore. Mais je posterai un homme devant sa porte cette nuit, au cas où elle essaierait de s'échapper.

— C'est inutile, grommela Fletch. Je veillerai sur elle.

Jacob haussa les sourcils.

— On t'a tiré dessus, petit frère, lui rappela-t-il. Tu as besoin de te reposer. Et je parie que tu n'as pas fait un seul vrai repas depuis que tu as quitté le bar l'autre soir.

— Je vais bien, insista Fletch. Et Jane a confiance en moi. Si quelque chose lui revient, elle me le confiera sans doute plus facilement qu'à quelqu'un d'autre.

Jacob parut vouloir protester, mais il hocha la tête.

— C'est vrai, admit-il. Mais le médecin lui a donné un somnifère. Il est peu probable qu'elle se réveille pendant la nuit. Rentre chez toi, prends une douche, mange quelque chose, dors et reviens demain matin.

Fletch hésita avant d'admettre que son frère avait raison. Il aurait l'esprit plus clair après quelques heures de sommeil et il avait grand besoin d'une douche.

— Très bien. Mais appelle-moi si elle se réveille, exigea-t-il.

— C'est promis, répondit Jacob. En attendant, je relèverai les empreintes de Jane. Ça nous fournira son identité.

Fletch comprenait que son frère devait faire son travail. Il espérait seulement que cette information la sauverait au lieu de l'envoyer en prison.

Le lendemain, Jane se réveilla moins endolorie. Une infirmière lui fournit de quoi prendre une douche, qui lui donna l'impression de renaître.

La femme de Jacob lui avait fait apporter un jean et un pull bleu qui étaient chauds et confortables. Le petit déjeuner améliora encore son humeur.

Malheureusement, l'expression de Fletch quand il entra dans sa chambre avec son frère la ramena vite à la réalité.

Quand leurs regards se rencontrèrent, elle retrouva un instant le lien fait de confiance et de sensualité qu'ils avaient développé dans la montagne – celui qui lui donnait envie de se blottir dans ses bras, où elle serait en sécurité pour toujours.

Il s'était rasé, et sa barbe naissante manqua à Jane. Le désir qu'elle lut dans son regard lui fit regretter qu'ils n'aient pas fait l'amour. Au moins, elle aurait pu garder ce souvenir de lui.

Alors il baissa les yeux et l'atmosphère devint pesante.

— Comment vous sentez-vous, ce matin ? lui demanda-t-il.

Elle haussa les épaules.

— Mieux. Je suis propre et on m'a nourrie, du moins.

— Moi aussi, répondit Fletch en esquissant un sourire.

Jacob s'éclaircit la voix.

— Avez-vous vu le médecin, aujourd'hui ?

— Il m'a autorisée à partir, répondit-elle en levant le menton. J'attends qu'une infirmière m'apporte le formulaire de décharge.

— Que pense-t-il de votre amnésie ? demanda Fletch.

Elle tira une carte de la poche de son jean.

— Il m'a fourni les coordonnées d'une thérapeute spécialisée, répondit-elle.

— Tant mieux, dit Fletch.

Elle soupira.

— Je suis censée l'appeler pour prendre rendez-vous, dit-elle avant de se tourner vers Jacob. Si j'y suis autorisée.

— Le sergent Clemmens m'a rappelé hier soir, dit Jacob d'une voix neutre. C'est le policier qui m'a envoyé un rapport sur vous. Hier, il m'a envoyé une photo qui a confirmé votre identité. Bianca Renard, je vous arrête pour le meurtre de Victor Renard. Vous avez le droit de garder le silence…

L'estomac de Jane se noua tandis que Jacob lui récitait ses droits. Même si elle savait que ce moment risquait d'arriver, il était humiliant d'être traitée comme une criminelle.

— Je suis désolé, Jane, murmura Fletch.

Elle releva le menton.

— Je suppose qu'il est temps d'affronter la vérité, répondit-elle.

Même si ce qu'elle s'apprêtait à découvrir sur elle-même risquait de lui déplaire.

L'infirmière entrouvrit la porte et Jane l'invita à entrer. Après avoir signé le formulaire, Jane fut emmenée en fauteuil roulant jusqu'à la voiture du shérif.

Au moins, on ne l'avait pas menottée. Mais elle se sentit piégée dès que la portière de la voiture se referma. Elle s'était battue pour survivre dans la montagne.

Elle devait se battre une nouvelle fois.

Fletch suivit Jacob jusqu'au commissariat de Whistler en essayant de contrôler sa colère. Il ne comprenait pas pourquoi il se souciait autant d'une femme qu'il ne connaissait que depuis quelques jours et sur laquelle il ne savait presque rien, mais c'était le cas.

Et il n'avait aucune envie qu'on la mette en prison.

Et si c'est une meurtrière ? chuchota une petite voix dans sa tête.

Non. Si elle avait bien tué son mari, elle avait forcément une raison. Il en était intimement convaincu.

Sauf qu'il s'était déjà trompé sur une femme. Hannah. Elle était blonde, belle et elle avait la voix d'un ange.

Malheureusement, elle avait l'âme d'un démon.

Jane resta bien droite pendant tout le trajet. Fletch admira sa détermination.

Il savait que Jacob devait faire son travail. Son frère ne pouvait pas ignorer le fait que Jane soit recherchée pour meurtre dans une autre juridiction. S'il la laissait partir, il perdrait la confiance des habitants de Whistler.

Mais cela ne suffisait pas à calmer Fletch.

Son cœur s'affola quand il se gara derrière Jacob devant le commissariat. Quelqu'un avait essayé de la tuer dans la montagne.

Il était possible qu'on veuille encore sa mort.
Quand Jacob aida Jane à sortir de la voiture, Fletch balaya les environs du regard à la recherche d'un tireur embusqué.

14

Jane se sentit encore plus humiliée quand le shérif Maverick – comment aurait-elle pu l'appeler Jacob, alors qu'il l'arrêtait ? – releva ses empreintes et son ADN, puis la prit en photo. Il l'entraîna ensuite dans une petite pièce : la salle d'interrogatoire n° 1. Elle fut surprise qu'une ville aussi petite que Whistler ait besoin de plusieurs salles d'interrogatoire.

D'un autre côté, la ville était proche de la Piste des Appalaches, où des criminels pouvaient être tentés de se cacher.

Elle s'assit sur une chaise en métal, devant une table en bois qui était vissée au sol. Les bottes du shérif cliquetèrent quand il alla prendre place en face d'elle avant de poser une enveloppe sur la table.

Il était évident que Fletch et lui étaient frères, mais ils n'avaient pas les mêmes yeux, et les cheveux de Fletch étaient plus longs que les siens. Fletch avait aussi une sensualité sauvage qui la troublait alors que Jacob était d'une froideur absolue.

Cela faisait partie de son travail. Il était là pour l'interroger, lui arracher une confession et l'envoyer en prison, pas pour être son ami.

Une impression de déjà-vu la frappa quand elle

baissa les yeux vers ses doigts tachés d'encre. À vrai dire, tout – la table, la pièce, la situation – lui semblait familier. Avait-elle déjà été arrêtée ?

Le shérif posa une bouteille d'eau devant elle.

— Le médecin a dit que vous deviez vous hydrater.

Elle ricana.

— Parce que vous vous souciez de ma santé ?

— Écoutez, Jane, Bianca ou peu importe, répondit Jacob avec un regard dur. Je sais que mon frère vous croit innocente et je ne veux pas vous inculper pour un crime si vous ne l'avez pas commis, mais nous devons discuter.

Elle se mordit la lèvre. Il avait raison.

— Commençons par ce qui vous est arrivé, suggéra-t-il. Comment avez-vous atterri là où Fletch vous a trouvée ?

Elle inspira profondément et lui raconta le peu qu'elle se rappelait.

Le shérif l'observa avec un regard neutre.

— Vous vous rappelez avoir vu mourir l'homme que vous croyez être votre mari, répéta-t-il. Ensuite, vous vous rappelez avoir été pourchassée par un homme dans les bois. C'est bien ça ?

Elle acquiesça et essaya de faire jaillir d'autres détails de sa mémoire, mais ses efforts furent vains et lui donnèrent la migraine.

— Que pouvez-vous me dire sur l'homme qui vous pourchassait ? Sa taille ? Sa corpulence ? La couleur de ses cheveux ?

Elle se pinça l'arête du nez.

— Je crois qu'il était plus grand que moi. Je n'ai pas

vu son visage parce qu'il m'a attaquée par-derrière. Il m'a assommée.

— Alors il vous a ligotée et séquestrée dans un abri ? poursuivit Jacob.

Elle pinça les lèvres.

— Je me souviens à peine qu'il m'a traînée dans la neige, répondit-elle. Quand j'ai repris conscience, je me suis détachée et échappée, mais il m'a rattrapée.

— Pensez-vous que ce soit l'homme que vous avez tué ? demanda le shérif en croisant les bras.

— Je n'en sais vraiment rien, soupira-t-elle. L'avez-vous identifié ?

— Pas encore. Mes collègues viennent de le récupérer. Il est en route pour la morgue – comme le cadavre que vous avez trouvé.

— Je ne sais pas non plus qui c'est, mais il me disait quelque chose.

— Intéressant…, répondit le shérif. Et les noms Bianca et Victor Renard ? Vous disent-ils quelque chose ?

— Pas vraiment, répondit-elle en serrant les poings de frustration. J'ai juste l'impression que je ne m'appelle pas Bianca.

Le shérif esquissa un sourire.

— Nous le saurons vite. Nous cherchons vos empreintes et votre ADN dans le fichier. En attendant, le sergent Clemmens m'a faxé des photos du meurtre de votre mari.

Il ouvrit l'enveloppe et étala plusieurs photographies sur la table.

Le cœur de Jane s'affola. Cet homme était censé être Victor, son mari.

Elle se pencha et plissa les yeux. Le tatouage était bien là. Le loup…

Le loup solitaire. Il s'était donné ce surnom parce qu'il se croyait destiné à être toujours seul.

Mais c'était bien l'homme qui avait glissé l'alliance à son doigt. Alors pourquoi avait-il décidé de l'épouser ?

Le shérif posa son doigt sur la photo d'un revolver de calibre 38.

— C'est l'arme qui a tué Victor Renard, dit-il. Nous comparerons les empreintes que nous y avons relevées aux vôtres. D'après le rapport, on a aussi trouvé sur les lieux un cheveu dont la couleur et la longueur correspondent aux vôtres.

Bien sûr, songea-t-elle. Tout, même ses bribes de souvenirs, la désignait comme l'assassin.

Jacob posa un document sur la table.

— C'est un extrait de relevé du compte de Victor et Bianca Renard, dit-il. Il semblerait que de grosses sommes aient été versées sur le compte d'une certaine Sonja Simmons. Ce nom vous dit-il quelque chose ?

— Non.

— Le policier auquel j'ai parlé pense que c'était la maîtresse de Victor.

Il lui présenta ensuite une photographie d'une femme qui lui ressemblait.

— Il a aussi découvert que vous aviez une autre identité : Geneva Armstrong, ajouta-t-il.

Jane ne savait pas quoi penser de tout cela.

— Laissez-moi deviner, répondit-elle : il pense que j'ai tué Victor parce qu'il s'apprêtait à me quitter pour une autre femme.

Jacob haussa les épaules.

— C'est un mobile.

Jane ne répondit rien. Elle n'arrivait pas à se mettre dans la peau d'une femme jalouse ou qui se souciait de l'argent.

Mais il était difficile de contester des preuves.

Regarder son frère interroger Jane mettait les nerfs de Fletch à vif. Il lui avait fallu une demi-heure pour convaincre Jacob de le laisser assister à l'interrogatoire. Il n'avait réussi qu'en persuadant son frère qu'il serait capable de déchiffrer les expressions de Jane.

Mais Jacob avait exigé qu'il reste dans la pièce adjacente et lui avait interdit d'intervenir.

Fletch avait de plus en plus de mal à tenir cette promesse.

D'autant plus que Jacob présentait des preuves accablantes à Jane – des preuves qui incitaient Fletch à se demander s'il savait vraiment quoi que ce soit sur elle.

— Reconnaissez-vous Victor Renard ? demanda Jacob en tapotant l'une des photos.

Jane était blanche comme un linge.

— Oui et non, répondit-elle.

— Qu'est-ce que ça veut dire ? demanda Jacob.

Jane soupira et se passa la main dans les cheveux.

— Je ne me souviens pas vraiment de lui. J'ai rêvé de lui. Ce n'était qu'un bref flash-back, mais je l'ai vu s'effondrer.

Fletch déglutit péniblement. Pour la première fois depuis que Jacob les avait tirés de la mine, il songea que Jane avait sans doute besoin d'un avocat.

— Voyez-vous l'arme du crime, dans votre flash-back ? demanda Jacob.

Jane jeta un coup d'œil vers la caméra qui mit Fletch mal à l'aise. Avait-elle deviné qu'il l'observait ?

Jacob posa ses coudes sur la table et répéta :

— Voyez-vous l'arme, Jane ?

— Je vois l'arme tomber par terre, mais pas le visage du tireur, répondit-elle.

— Victor était un agent immobilier, reprit Jacob. Bianca travaillait en partie avec lui. D'après ce que je sais, ils ont gagné des millions en Floride et venaient juste de s'installer en Caroline du Nord.

Jane resta parfaitement immobile, le dos bien droit.

Jacob tira une autre photo de l'enveloppe et la posa devant elle. C'était une publicité pour l'agence immobilière Renard. On y voyait Jane et Victor côte à côte, le sourire aux lèvres, devant une grande maison de style colonial.

— Ça… Ça ne peut pas être vrai, balbutia Jane.

Jacob croisa les bras.

— Comment ça : « Ça ne peut pas être vrai » ?

Alors que Jane le fixait, on frappa à la porte et Jacob alla répondre. La réceptionniste du commissariat apparut et lui chuchota quelque chose à l'oreille.

Jacob fronça les sourcils, regagna la table et rangea les photos dans l'enveloppe.

— Il semblerait que cette discussion soit terminée, grommela-t-il. Votre avocat vient d'arriver.

Jane haussa les sourcils.

— Mon avocat ?

— C'est ce qu'il a dit, répondit Jacob. Je vous l'envoie.

Jane semblait complètement déconcertée. Quand Jacob quitta la salle, Fletch s'empressa de le rattraper dans le couloir.

— Que se passe-t-il ? demanda-t-il. Jane a-t-elle appelé un avocat ?

— Non, mais il y en a un qui s'est présenté.

— Qui est-ce ?

— Aucune idée.

Quand ils entrèrent dans la grande salle, ils trouvèrent un homme brun aux cheveux courts près du bureau de la réceptionniste. Son costume élégant et ses ongles soigneusement manucurés prouvaient qu'il avait de l'argent.

Il tendit sa main à Jacob.

— Bonjour, shérif. Je m'appelle Woodruff Halls. Je représente Bianca Renard.

Quand Jacob lui serra la main, Fletch ne put s'empêcher de comparer la main de son frère à celle de l'avocat. Comme celle de Fletch, la main de Jacob était rugueuse. Celle de l'autre homme semblait si douce qu'il n'avait pas dû faire une minute de travail manuel dans sa vie.

Jacob s'éclaircit la voix.

— Comment avez-vous su que Jane Doe, la femme que vous appelez Bianca Renard, était ici ? demanda-t-il.

— J'ai parlé au sergent Clemmens, répondit l'homme en tapotant son téléphone. Il se trouve que je suis aussi un ami de M. et Mme Renard. J'ai cru comprendre que Bianca était accusée d'avoir tué Victor, mais je suis tout à fait certain de son innocence. C'est pour ça que j'ai accouru. Je ne la laisserai pas se faire condamner pour un crime qu'elle n'a pas commis – ni se faire assigner un avocat commis d'office qui a trop de dossiers pour la représenter correctement.

Fletch enfonça ses mains dans les poches de son

jean, les yeux rivés sur Halls. L'homme parlait avec animation, comme s'il était sincèrement convaincu de l'innocence de Jane.

Mais Fletch n'arrivait toujours pas à faire un lien entre Jane et ce qu'il avait appris sur Victor et Bianca. Jane ne lui semblait pas du genre à se soucier de l'argent ni à fréquenter des hommes comme Halls.

Bien sûr, il ne la connaissait que depuis quelques jours – et ils avaient passé leur temps à survivre au blizzard et à un tireur.

— Pourriez-vous me montrer un document d'identité, s'il vous plaît ? demanda Jacob.

— Bien sûr.

Halls tira une carte de visite de la poche de sa veste et la tendit à Jacob.

— Puis-je voir ma cliente, maintenant ? ajouta-t-il.

Jacob l'invita à le suivre et jeta un coup d'œil à Fletch pour lui demander de rester où il était, sauf que Fletch n'avait aucune intention de laisser ce type prendre les choses en main sans voir la réaction de Jane.

Il attendit que Jacob et l'avocat soient entrés dans la salle d'interrogatoire et se précipita dans la pièce voisine.

Jane fixait l'avocat. Elle était si immobile que Fletch se demanda un instant si elle respirait encore.

— Cet homme s'appelle Woodruff Halls, Jane, dit Jacob. Il prétend vous représenter.

Jane croisa les bras et jeta un regard méfiant à Halls.

— J'aimerais parler à ma cliente en privé, dit Halls d'un ton sec avant de montrer la caméra du doigt. Et éteignez-moi cette chose, s'il vous plaît.

Fletch sentit son frère contenir sa colère.

— Jane ? demanda Jacob.

Jane jeta un regard glacial à Halls, puis elle signifia à Jacob qu'elle acceptait de rester seule avec cet homme.

Fletch n'aimait pas du tout ce qui se passait, mais il ne pouvait pas l'empêcher.

Une seconde plus tard, l'écran que fixait Fletch devint noir.

Jane se ferma instinctivement comme une huître. Elle ne savait pas qui était cet homme qui prétendait être son avocat.

Mais quelque chose en lui lui donnait la chair de poule.

— Bonjour, Bianca. Ou préférez-vous que je vous appelle Jane ? demanda l'homme.

— Appelez-moi Jane, pour le moment, répondit-elle.

Elle n'arrivait toujours pas à imaginer qu'elle s'appelait Bianca. Peut-être n'était-ce que du déni parce qu'elle ne voulait pas croire qu'elle avait tué quelqu'un.

— Très bien, Jane. Je suis votre seul interlocuteur à partir de cet instant, dit l'homme. Ne répondez plus à aucune question. Ne téléphonez à personne. Et, surtout, ne tombez pas dans le piège de ce shérif en avouant un crime que vous n'avez peut-être pas commis.

Elle déglutit péniblement.

— Vous pensez que j'ai tué ce Victor ?

— Ce n'est pas ce que j'ai dit, répondit Halls en se passant la main dans les cheveux. Je vous recommande juste de ne faire aucun aveu tant que nous n'avons pas épuisé toutes les autres possibilités.

La colère gagna Jane, mais elle se força à rester calme.

— Que savez-vous sur Victor et sur sa mort ? demanda-t-elle.

Halls pinça les lèvres.

— Seulement ce que la police m'a dit. Mais j'ai cru comprendre que vous souffriez d'amnésie, ce qui peut nous aider à gagner du temps. J'ai obtenu une audience d'urgence cet après-midi pour demander votre libération sous caution. Après ça, on pourra élaborer votre stratégie de défense.

Un frisson parcourut Jane quand il posa sa main sur la sienne. Son instinct lui cria que quelque chose clochait et que cet homme n'était pas qui il prétendait être.

15

L'estomac de Fletch se noua quand Jane et l'avocat entrèrent dans la salle d'audience. Grâce à l'amnésie de Jane, Halls avait obtenu une audience exceptionnelle auprès du juge local le jour même.

Fletch était soulagé que Jane n'ait pas à passer la nuit en prison, mais l'idée qu'elle soit relâchée alors qu'elle n'avait nulle part où aller le mettait très mal à l'aise.

Jacob lut les charges qui pesaient sur Jane au juge, puis Halls demanda qu'elle soit libérée sous caution en se proposant comme garant.

— La police n'a que des preuves circonstancielles contre ma cliente, dit-il. Cette femme est malade et ne risque pas de s'enfuir. Je me porte garant pour elle. Elle ne quittera pas le pays et elle se présentera à toute convocation de la police. Par ailleurs, elle a accepté de commencer une thérapie visant à lui faire recouvrer la mémoire et…

Le juge leva la main.

— Le procès n'a pas commencé, monsieur Halls, le coupa-t-il. Mais je vous accorde que les circonstances sont exceptionnelles et que le fait que Jane Doe entre en thérapie est le meilleur moyen pour que justice soit rendue. Je fixe le montant de la caution à cent mille dollars.

Halls sourit et ajusta sa cravate.

— Merci, votre honneur, répondit-il.

Le juge abattit son marteau. Fletch se leva en même temps que Jacob. Il mourait d'envie que Jane le regarde, mais elle ne le fit pas. Elle avait un air résigné.

— Je n'aime pas cet homme, grommela Fletch.

— As-tu une raison pour ça ? demanda Jacob.

Fletch fronça les sourcils.

— Sans doute, mais je ne l'ai pas encore trouvée.

— Tu es peut-être trop près de la situation, suggéra Jacob. Trop près de Jane.

Fletch réprima un grognement.

— Je dois éprouver le besoin de la protéger parce que je l'ai trouvée, admit-il. Ça fait partie du boulot. Il est difficile de tourner la page.

Jacob esquissa un sourire.

— Tu es sûr qu'il ne s'agit que du boulot ?

Non, il n'en était pas sûr. Mais il n'avait pas l'intention de confier à son frère qu'il avait failli faire l'amour à Jane et qu'il en avait encore envie. À vrai dire, il avait rêvé de prouver son innocence et de la ramener chez lui pour lui donner du plaisir toute la nuit.

— Renseigne-toi sur cet avocat, s'il te plaît, demanda-t-il au lieu de répondre. Assure-toi qu'il est bien qui il prétend être.

— J'en ai l'intention, répondit Jacob. Et j'attends toujours les résultats des empreintes et de l'ADN de Jane.

— Où en es-tu avec les deux corps ?

— Ils sont à la morgue. Ils seront bientôt autopsiés.

— Les identifier pourrait nous aider à comprendre ce qu'il s'est passé.

Pendant que Halls versait la caution, Fletch traversa la salle pour rejoindre Jane. Elle semblait parfaitement calme, mais il lut de la peur dans ses yeux.

— Reconnaissez-vous cet avocat, Jane ? lui demanda-t-il.

Elle secoua la tête.

— Il dit qu'il sait où j'habite et qu'il va me ramener chez moi, répondit-elle en haussant les épaules. Ça pourrait réveiller ma mémoire.

C'était vrai.

— Je peux vous accompagner, proposa Fletch.

— Ce n'est pas une bonne idée, intervint Halls en s'approchant d'eux. Cet homme est le frère du shérif, Bianca. Il pourrait essayer de vous soutirer des informations pour s'en servir contre vous.

Jane prit un air mal à l'aise, comme si elle n'avait pas envisagé cette possibilité. Fletch serra les dents. Comment pouvait-il espérer avoir son entière confiance ?

Halls prit le bras de Jane.

— Allons-nous-en ! Vous vous souviendrez sûrement de certaines choses quand vous serez dans votre environnement.

Quand Halls l'entraîna vers la porte, Fletch les suivit et glissa une carte de visite dans la poche de Jane.

— Il se trompe sur mon compte, lui chuchota-t-il à l'oreille. Appelez-moi si vous avez besoin de quoi que ce soit.

Halls le fusilla du regard.

— Je croyais avoir été clair, monsieur Maverick.

Laissez ma cliente tranquille. Désormais, elle ne parlera plus qu'à moi.

Halls et Jane quittèrent le bâtiment, montèrent dans une Cadillac noire et disparurent.

Jane avait redouté de passer la nuit en prison, mais se retrouver avec ce parfait inconnu ne la rassurait pas.

Quand Halls s'était adressé au juge, elle avait eu un flash-back. Il se trouvait dans la pièce, avec elle, quand son mari s'était fait tuer.

Mais cela n'avait aucun sens. Son esprit lui jouait-il des tours ?

Si Halls était présent, savait-il qui avait tué son mari ? S'il le savait, pourquoi ne l'avait-il pas dit à la police ?

Ils quittèrent la ville et s'engagèrent sur l'autoroute.

— Où allons-nous ? demanda-t-elle.

Halls lui jeta un bref coup d'œil avant de répondre :

— Dans votre maison de campagne. Ça pourrait vous aider à vous souvenir de ce qui s'est passé cette nuit-là.

Jane joignit ses mains sur ses genoux.

— Est-ce là que mon mari s'est fait tuer ?

— Oui. Vous possédez une très jolie cabane dans les environs d'Asheville.

— Et je suis une décoratrice d'intérieur ?

— C'est ça. Victor et vous travailliez souvent ensemble.

— Dans quelle branche du droit êtes-vous spécialisé ? demanda-t-elle en l'observant attentivement.

— Je m'occupe d'affaires de divorce, mais j'ai travaillé au pénal, plus tôt dans ma carrière, répondit-il sans quitter la route des yeux.

Il s'occupait de divorces ?

— Comment nous avez-vous connus, Victor et moi ? demanda-t-elle. Étions-nous sur le point de divorcer ?

Il quitta l'autoroute en direction d'Asheville.

— Non, répondit-il en tapotant le volant. Victor m'a vendu ma maison et vous l'avez décorée. Vous étiez si doués que j'ai recommandé vos services à certaines de mes connaissances, puis nous sommes devenus amis.

Elle se mordilla la lèvre.

— Vous avez dit qui vous croyiez en mon innocence. Que pensez-vous des preuves que le shérif a contre moi ?

— Elles sont toutes circonstancielles.

— Parlez-moi de ma relation avec Victor, demanda-t-elle.

— Vous étiez très amoureux l'un de l'autre. Votre mariage était stable. Aucun de vous n'a jamais trompé l'autre. Vous envisagiez même d'avoir un enfant.

Ah bon ? Elle s'en voulut. S'ils étaient amoureux et voulaient un enfant, pourquoi ne se souvenait-elle ni de lui ni de leur mariage ?

Parce qu'avoir assisté à sa mort l'avait traumatisée ?

— J'ai l'impression que tout cloche, dit-elle. Dans l'un de mes rares souvenirs, je le vois tomber à la renverse au moment où il a reçu une balle dans le torse.

— Alors vous avez assisté au meurtre ? demanda Halls.

Elle secoua la tête.

— Je crois, mais je ne me souviens pas du visage du tireur, même si…

Il lui jeta un bref coup d'œil.

— Même si quoi ?

Jane opta pour la franchise.

— Je pense que vous étiez là. Je vous ai vu.

Une veine palpita sur la gorge de l'avocat.

— Vous avez les idées embrouillées, visiblement, répondit-il. Je vous ai déjà rendu visite, mais je n'étais pas là le soir de la mort de Victor.

Il lui jeta un regard compatissant.

— Et si vous vous reposiez un peu ? suggéra-t-il. Nous en avons encore pour une heure de route.

Le cœur de Jane s'affola. Elle n'avait pas confiance en Halls. Elle espérait seulement que la mémoire lui reviendrait quand elle verrait l'endroit où Victor s'était fait tuer.

— Je trouve cet avocat louche, dit Fletch à Jacob.

Son frère pouffa.

— Tu n'apprécies peut-être pas que Jane soit avec lui plutôt qu'avec toi, répondit-il.

Jacob marquait un point, mais ce n'était pas tout.

— Peux-tu faire des recherches sur lui ? demanda Fletch.

— Dès qu'on sera au commissariat, promit Jacob. Et j'appellerai Liam. Il a plus de ressources que moi.

Fletch le remercia et ils se mirent en route. Une fois au commissariat, ils échangèrent quelques mots avec l'adjoint de Jacob, Martin Rowan, et se servirent un café avant d'entrer dans le bureau de Jacob. Celui-ci s'assit dans son fauteuil et alluma son ordinateur.

Il lança une recherche sur Woodruff Halls. Fletch tira une chaise près de son fauteuil pour voir l'écran.

— Il n'a pas de casier judiciaire, dit Jacob. Voici son site Internet.

La photographie de la page d'accueil était encore

plus lisse que le personnage. Photoshop pouvait faire des merveilles.

Ils lurent les commentaires de plusieurs clients, tous élogieux. Les hommes semblaient avoir particulièrement apprécié ses services. Deux s'étendaient longuement sur la manière dont Halls avait tiré parti d'un adultère de leur épouse.

Il y avait aussi une section sur des dossiers criminels qu'il avait traités en début de carrière – tous assez insignifiants.

— Il a dû changer de spécialité quand il s'est aperçu que les affaires de divorce étaient plus juteuses, commenta Jacob avec mépris.

Fletch grimaça. Sur le papier, Halls était exactement qui il prétendait être.

La porte s'entrouvrit et Liam passa sa tête à l'intérieur.

— Salut, les gars ! leur lança-t-il.

Jacob l'invita à entrer.

— Je faisais des recherches sur l'avocat qui représente Jane Doe, dit-il.

— C'est de ça que je voulais vous parler, répondit Liam.

Le cœur de Fletch manqua un battement. Son frère avait des réponses. Il pria pour qu'elles prouvent l'innocence de Jane.

— Que sais-tu ? demanda-t-il à son frère.

— C'est le problème, répondit Liam en s'asseyant sur un coin du bureau. Je n'ai rien trouvé sur Bianca et Victor Renard.

— Que veux-tu dire ? demanda Jacob. Leur casier est vierge et personne ne s'est plaint de leur travail ?

— Non, répondit Liam. Je veux dire que je n'ai rien trouvé sur eux, comme s'ils n'existaient pas.

Fletch écarquilla les yeux.

— Comment est-ce possible ? demanda Jacob. Le rapport, les empreintes et les photos que j'ai reçus viennent d'un policier.

— Je ne sais pas ce qui se passe, répondit Liam. Mais je peux te dire que ce policier a été suspendu parce qu'il a accepté des pots-de-vin. Il peut avoir intercepté ta requête et t'avoir envoyé un faux rapport.

La panique gagna Fletch.

— Si Bianca et Victor Renard n'existent pas, pourquoi Halls a-t-il débarqué pour défendre Jane ? s'écria-t-il. Pourquoi prétend-il la connaître personnellement et être convaincu de son innocence ?

— Ce sont de bonnes questions, répondit Liam.

— Si Jane n'est pas Bianca, qui est-elle ? demanda Jacob.

Fletch se leva. Il avait commencé à croire que Jane lui avait menti, que c'était une manipulatrice, comme Hannah.

Mais cela n'avait rien à voir. Quelque chose n'allait pas.

Jane était en danger.

Jane se réveilla en sursaut alors que la voiture s'arrêtait à un stop. Elle avait rêvé de Fletch – pas de ses parents, d'autres cadavres ou du meurtre de son mari.

Halls s'engagea sur une route qui s'enfonçait dans les bois. Un frisson parcourut Jane.

— Je croyais qu'on vivait en banlieue, balbutia-t-elle en ayant du mal à ordonner le peu d'informations dont elle disposait.

Halls tourna la tête.

— Vous possédez une maison en banlieue, mais je vous emmène dans votre résidence secondaire, répondit-il.

Jane s'agrippa au bord de son siège. Ces bois lui semblaient vaguement familiers – et inquiétants.

— Je ne suis pas prête pour ça, dit-elle. Je pense que vous devriez me déposer dans un hôtel pour la nuit… Ou m'emmener dans la maison de banlieue.

— Je croyais que vous vouliez vous souvenir de ce qu'il s'est passé pour prouver votre innocence, répondit Halls d'une voix glaçante.

Des gouttes de sueur se formèrent sur la nuque de Jane.

— C'est le cas, mais le médecin m'a déconseillé d'essayer de forcer les choses. Il a dit que la mémoire me reviendrait quand je serais prête.

Elle avait l'impression que la forêt les avalait.

— Vraiment, monsieur Halls…, insista-t-elle.

— Woodruff, la corrigea Halls.

Il posa sa main sur la sienne. Jane la trouva froide et moite. Le geste, qui se voulait rassurant, lui donna la chair de poule.

— Souvenez-vous que nous sommes amis et que je suis là pour vous aider, ajouta-t-il.

— Alors, emmenez-moi ailleurs, s'il vous plaît, répondit-elle plus fermement. Je vous dis que je ne suis pas prête.

— Il sera peut-être difficile d'affronter ce qu'il s'est passé, mais vous me remercierez quand vous vous souviendrez.

Elle en doutait, mais il semblait inutile d'insister.

Il continuait à conduire sans se soucier de sa panique grandissante.

De temps à autre, elle apercevait une cabane entre les branches. Les grands arbres et les rochers lui rappelaient le moment où elle avait couru pour échapper à la mort.

Finalement, ils atteignirent une clairière au milieu de laquelle se dressait une cabane. L'endroit était si isolé qu'il semblait… dangereux.

Un nouveau frisson la parcourut. Elle ne voulait pas être isolée. Elle voulait être avec Fletch, en qui elle avait confiance.

— Nous y sommes, annonça Halls.

Il sortit de la voiture et en fit le tour pour ouvrir la portière du passager.

Jane resta paralysée.

— Allez, entrons ! l'encouragea l'avocat.

Quand il lui tendit la main, elle regarda ses longs doigts aux ongles manucurés et sa chevalière sur laquelle était gravée la lettre H. Elle vit ces doigts repliés… sur une arme…

Sa vue se brouilla subitement.

Elle entendit une détonation, puis un cri, et vit son mari tomber.

Elle cria à son tour, se retourna et ramassa l'arme par terre, mais quelqu'un se jeta sur elle. Elle entendit une nouvelle détonation alors qu'elle se débattait pour échapper à l'homme.

— Bianca ?

Une voix l'arracha aux images. Quand elle rencontra le regard de l'avocat, elle sut qu'il lui avait menti.

Halls était là ce jour-là. Ses mains… Cette chevalière…

Elle devait lui échapper.

Elle replia les jambes pour lui donner un coup de pied dans le torse. Après avoir claqué la portière, elle s'empressa de se mettre au volant et démarra.

Elle ne savait pas qui était Halls, mais elle était sûre qu'il n'était pas son ami.

16

Jane écrasa l'accélérateur.

Il était possible qu'elle commette une erreur. Elle avait peut-être simplement fait une crise de panique à l'idée de revoir l'endroit où son mari s'était fait tuer. Halls n'était peut-être pas sur les lieux le jour du meurtre.

Mais elle avait eu le sentiment qu'il était dangereux dès qu'il était entré dans la salle d'interrogatoire.

Et cette chevalière… Non, elle n'était pas paranoïaque. Il était bien là. Il avait menti.

Elle jeta un coup d'œil dans le rétroviseur par réflexe, mais il n'y avait pas d'autre voiture garée près de la cabane. Il ne pouvait pas la poursuivre.

Elle soupira de soulagement et se concentra sur sa conduite. Elle ne savait pas où elle allait, seulement qu'elle devait échapper à Halls.

Elle n'avait pas confiance en lui.

Tant qu'elle ne savait pas qui elle était, elle ne pouvait se fier à personne… sauf à Fletch.

L'avertissement de Halls lui revint à l'esprit. Oui, Fletch pouvait essayer de lui soutirer des informations pour les livrer à son frère.

Sauf que son instinct lui disait qu'il y avait un lien entre Fletch et elle.

Quand elle atteignit la grande route, elle recommença à jeter des coups d'œil dans le rétroviseur. Halls pouvait avoir appelé la police.

Elle se raidit en entendant une sirène. Une voiture de patrouille s'approchait derrière elle.

Mon Dieu ! Il avait appelé la police. Il devait avoir dit qu'elle était en fuite et qu'elle avait volé sa voiture.

Elle retint son souffle, ralentit et se rangea sur la file de droite. Une seconde plus tard, la voiture de patrouille la dépassa.

Dieu merci !

Elle essuya ses mains moites sur son jean. Elle ne savait ni où aller ni quoi faire.

Elle envisagea différentes possibilités alors qu'elle roulait vers Whistler. Elle pouvait chercher une cachette. Non. Fuir comme une criminelle ne ferait qu'aggraver sa situation. Elle voulait connaître la vérité, savoir qui elle était.

Et pourquoi quelqu'un voulait sa mort. Comme le trafic s'intensifiait, elle garda une vitesse constante pour ne pas attirer l'attention.

Elle devait se débarrasser de la voiture de Halls. La police la cherchait s'il avait signalé son vol.

Une trentaine de kilomètres plus loin, elle se retrouva au cœur de la zone rurale qui s'étendait entre Asheville et Whistler. Les pics enneigés qui brillaient au soleil lui rappelèrent qu'elle avait failli mourir dans la montagne.

Elle y serait morte sans l'aide de Fletch.

Après une décision soudaine, elle prit la sortie suivante. Avant tout, elle devait se débarrasser de cette voiture.

En proie à un mélange de peur et de culpabilité,

elle gara la Cadillac de Halls au bord d'une route de campagne, près d'une petite ville.

Elle était sûre de ne pas être une criminelle… mais elle devait agir. Halls était dangereux. Il fallait juste qu'elle réussisse à le prouver.

Elle fouilla la voiture dans l'espoir de trouver des réponses. Il n'y avait qu'un manteau et une paire de gants sur la banquette arrière. Elle fouilla la boîte à gants.

Elle y trouva un peu d'argent, l'attestation d'assurance et la carte grise du véhicule, des pastilles à la menthe, un paquet de cigarettes et un briquet. Elle y trouva aussi une photo, sur laquelle Halls n'était pas seul. Son bras était enroulé autour des épaules d'une petite brune qui devait avoir le même âge que lui. Elle était séduisante, mais sa posture était raide, comme si quelque chose la contrariait.

C'était peut-être sa femme. Elle retourna la photo dans l'espoir d'y lire un nom. Si elle la trouvait, la femme lui dirait peut-être ce qui clochait chez Halls – ou elle la dénoncerait.

Pas de nom.

Elle sortit de la voiture pour fouiller le coffre. Craignant à demi d'y trouver un corps, elle retint son souffle avant de l'ouvrir. Elle devait avoir regardé trop de films d'horreur.

Elle n'y trouva pas un cadavre, mais une mallette. Elle força la serrure. La mallette contenait des documents et des notes qui concernaient plusieurs cas de divorces et des cartes de visite. Elle en glissa une dans sa poche.

Elle y trouva aussi une photo d'elle et de l'homme qui avait un loup tatoué sur le poignet. Son mari…

Sa vue se brouilla et ses jambes la trahirent. Assaillie par une vague de nausée, elle s'appuya sur la voiture en ayant l'impression que le sol s'ouvrait pour l'engloutir.

Elle abattit son poing sur le pare-chocs. Si seulement elle pouvait voir ce que contenait ce grand néant…

Elle inspira profondément jusqu'à ce que son malaise passe. Furieuse de ne pas avoir plus de contrôle sur elle-même, mais plus déterminée que jamais à recouvrer la mémoire, elle glissa la photo dans sa poche et ferma le coffre.

Elle partit à pied en direction de la petite ville en se cachant derrière des buissons ou des rochers dès qu'une voiture passait.

Elle repéra un café à l'entrée de la ville, entra dans la station-service qui se trouvait à côté et demanda si elle pouvait téléphoner.

Un homme d'une soixantaine d'années en salopette lui montra un vieux téléphone posé sur le comptoir.

— Vous pouvez vous servir de celui-là tant que ce n'est pas un appel longue distance, répondit-il.

Elle le remercia, tira la carte de Halls de sa poche et composa le numéro.

— Andrea Horton, secrétaire de M. Halls, que puis-je faire pour vous ? répondit une femme.

— Je cherche à joindre l'épouse de M. Halls…

— Je suis désolée, mais M. et Mme Halls sont divorcés et je n'aurais pas pu vous donner ses coordonnées personnelles même s'ils avaient encore été mariés.

Jane se demanda ce qui s'était passé entre eux, mais la secrétaire raccrocha sans lui laisser le temps de poser une autre question.

Fletch faisait les cent pas dans le bureau de Jacob.

— Si Halls a menti sur l'identité de Jane, sur quoi d'autre a-t-il menti ? demanda-t-il.

— Bonne question, répondit Jacob après s'être passé la main sur le visage.

Liam téléphona à son laboratoire pour lui demander de mettre les bouchées doubles sur l'analyse des empreintes et de l'ADN de Jane, puis il appela son bureau en mettant le haut-parleur.

— Avez-vous du nouveau ? demanda-t-il.

— Oui, répondit Chad, l'un de ses analystes. On a découvert que l'homme que Fletch a trouvé à la Pointe du Corbeau s'appelait Neil Akryn. C'était un détective privé qui avait une agence dans une petite ville près d'Asheville.

Fletch, Jacob et Liam se regardèrent.

— Travaillait-il seul ? demanda Liam.

— Non, répondit Chad. Il avait un associé, un certain Wiley Farmer. Je lui ai laissé un message. Il n'a pas encore rappelé.

Liam pinça les lèvres.

— Envoie quelqu'un chez lui et à son agence, ordonna-t-il. Nous devons le retrouver le plus vite possible.

— La balle qui a tué Akryn a été tirée par l'arme de l'autre mort, poursuivit Chad.

— Alors l'homme que Jane a abattu a tué Akryn ? demanda Liam.

— On dirait bien, répondit Chad.

— Et qui est-ce ?

— On ne l'a pas encore identifié.

Liam claqua des doigts.

— Le sergent Clemmens a fabriqué des preuves

contre Jane, dit-il. Mais elle se rappelle avoir assisté à la mort de son mari. Appelle les morgues à Asheville et dans les environs. Demande-leur s'ils ont récupéré un Victor Renard. Et préviens-moi dès que tu auras les résultats du labo sur les empreintes et l'ADN de Jane.

— D'accord.

Liam raccrocha.

— Que faisait un détective privé dans la montagne ? demanda Jacob, les sourcils froncés. Cherchait-il Jane ?

Fletch haussa les épaules.

— Ou Bianca ? répondit-il. Mais nous savons que Jane n'est pas Bianca. Et où en sommes-nous avec Clemmens ?

— Il a disparu, répondit Liam en se pinçant l'arête du nez. On le cherche. Fletch, j'ai besoin de savoir tout ce que Jane t'a dit dans les bois. Même le plus petit détail peut nous aider.

Fletch soupira.

— J'ai besoin d'un autre café, dit-il.

Les trois frères allèrent remplir leurs tasses, puis retournèrent dans le bureau de Jacob.

— J'ai d'abord vu des traces de sang, puis trouvé une alliance avant de tomber sur elle, commença Fletch. Je l'ai emportée dans l'abri le plus proche et il lui a fallu un moment pour reprendre conscience. Quand elle est enfin revenue à elle, elle a reconnu l'alliance. Elle m'a dit qu'elle avait eu un flash-back dans lequel un homme la mettait à son doigt, mais qu'elle ne se souvenait ni de son mariage ni du nom de son mari. Elle s'est souvenue que son mari avait un loup tatoué sur le poignet.

— Intéressant, intervint Liam. Ça nous aidera dans nos recherches. Quoi d'autre ?

— Jane a fait des cauchemars quand elle dormait, répondit Fletch. Elle a rêvé du meurtre de ses parents. Elle était dans sa chambre. Elle a entendu du bruit, comme si quelqu'un s'introduisait dans la maison, puis des coups de feu. Elle s'est cachée dans son placard pendant des heures et elle a découvert les corps de ses parents le lendemain matin.

Il s'interrompit, perturbé par son récit.

— Elle n'avait que douze ans, ajouta-t-il.

— Ça a dû être traumatisant, commenta Jacob.

— S'agissait-il d'un cambriolage ou ses parents étaient-ils visés personnellement ? demanda Liam.

— Elle ne s'en souvenait pas, répondit Fletch. Mais elle pense que son père était un avocat ou un juge.

— Le coupable a-t-il été arrêté ? demanda Liam.

Fletch haussa les épaules.

— Elle ne m'a rien dit de plus à ce sujet.

— Alors on ne peut pas écarter l'hypothèse que la situation actuelle de Jane soit liée à ces meurtres, grommela Jacob.

— Quel âge a Jane, à ton avis ? demanda Liam en croisant les bras.

— Dans les trente-deux, trente-trois ans, répondit Fletch.

— Ces meurtres ont dû faire les gros titres, dit Liam. Même s'ils ne sont pas liés aux problèmes de Jane, les retrouver nous permettrait de l'identifier. Je mettrai quelqu'un sur le coup.

— S'est-elle souvenue d'autre chose ? demanda Jacob.

Fletch hésita, mais il réduirait leurs chances de

découvrir la vérité s'il n'était pas honnête. Ses frères étaient là pour aider.

— Elle se souvient qu'elle a vu son mari se faire tuer, mais pas du tireur, répondit-il.

Un silence pesant s'ensuivit.

— Parle-nous du barbu, finit par demander Liam. Comment Jane s'est-elle retrouvée avec ton arme ?

Fletch serra les dents.

— D'abord, on est passés devant l'abri de la Saillie rocheuse, expliqua-t-il. J'y ai trouvé des cordes et un bâillon et Jane s'est souvenue qu'elle y avait été séquestrée. Elle a réussi à s'échapper, mais son agresseur l'a rattrapée. C'est à ce moment-là qu'il l'a assommée et abandonnée pour qu'elle meure de froid.

— Le salaud, grommela Jacob.

— J'ai ramassé les preuves et on s'est remis en route, reprit Fletch. Le barbu nous a attaqués juste après. Jane et moi avons essayé de nous mettre à couvert derrière un rocher, mais j'ai pris une balle dans la jambe. C'est à ce moment-là que mon arme m'a échappé. Alors l'homme s'est jeté sur Jane. Elle l'a repoussé, a ramassé mon arme et tiré.

— Elle l'a repoussé ? répéta Jacob.

Fletch acquiesça.

— Je sais que c'est dur à croire, mais elle est douée, répondit-il. Elle a dû prendre des cours d'autodéfense.

— Et le tir ? demanda Liam. Elle a atteint le barbu entre les deux yeux.

— C'était impressionnant, reconnut Fletch en se massant la nuque.

— Elle a de l'expérience, Fletch, dit Liam. Il est possible qu'elle ait été entraînée par l'armée ou la police. Je vais rappeler Chad. Si elle a appartenu à l'une ou à l'autre, on trouvera ses empreintes dans notre base de données.

Le téléphone de Fletch sonna. Il ne reconnut pas le numéro.

— Je dois prendre cet appel, dit-il. C'est le boulot.

Il sortit de la pièce avant de décrocher.

— Allô ?

— Fletch…, répondit Jane, le souffle court. J'ai des ennuis. Aidez-moi, s'il vous plaît.

Le sang de Fletch se glaça dans ses veines.

— Où êtes-vous ? demanda-t-il.

Elle lui donna l'adresse d'un café d'une petite ville entre Whistler et Asheville.

— Êtes-vous toujours avec Halls ? demanda-t-il.

— Non. Il n'est pas qui il prétend être. J'ai… pris sa voiture et je me suis enfuie.

Il soupira de soulagement.

— Bien. Ne bougez pas. J'arrive.

Il ne prit pas la peine de dire à ses frères où il allait, de peur qu'ils n'essaient de le retenir. Il sortit du commissariat à grands pas, sauta dans sa voiture et se mit en route.

Il devait trouver Jane avant Halls.

Jane était assise au fond du petit café, tous ses sens en alerte. L'argent qu'elle avait trouvé dans la boîte à gants de la voiture lui avait permis de s'acheter une casquette.

La serveuse, une jeune fille souriante prénommée Trish, s'approcha pour prendre sa commande. Jane demanda un déca.

Trish lui assura que le café servait la meilleure tarte aux pommes de l'État.

— Avec une boule de vanille par-dessus, vous vous croirez au paradis, lui assura-t-elle.

Jane refusa poliment. Elle était incapable d'avaler quoi que ce soit.

Elle observa les murs couverts de tableaux qui représentaient des paysages et des animaux.

De la country sortait d'un haut-parleur et il y avait des disques d'un chanteur local à vendre près de la caisse. Trish et la propriétaire, une femme d'une soixantaine d'années aux cheveux roses, accueillaient tous ceux qui entraient en les appelant par leur prénom.

Sauf elle. Elle était l'étrangère – et elle était seule. Quand Trish lui avait demandé ce qu'elle faisait à Beaver Ridge, elle avait répondu qu'elle attendait son petit ami avec lequel elle devait passer quelques jours dans une cabane des environs. En approchant de Beaver Ridge, elle avait remarqué une publicité pour des cabanes à louer.

Quand Trish vint la resservir, Jane se réjouit d'avoir commandé du décaféiné. Elle avait déjà du mal à empêcher ses mains de trembler.

Deux policiers en uniforme entrèrent dans le café. Jane retint son souffle quand ils balayèrent la salle du regard avant de s'installer au comptoir.

Jane baissa sa casquette sur les yeux et se tourna un peu pour les observer discrètement. Ils commandèrent un café et – sans surprise – une part de tarte aux pommes.

Jane avait l'impression d'être une criminelle en fuite.

Cela lui déplaisait profondément, mais elle devait faire profil bas tant qu'elle n'avait pas prouvé son innocence.

En buvant son café, elle nota les détails dont elle se souvenait sur une serviette en papier, puis elle écrivit Bianca Renard, Victor Renard et Woodruff Halls. Elle regrettait de ne pas avoir d'ordinateur pour faire des recherches.

Quand les policiers reçurent un appel, elle tressaillit et tendit l'oreille.

— Une Cadillac noire, immatriculée LW2FU, appartenant à un dénommée Woodruff Halls, déclarée volée, vient d'être retrouvée sur la route d'Old Salter, à proximité de Beaver Ridge. La coupable présumée est recherchée…

Jane perdit le fil quand les policiers balayèrent la salle des yeux une nouvelle fois. Terrifiée, elle laissa un billet de dix dollars sur la table et fila vers la porte de derrière.

Elle entendit des voix dans son dos, mais elle n'osa pas se retourner. Une fois dehors, elle se mit à courir.

17

Fletch entra dans Beaver Ridge le cœur tambourinant dans la poitrine. Il repéra aussitôt le café dans lequel Jane était censée l'attendre et soupira de soulagement.

Celui-ci fut de courte durée parce qu'il y avait une voiture de police garée devant. Halls avait-il dénoncé Jane comme fugitive ? Pourquoi alerterait-il la police s'il était impliqué dans le crime dont on accusait Jane ?

Mais Halls s'était aussi présenté au commissariat et devant un juge – ce qui était particulièrement audacieux s'il voulait faire du mal à Jane.

Fletch se gara sur le parking du café en priant pour que la police n'ait pas arrêté Jane. Il balaya les environs du regard. Il y avait des gens dans la rue mais il ne vit pas Jane.

Avant de sortir de sa voiture, il se répéta l'histoire que Jane avait inventée pour justifier sa présence. Il traversa le parking tous ses sens en alerte.

Alors qu'il s'apprêtait à entrer dans le café, deux policiers en sortirent. L'un tenait des clés, l'autre une radio.

— On va passer les environs au peigne fin, dit le policier à la radio.

Fletch fit semblant d'être en pleine conversation

téléphonique quand il les croisa. Ils montèrent dans leur voiture et démarrèrent.

Des odeurs de cannelle, de tarte aux pommes et de café assaillirent Fletch quand il entra dans le café. Les tableaux accrochés aux murs, qui devaient avoir été peints par des artistes locaux, invitaient les visiteurs à explorer la nature avoisinante.

Il y avait des nappes à carreaux rouges et blancs sur les tables et plusieurs fauteuils près de l'entrée.

Fletch observa les clients sans voir Jane. Une jeune serveuse s'approcha de lui, le sourire aux lèvres.

— Bonjour, je m'appelle Trish. Vous pouvez vous installer où vous voulez. Vous n'aurez qu'à me faire signe pour que je vienne prendre votre commande.

— J'ai rendez-vous avec une jeune femme, répondit Fletch en rendant son sourire à la serveuse.

— Votre petite amie ? demanda Trish.

Soit elle était d'une curiosité excessive, soit elle avait parlé à Jane.

— C'est ça, répondit-il. Une jolie brune. Nous avons l'intention de passer quelques jours…

— Dans l'une des cabanes à louer, acheva la serveuse à sa place. Elle m'en a parlé. C'est très romantique.

— Alors où est-elle ? demanda Fletch.

Trish se retourna et fronça les sourcils.

— Je ne comprends pas… Elle était à cette table, là-bas, dit-elle en lui montrant une table sur laquelle était posée une tasse de café.

Fletch serra son téléphone dans ses doigts en priant pour que Jane l'appelle.

— Ça vous ennuie d'aller voir si elle est aux toilettes ? demanda-t-il.

— Pas du tout, répondit Trish.

Elle entra dans les toilettes des femmes et en sortit quelques secondes plus tard, les sourcils encore plus froncés.

— Non, elle n'y est pas, lui dit-elle. Elle est peut-être sortie prendre l'air ou acheter un souvenir…

— Sans doute, répondit-il. Je vais l'appeler. Merci, Trish.

Il s'aperçut qu'il y avait une sortie de secours. Si Jane était tombée sur les policiers, elle avait pu prendre peur et partir par là.

Il attendit que Trish s'occupe d'autres clients pour sortir par-derrière et scruter l'allée dans laquelle il déboucha.

Jane emprunta plusieurs allées en rasant les murs et en sachant qu'elle ne pourrait pas fuir éternellement.

Elle avait peut-être oublié son nom, mais elle savait qu'elle n'était pas lâche. Elle devait affronter ses problèmes.

D'un autre côté, elle ne voulait pas aller en prison. Cela risquait de se produire si Fletch la livrait à son frère… mais c'était un risque qu'elle devait courir.

La voiture de police qui était garée devant le café s'éloigna. Elle soupira de soulagement et fit demi-tour, puisque Fletch était censé la retrouver au café.

La porte de derrière de l'un des magasins s'ouvrit et deux employés sortirent pour fumer une cigarette. L'odeur du tabac se mêla à celle des ordures. Jane s'empressa de s'éloigner et se glissa entre deux autres boutiques jusqu'à un angle d'où elle pouvait voir le parking du café.

Elle repéra la voiture de Fletch près d'un grand chêne.

Le souffle court, elle balaya les environs du regard. Il pouvait y avoir d'autres policiers à sa recherche.

Ou Halls. Il avait le bras assez long pour avoir obtenu une audition d'urgence auprès d'un juge. Avait-il des contacts dans la police ?

Elle regrettait de ne pas avoir son téléphone. Comme il le gardait accroché à sa ceinture, elle aurait pu le lui arracher avant de s'enfuir. Dommage qu'elle n'y ait pas pensé…

Elle ferma les yeux et se massa les tempes pour essayer de se calmer.

Quand elle rouvrit les yeux, deux jeunes femmes entraient dans le café avec des poussettes. Il n'y avait pas de policier dans les environs et personne ne lui semblait louche.

C'était maintenant ou jamais, songea-t-elle. Alors qu'elle s'apprêtait à foncer vers la voiture de Fletch, quelqu'un l'attrapa par-derrière.

Elle voulut se débattre, mais son assaillant posa une main sur sa bouche et lui serra la taille si fort qu'il lui coupa le souffle.

Mon Dieu ! Halls l'avait-il retrouvée ?

— Tout va bien, c'est moi, chuchota Fletch à l'oreille de Jane, qui tremblait comme une feuille. Je vais vous lâcher. Vous avez confiance en moi ?

Elle hocha la tête. Dès qu'il relâcha son étreinte, elle se retourna et le poussa.

— Vous m'avez fait une peur bleue ! s'écria-t-elle, les yeux étincelants de colère.

— Je suis désolé, répondit-il sincèrement. Ce n'était pas mon intention.

Elle planta ses poings sur ses hanches.

— Il y avait des policiers dans le café, dit-elle. Les avez-vous appelés ?

Fletch crut recevoir une gifle.

— Non. Je vous ai dit que vous pouviez me faire confiance.

— Ils me cherchent, ajouta-t-elle. Ils sont au courant pour la voiture de Halls.

Fletch balaya les environs du regard.

— Allons dans ma voiture, dit-il. On y sera plus tranquilles pour parler.

— Vous n'allez pas me livrer à Jacob ? demanda-t-elle avec un air méfiant.

— Non, mais il faut qu'on parle.

Jane jeta un coup d'œil à sa voiture. Sentant qu'elle allait s'élancer en courant, il enroula un bras autour de ses épaules.

— Du calme, lui dit-il. Souvenez-vous qu'on est censés faire une escapade romantique. Évitons de nous faire remarquer.

— Vous avez raison, répondit-elle en glissant un bras autour de sa taille. Et merci d'être venu.

Fletch lui offrit un sourire rassurant, mais son cœur battait la chamade. Il avait envie que leur alibi n'en soit pas un. Il avait envie que Jane soit innocentée pour qu'ils puissent se demander s'il y avait vraiment quelque chose entre eux.

Quand ils atteignirent la voiture, Fletch ouvrit sa portière à Jane. Pour rendre leur alibi plus crédible – il essaya de s'en convaincre, du moins – il se pencha et l'embrassa.

Quand il s'écarta, il lut de la surprise – et peut-être

du désir – dans les yeux de Jane. Il ferma la portière et contourna la voiture en réprimant un sourire.

Quelques secondes plus tard, ils étaient en route.

— Où allons-nous ? demanda Jane.

Fletch serra les dents. Il aurait dû appeler Jacob et Liam… Et il le ferait – mais pas tout de suite.

— Chez moi, répondit-il. Personne ne vous y cherchera.

Sauf ses frères, mais il gérerait la situation si elle se présentait.

Jane effleura ses lèvres. Le baiser de Fletch l'incitait à se poser des questions déplacées. Et si elle n'était pas accusée de meurtre ? Et si elle ne risquait pas de se faire tuer à tout instant ?

Et si Fletch et elle pouvaient s'enfuir ensemble pour toujours ?

Un nids-de-poule la ramena à la réalité.

Ressaisis-toi ! s'ordonna-t-elle. *Fuir n'est pas la solution.*

Mais c'était tentant.

Fletch conduisait sans rien dire, les mâchoires crispées. Elle ferma les yeux et essaya d'analyser le comportement de Halls.

Rien ne faisait sens, à commencer par le fait qu'elle rêvait du meurtre de ses parents comme s'il avait quelque chose à voir avec le mystère du présent.

Ses parents s'étaient fait tuer plus de vingt ans plus tôt. Elle était presque sûre que le coupable avait été mis en prison.

Elle avait dû s'endormir, parce qu'elle se réveilla en sursaut un peu plus tard. La voiture rebondissait sur les nids-de-poule et les racines d'une mauvaise route au milieu des bois.

La panique la gagna quelques secondes. Ils étaient au milieu de nulle part.

Elle déglutit péniblement et se ressaisit. C'était de la paranoïa. Fletch lui avait sauvé la vie et avait pris soin d'elle depuis le début. Ils avaient compté l'un sur l'autre dans la montagne. Elle devait continuer à lui faire confiance.

Il se gara devant une cabane qui avait une grande baie vitrée et une cheminée. Il y avait des arbres aux branches dénudées tout autour et des pics enneigés au loin.

— C'est magnifique, murmura-t-elle.

— Je m'y plais, répondit Fletch avec fierté. Entrons !

Jane sortit de la voiture et entendit une rivière qui devait couler derrière la cabane de Fletch. Celui-ci grimpa les marches du perron, ouvrit la porte, entra et alluma plusieurs lampes.

Jane le suivit et fut impressionnée par la taille de la cheminée en pierre. Le canapé en cuir et le tapis bleu et vert donnaient un caractère masculin et chaleureux à la pièce. Il y avait des peintures représentant des paysages aux murs et une guitare acoustique posée contre un fauteuil, près de la cheminée.

Elle imagina Fletch fredonnant devant un bon feu et dut réprimer une vague de désir.

— Vin ou whisky ? demanda Fletch en s'approchant du bar.

— Whisky.

Elle n'était pas sûre d'aimer cela, mais elle avait répondu si vite que ce devait être le cas.

Il en versa dans deux verres et l'invita à prendre place sur le canapé. Elle prit le verre qu'il lui tendit d'une main tremblante.

Fletch s'assit à côté d'elle, but une gorgée de son whisky, puis plongea son regard dans le sien.

— Que s'est-il passé avec Halls ? demanda-t-il en ayant l'air de contrôler difficilement sa colère.

— Il a menti à tout le monde, répondit-elle. Il n'est pas qui il prétend être. Et je ne crois pas qu'il soit mon ami.

— Pourriez-vous être plus précise ?

— Comme je vous l'ai dit, j'ai vu l'homme au tatouage, mon mari, se faire tuer. J'ai aussi vu l'arme dans ma main, mais je ne me souviens pas avoir tiré, répondit-elle en ayant bien conscience qu'elle ne lui avait pas encore fourni cette information. Halls était là. Il était dans la pièce quand Victor est mort.

Les mâchoires de Fletch se crispèrent.

— Vous en êtes sûre ?

Elle acquiesça.

— Oui, j'en suis certaine.

— L'a-t-il reconnu ? demanda Fletch.

— Non, répondit-elle en effleurant le bord de son verre. Il a nié. Il a dit qu'il était déjà venu nous rendre visite, mais qu'il n'était pas là le soir de la mort de Victor. Il a dit que j'avais les idées embrouillées. Je sais que j'ai les idées embrouillées… Mais pas sur ce point, je vous le jure. J'ai vu son visage. Et mon instinct me dit que c'est un homme dangereux.

— Que s'est-il passé d'autre ?

— Il m'a emmenée dans une cabane isolée en prétendant qu'elle nous appartenait, à Victor et à moi.

Je pense que ce n'est pas vrai non plus. Quand on est passés devant des rochers qui ressemblent à un cactus, j'ai paniqué. J'ai l'impression que rien ne tient debout…

Elle se frotta nerveusement les bras.

— Quand il est sorti de la voiture, j'ai eu un flash-back dans lequel je l'ai vu tirer sur Victor, poursuivit-elle. Je l'ai repoussé, je me suis mise au volant et je suis partie aussi vite que j'ai pu. J'ai roulé jusqu'à la petite ville d'où je vous ai appelé.

Le silence de Fletch accrut sa nervosité. La croyait-il ?

— Il a dû déclarer que sa voiture avait été volée, ajouta-t-elle. Je suppose que c'est pour ça que la police me cherche.

Fletch vida son verre d'un trait et le posa sur la table basse.

— Vous avez eu raison de ne pas lui faire confiance, finit-il par répondre. L'histoire de Bianca et Victor Renard est bidon.

Le cœur de Jane manqua un battement.

— Que voulez-vous dire ?

— Mon frère Liam, qui travaille pour le FBI, a fait des recherches. Bianca et Victor Renard n'existent pas.

Elle cligna des yeux.

— Alors je…

— Je ne sais pas qui vous êtes, mais vous ne vous appelez pas Bianca, dit Fletch.

— Je trouve ce nom bizarre depuis le début.

— Halls a menti sur beaucoup de choses, apparemment.

— Mais je me souviens de l'alliance et d'un meurtre, lui rappela-t-elle. Et je suis sûre que Halls était là.

— Alors il est possible que Halls ait tué cet homme,

que vous ayez assisté à la scène et qu'il essaie de vous faire porter le chapeau, répondit Fletch.

— Dans ce cas, qui est l'homme sur lequel j'ai tiré ? Et pourquoi a-t-il essayé de me tuer ?

— Nous n'avons pas encore découvert son identité, répondit Fletch. Mais le mort à la cicatrice était un détective privé. Il peut avoir été engagé par Halls.

— Si Halls a tué mon mari, pourquoi ?

— Ça reste à découvrir, mais nous saurons bientôt qui vous êtes grâce à vos empreintes.

— Je ne comprends toujours pas, murmura-t-elle en secouant la tête. Votre frère avait toutes ces preuves contre moi…

— Liam a découvert que le sergent Clemmens les avait forgées. Ce doit être un complice de Halls.

Elle lutta contre une vague de nausée.

— Alors Halls m'a fait libérer sous caution pour pouvoir me réduire au silence, conclut-elle.

— Ce serait un plan très élaboré, mais c'est possible, répondit Fletch. Il a dû penser que les policiers de Whistler étaient des flics de campagne qui ne chercheraient pas plus loin. Il s'est trompé.

Elle finit son verre, l'esprit envahi de questions. Toutes les réponses se trouvaient dans sa tête, mais elles avaient été effacées comme des mots à la craie sur un tableau.

— Jane ?

Elle offrit un sourire tremblant à Fletch.

— Merci de m'aider, lui dit-elle. Je n'avais personne d'autre vers qui me tourner.

Son regard brûlant la fit trembler de désir.

— Je me réjouis que vous m'ayez fait confiance, répondit-il en posant un doigt sous son menton.

Elle refoula les larmes qui lui vinrent.

— On ne devrait pas, balbutia-t-elle quand Fletch se pencha vers elle. Pas avant de savoir qui je suis.

Il laissa échapper un grognement où se mêlaient la frustration et le désir.

— Je me moque de ton nom, répondit-il. Je sais qui tu es et je sais que tu n'es pas une meurtrière.

Un instant, elle revit l'arme dans sa main, mais l'image s'effaça dès que Fletch pressa ses lèvres contre les siennes.

18

Fletch crut perdre la raison quand Jane lui rendit son baiser. Quand ils sauraient qui elle était, ils trouveraient peut-être des dizaines de raisons qui les empêcheraient d'être ensemble.

Un autre homme… Un enfant…

Mais il chassa ces possibilités de son esprit. Cela n'avait aucune importance pour le moment.

La voir partir avec Halls l'avait terrifié parce qu'il ne connaissait pas l'avocat et ne savait pas ce qui arriverait à Jane.

Cela l'avait terrifié parce qu'il voulait qu'elle reste auprès de lui.

Aucune femme ne lui avait inspiré ce sentiment.

Il n'aimait pas éprouver un besoin aussi désespéré, mais il ne pouvait pas s'en empêcher. Était-ce ce que Jacob avait ressenti quand il était tombé amoureux de Cora ? Certaines personnes la trouvaient instable, mais Jacob s'était aperçu qu'elle souffrait et l'amour les avait guéris tous les deux.

Cora avait placé un aimant sur leur réfrigérateur sur lequel était écrit : « Vis l'instant présent ! »

C'était exactement ce qu'il voulait faire.

Jane poussa un gémissement de désir et glissa ses

doigts dans ses cheveux. Il l'attira contre lui et s'enflamma encore plus quand il sentit ses seins pressés contre son torse.

Il interrompit leur baiser pour laisser courir sa langue sur sa gorge. Jane déboutonna sa chemise en gémissant, glissa ses mains dessous et lui griffa le dos.

Fou de passion, il tira sur son pull. Elle le retira et le lança dans le fauteuil. Quand elle tendit ses bras vers lui, il les retint et les écarta pour pouvoir la contempler.

Elle était magnifique. Ses bleus s'effaçaient et son soutien-gorge en dentelle ne couvrait qu'à moitié ses seins, qu'il voulait tenir dans ses mains.

Il voulait la voir nue et sentir sa peau contre la sienne.

Le regard brûlant, elle se pencha pour effleurer l'un de ses tétons du bout de la langue. Elle lui fit découvrir à quel point ils étaient sensibles en les mordillant l'un après l'autre.

— Jane…

Elle laissa courir ses doigts sur son ventre, puis déboutonna son jean. Il emprisonna ses poignets en grognant. S'ils ne ralentissaient pas, il exploserait avant de l'avoir pénétrée.

Il se leva.

— Viens ! dit-il d'une voix rauque.

Craignant que ses jambes ne le trahissent, il prit sa main pour l'entraîner dans sa chambre au lieu d'essayer de la porter.

Il s'arrêta sur le pas de la porte et plongea son regard dans le sien. Il voulait être sûr que son désir était partagé.

— J'ai envie de toi, Jane.

— Moi aussi, j'ai envie de toi, répondit-elle.

Il lut dans ses yeux une passion aussi intense que celle qui le consumait.

Il l'embrassa avec fougue avant de l'entraîner jusqu'au lit. Quelques secondes plus tard, ils étaient peau contre peau.

Jane trembla de plaisir quand Fletch laissa courir ses doigts sur ses seins et sur son ventre. Jamais sa peau n'avait été aussi sensible.

Quand les lèvres de Fletch suivirent les arabesques qu'avaient tracées ses doigts, elle griffa les muscles tendus de son dos.

Elle n'aspirait plus qu'à le sentir en elle.

Elle écarta les jambes pour l'inviter à la pénétrer, mais il avait d'autres projets. Il glissa le long de son corps et pressa ses lèvres contre le cœur de sa féminité.

Elle gémit et s'agrippa à ses épaules. Quand la torture devint insupportable, elle souleva ses hanches pour l'inviter en elle.

Alors Fletch se redressa pour sortir un préservatif du tiroir de sa table de nuit. Quelques secondes plus tard, elle l'aidait à le dérouler sur son membre.

Il l'embrassa passionnément et s'attarda entre ses plis avant de la pénétrer d'un grand coup. Elle épousa avidement ses mouvements jusqu'à ce que leur rythme devienne frénétique.

Alors qu'elle se laissait enivrer par un tourbillon de plaisir, Fletch se raidit un instant avant d'atteindre l'orgasme d'un dernier coup de reins, l'emportant avec lui dans la jouissance.

Le souffle court, ils restèrent immobiles un long moment. Jane caressa doucement le dos de Fletch en laissant ses sensations résonner en elle.

— Ah, Jane ! finit-il par dire d'une voix rauque. Je ne sais pas qui tu es ni quel pouvoir tu as sur moi, mais je ne peux pas m'empêcher de te désirer.

Elle esquissa un sourire et l'embrassa. Elle ne savait pas non plus pourquoi, mais elle aurait aimé qu'ils restent dans les bras l'un de l'autre jusqu'à la fin des temps.

Malheureusement, la culpabilité s'insinua en elle. Avait-elle autant désiré l'homme qui avait glissé une alliance à son doigt ?

Aurait-elle dû le pleurer et préparer son enterrement au lieu de faire l'amour à un autre ?

Sentant la tension de Jane, Fletch la berça et murmura des mots qui n'avaient pas beaucoup de sens pour l'apaiser. Son corps vibrait encore de plaisir.

Il n'avait pas envie de la lâcher. Pas tout de suite – peut-être jamais.

— Vas-tu dire à tes frères que je suis là ? murmura-t-elle.

Il se redressa un peu pour scruter son visage.

— Veux-tu que je le fasse ?

— Il ne serait pas juste de te demander de me cacher, répondit-elle en lui caressant le torse.

Il pouffa.

— Rien dans cette situation n'est juste. Il n'était pas juste que quelqu'un t'ait enlevée et ait essayé de te tuer.

Jane hocha la tête.

— Pouvons-nous rester seuls cette nuit ? demanda-t-elle.

Il en avait autant envie qu'elle.

— Oui. Jacob et Liam s'occupent de ton affaire. Si tout va bien, on devrait avoir les résultats du laboratoire demain.

Le soupir qu'elle poussa exprimait autant d'anxiété que de soulagement.

— Alors on comprendra tout, murmura-t-elle.

— Oui, répondit-il en priant pour que la vérité ne l'envoie pas en prison.

Elle se blottit dans ses bras et s'endormit presque aussitôt. Cette nuit, au moins, elle était en sécurité.

L'idée qu'elle risquait de passer sa vie en prison nouait l'estomac de Fletch. Il devait bien admettre qu'il avait laissé ses sentiments l'emporter sur sa raison.

Mais il était convaincu que tout finirait par s'arranger. Il ne pouvait pas croire qu'une relation qui lui procurait autant de joie contienne quelque chose de mauvais.

L'épuisement finit par avoir raison de lui. Il se réveilla quelques heures plus tard, alors que les premiers rayons du soleil entraient dans la chambre. Jane dormait encore. Elle était si belle… Il déposa un baiser sur son front et mémorisa ses traits de peur que cette journée ne la lui vole.

Une idée lui vint subitement pendant qu'il préparait le café. Et s'il n'y avait aucune information sur Bianca et Victor Renard parce qu'ils étaient des témoins protégés ? Cela expliquerait pourquoi Jane avait un faux nom et cela pouvait expliquer pourquoi des cadavres peuplaient ses cauchemars.

Elle pouvait avoir assisté à un crime, été prise en charge par le programme de protection des témoins, puis tué ce Victor parce qu'il l'avait trahie. C'était peut-être aussi pour cela qu'elle avait eu deux types aux trousses dans la montagne.

Mais quel était le rôle de l'avocat dans tout cela ?

Avait-il tué son mari ou l'avait-il aidée à obtenir une nouvelle identité ?

Jane fut réveillée par une délicieuse odeur de café. Il lui fallut quelques secondes pour comprendre où elle était. Le soleil entrait par la fenêtre et elle était seule dans le lit.

Fletch.

Elle était dans sa maison – dans son lit. Ils avaient fait l'amour la veille et cela avait été merveilleux.

Mais que se passerait-il aujourd'hui ?

Elle se leva, enfila une chemise de Fletch posée sur une chaise, entra dans la salle de bains et se passa de l'eau sur le visage. Elle glissa ses doigts dans ses cheveux emmêlés en observant son reflet dans le miroir.

Le bleu qu'elle avait sur le front ne se voyait presque plus. Elle avait l'air reposée et un peu inquiète. Surtout, elle avait l'impression d'observer une inconnue.

— Qui es-tu, Jane ? murmura-t-elle. Et qui était cette Bianca ?

Elle entendit les pas de Fletch et sortit de la salle de bains. Elle enfila une paire de chaussettes avant de suivre l'odeur du café jusqu'à la cuisine.

Fletch se tenait sur un balcon qui courait sur tout l'arrière de la cabane. Il contemplait les montagnes, une tasse à la main. Comme il y avait une autre tasse posée près de la cafetière, Jane la remplit avant de le rejoindre.

La beauté du paysage lui coupa le souffle, et le torse nu de Fletch réveilla son désir.

— Bonjour, dit-il en tournant la tête vers elle.

Il la regarda comme s'il essayait de deviner si elle avait des regrets.

Elle n'en avait aucun – en ce qui concernait leurs ébats, du moins.

— Bonjour, répondit-elle en réchauffant ses mains autour de la tasse. Et merci. Je ne sais pas comment je m'appelle, mais je crois que je suis accro au café.

Il lui décocha un sourire espiègle.

— Moi aussi, répondit-il.

Ils restèrent un moment silencieux, à boire leur café en contemplant les montagnes.

— Cet endroit est très agréable, finit-elle par murmurer.

— Merci, répondit Fletch. J'ai construit cette cabane. Quand nos parents sont morts, mes frères et moi avons décidé de nous construire des maisons ailleurs. Celle de nos parents contenait trop de souvenirs.

— Et je n'en ai presque aucun…

— Je suis désolé, balbutia-t-il. C'était très maladroit.

— Non, c'était juste sincère, lui assura-t-elle. Et il faudra bien que je redécouvre mon passé si je veux prouver mon innocence et avoir un avenir.

— Tu retrouveras la mémoire, répondit-il avant de prendre un air pensif. Une idée m'est venue, tout à l'heure, alors que j'essayais d'assembler les pièces du puzzle. Le fait que tu aies un faux nom, que tu rêves de cadavres, que quelqu'un ait essayé de te tuer… Nous avons déjà envisagé la possibilité que tu aies assisté à un crime. Et si tu avais été prise en charge par le programme de protection des témoins ?

Elle se massa les tempes. Cela expliquerait son changement de nom et cela pouvait vouloir dire qu'elle n'était pas une meurtrière.

— J'ai envoyé un texto à Liam pour lui demander de se renseigner, ajouta Fletch.

Des coups frappés à la porte la firent sursauter.

— As-tu dit à quelqu'un que j'étais là ? demanda-t-elle.

Il secoua la tête.

— Non. Va dans la chambre.

Les nerfs à fleur de peau, elle se précipita dans la chambre de Fletch et regarda par le trou de la serrure. Fletch ouvrit à Jacob et à un deuxième homme, qui devait être un autre de ses frères.

— Que se passe-t-il ? aboya Jacob.

Fletch se passa la main dans les cheveux.

— Que veux-tu dire ? demanda-t-il.

Jacob balaya la pièce du regard comme s'il cherchait quelqu'un.

— Ce maudit avocat m'a appelé, grommela-t-il. Il m'a dit que Jane l'avait agressé et lui avait volé sa voiture.

Fletch croisa les bras.

— Si elle l'a fait, elle devait avoir une bonne raison, répondit-il avant de se tourner vers l'autre homme. Où en es-tu avec le programme de protection des témoins, Liam ?

Jane s'empressa de s'habiller.

— J'attends qu'on me rappelle, répondit Liam. Mais il est difficile de leur arracher des informations, même pour le FBI.

— Écoute-moi, frérot, reprit Jacob. Au point où on en est, Jane est considérée comme une fugitive. Elle a agressé un homme et volé une voiture. Si tu la caches, tu peux être accusé de complicité.

Mon Dieu ! songea Jane. Elle ne pouvait pas laisser Fletch avoir des ennuis à cause d'elle.

Mais elle ne pouvait pas non plus découvrir la vérité si elle était en prison, et Jacob semblait convaincu de sa culpabilité.

La panique et la raison se disputèrent son esprit. Elle devait retourner dans la cabane dans laquelle l'avocat l'avait emmenée, au cas où cela l'aiderait à se souvenir de quelque chose, mais c'était dangereux.

Elle fouilla le sac de Fletch pour prendre son arme et un chargeur.

Elle sortit par-derrière, descendit l'escalier sur la pointe des pieds et s'enfonça dans les bois.

Elle trouverait un moyen de transport et elle affronterait ses démons.

Elle devait protéger Fletch – ce qui signifiait qu'elle devait agir seule.

19

Fletch inspira profondément.

— Je croyais que vous suspectiez Halls de nous avoir menti.

— Ta théorie m'a fait réfléchir, répondit Liam. Halls peut avoir aidé Jane à intégrer le programme de protection des témoins.

— J'y ai pensé, mais alors pourquoi ne nous l'a-t-il pas dit ? demanda Fletch en enfonçant les mains dans ses poches.

Liam s'éclaircit la voix.

— Le programme fonctionne parce que très peu de gens ont accès aux informations sur les témoins, leur nouvelle identité et l'endroit où ils sont, répondit-il. Ils n'ont plus aucun lien même avec leur famille, leurs amis et leurs collègues.

— Je le sais bien, mais Jacob est dans la police, insista Fletch.

— Une fuite, même accidentelle, peut mettre le témoin en danger, répondit Liam.

Fletch se gratta la tête.

— Nous devons interroger Halls et le forcer à nous expliquer ce qu'il se passe, dit-il. S'il a aidé Jane à entrer dans le programme, il a des informations sur le crime auquel elle a assisté et la personne qui veut la tuer.

— Je vais le convoquer, répondit Jacob.

Liam s'adossa au comptoir de la cuisine.

— Jane t'a-t-elle dit autre chose, Fletch ? demanda-t-il.

Fletch songea à leur confier que Jane pensait avoir vu Halls au moment du meurtre, mais il n'était pas disposé à avouer qu'elle se cachait dans sa chambre.

Elle avait confiance en lui et il voulait que cela continue.

Il lui revint tout à coup qu'elle avait vu des couples dans ses cauchemars.

— Elle a aussi vu des hommes et des femmes assassinés ensemble dans ses cauchemars. Elle pense qu'il s'agissait de couples mariés.

Liam se raidit.

— Des couples ? répéta-t-il.

Fletch acquiesça.

— Des hommes et des femmes étendus les uns près des autres. Mais elle a dit que ce n'étaient que des images décousues qu'elle aurait pu voir aux informations.

— Le FBI enquête sur des assassinats de couples, dit Liam en pianotant sur le comptoir. Et si Jane avait assisté à l'un d'eux ?

Fletch croisa les bras.

— C'est possible.

— Mais quel est le rôle du mari dans tout ça ? demanda Jacob.

— C'est peut-être le tueur, suggéra Fletch. Elle peut avoir découvert ce qu'il avait fait et l'avoir tué par légitime défense parce qu'il a essayé de la réduire au silence.

— C'est possible, admit Liam, mais ce n'est qu'une théorie. Je vais voir si je trouve quelque chose de ce côté.

Il tira son téléphone de sa poche et sortit sur le balcon.

— Et j'appelle Halls, annonça Jacob.

Fletch hocha la tête. Jacob composa le numéro et mit le haut-parleur, mais il tomba sur le répondeur. Il laissa un message pour demander à Halls de le rappeler de toute urgence.

Fletch regarda Liam faire les cent pas sur le balcon en parlant au téléphone. Il s'arrêta net devant la table et fixa les tasses de café.

Les *deux* tasses de café.

Merde ! songea Fletch.

Une seconde plus tard, Liam rentra en le fusillant du regard.

— Elle est là, n'est-ce pas ? lui lança-t-il. Tu la caches et tu nous mens depuis notre arrivée.

Jane courait à travers bois rongée par la culpabilité. Elle s'en voulait d'avoir laissé tomber Fletch, mais elle se souciait trop de lui pour lui créer des problèmes avec ses frères. Ces hommes avaient assez souffert de la mort de leurs parents.

Son amnésie, son passé et le meurtre étaient ses problèmes.

Elle gérait ses problèmes toute seule. Il le fallait bien. Elle ne pouvait compter sur personne.

Cette prise de conscience brutale la fit s'arrêter net. Elle n'avait jamais été mariée.

Alors, qui était l'homme qui avait passé une alliance à son doigt ?

Troublée, mais se réjouissant que des bribes de

souvenir lui reviennent, elle longea la rivière en direction de Whistler. Il lui fallait un moyen de transport.

Elle tressaillit lorsqu'une voiture passa à côté d'elle. Puisqu'elle ne savait pas qui voulait sa mort, il valait sans doute mieux qu'elle évite de faire du stop.

Quand une autre voiture approcha, elle se cacha derrière un buisson et attendit que le véhicule soit passé.

La neige encore entassée sur les bords de la route la forçait à marcher moins vite qu'elle ne l'aurait voulu. Elle finit par repérer une ferme entourée d'enclos où paissaient des chevaux et des vaches.

La ferme se trouvait au bout d'un chemin, à environ cinq cents mètres, mais il y avait une vieille camionnette au bord de la route qui avait un panneau « À vendre » sur le pare-brise.

Elle s'assura qu'il n'y avait personne dans les environs avant de se glisser à l'intérieur. Les sièges étaient si usés qu'elle redouta que le véhicule refuse de démarrer. Comme il n'y avait de clé nulle part, elle mit le moteur en route en croisant les fils. La camionnette démarra. Cela lui inspira un sourire et une question : comme savait-elle faire démarrer une voiture de cette manière ?

Mais elle n'avait pas le temps d'y réfléchir. Le propriétaire pouvait apparaître à tout moment.

Elle appuya sur l'accélérateur et s'engagea sur la route. Comme il y avait un vieux chapeau de paille sur le siège du passager, elle le mit pour masquer ses traits.

Puisque Fletch et ses frères pouvaient être à sa recherche, elle prit bien garde de ne pas dépasser la limite de vitesse autorisée pour ne pas attirer l'attention.

Il y avait très peu de circulation, juste un camion de temps à autre.

N'étant pas sûre de pouvoir retrouver la cabane où Halls l'avait emmenée, elle scruta le paysage dans l'espoir de reconnaître quelque chose. Des chevaux lui parurent familier, puis une publicité pour une ferme qui proposait de cueillir des fraises.

Quand une sirène retentit, elle jeta un coup d'œil dans le rétroviseur, la peur au ventre. Elle aurait aimé s'engager sur un chemin, mais il n'y en avait aucun sur cette portion de la route.

Tandis que la voiture de police approchait, elle garda une vitesse constante en priant pour ne pas être sa cible.

— À quoi joues-tu ? s'écria Liam. On t'aide et tu nous mens ?

— J'allais vous en parler, se défendit Fletch. Mais je voulais d'abord savoir si vous aviez du nouveau.

Jacob le fusilla du regard.

— Où est-elle ? demanda-t-il.

Fletch s'empressa de lui barrer la route quand il fonça vers la chambre.

— Ne me dis pas que tu as couché avec elle ! grommela Liam.

— Laissez-moi vous expliquer, dit Fletch. Elle est arrivée hier soir. Elle était terrifiée. Elle a dit qu'elle avait senti que quelque chose clochait quand Halls l'avait emmenée dans une maison qui était censée leur appartenir, à son mari et elle. Elle était sûre qu'il mentait. Comme elle avait peur, elle a pris sa voiture et roulé jusqu'à un café où elle m'a donné rendez-vous.

Ses frères lui jetèrent des regards réprobateurs.

— De quoi avait-elle peur ? demanda Liam. Pensait-elle qu'il voulait lui faire du mal ?

Fletch serra les dents.

— Elle s'est rappelé l'avoir vu dans la maison quand son mari s'est fait tuer. Elle pense qu'il a tué son mari et qu'il essaie de lui faire porter le chapeau.

Jacob soupira.

— Ou bien il s'est présenté après les faits pour l'aider à entrer dans le programme de protection des témoins, comme on en a discuté, répondit-il.

— Dis-lui de sortir de là, ordonna Liam. Il faut qu'on lui parle.

Fletch voulait protéger Jane, mais le seul moyen d'atteindre ce but était de découvrir la vérité. Il frappa à la porte, puis l'ouvrit.

Il comprit qu'elle était partie dès qu'il vit la porte-fenêtre ouverte.

Ses deux frères s'engouffrèrent dans la chambre.

Fletch fonça sur le balcon et scruta les bois sans voir Jane nulle part.

— Où est-elle partie ? aboya Jacob derrière lui.

Fletch secoua la tête.

— Elle a dû prendre peur quand vous êtes arrivés.

— Ou elle t'a menti et elle te manipule depuis le début, suggéra Jacob.

Non… Il ne pouvait pas être tombé dans ce panneau une deuxième fois.

— Fuir n'aide pas son cas, Fletch, dit Liam en secouant la tête.

Il le savait parfaitement. Il avait confiance en Jane et il croyait qu'elle avait confiance en lui.

Il rentra dans la chambre et fouilla son sac.

Merde. Elle avait pris son arme.

Quand la voiture de police la dépassa, Jane fut

frappée par un sentiment de déjà-vu. Elle avait déjà été traquée par la police.

Non… Ce n'était pas cela…

Lorsque la voiture de police fit demi-tour, Jane freina et se prépara à se garer. Même si elle était armée, elle n'avait aucune intention de tirer sur un policier.

Mais la voiture passa devant elle à vive allure et disparut.

Elle soupira de soulagement. C'était la deuxième fois qu'elle avait de la chance. Cela ne durerait pas éternellement.

Elle ne pouvait pas non plus fuir jusqu'à la fin de ses jours. Mais elle voulait découvrir la vérité avant de revoir Fletch ou de se livrer aux autorités.

Il le méritait.

Impatiente d'en finir, elle accéléra un peu. Un frisson la parcourut quand elle passa devant les rochers en forme de cactus.

Pourquoi Halls avait-il une photo de son mari et d'elle dans sa mallette ?

La vieille camionnette rebondit sur les nids-de-poule de la route. Les arbres qui la bordaient lui semblaient menaçants et la mousse qui pendait des branches ressemblait à des serpents morts.

Si elle avait de la chance, Halls n'était plus là et elle pourrait prendre son temps pour explorer la cabane. Une branche qui tomba sur le pare-brise la fit sursauter et perdre le contrôle du véhicule.

Les roues avant basculèrent dans le fossé et elle heurta le volant si brutalement qu'elle en eut le souffle coupé.

Elle abattit son poing sur le volant, passa la marche

arrière et essaya de dégager la camionnette, mais les roues s'enfoncèrent davantage dans la neige et la boue.

Comprenant que c'était peine perdue, elle posa sa tête sur le volant pour se calmer. Elle n'était plus très loin de la cabane.

Elle finirait le trajet à pied. Que coûtaient un kilomètre ou deux de plus après tous ceux qu'elle avait faits ces derniers jours ?

Résignée, elle glissa le revolver de Fletch dans sa poche et sortit de la camionnette. Les rayons du soleil essayaient de se frayer un chemin entre les branches sans y parvenir. L'air était glacial.

Elle se mit en route, tous ses sens en alerte. Un animal hurla au loin, puis un chien aboya. Des écureuils couraient sur les branches et creusaient la neige à la recherche de nourriture. Un cerf qui filait entre les arbres la fit sursauter et porter la main à son arme.

Après un kilomètre de marche, elle aperçut la cabane entre les troncs. Elle s'arrêta net et scruta les environs.

Il n'y avait pas de voiture dans l'allée ni autour.

Un peu moins tendue, elle entra dans la clairière en espérant que sa mémoire se réveille. La cabane lui semblait familière.

Sauf que la maison qu'elle voyait dans ses rêves se trouvait en banlieue. Elle se souvenait d'autres couples, d'un barbecue…

Elle n'avait jamais vécu dans cette cabane, songeat-elle en s'en approchant. Alors pourquoi Halls lui avait-il dit qu'elle avait partagé cette maison avec son mari et l'y avait-il amenée ?

Parce qu'il s'y était passé quelque chose de grave.

Elle inspira profondément avant de parcourir les

derniers mètres. La cabane avait une cheminée. Elle se souvint de l'avoir vue allumée.

C'était une atmosphère confortable. Non… Quelque chose n'allait pas.

Le cœur affolé, elle passa devant une carriole qui avait dû servir de bac à fleurs parce qu'elle était remplie de mauvaises herbes.

Elle avait déjà fait cela. Elle s'était déjà approchée de cette cabane en sachant que quelque chose n'allait pas.

Le visage d'un homme lui traversa l'esprit – celui de l'homme au tatouage.

Puis elle se rappela avoir entendu quelqu'un derrière elle dire :

— Je t'attendais.

Elle se figea en sentant quelque chose s'enfoncer dans ses reins.

— Je savais que tu reviendrais, dit la même voix que celle de son souvenir. Je me suis contenté de t'attendre.

Ses souvenirs et la réalité se confondirent quand l'homme la força à monter les marches du perron.

20

— Elle s'est enfuie, n'est-ce pas ? dit Jacob.

Fletch avait envie de défendre Jane, mais la réponse à la question de son frère était évidente.

— Elle cherche la vérité, répliqua-t-il. Je t'ai dit qu'elle m'avait sauvé la vie.

— En tuant quelqu'un, rappela Jacob.

Fletch haussa les épaules.

— En légitime défense, compléta-t-il.

— Elle ne peut pas aller très loin à pied, dit Jacob. Elle cherche sans doute une voiture à voler.

Il prit son téléphone.

— Je vais voir si on a déclaré des vols de véhicules dans la dernière heure, annonça-t-il avant de sortir sur le balcon.

— Tu as dit que Jane avait rêvé de couples morts, intervint Liam, les sourcils froncés. J'aimerais vérifier quelque chose. Ton ordinateur est dans le salon ?

Fletch acquiesça et invita Liam à le suivre. Il alla chercher son ordinateur sur la table basse et le posa sur le comptoir. Pendant que Liam se connectait à la base de données du FBI, Fletch refit du café et en tendit une tasse à son frère.

Jacob les rejoignit une minute plus tard, l'air renfrogné.

— Rien pour le moment, dit-il. Mais mon adjoint me tiendra au courant.

Fletch regarda les images qui apparurent sur l'écran de son ordinateur : trois différents couples étendus dans des mares de sang.

— Le premier couple, Deirdre et Arnie Richter, vivait en banlieue d'Asheville, expliqua Liam. Au début, la police a cru qu'il s'agissait d'un meurtre suivi d'un suicide. La femme a eu la gorge tranchée. L'homme a reçu une balle dans le torse. En interrogeant les voisins, nous avons découvert que la femme trompait le mari. On a pensé qu'il s'était suicidé après l'avoir tuée.

— Mais ce n'est pas ce qui s'est passé ? demanda Fletch.

— J'y viens, répondit Liam. Il y avait un détail frappant : la femme avait la lettre *a* gravée dans la paume de la main. La police a présumé que c'était l'initiale d'*adultère*. Et ce n'est pas tout.

Il soupira et agrandit d'autres photos. Sur l'une, on voyait une rousse étendue sur un lit ensanglanté ; sur l'autre, un homme brun affalé dans un fauteuil, près du lit, qui avait reçu une balle dans le torse.

— Voici Renee et William Purdue, dit Liam. Même histoire. Leur mariage battait de l'aile. La femme trompait le mari avec son meilleur ami.

Il zooma sur la main de la femme.

— Elle aussi avait la lettre *a* gravée dans la paume. C'est à ce moment-là que la police a pensé que sa théorie concernant le premier couple devait être fausse.

— Ou le mari du deuxième couple a copié le premier, suggéra Jacob.

— Nous avons envisagé cette possibilité, répondit

Liam en agrandissant d'autres photos. Mais voici Bailey et Jim Hearst.

— Même mode opératoire, murmura Jacob.

— Exactement, grommela Liam. Ce qui suggère…

— … qu'un tueur en série s'en prend à des couples, acheva Fletch à sa place.

— C'est notre théorie, conclut Liam. Pour le moment, nous n'avons livré aucun élément à la presse.

— Crois-tu que Jane ait assisté à l'un de ces meurtres ? demanda Fletch. Ou qu'elle sache qui est le tueur ?

— D'après ce que tu m'as dit, c'est possible.

Liam hésita avant d'ajouter :

— Ou son mari et elle avaient des problèmes conjugaux et le tueur s'en est pris à eux, mais Jane lui a échappé.

Fletch avait beaucoup de mal à imaginer Jane trompant son mari.

— Dans ce cas, pourquoi ne lui a-t-il pas tranché la gorge comme aux autres femmes quand il l'a emmenée dans la montagne ? demanda-t-il.

— Bonne question.

Le téléphone de Liam sonna.

— C'est le labo, annonça-t-il avant de sortir sur le balcon pour prendre l'appel.

— Cette femme te plaît beaucoup, n'est-ce pas ? demanda Jacob en scrutant le visage de Fletch.

Celui-ci se balança d'un pied sur l'autre.

— Je ne veux pas qu'on lui fasse du mal, c'est tout, répondit-il.

— Sois prudent, frérot. Elle n'est peut-être pas la personne que tu crois.

— Tu me l'as déjà dit, répondit Fletch, les mâchoires serrées.

Comment aurait-il pu protester alors qu'il ne savait presque rien ?

— Je viens de parler à un responsable du programme de protection des témoins, déclara Liam en les rejoignant.

Jacob croisa les bras.

— Et ?

— Et Jane n'en a jamais fait partie. Nous nous sommes trompés sur elle du tout au tout.

L'estomac de Fletch se noua. Alors qui était Jane ?

Jane monta les marches du perron en serrant les dents. Halls ricana quand elle glissa sa main dans sa poche pour prendre l'arme de Fletch.

— Dans tes rêves ! lança-t-il.

Il écarta brutalement son bras et récupéra l'arme.

Elle se maudit en silence. Comment avait-elle pu tomber aussi facilement dans une embuscade ? Quand ils atteignirent la porte, il la poussa si fort qu'elle dut s'agripper au chambranle pour ne pas tomber.

— Au début, j'ai pensé que ton amnésie était une bénédiction et j'ai envisagé de te laisser vivre, dit Halls. Mais il a fallu que tu t'acoquines avec le frère du flic… Alors j'ai su que ce n'était qu'une question de temps avant que tu ne découvres la vérité.

Sauf qu'elle ne l'avait pas fait.

Elle balaya l'intérieur de la cabane du regard. Il y faisait très sombre et une odeur de putréfaction lui donna la nausée.

Celle-ci venait d'un couloir sur la droite. Quand ses

yeux se posèrent sur la cheminée, sa vue se brouilla et des éclaboussures de sang apparurent sur la pierre.

Il y avait aussi du sang sur le mur, sur ses vêtements et sur ses mains.

Elle se tourna lentement vers Halls.

— Tu l'as tué, dit-elle.

— Oui, Jade, répondit-il. Il le fallait. Vous étiez sur le point de comprendre.

Jade, pas Jane ? La réalité se fraya lentement un chemin dans son esprit. Oui, elle s'appelait Jade.

Jade Jenkins.

Une image fantomatique de son mari la regarda.

Il glissa l'alliance à son doigt tandis qu'ils élaboraient leur stratégie en chuchotant.

Ils étaient dans un bureau, près d'un tableau sur lequel étaient épinglées des photos de cadavres. Il y avait trois couples. Les femmes avaient eu la gorge tranchée.

Leurs maris étaient toujours près d'elles, comme si les crimes avaient été mis en scène. La femme tendait la main vers son époux ou le contraire. Ils ne se touchaient jamais.

Chacune des femmes avait la lettre a *gravée dans la paume. Les hommes avaient tous été tués d'une balle dans le torse.*

Les trois doubles meurtres avaient le même mode opératoire. Un tueur en série s'attaquait à des couples.

Il devait être arrêté avant de faire d'autres victimes.

Louie n'était pas son mari. Elle était inspectrice dans la police et Louie était son coéquipier. Ils avaient décidé de se faire passer pour un couple pour démasquer le tueur.

La maison en banlieue, le barbecue et sa profession de décoratrice d'intérieur faisaient partie de la couverture. Elle avait choisi ce métier parce que c'était celui de sa mère et qu'elle le connaissait assez pour être crédible.

Ils avaient réquisitionné une maison inoccupée dans le quartier où vivaient les victimes. Louie et elle avaient infiltré la communauté locale parce qu'ils pensaient que le tueur en faisait partie.

Leurs soupçons s'étaient portés sur un avocat spécialisé en affaires de divorce.

Il les avait invités chez lui quand ils avaient prétendu vouloir divorcer. Ils y étaient allés bien préparés. Ils avaient cru qu'ils l'étaient, du moins.

Mais Halls les avait démasqués. Il lui avait abattu la crosse d'une arme sur la tempe dès qu'elle avait franchi la porte. Elle avait résisté de toutes ses forces à l'évanouissement.

Elle entendait des voix comme de très loin. Celle de Louie et celle de Halls.

Halls avait tranché la gorge des femmes sous les yeux de leurs maris pour les punir.

Elle avait essayé de dégainer son arme, mais tout était allé trop vite. Louie avait tiré sur Halls et l'avait manqué, puis Halls avait atteint Louie en plein cœur. Louie était tombé à la renverse et avait lâché son arme. Elle avait rampé vers le revolver, mais elle avait à peine eu le temps de le ramasser avant que Halls ne lui tire les cheveux. Alors elle avait vu une lame s'approcher de sa gorge.

Alors qu'elle levait les bras pour se protéger, Halls avait changé d'avis. Il avait rangé son couteau et lui avait encore abattu la crosse de son revolver sur le crâne. Ce coup-là avait été si brutal qu'elle avait perdu connaissance.

Plus tard, elle était revenue à elle dans un abri de fortune, ligotée et bâillonnée. Il faisait nuit et il neigeait. Elle avait entendu des pas. Elle s'était empressée de se détacher. Elle devait faire vite. Elle devait lui échapper.

Elle avait compris que Halls ne lui avait pas tranché la gorge et laissée avec Louie parce qu'il ne voulait pas que leurs morts soient reliées aux autres. Mais il la tuerait – au milieu de nulle part, là où les bêtes sauvages se chargeraient de détruire les preuves.

Elle cligna des yeux et rencontra le regard de Woodruff Halls.

— C'est toi, le tueur en série, dit-elle. Mon coéquipier et moi l'avions découvert.

Halls était un caméléon. Son sourire charmant et ses bonnes manières lui permettaient de gagner la confiance des gens, mais il pouvait se transformer en monstre d'une seconde à la suivante. À cet instant, il avait les yeux exorbités et un rictus terrifiant.

— Oui. Tu vas mourir, cette fois, répondit-il d'une voix menaçante. Et personne ne te trouvera jamais.

— Ne fais pas durer le suspense, Liam, grogna Fletch. Qui est-elle ?

— L'inspectrice Jade Jenkins, répondit Liam.

— C'est une policière ? s'écria Fletch.

Cela expliquait pourquoi elle savait se battre et se servir d'une arme.

— Oui, répondit Liam. Son coéquipier – l'inspecteur Louie Germaine – et elle enquêtaient sur le tueur de couples. Je viens de parler à leur supérieur. Il m'a expliqué que les inspecteurs Jenkins et Germaine s'étaient fait passer pour un couple, sous les noms de Bianca et Victor Renard, pour démasquer le tueur.

— C'est pour ça que le programme de protection des témoins ne connaît pas Bianca, commenta Jacob.

— Mais que Jane avait une fausse identité, compléta Fletch.

Liam acquiesça.

— Se faire passer pour un agent immobilier et une décoratrice d'intérieur leur a permis de s'intégrer dans la communauté à laquelle appartenaient les victimes.

Fletch s'efforça de digérer toutes ces informations. Jane et son coéquipier étaient en mission d'infiltration. Ils n'étaient pas mariés.

— Son coéquipier a été tué ? demanda-t-il.

— Oui, répondit Liam. Il a reçu une balle dans le torse, comme les autres victimes mâles du tueur. Je pense que Jade et Louie avaient découvert l'identité du tueur, que celui-ci s'en est rendu compte et qu'il a essayé de se débarrasser d'eux.

— Alors il a tiré sur Louie et enlevé Jade pour la tuer dans la montagne, intervint Jacob. Il n'a pas voulu employer le même mode opératoire pour que leurs morts ne soient pas reliées aux autres.

— Mais comme il n'a pas réussi à tuer Jane, je veux dire Jade, il a essayé de la faire condamner pour le meurtre de son coéquipier, poursuivit Fletch.

— Alors il a dû payer le sergent Clemmens pour nous entraîner sur une fausse piste, grommela Jacob. Dire que j'ai laissé Jade partir avec Halls…

— Ne t'en veux pas trop, dit Liam. Halls était crédible.

Mais l'un de mes collègues a fait des recherches sur lui. Sa femme et lui ont divorcé il y a six semaines.

Jacob haussa les sourcils.

— Au moment où les meurtres ont commencé, je parie ?

— Oui, répondit Liam. On a obtenu des mandats de perquisition pour sa maison et son bureau.

— Alors Halls est le tueur ? balbutia Fletch.

— Tous les indices pointent dans cette direction, répondit Liam en tirant ses clés de sa poche. On irait plus vite en se répartissant les tâches. Je vais participer à la fouille de sa maison. Peux-tu t'occuper de celle du bureau, Jacob ?

— Oui.

— Merde ! s'écria Fletch. Halls détient peut-être déjà Jade !

— Alors reste ici, au cas où elle reviendrait ou t'appellerait, dit Jacob.

La panique gagna Fletch.

— Je ne peux pas la perdre, murmura-t-il en se passant la main sur le visage.

— Nous la trouverons, je te le promets, répondit calmement Liam.

— Laisse tes fichiers ouverts, au moins, s'il te plaît, dit Fletch. On ne sait jamais. Je tomberai peut-être sur un détail qui nous aidera.

Dès que Liam eut acquiescé, Fletch poussa ses frères vers la porte. Il n'y avait pas une minute à perdre.

21

Fletch lut tout ce qu'il trouva dans les fichiers de Liam sur l'inspectrice Jade Jenkins.

Elle avait trente-deux ans. Elle avait étudié la criminologie et la science comportementale avant d'entrer à l'école de police. Elle avait porté l'uniforme pendant quatre ans à Asheville avant de devenir inspectrice, d'abord à la brigade de répression du banditisme, puis à la criminelle.

Elle avait reçu une médaille pour avoir sauvé un enfant qui avait failli se faire tuer par son propre père.

Il ne s'était pas trompé sur elle. Elle n'était pas une criminelle : elle mettait sa vie en danger pour sauver les autres.

Il trouva ensuite des informations sur sa famille. Elle était la fille unique de Mildred et Herman Jenkins. Son père était juge, sa mère décoratrice d'intérieur – c'était sans doute la raison pour laquelle elle avait choisi ce métier comme couverture.

Une journaliste du nom de Lynn Wellman avait fait un reportage sur le meurtre du couple. Elle y avait inclus des photographies de la famille, dont une sur laquelle Jade faisait des mots croisés sur les genoux de son père.

La police avait d'abord cru à un cambriolage qui avait mal tourné. Mais on avait vite retrouvé les bijoux de la mère et le coffre du bureau du père – qui avait été ouvert – contenait encore de l'argent.

La secrétaire du juge avait dit à la police qu'il arrivait souvent à son patron d'emporter des dossiers chez lui, qu'il conservait dans ce coffre. Comme il avait condamné de nombreux criminels, la liste des suspects était très longue.

Elle comprenait un membre de gang qui avait été condamné à perpétuité, mais la police n'avait trouvé aucun indice qui aurait permis d'incriminer ses complices. Elle comprenait aussi le père d'un violeur qui avait dit pendant l'audience qui la victime méritait ce qui lui était arrivé.

Le salopard, songea Fletch.

Mais le père avait un alibi en béton pour le soir des meurtres.

Plus tard, une empreinte partielle relevée sur la porte de derrière avait mené la police à un certain Otis Rigley, qui était accusé d'avoir tué sa femme. Rigley avait un casier judiciaire bien fourni. Il avait tué les Jenkins pour retarder son procès. En attendant qu'un autre juge soit nommé, il avait été libéré sous caution et il s'était volatilisé.

Il avait été arrêté pour excès de vitesse quelques mois plus tard, remis en prison et condamné à perpétuité.

Il avait été libéré sur parole après vingt ans – il y avait à peine un mois.

Fletch se raidit lorsqu'il découvrit sa photo. C'était l'homme qui lui avait tiré dessus et que Jade avait tué.

Il pianota sur le comptoir. En tant qu'avocat, Halls

devait avoir de nombreux liens, aussi bien dans la police que chez les criminels.

Halls avait-il fait libérer Rigley avant de l'engager pour tuer Jade ?

Le beau visage de Jade s'imposa à son esprit. Jade, la petite fille dont les parents avaient été assassinés sous leur propre toit et qui avait découvert leurs corps le lendemain matin…

Elle avait été confiée à sa grand-mère paternelle – ses autres grands-parents étant déjà décédés. Celle-ci était morte quand Jade avait dix-neuf ans.

Alors Jade s'était retrouvée absolument seule.

Le cœur de Fletch se serra.

Elle était de nouveau seule, en train de chercher la vérité et la justice – en train d'affronter un tueur.

Puisqu'elle était policière, elle n'était pas sans défense. Mais elle était quand même vulnérable et la proie d'un tueur en série qui semblait parfaitement normal. Personne qui verrait Halls avec Jade ne le suspecterait de lui vouloir du mal.

Jade s'efforça d'ignorer sa peur. Il n'était pas question qu'elle se laisse tuer par un fou.

Il avait tué Louie, son coéquipier et son ami, ainsi que six autres personnes, à sa connaissance.

La puanteur de la maison l'incitait à penser qu'il en avait plutôt tué sept autres.

— Alors tu as découvert que ta femme te trompait et ça t'a mis en colère, dit-elle pour gagner du temps. Que s'est-il passé ? Tu travaillais trop ? Tu ne t'occupais pas assez d'elle ? Ou avait-elle juste un penchant pour la variété ?

Les yeux de Halls étincelèrent de rage et il la gifla. Elle encaissa le coup en serrant les dents.

La dernière fois qu'ils s'étaient battus, il avait gagné. Il devait en aller autrement cette fois-ci.

— Je ne l'ai pas négligée, répondit-il avec amertume. Je lui ai tout donné : une belle maison, de jolies robes, des bijoux hors de prix, des vacances… Mais elle n'appréciait pas mes efforts.

— Quelle ingrate ! dit-elle pour l'inciter à continuer à parler. Elle te tenait pour acquis et elle appréciait ce que tu lui offrais, mais elle était égoïste et elle en voulait plus, n'est-ce pas ?

— Exactement ! s'écria-t-il en agitant l'arme sous son nez. Comme ces autres salopes. Leurs maris étaient aussi stupides que moi. Ils ont sacrifié leur temps et travaillé dur pour les gâter, mais elles en voulaient toujours plus.

— Au bout d'un moment, plus rien de ce que tu faisais ne lui a suffi, l'encouragea Jade. Les dîners raffinés et les vacances ne l'amusaient plus, alors elle a cherché à se divertir ailleurs…

Halls se mit à faire les cent pas, les traits déformés par la colère.

— C'est ça. Après tous les sacrifices que j'avais faits pour la rendre heureuse ! J'ai même changé de spécialité pour avoir plus de temps à lui consacrer. Alors elle m'a menti, comme toutes les femmes mentent. C'est une des choses que mon métier m'a apprises : on ne peut pas faire confiance à quelqu'un qui porte une jupe.

Jade résista à l'envie de le gifler pour son sexisme.

— Je ne suis pas une menteuse, protesta-t-elle. Si j'étais mariée, je ne tromperais pas mon mari.

— Tu es la pire des menteuses ! hurla Halls en lui saisissant le bras. Tu as menti en prétendant être mariée ! Je t'ai vue jouer ton rôle devant les autres couples. Tu les as tous bernés. Parce que c'est ce que font tous les policiers. Vous mentez pour obtenir ce que vous voulez. Vous mentez aux suspects – et même aux victimes quand vous leur dites que tout ira bien. Mais rien ne va quand on vous ment !

Jade se força à rester calme et essaya d'échafauder un plan. Elle était une inspectrice. Elle en était capable.

Louie et elle avaient démasqué Halls.

Que savait-elle sur lui ?

Il l'entraîna vers le couloir. L'odeur de putréfaction devint insupportable.

— Tu n'as pas à faire ça, dit-elle. Tu as puni ta femme. Elle a payé pour ses péchés.

— Et tu vas payer pour les tiens.

Fletch faisait les cent pas depuis plus d'une heure. Ni Jade ni ses frères ne lui avaient donné de nouvelles.

Il allait devenir fou.

Il ramassa ses clés de voiture pour se lancer à la rechercher de Jade, puis se rendit compte que c'était stupide. Il ne savait pas par où commencer.

Son téléphone sonna. Il se précipita vers le comptoir pour répondre. C'était Jacob.

Il pria pour que son frère lui annonce qu'il avait arrêté Halls et que Jade était en vie.

Il décrocha d'une main tremblante.

— Jacob ?

— Je suis avec Liam et on t'a mis sur haut-parleur, répondit son frère.

— Où en êtes-vous ? demanda Fletch.

— On ne l'a pas encore trouvée, désolé, répondit Liam. Mais on a peut-être une piste.

Fletch sortit sur le balcon et contempla l'immensité de la forêt. Jade et lui s'étaient rencontrés dans le blizzard. Ils avaient failli mourir, mais ils avaient survécu.

Elle devait survivre encore.

— Laquelle ? demanda-t-il entre ses dents.

— Une camionnette a été volée à quelques kilomètres de ta cabane, répondit Jacob. Un vieux modèle.

Son frère lui fournit le lieu exact du vol et le numéro d'immatriculation du véhicule.

— Le propriétaire a-t-il vu qui l'avait volée ? demanda Fletch.

— Non, elle était garée derrière sa grange, près de la route. Mais elle a été vue abandonnée au nord de chez toi, il y a environ une demi-heure.

Fletch connaissait cette zone. Il y avait des fermes et de petites routes qui s'élevaient dans la montagne.

— Ce n'étaient peut-être que des adolescents qui s'ennuyaient, dit Jacob.

Fletch se passa la main dans les cheveux.

— C'est elle, répondit-il en se fiant à son pressentiment.

— Où va-t-elle ? demanda Liam.

L'estomac de Fletch se noua quand les pièces du puzzle s'assemblèrent.

— Elle est retournée à la cabane où Halls l'avait emmenée. Elle veut des réponses et elle est partie les chercher toute seule.

Il fallait absolument qu'il la retrouve.

— Il n'y avait rien dans tes fichiers concernant une

autre propriété de Halls, reprit-il. Avez-vous trouvé quelque chose ?

— J'ai laissé mon équipe finir de fouiller la maison, mais non, répondit Liam. Pas d'autre propriété – ni rien qui prouve qu'il est le tueur.

— Sa secrétaire s'est montrée très coopérative, intervint Jacob. Elle m'a dit que Halls était un homme calme, gentil avec les clients et méticuleux, mais qu'il avait changé quand il a découvert que sa femme le trompait. Il est devenu colérique et il a développé une tendance à s'identifier aux maris trompés.

— Ça colle avec le mode opératoire du tueur et la lettre *a* gravée dans les mains des femmes, dit Liam.

— J'ai aussi trouvé le lien avec le détective privé, dit Jacob. Il ne travaillait pas pour Halls, mais pour la fille de l'une de ses victimes. Halls a dû le tuer ou le faire tuer.

Fletch leur rapporta ce qu'il avait découvert sur le meurtre des parents de Jade.

— Halls a sans doute payé Rigley pour achever Jade, dit-il. Et Rigley a dû tuer le détective privé parce qu'il s'approchait trop de la vérité.

— Ça tient debout, lui accorda Liam. Je viens de lancer un mandat d'arrêt contre Halls.

— Il ne nous reste plus qu'à le trouver, conclut Jacob après s'être éclairci la voix.

Fletch songea que personne ne connaissait ces montagnes mieux que lui.

— Prévenez-moi si vous découvrez une autre propriété, dit-il.

— Je vais chercher du côté de la femme, répondit Jacob. La propriété est peut-être à son nom.

Après avoir raccroché, Fletch alla examiner la carte de la région qu'il avait placée sur un mur.

Il planta une punaise là où se trouvait sa cabane, une autre à l'endroit où la camionnette avait été volée et suivit des yeux les différentes routes qu'on pouvait emprunter à partir de là.

Où Halls avait-il emmené Jade quand il l'avait fait libérer ?

Fletch se pinça l'arête du nez. Il devait trouver la réponse.

22

Ses clés en main, Fletch écrivit un mot à Jade pour lui dire qu'il était parti la chercher et lui demander de l'appeler si elle revenait chez lui.

Il ne pouvait pas rester sans rien faire. Il voulait au moins aller à l'endroit où la camionnette avait été repérée, au cas où Jacob et Liam trouveraient une adresse à lui fournir.

Il monta dans sa voiture et étala la carte de la région sur le tableau de bord. Il connaissait ces montagnes mieux que personne. Il y avait des dizaines de cabanes perdues dans les bois au nord-ouest de Whistler.

Les rochers en forme de cactus dont Jade avait parlé lui disaient vaguement quelque chose.

L'impatience le gagna quand il se retrouva pris dans une circulation plus dense. Il lui fallut deux minutes pour réussir à doubler un camion qui transportait de la paille. Deux adolescents en scooters qui slalomaient entre les voitures le dépassèrent peu après.

Autrefois, ses frères et lui étaient aussi des casse-cou. Il en était encore un, dans une certaine mesure.

Mais la mort de ses parents lui avait enseigné que la vie était précieuse et que ceux qu'on aimait pouvaient nous être enlevés à tout instant.

Le visage de Jade s'imposa à son esprit.

L'aimait-il ?

Tout ce qu'il savait, c'était qu'il se souciait d'elle et que l'idée de la perdre le terrifiait

.

Jade réprima un haut-le-cœur. Ses oreilles bourdonnaient depuis que Halls lui avait cogné la tête contre un mur et elle était sans doute trop étourdie pour tenter de se relever.

— Elle est ici, n'est-ce pas ? demanda-t-elle.

Halls, qui faisait les cent pas devant elle, répondit par un rire démentiel.

— Qui ?

— Ta femme. Tu l'as tuée parce qu'elle t'a trompé.

— Cette ingrate le méritait. Je l'avais emmenée à Tahiti !

Il perdait la tête. Elle devait le faire parler pour gagner un peu plus de temps.

— C'est romantique, dit-elle. Très attentionné.

Il ricana.

— Je lui ai offert des séances de spa et des massages. Quelques jours plus tard, alors qu'on était en croisière, j'ai découvert qu'elle échangeait des textos avec un autre homme. Des textos cochons… Elle lui proposait des choses qu'elle n'avait jamais voulu faire avec moi.

Elle avait blessé son ego…

— C'est une manière horrible de découvrir qu'on est trompé, répondit-elle.

Les yeux de Halls étincelèrent de rage.

— Elle n'a même pas nié quand je l'ai interrogée ! Elle a eu le culot de me dire que je ne la satisfaisais plus et qu'elle avait besoin d'un homme plus jeune.

— Je suis désolée de ce qu'il t'est arrivé, dit-elle en balayant la pièce du regard à la recherche d'une arme.

Il avait posé le revolver de Fletch sur la table basse, devant la cheminée – hors d'atteinte.

— Tu lui as proposé d'aller voir un conseiller conjugal, n'est-ce pas ? poursuivit-elle. Tu lui as dit que tu voulais sauver votre mariage.

— Sûrement pas ! s'écria-t-il. Je ne lui ai pas proposé d'aller voir un fichu psy ! C'était elle qui avait un problème, pas moi !

— Alors tu as décidé de te venger, dit-elle le plus calmement possible.

— J'ai décidé qu'elle devait le payer et souffrir, répondit-il. Et elle a souffert. Je lui ai tranché la gorge et j'ai ri quand le sang a coulé sur sa jolie peau blanche.

Il était détraqué. Jade se souvenait, à présent, qu'elle l'avait deviné à sa manière de regarder les femmes pendant les dîners entre voisins. C'était ce qui les avait incités, Louie et elle, à faire des recherches sur lui.

Louie… Le cœur de Jade se serra. Ils avaient fait équipe pendant deux ans et avaient été amis. C'était lui qui lui avait appris à déchiffrer le langage corporel des gens et à repérer leurs tics.

Halls en avait un. Quand il mentait, la paupière de son œil droit tressaillait. C'était subtil, mais cela avait paru évident à Jade dès que Louie le lui avait fait remarquer.

Il distribuait ses cartes de visite aux hommes du quartier comme il aurait donné des bonbons à des enfants. Plus d'une fois, elle l'avait entendu raconter des histoires sordides de tromperies.

— Je comprends pourquoi tu as tué ta femme,

lui assura-t-elle. Elle t'a fait souffrir et elle méritait d'être punie.

— Il n'y a pas de doute !

— Mais je ne comprends pas pourquoi tu as tué ces couples, poursuivit-elle. Ils ne t'avaient rien fait.

Il se passa la main dans les cheveux. Son front était trempé de sueur.

— As-tu la moindre idée de ce que j'endurais quand j'écoutais mes clients déblatérer sur les infidélités de leurs épouses ? À chaque fois, c'était comme si la mienne me plantait un poignard dans le cœur.

— C'est pour ça que tu as gravé la lettre *a* dans les mains des femmes.

— Absolument.

— Ces femmes ont peut-être menti à leurs maris, mais on ne peut pas savoir ce qui se passe derrière les portes closes…

— Tu crois qu'elles ont eu raison de trahir leurs serments ! rugit-il.

— Ce n'est pas ce que j'ai voulu dire, se défendit-elle en levant une main. Mais ces femmes n'étaient pas entièrement mauvaises. Deirdre Richter avait un garçon de trois ans qu'elle adorait. J'ai vu des photos d'eux dans le parc. Elle faisait du bénévolat dans sa maternelle. Maintenant, ce petit garçon est orphelin parce que tu as tué ses deux parents.

Elle inspira profondément. Elle devait trouver un moyen de prendre l'arme de Halls ou d'atteindre celle de Fletch.

— C'est ce que je ne comprends pas, Woodruff, reprit-elle. Je peux t'appeler Woodruff ?

C'était la première règle d'une négociation : humaniser le criminel et essayer de créer un lien personnel avec lui.

— D'accord…, balbutia-t-il, clairement perturbé par sa requête.

— Tant mieux. C'est un très joli prénom.

Elle se releva lentement. Il lui jeta un regard menaçant et pointa son arme vers elle d'une main tremblante.

— Je veux juste me lever une minute pour qu'on se parle face à face, se justifia-t-elle.

Il grimaça.

— Je t'ai vue avec ton prétendu mari, répondit-il sur un ton méprisant. Tu étais comme toutes les autres. Je voyais bien que tu faisais juste semblant de l'aimer.

Parce que Louie et elle n'étaient pas réellement mariés.

— Pourquoi as-tu tué les maris ? demanda-t-elle.

— Parce que c'étaient des chouineurs et des lâches, répondit-il en se remettant à faire les cent pas. D'abord, ils voulaient se venger de leurs femmes. Et puis ils les ont suppliées de revenir… Cette salope de Renee couchait avec le meilleur ami de William et il voulait le leur pardonner. C'est invraisemblable !

— Il ne voulait peut-être pas que la colère gâche sa vie, suggéra-t-elle.

— Ce n'était pas un homme. Ils étaient tous lâches !

— Alors tu les as tués parce que…

— Parce qu'ils auraient dû punir leurs femmes comme j'ai puni la mienne !

Il se tourna vers elle et la visa une nouvelle fois.

— Et comme je vais te punir, ajouta-t-il.

Fletch s'agrippait difficilement au peu de raison qu'il lui restait. Des images de tout ce qu'il pouvait arriver d'horrible à Jade défilaient dans son esprit.

Halls était violent et sadique. Le fait qu'il ait tranché la gorge des femmes prouvait qu'il était animé par une rage incontrôlable. Non seulement ses crimes étaient prémédités, mais il en tirait du plaisir, puisqu'il les avait répétés.

Son téléphone sonna. C'était Liam. Il s'empressa de décrocher.

— Jade t'a-t-elle appelé ? demanda son frère.

— Non, répondit Fletch. As-tu du nouveau ?

— Non. Nous avons essayé de joindre son ex-femme, mais personne ne l'a vue ni ne lui a parlé depuis des semaines.

L'estomac de Fletch se noua.

— Tu penses qu'il l'a tuée ?

— Oui. D'après l'une de ses amies, elle avait une liaison. Halls a perdu les pédales quand il l'a découvert. Elle est partie sans lui dire où elle allait, mais il a dû la retrouver.

— Elle a peut-être été sa première victime, suggéra Fletch. Si c'est le cas, il a dû y prendre goût et décider que les autres femmes adultères devaient souffrir.

— Ça tient debout, lui accorda Liam. Puisqu'il s'occupe de divorces, il savait tout de la vie privée de ses clients. La question suivante est : qu'a-t-il fait du corps de sa femme ?

Le sang de Fletch se glaça dans ses veines.

— Il peut l'avoir enterrée et cachée quelque part dans la montagne.

— Je te mets en attente une minute, je viens de recevoir un texto.

Liam reprit la communication quelques secondes plus tard.

— On tient une piste, annonça-t-il. La femme de Halls avait hérité d'une cabane dans la montagne. Il l'a peut-être tuée là-bas.

Le cœur de Fletch s'affola.

— C'est là qu'il a emmené Jade, dit-il.

— Je peux y être en une demi-heure.

— Envoie-moi l'adresse, demanda Fletch. Je suis plus près.

Liam jura.

— Ce type est dangereux, Fletch. Il a déjà tué plusieurs personnes.

— C'est pour ça qu'on ne doit pas perdre de temps. Envoie-moi cette fichue adresse !

— D'accord, répondit Liam après quelques secondes de silence. Mais Jacob devrait atteindre la cabane à peu près en même temps que toi. S'il n'est pas là quand tu arrives, attends-le.

Fletch accepta en grommelant et sans avoir l'intention de le faire.

Si ce fou détenait Jade, il devait tout faire pour la sauver.

Jade releva le menton. Elle était une policière. Elle se défendrait jusqu'au bout.

— Me tuer ne t'avancera à rien, dit-elle. La police sait que tu es le tueur. Tu iras en prison dans tous les cas.

— Alors je n'ai rien à perdre à tuer quelqu'un de plus.

— Si tu tues un deuxième policier, tu es sûr d'être condamné à perpétuité. Et je n'ai pas le profil de tes autres victimes.

— Mais tu m'as donné une bonne raison de te tuer, répondit-il avec un sourire cruel.

Les mains de Halls tremblaient de plus en plus. Il

n'était pas dans son élément. Ses autres crimes avaient été soigneusement préparés.

— Parce que je sais quel monstre tu es, répondit-elle.

C'était maintenant ou jamais. Elle se jeta sur lui.

Il tira, mais il la manqua et elle réussit à lui faire lâcher son arme. Il riposta en lui abattant son poing sur la mâchoire.

La vue de Jade se brouilla un instant, mais elle lui donna un coup de poing dans l'estomac, bien décidée à ne pas perdre ce combat. Halls grogna et lui tira les cheveux. Ils échangèrent quelques coups. Elle manqua ses yeux, mais pas son nez. Le sang gicla. Halls porta ses mains à son visage en hurlant.

Elle en profita pour courir vers l'arme, qui avait glissé à quelques pas d'eux.

Avec un rugissement de bête féroce, il lui attrapa une jambe et tira si fort qu'elle tomba de tout son long. Il lui donna un coup de pied dans les reins sans lui laisser le temps de réagir, puis s'assit sur elle. Un instant plus tard, elle sentit une lame contre sa gorge.

— Ne bouge plus ou c'est terminé, grogna-t-il.

Jade se figea, le souffle court. Halls ramassa le revolver, la força à se relever et lui planta le canon de son arme dans les reins.

— Puisque tu es si curieuse, je vais te faire une fleur avant de te tuer, dit-il.

Il la poussa dans le couloir, puis dans un escalier qui descendait vers une pièce encore plus obscure.

L'odeur de putréfaction devint presque palpable.

Il la poussa vers un vieux congélateur débranché, l'ouvrit et la força à regarder à l'intérieur.

— Voilà ce que tu deviendras, ricana-t-il.

Elle s'agrippa au bord du congélateur, les yeux écarquillés. Halls était encore plus fou qu'elle ne le croyait.

Il avait pris tant de plaisir à tuer sa femme qu'il avait gardé son corps comme un trophée pour la regarder se décomposer.

— Je la trouvais belle, autrefois, dit-il d'une voix pensive. Mais me tromper l'a rendue laide. Regarde à quoi elle ressemble, maintenant !

Il éclata d'un rire sinistre et souleva le couvercle d'un deuxième congélateur.

La terreur gagna Jade.

Elle lui donna un coup de coude dans le torse et se retourna pour l'affronter, mais il fut plus rapide qu'elle.

Il lui abattit la crosse de son arme sur la tempe. Étourdie, elle essaya de le griffer et de s'agripper au bord du congélateur pour ne pas tomber dedans.

Le deuxième coup de crosse la fit basculer dans les ténèbres.

23

Jade reprit conscience dans un noir total en ayant du mal à respirer. Elle essaya de bouger, mais sa main rencontra une paroi.

Le congélateur ! Mon Dieu ! Il l'avait enfermée dans le congélateur pour qu'elle y suffoque.

Elle ne mourrait pas de froid, au moins, puisqu'il était débranché – mais elle mourrait si elle ne trouvait pas un moyen de sortir de là.

Elle ne voulait pas mourir. Elle venait juste de retrouver la mémoire… Elle s'était portée volontaire pour cette mission à cause du meurtre de ses parents. Les deux affaires n'étaient pas liées, mais les photos des couples assassinés avaient ravivé son traumatisme.

Et l'homme qu'elle avait tué dans les bois… Elle se rappela brusquement pourquoi il lui semblait familier. C'était le meurtrier de ses parents. Halls avait dû l'embaucher en espérant que voir l'homme qui l'avait tant fait souffrir aggraverait son traumatisme.

Il n'était pas étonnant qu'elle ait refoulé ses souvenirs.

Elle se força à ne prendre que de petites inspirations pour économiser l'air. Elle poussa vainement le couvercle du congélateur, puis elle suivit le bord du bout des doigts à la recherche d'un mécanisme qui aurait permis de l'ouvrir.

Elle en trouva un et tira dessus, mais elle entendit un cliquetis quand elle poussa de nouveau le couvercle.

Mon Dieu !

Il avait cadenassé le congélateur.

Ses yeux s'emplirent de larmes, et son cœur de regret.

Fletch et ses frères finiraient sans doute par comprendre que Halls était le tueur et découvrir son corps.

Mais Fletch ne saurait jamais ce qu'elle ressentait pour lui.

Pendant des années, elle n'avait songé qu'à rendre justice à ceux qui avaient perdu un être cher, tout comme elle. Elle s'était consacrée à son travail et avait soigneusement évité de créer des liens.

Perdre quelqu'un était trop douloureux. Il valait mieux ne tenir à personne, ne pas rêver d'amour, de mariage ou d'enfants.

Et voilà qu'elle ne pensait plus qu'à cela maintenant qu'elle était sur le point de mourir.

Une vie d'amour… Peut-être un mariage et des enfants. Une famille qu'elle n'avait pas eue depuis longtemps.

Une famille avec Fletch qu'elle n'aurait jamais.

Fletch fonçait à travers bois vers l'adresse que Liam lui avait donnée. Finalement, il repéra la petite cabane entre les arbres.

Ni la Cadillac de Halls ni la camionnette que Jade avait volée n'étaient dans les environs – mais Halls pouvait très bien les avoir cachées.

Le cœur de Fletch battait à tout rompre. Jacob serait

bientôt là, mais il ne pouvait pas l'attendre. Si Halls détenait Jade, Dieu seul savait ce qu'il lui ferait.

Même si Jade était forte et bien entraînée, elle pouvait être tombée dans un piège. Elle était peut-être à la merci de Halls.

Il ne fallait que quelques secondes pour tuer quelqu'un. Le salaud avait tranché la gorge des autres femmes.

La terreur l'étouffa. Non… Il ne pouvait pas laisser Jade mourir comme cela. Il ne lui avait même pas dit qu'il l'aimait.

Il l'aimait !

Il se gara à quelques dizaines de mètres de la clairière. Si seulement il avait son arme… Mais il n'y avait pas une seconde à perdre. La vie de Jade dépendait peut-être de sa rapidité.

Il sortit de sa voiture et s'approcha prudemment de la cabane.

Il balaya les environs du regard. L'endroit était étrangement calme.

Le cœur affolé, il fonça vers la cabane, jeta un coup d'œil par une fenêtre et vit un salon désert.

Il passa sur le côté de la cabane et tomba sur une porte-fenêtre. C'était celle d'une lingerie, qui était plongée dans l'obscurité et tout aussi déserte que le salon.

Il poursuivit son tour du bâtiment. À l'arrière, il y avait une véranda que longeait un balcon. Cette pièce-là aussi était déserte.

Lorsqu'il jeta un coup d'œil par la fenêtre du dernier côté, il vit une ombre. Il s'accroupit et passa sous la fenêtre pour mieux voir la pièce sous un autre angle.

Il ne vit pas Jade, mais Halls était assis à un bureau.

Il feuilletait un album de photos. Les mâchoires crispées, Fletch se hissa sur la pointe des pieds pour voir ce qu'il regardait.

La nausée gagna Fletch quand il découvrit que Halls contemplait des photos de ses victimes.

Alors une bourrasque fit trembler la vitre. Fletch se plaqua contre le mur quand Halls se retourna, mais trop tard. Halls l'avait vu.

Fletch courut vers la véranda en priant pour que Halls ne soit pas armé. Il n'eut pas le temps d'atteindre la porte coulissante. Alors qu'il grimpait les marches du perron, celle-ci s'ouvrit et un coup de feu retentit.

Fletch sauta par-dessus la balustrade pour se mettre à couvert. Halls dévala les marches et disparut à l'angle de la cabane. Fletch le poursuivit, mais il dut se plaquer contre un tronc pour éviter une autre balle.

Halls continua à courir vers une petite voiture que Fletch devina cachée derrière des arbres.

Fletch s'élança de nouveau. Halls sauta dans la voiture, démarra et tira une dernière fois avant de filer.

Fletch serra les poings et hésita. Il pouvait se lancer à la poursuite de Halls, mais il n'était pas armé.

Et Jade pouvait avoir besoin de lui si elle était dans la cabane. Chaque seconde comptait.

Il appela Jacob en courant vers la cabane.

— Je suis presque arrivé, lui dit son frère.

— Halls était là, répondit Fletch. Il est armé et il s'est enfui dans une petite voiture verte.

Il récita le numéro de la plaque.

— Je m'en occupe, dit Jacob.

— Et je fouille la cabane, au cas où Jade s'y trouverait.

— Bien reçu.

Fletch entendit une sirène. Son frère était effectivement tout près. Il avait une chance d'arrêter Halls.

Fletch traversa la véranda et fonça dans le salon.

— Jade ? Es-tu là ?

Seuls les claquements de ses bottes sur le parquet lui répondirent.

— Où es-tu, Jade ?

Il fouilla chaque pièce, en regardant dans les placards et sous les lits. Où était-elle ? Était-elle seulement là ?

Alors qu'il refaisait le tour de la cabane, en allumant les lumières, cette fois, une odeur immonde lui fit froncer le nez.

Il la suivit jusqu'à une porte, au bout d'un couloir, qu'il n'avait pas remarquée dans sa hâte de fouiller les autres pièces.

Il tourna la poignée, mais la porte était verrouillée et il n'y avait pas de clé dans la serrure.

Halls devait l'avoir sur lui… Estimant qu'il n'avait pas le temps de fouiller la cabane à la recherche d'un double hypothétique, Fletch courut récupérer ses crochets dans sa voiture.

Il revint dans la cabane, s'agenouilla devant la porte et perdit quelques secondes en la crochetant parce que ses mains tremblaient.

La porte donnait sur un escalier qui menait à une cave. L'horrible odeur s'intensifia. Il y avait un cadavre dans cette pièce.

— Jade !

Toujours pas de réponse.

Il dévala l'escalier en réprimant sa nausée et balaya la pièce du regard. Il y avait quelques sacs-poubelles dans un coin et deux congélateurs.

Il courut d'abord vers les sacs-poubelle, les ouvrit et éprouva un bref soulagement en découvrant qu'ils ne contenaient que des déchets.

Mais les congélateurs... C'était de là que venait l'odeur.

— Jade ! cria-t-il encore.

Les deux congélateurs étaient cadenassés.

Désemparé, il balaya une nouvelle fois la pièce du regard et repéra un placard qui lui avait échappé. Il s'empressa de l'ouvrir et remercia le ciel quand il y trouva une pince-monseigneur.

Il s'empressa de casser le cadenas du premier congélateur. L'odeur de putréfaction s'intensifia encore lorsqu'il souleva le couvercle, et son sang se glaça. Il y avait le cadavre d'une femme à l'intérieur – dans un état avancé de décomposition.

Il laissa retomber le couvercle, ferma les yeux et soupira lentement. Il ne pouvait pas vomir maintenant. Il devait trouver Jade.

Fou de terreur, il brisa le cadenas du deuxième congélateur et souleva le couvercle.

— Jade !

Elle était dedans, en position fœtale et inconsciente.

24

Fletch prit Jade dans ses bras. Dieu merci ! Halls ne lui avait pas tranché la gorge.

Mais que lui avait-il fait ?

Fletch l'emporta dans le salon, la déposa sur le canapé et tâta son pouls. Il était à peine perceptible, mais elle était en vie.

— Je suis là, Jade, lui dit-il. Les secours arrivent.

Fletch l'examina pour évaluer la gravité de ses blessures. Elle n'avait reçu aucun coup de couteau, mais elle avait des bleus et une nouvelle bosse sur la tête.

Il appela une ambulance, fournit l'adresse de la cabane à la standardiste et décrivit l'état de Jade.

— Dépêchez-vous, s'il vous plaît ! ajouta-t-il.

Il courut à la fenêtre lorsqu'il entendit des pas dehors et soupira de soulagement.

C'était Liam.

— J'ai trouvé Jade ! lança Fletch en lui ouvrant la porte. Et j'ai appelé une ambulance.

Liam grimaça.

— L'odeur ?

— Il y a un cadavre dans la cave.

— Ce doit être la femme de Halls, répondit Liam. Je vais appeler le médecin légiste et une équipe de techniciens. Jacob a lancé tous ses hommes à la poursuite de Halls.

Fletch aurait aimé entendre que ce salaud était arrêté ou mort, pas qu'il courait encore et représentait toujours une menace pour Jade.

— On l'attrapera, lui assura Liam.

Fletch retourna auprès de Jade pendant que Liam téléphonait. Elle était toujours inconsciente et d'une pâleur inquiétante. Il s'assit à côté d'elle et prit sa main dans la sienne.

— Les secours arrivent, répéta-t-il même si elle ne l'entendait pas.

Quand Liam raccrocha, Fletch lui montra la porte du bureau de Halls.

— Halls a mis les photos de toutes ses victimes dans un album, lui dit-il. Tu le trouveras là-bas.

— Sa collection..., grommela Liam. Il est vraiment cinglé.

— Oui. Et il faut qu'il paie pour ses crimes, répondit Fletch avant de reporter son attention sur Jade. Tiens bon, chérie...

Jade reprit lentement conscience et essaya d'inspirer. Une voix d'homme rauque et inquiète flotta jusqu'à elle dans l'obscurité.

Elle se souvenait qu'elle avait reçu un coup sur la tête et qu'on l'avait enfermée dans un congélateur. Elle essaya encore d'inspirer. Elle suffoquait. Elle était perdue dans les ténèbres... Elle mourait...

— Tout va bien, Jade. Tu es à l'hôpital, lui dit la voix rauque et inquiète.

Fletch...

Elle souleva ses paupières et n'en crut pas ses yeux.

— Fletch ?

Il lui offrit un sourire.

— Oui. Je suis là.

Un frisson la parcourut quand elle repensa au corps de la femme de Halls dans le congélateur.

— Il a tué sa femme, murmura-t-elle.

— Je sais, répondit Fletch en écartant une mèche de son front. Je l'ai découverte juste avant de te trouver.

Il posa sa tête sur son ventre.

— J'ai eu tellement peur que tu sois morte, toi aussi, ajouta-t-il.

Elle caressa ses cheveux. Elle était si contente de le voir…

— Idiot, répondit-elle. Tu sais que je suis robuste.

Il pouffa.

— Tu m'as quand même fait une peur bleue, répondit-il. Tu n'aurais pas dû y aller toute seule.

Elle passa sa langue sur ses lèvres desséchées.

— Je ne voulais pas causer des problèmes entre tes frères et toi. Je sais à quel point tu tiens à eux.

Il se redressa et déposa un baiser sur sa main.

— Je tiens aussi beaucoup à toi, Jade, dit-il.

Elle cligna des yeux.

— Tu connais mon nom ? s'étonna-t-elle.

Il hocha la tête. Elle eut envie de lui dire qu'elle l'aimait, mais cela n'aurait pas été juste puisqu'il ne savait rien d'elle.

— Je me souviens, maintenant, dit-elle. Je sais ce qu'il s'est passé.

Il embrassa encore ses doigts.

— Et je sais qui tu es, répondit-il. Je sais que tu étais en mission d'infiltration.

— C'est vrai ?

Il hocha la tête.

— Dis-moi ce dont tu te souviens.

— De tout, répondit-elle. Tout m'est revenu quand je suis entrée dans cette cabane. C'est lui, le tueur. Mon coéquipier – Louie – et moi nous sommes infiltrés dans ce quartier pour l'attraper.

— Et Halls vous a démasqués, dit Fletch.

Elle acquiesça.

— Louie… a reçu une balle pour me protéger.

— Étiez-vous ensemble ? demanda Fletch en pressant ses doigts.

— Non, répondit-elle les larmes aux yeux. Nous étions juste coéquipiers et bons amis. Il m'a enseigné beaucoup de choses.

Fletch hocha la tête.

— Te souviens-tu de ta vie personnelle ? As-tu quelqu'un qui t'attend ?

— Un petit ami, tu veux dire ? murmura-t-elle.

Fletch haussa les épaules. Elle n'eut pas le temps de répondre. Ses frères Liam et Jacob frappèrent et entrèrent dans la chambre.

— Avez-vous attrapé Halls ? leur demanda-t-elle.

Fletch voulait connaître la réponse à la question qu'il avait posée à Jade, mais il fallait d'abord qu'il sache si Halls avait été arrêté.

— Mes hommes l'ont attrapé à l'aéroport, répondit Liam. Il voulait partir en Amérique du Sud.

— Alors il est en prison ? demanda Fletch.

— Oui, répondit Liam. Grâce à vous deux, ce salaud est à l'ombre pour longtemps.

Jacob offrit un sourire timide à Jade.

— Je suis désolé de vous avoir arrêtée, lui dit-il.

— Vous ne faisiez que votre travail, répondit-elle. Mais je ne comprends pas d'où sortaient les preuves qui vous aviez contre moi.

— Le sergent Clemmens, qui m'a contacté, était suspendu pour avoir accepté des pots-de-vin, expliqua Jacob. Il a piraté l'ordinateur de son commissariat, intercepté ma requête et fabriqué de fausses preuves contre vous. Halls l'avait grassement payé. Il a tout avoué quand on l'a arrêté.

— Je me suis souvenue de qui était l'homme que j'ai tué dans la montagne, dit Jade. Il s'appelait Otis Rigley. C'est le meurtrier de mes parents.

— Oui, répondit Jacob. Halls l'a aidé à obtenir une libération sur parole et l'a payé pour vous achever.

— Et l'homme à la cicatrice était un détective privé, intervint Fletch.

— Il me disait quelque chose. Travaillait-il pour Halls ? demanda Jade.

— Non, il avait été engagé par la fille d'une des victimes de Halls. Rigley l'a tué pour protéger Halls.

Jade se passa la main dans les cheveux.

— C'est vraiment terminé, alors ?

Liam et Jacob acquiescèrent.

— C'est vraiment terminé, répondit Fletch en pressant ses doigts.

— Une dernière chose : votre commandant m'a appelé, ajouta Jacob. Vous allez recevoir une médaille.

Jade secoua la tête.

— Je ne veux pas de médaille. Je suis juste contente que Halls ne puisse plus faire de mal à personne.

— Il a aussi dit que vous devriez partir en vacances,

répondit Jacob. Vous reprendrez le service quand vous serez prête.

Fletch serra les dents. Jade travaillait à Asheville. Y retournerait-elle ?

Jade était si soulagée que Halls soit en prison qu'elle avait envie de pleurer. Il avait tué son coéquipier, tous ces couples, le détective privé et sa propre femme…

— Ça va ? s'inquiéta Fletch.

Elle refoula ses larmes.

— Je suis juste contente que Halls paie pour ce qu'il a fait, répondit-elle.

— Moi aussi.

Fletch baissa les yeux. Il semblait contrarié depuis l'arrivée de ses frères.

— Ce n'est pas tout, dit Liam. On a relevé des empreintes sur le carnet et le gant que tu nous as donnés, Fletch.

— Les empreintes de qui ?

— D'un certain Barry Inman, répondit Liam. Il a porté plainte contre l'hôpital de Whistler pour négligence après la mort de sa femme. D'après son avocat, il était furieux. La plainte a été déposée la veille de l'incendie.

— Nous avons lancé un mandat d'arrêt contre lui, ajouta Jacob.

Jade lut de l'espoir dans les yeux de Fletch. Ils avaient peut-être découvert l'identité du meurtrier de leur père.

— On te tiendra au courant, promit Liam avant que Jacob et lui ne quittent la chambre.

— C'est une bonne nouvelle, commenta-t-elle.

Fletch haussa les épaules.

— C'est un début.

Pendant le silence qui s'ensuivit, elle repensa à la question que Fletch lui avait posée.

Il s'éclaircit la voix.

— Mes félicitations pour la médaille, dit-il. J'imagine que tu as hâte de te remettre au travail.

Elle joua avec le bord du drap. Quelques minutes plus tôt, elle avait cru qu'ils étaient sur le point de s'avouer leurs sentiments, mais Fletch s'était fermé.

Voulait-il qu'elle quitte Whistler pour qu'il puisse reprendre le cours normal de son existence ?

— Je pense qui je vais suivre les conseils de mon commandant et prendre des vacances, répondit-elle. Ces derniers jours ont été épuisants.

— Je te comprends, dit Fletch en se levant. Je te laisse te reposer.

Le cœur serré, elle le regarda se diriger vers la porte. Leur histoire était-elle vraiment terminée ?

Continue à courir. Un pied devant l'autre. Il t'attrapera si tu t'arrêtes.

C'était ce qu'elle se répétait quand Halls et ses sbires étaient à ses trousses.

Mais elle n'avait plus besoin de les fuir.

Elle avait eu le courage d'affronter son agresseur. À présent, elle devait avoir le courage de courir vers ce qu'elle désirait.

Et elle ne voulait pas perdre Fletch.

Elle l'appela quand il ouvrit la porte. Il se retourna, le regard plein d'espoir.

— Tu m'as posé une question avant l'arrivée de tes frères, lui rappela-t-elle.

Il referma la porte.

— C'est vrai, mais tu n'as pas répondu.

— Veux-tu que je réponde ?

— Oui, dit-il timidement.

Le cœur de Jade manqua un battement.

— J'ai des sentiments pour quelqu'un, murmura-t-elle.

— C'est vrai ? demanda-t-il avec autant d'inquiétude que d'espoir dans les yeux.

— Oui, mais je ne suis pas sûre que ce soit réciproque.

— Parle-moi de lui, dit-il en s'approchant du lit.

Elle prit ses mains dans les siennes.

— Il est fort et courageux, répondit-elle. Il sauve les gens qui ont des ennuis. Il m'a sauvée.

Fletch s'assit au bord du lit et approcha son visage du sien.

— À vrai dire, c'est toi qui l'as sauvé, répliqua-t-il.

L'espoir germa dans le cœur de Jade. Elle n'était peut-être pas en train de se ridiculiser.

— De quoi ?

— D'une vie sans amour.

Elle inspira profondément avant de murmurer :

— Tu as mon amour si tu en veux.

Fletch effleura ses lèvres.

— Oui, j'en veux, répondit-il.

Il l'embrassa tendrement, puis il prit sa main pour la poser sur son torse.

— Je t'aime de tout mon cœur, ajouta-t-il.

Celui de Jade se gonfla de joie. Fletch et elle s'étaient trouvés dans le blizzard. Ils avaient survécu aux éléments et à un meurtrier.

Maintenant qu'elle avait retrouvé son passé, ils pouvaient construire un avenir basé sur la vérité et l'amour.

Peut-être même pourrait-elle l'aider à retrouver le meurtrier de son père.

NICOLE HELM

Le passé ennemi

Traduction française de
FLORENCE BERTRAND

BLACK ROSE

HARLEQUIN

Titre original :
SOUTH DAKOTA SHOWDOWN

1

La minuscule bourgade de Bonesteel, dans le Dakota du Sud, ne figurait même pas sur la plupart des cartes, et c'était précisément pour cette raison que Jamison Wyatt aimait en être le shérif adjoint.

Aîné d'une fratrie de six, il avait grandi dans l'univers cruel et dangereux des Fils des Badlands, un gang de motards qui semait la terreur dans les communautés rurales du Dakota du Sud – comme celle-ci – depuis des décennies.

Un gang qui avait été fondé par son père.

Jusqu'à l'âge de cinq ans, Jamison avait connu une enfance heureuse au ranch de sa grand-mère, à la limite de Valiant County. Malheureusement, sa mère avait fini par céder à l'insistance d'Ace Wyatt et l'avait entraîné dans l'existence nomade du hors-la-loi.

Par ténacité et force de volonté, Jamison s'était cramponné aux valeurs que son aïeule avait instillées en lui. Quand sa mère avait donné naissance à un fils après l'autre, il s'était promis de les arracher au gang et de les ramener au ranch.

Dans ce monde brutal, l'immense responsabilité qu'il avait endossée en se jurant de faire évader ses frères avait façonné sa personnalité. Devenu adulte, il prenait peut-être les choses un peu trop au sérieux. Du moins, ses frères l'affirmaient.

Jamison n'avait pas de regrets sur ce point. Prendre les choses au sérieux était une garantie de sécurité. Il était assez âgé maintenant pour savourer la paix relative d'une petite ville comme Bonesteel. Il n'avait aucune envie d'être confronté à la délinquance. Il en avait assez vu. En revanche, il était toujours habité par le désir profond de veiller à ce que règnent l'ordre et la justice.

Par conséquent, il fut stupéfait de tomber sur un flagrant délit d'effraction à 9 heures du soir, un moment où les rues étaient presque désertes. Si le local visé avait été l'épicerie ou la station d'essence, il aurait pu comprendre. Mais la silhouette essayait de s'introduire dans son bureau, adjacent à l'hôtel de ville.

C'était audacieux, ridicule, et vaguement amusant. Sans doute quelqu'un qui avait bu un verre de trop, songea-t-il. Peut-être que la coupable – oui, il semblait bien s'agir d'une femme – était ivre morte et cherchait un coin où dormir.

Quand on faisait appel à lui, c'était souvent pour des incidents liés à l'excès d'alcool, pour la plupart bénins, et cela paraissait être le cas ce soir-là.

Jamison était à pied, comme toujours lorsqu'il effectuait sa dernière ronde. Il s'avança à pas lents et silencieux, restant dans l'ombre.

La femme continuait à batailler avec la poignée de la porte. Pour quelqu'un qui avait bu, elle ne titubait pas. Quoi qu'il en soit, elle n'avait pas l'air bien dangereux.

Il sortit de l'ombre.

— En général, les cambrioleurs sont plus doués pour crocheter les serrures, ironisa-t-il.

La femme s'immobilisa – mais sans pousser un cri ou tressaillir. Elle se figea simplement. De là où il se trouvait maintenant, il distinguait une longue tresse de cheveux bruns et une veste en cuir vaguement familière, guère suffisante pour affronter le froid d'une soirée de printemps dans le Dakota du Sud.

Elle se redressa calmement, lui tournant toujours le dos. Il porta la main à la crosse de son pistolet, prêt à tout, bien qu'il ne se sente pas particulièrement menacé par cette femme mince et élancée.

Sa silhouette lui rappelait… quelque chose, sans qu'il arrive à préciser quoi.

Et puis elle pivota, lentement, vers lui.

Certes, il aurait été surprenant qu'il ne connaisse pas l'intruse, mais… quinze années s'étaient écoulées depuis la dernière fois qu'il l'avait vue.

— Liza.

Elle relâcha son souffle et fit un pas tranquille dans sa direction. On aurait dit que leur dernière rencontre remontait à quelques jours et non à des années.

— Dieu merci, Jamison. Tu ne peux pas savoir depuis quand j'essaie de te trouver.

Il la détailla. En dépit du passage du temps, son visage semblait être resté le même. De grands yeux sombres et expressifs, qui lui avaient toujours valu des ennuis avec son père. Une bouche sensuelle, qui aurait pu faire rougir un marin avec le vocabulaire imagé qu'elle utilisait parfois.

Autrefois, en tout cas. Quinze ans avaient passé. Presque la moitié de sa vie. Liza avait peut-être envie de se comporter comme s'ils étaient de vieux amis, mais il n'était plus aussi naïf.

— Il faut que tu viennes avec moi, reprit-elle, en mettant une main sur son bras.

Comme s'ils étaient plus que de vieux amis, ce qui avait été le cas pendant un temps.

Il lâcha un rire qui parut amer à ses propres oreilles, et elle accusa le coup. L'air nerveux, inquiet, elle parcourut la pénombre des yeux. Quand son regard noisette croisa celui de Jamison, il y lut la peur.

— Tu crois vraiment que je serais venue si j'avais eu le choix ? chuchota-t-elle d'une voix qui tremblait un peu.

L'espace d'une seconde, une terrifiante fraction de seconde, il crut à cette peur et fut prêt à voler à son secours. Et puis il se rappela à qui il avait affaire.

— Ah non ? Tu ne travailles plus pour mon père ?

Elle lui lâcha le bras aussi vivement que si elle avait été mordue par un serpent. Elle parvint même à avoir l'air blessé. Elle était douée.

Il l'avait sauvée autrefois. L'avait enlevée au nez et à la barbe de son père, qui était toujours de mèche avec le sien.

Après avoir réussi à faire évader ses frères, il avait mis un certain temps à préparer sa propre évasion. En partie parce qu'il voulait que son père sache – sache avec certitude, après son départ, que c'était lui qui avait tout organisé.

Il avait dix-huit ans, et elle seize. Ils étaient amis. Il savait qu'elle était prête à aller plus loin, mais il s'y était refusé, parce qu'il aurait eu l'impression de profiter d'elle. Néanmoins, il n'avait pu se résoudre à l'abandonner. Pas alors que son père était aussi cruel que le sien. Pas avec les sentiments enfouis en lui.

Par conséquent, il avait fallu plus longtemps pour mettre au point un plan d'évasion, trouver un moment idéal, où ils seraient l'un et l'autre en mesure d'échapper à la vigilance des gardes.

Il avait réussi. Sa grand-mère n'avait pu recueillir Liza en plus des garçons qu'elle élevait, mais ses voisins, qui avaient toujours regretté de n'avoir eu qu'un seul enfant, l'avaient fait. Ils avaient déjà d'autres filles adoptives.

Ils auraient adopté Liza aussi. Si elle était restée.

Au lieu de quoi, elle s'était enfuie. Elle était retournée au gang que le père de Jamison dirigeait d'une poigne de fer.

Encore aujourd'hui, il ne regrettait rien. Au moins il lui avait donné une chance. C'était elle qui avait décidé de la gâcher. Pas lui.

— Je ne travaille pas pour ton père, dit-elle enfin, sa voix vibrant d'une colère à peine contrôlée.

La colère qu'il avait éprouvée aussi, autrefois.

Il avait cessé de laisser le monde le mettre en colère. Ç'avait été une dure leçon, mais il était fier de l'avoir apprise. Du moins l'avait-il pensé, jusqu'au moment où Liza avait réapparu. Déjà, il sentait sa vieille fureur remonter en lui tel un geyser prêt à jaillir.

Cependant, il était résolu à se contrôler. Sa carrière, son existence, reposaient sur sa capacité à maîtriser ses émotions. À rester assez détaché pour faire son travail, assez impliqué pour s'en soucier.

— Tu m'excuseras de ne pas croire sur parole quelqu'un qui appartient à un gang, parvint-il à articuler sans trop d'amertume. D'autant moins que tu m'as raconté assez de mensonges par le passé.

Bon, là, d'accord, ses paroles étaient un tantinet amères.

Elle secoua la tête.

— Tu ne comprends pas.

— Non. Et je n'ai pas envie de comprendre. Retourne chez toi, Liza. À la vie que tu as choisie.

— Tu ne sais rien de ce que j'ai choisi, le coupa-t-elle sèchement avant de lui reprendre le bras, sans ménagement cette fois. Ni pourquoi.

Elle le regarda avec une émotion qu'il ne sut déchiffrer.

— Et d'ailleurs, c'est sans importance, reprit-elle. Tu te souviens de Carlee Bright ?

Jamison n'aimait pas se remémorer les détails de sa vie d'alors. La succession de campements, les incursions dans des villages terrorisés, les habitants forcés de leur céder la place. Infliger la douleur était l'occupation principale d'Ace Wyatt.

Malgré tout, il se souvenait de ce nom.

— Elle avait l'âge de Cody, non ?

Le benjamin de ses frères avait neuf ans de moins que lui, mais cela faisait à Jamison l'effet d'un siècle.

— Oui. Mon père l'a mise enceinte voilà quelques années.

— Ça ne m'étonne pas, mais je ne vois pas en quoi ça me concerne. Ni toi, d'ailleurs.

— Carlee est morte.

— Je suis désolé de l'apprendre. Si tu veux alerter la police…

— Alerter la police ? Mon Dieu, Jamison, tu ne

changeras jamais. Une femme est morte, sa fille a été témoin…

— Où veux-tu en venir ? l'interrompit-il, exaspéré.

— Que va faire la police à propos du meurtre d'une femme qui était membre d'un gang ? Rien. Tu le sais aussi bien que moi.

Il garda le silence. Il devait reconnaître que l'affaire n'éveillerait sans doute pas autant d'attention que si la victime avait été une citoyenne sans histoires. Néanmoins, elle ne serait pas ignorée.

Liza ne le croirait jamais.

— Il y a un corps ?

— Non. Il y a une petite fille terrifiée. Ma demi-sœur. Elle m'a parlé, Jamison, et maintenant elle a disparu aussi. J'ai besoin d'aide et je ne vais pas l'obtenir dans le gang.

— Mais tu crois que je vais t'aider ?

Elle le dévisagea longuement avant de sourire enfin, avec tristesse.

— Oui.

Bizarrement, Jamison Wyatt était presque exactement tel que dans ses souvenirs. Le temps avait laissé quelques empreintes sur son visage, mais il avait toujours été séduisant, et la maturité lui seyait. À sa vue, elle avait senti un frémissement dans ses terminaisons nerveuses, comme quand elle avait treize ans et qu'elle le regardait protéger ses frères.

Voilà pourquoi elle savait qu'il l'aiderait. Même s'il l'accusait d'être complice de son père, même s'il se méfiait d'elle, il l'aiderait.

Jamison était le seul et unique être au monde qui

l'incitait à croire au bien. Au milieu de tout le mal dont ils avaient été témoins durant leur enfance, en dépit du fait qu'ils étaient issus des pires membres du gang, Jamison était parvenu à se conduire avec honneur et intégrité. C'était un don qu'il lui avait fait, et qu'il avait fait à ses frères.

Sans lui, elle n'aurait jamais su à quoi ressemblait le monde en dehors du gang. Jamais elle n'aurait connu l'espoir ni l'amour. Jamais elle n'aurait soupçonné qu'il existait de vrais foyers, où on était en sécurité, où le mensonge et le vol n'étaient pas les seules règles de vie.

Ces quinze dernières années passées parmi les Fils des Badlands avaient menacé d'ébranler ces certitudes. Suivant l'exemple de Jamison, elle était retournée au gang pour protéger les siens. Elle avait échoué auprès de sa sœur, mais depuis quatre ans maintenant elle s'évertuait à trouver le moyen de sauver sa demi-sœur. Exactement comme Jamison avait sauvé ses frères.

Tant qu'elle n'y serait pas parvenue, elle resterait dans le gang. Et si elle ne devait jamais s'en échapper, au moins aurait-elle contribué à aider quelques personnes à quitter une existence qui détruisait tout ce qui était bon et honnête en eux.

Elle gardait l'espoir d'arracher Gigi à ce monde-là.

Liza leva les yeux vers l'homme qui la dépassait d'une bonne tête, bien qu'elle soit grande pour une femme. Elle avait répété maintes fois dans sa tête les arguments qu'elle pourrait invoquer pour le convaincre, mais elle n'avait pas de temps à perdre en discussions. Elle lui pressa le bras.

— Ils vont tuer Gigi si je ne la retrouve pas. Elle… Ce n'est qu'une petite fille innocente.

Un muscle tressauta à la mâchoire de Jamison. Il plissa les yeux, comme s'il essayait de se cramponner à l'indifférence – elle connaissait cette expression. Des années plus tôt, elle aurait caressé les contours résolus de son menton. Elle l'admirait tant ! À ses yeux, il était un héros.

Elle refoula ces pensées absurdes. La vie d'une petite fille dépendait d'elle. Il fallait qu'elle soit forte. Qu'elle combine sa force à celle de Jamison. C'était sa seule chance de sauver Gigi. Elle devait croire qu'avec un des frères Wyatt à ses côtés elle pourrait y parvenir. Sauver Gigi. Il était trop tard pour Carlee, mais Gigi était encore en vie.

Du moins, elle l'espérait.

Une nouvelle bouffée de vertige la submergea, aussi violente que les précédentes. Elle avait besoin de manger quelque chose, de trouver un endroit où dormir, où reprendre des forces.

— Je peux t'emmener au poste de police, déclara Jamison sur le ton légèrement supérieur qu'il commençait à adopter lorsqu'elle avait dû quitter le sanctuaire de la maison des Knight. Tu pourras faire une déclaration…

— C'est de toi que j'ai besoin, Jamison. Tu connais le gang et tu connais la loi. Si tu es trop occupé à garder tout ça…

Elle désigna d'un geste la bourgade endormie où, au pire, il traitait de menus larcins.

— … j'accepterai l'aide d'un de tes frères. Dev ou un des jumeaux. J'ai besoin de quelqu'un qui connaît Ace et les Fils des Badlands – qui en sait assez pour les craindre et pour les battre quand même.

Elle n'alla pas jusqu'à se demander pourquoi elle

s'était adressée à lui d'abord, alors qu'elle savait pertinemment que, de tous les Wyatt qui travaillaient dans les forces de l'ordre, Jamison serait le plus réticent à enfreindre le protocole.

Car c'était de lui qu'elle avait besoin. Si l'homme implacable qui se tenait devant elle avait un talon d'Achille, c'était son désir de secourir autrui.

Il resta silencieux trop longtemps. Quand il parla enfin, la douleur qu'elle perçut dans sa voix la déchira.

— Si j'avais pu battre Ace, je l'aurais déjà fait, murmura-t-il dans le noir.

Elle cilla. Elle avait su que ce serait difficile, mais aussi qu'il incarnait son seul espoir. Au sein du gang, tous étaient trop indifférents ou trop effrayés pour lui venir en aide.

— À quand remonte la dernière fois que tu as essayé ? murmura-t-elle en retour, ses paroles trop sonores dans cette rue déserte, désolée.

Ce fut le tour de Jamison d'accuser le coup.

Il ouvrait la bouche, peut-être pour lui dire de s'en aller, quand une détonation retentit, toute proche, douloureuse.

L'espace d'un instant, Liza ne reconnut pas le son d'un coup de feu. Au point qu'elle fut stupéfaite lorsque Jamison se rua sur elle et la jeta à terre, lui faisant un bouclier de son corps chaud et puissant.

Au bout d'un moment – elle n'aurait su dire combien de temps – il la fit rouler sur le dos. Il la touchait, mais elle ne sentait pas vraiment ses mains. Elle voyait remuer ses lèvres, mais sa voix était brouillée.

Ce fut la sollicitude qu'elle lut dans son regard qui l'inquiéta. Cependant, elle flottait sur un nuage, en proie à un choc qu'elle ne comprenait pas. Et puis la douleur l'emporta.

2

Jamison souleva Liza dans ses bras et se rua vers sa voiture. Pour autant qu'il veuille poursuivre le tireur, sa priorité absolue était de la protéger. Obtenir de l'aide était la seconde.

Il devrait attendre pour retrouver les Fils des Badlands et leur faire payer ce geste. Car il n'avait aucun doute sur l'identité des coupables.

Il déposa Liza sur la banquette du véhicule. Là, dans l'espace exigu, il la palpa doucement à la recherche d'une blessure.

Ce fut seulement quand il localisa la plaie qu'il prit conscience d'avoir prié pour qu'elle soit indemne. La vue du sang sur sa jambe l'obligea à se ressaisir.

Avec un tireur dans les parages, emmener Liza à l'hôpital n'était sûrement pas la meilleure solution. Cependant, s'il appelait une ambulance, les secouristes ne lui donneraient pas le choix.

Une autre option lui vint à l'esprit : son frère était un secouriste qualifié en plus d'être shérif adjoint. Dans ces coins perdus, ce genre de formation pouvait être salvateur. Jamison lui-même était capable de dispenser les premiers soins – tels que faire un pansement, ce dont il s'acquitta aussitôt – mais il ne possédait pas les diplômes de son frère.

Brady pourrait déterminer la raison pour laquelle Liza avait perdu connaissance, et l'examiner sans insister pour qu'elle soit transportée à l'hôpital.

Hésitant encore, il tendit la main vers la radio, puis se ravisa aussitôt. Pour une fois, il allait ignorer son instinct, et enfreindre les règles.

Juste une fois.

Il attrapa son téléphone portable et appela Brady.

— Tu es où ? aboya-t-il dès que son frère prit la communication.

— Secteur A, répondit ce dernier sans s'émouvoir.

Nord-est. Bien. Ils pouvaient se donner rendez-vous et aviser.

— Retrouve-moi sur la 302e avenue, à hauteur de Fuller.

— C'est en dehors de mon secteur, J.

— J'en ai conscience. Tu termines ton service dans un quart d'heure.

Il y eut un bref silence tandis que Jamison refermait la portière et s'installait au volant.

— Il doit y avoir une urgence, commenta son frère. Je pars tout de suite.

— Pareil. Tu seras là avant moi. Il y a quelqu'un chez grand-mère ?

— Seulement Dev.

— Ça ira. Appelle-la, dis-lui qu'on arrive et de préparer la trousse de secours.

Jamison sentait les questions de Brady s'accumuler dans le silence, mais son frère ne les formula pas.

Ils coupèrent la communication et roulèrent vers

le point de rendez-vous. Il faisait un noir d'encre et Jamison dut se concentrer sur la route. Derrière lui, sur la banquette, Liza respirait lentement, régulièrement.

C'était déjà quelque chose.

On avait tiré sur elle. Il n'avait pas été surpris outre mesure par le récit qu'elle lui avait fait concernant Carlee Bright. Les Fils des Badlands n'étaient pas exactement réputés pour bien traiter les femmes. Pour sa part, Jamison s'était toujours interrogé sur « l'overdose » qui aurait emporté sa mère alors que Cody n'était encore qu'un bébé. Mais à l'époque, il n'était lui-même qu'un enfant. Pas assez âgé pour exprimer ses doutes.

Parfois, il se demandait si cela aurait changé quelque chose.

Carlee Bright n'était pas sa mère, et la prétendue disparition de la demi-sœur de Liza pouvait être… une simple invention. Que Liza ait été prise pour cible ne prouvait pas la véracité de son histoire. En revanche, cela prouvait ses liens avec le gang. Elle en savait trop pour être complètement innocente.

Malgré tout, Jamison roula à vive allure dans le noir, et ne vit pas âme qui vive. Il s'engagea dans la 302e avenue, puis ralentit sur la piste gravillonnée. La voiture de patrouille de Brady était déjà là. Il se gara derrière lui, descendit et ouvrit la portière arrière.

Sans un mot, son frère le rejoignit et commença aussitôt à examiner Liza. S'il la reconnut, ce qui ne faisait presque aucun doute, il s'abstint de tout commentaire.

— Elle n'est pas tombée ? Elle ne s'est pas cogné la tête ?

— Pas que je sache.

— Elle a peut-être perdu connaissance à cause du choc.

Brady hésita.

— Tu es sûr de vouloir l'emmener chez grand-mère ? L'hôpital serait… plus sûr, ajouta-t-il, choisissant ses mots avec soin.

Avec trop de soin. Comme si Jamison était encore amoureux d'une femme qu'il avait chassée de ses pensées des années plus tôt. Des années. Ce qui l'intéressait, c'était le gang, et la protection du public. Il avait consacré sa vie à protéger des inconnus. Pourquoi pas Liza aussi ? C'était juste… son travail.

— Je te retrouve au ranch.

Brady hocha la tête et regagna sa voiture.

Ils repartirent. De temps à autre, Liza reprenait conscience, s'agitait un peu, demandait où elle était. Jamison s'efforçait de l'encourager à parler, mais elle perdait connaissance de nouveau après quelques minutes. Cela l'inquiéta, même si le fait qu'elle se réveille était rassurant en soi.

Au bout d'un moment, il emprunta le chemin de terre qui serpentait à travers les collines ondulantes du Dakota du Sud pour mener au ranch.

Une lampe brillait au-dessus de l'entrée – comme toujours. Pauline Reaves avait l'habitude de recevoir des visites à toute heure. Sa porte était toujours ouverte, sa maison accueillante, et elle avait quantité d'armes à portée de main au cas où un fauteur de troubles viendrait à se présenter.

C'était le foyer de Jamison, même s'il avait passé le plus clair de son adolescence dans divers campements des Fils des Badlands. Cette vieille bicoque, qui datait de plus d'un siècle et qu'on avait agrandie ici et là au fil du temps, abritait son âme et son cœur.

Sa grand-mère était déjà à la porte. Jamison ouvrit la portière arrière.

— On est arrivés, dit-il.

Liza cilla, referma les yeux et prit une profonde inspiration, puis descendit. Elle ne tint que quelques secondes sur ses jambes avant de vaciller, si bien que Jamison la souleva dans ses bras et se dirigea vers la maison – Brady sur ses talons.

Les deux chiens de Dev leur faisaient fête en silence : ils avaient été entraînés à ne pas aboyer sur une connaissance. Ils se contentaient de pousser de petits geignements excités, espérant à l'évidence être caressés.

Jamison ayant les mains pleines, Brady le fit pour eux deux.

— Je peux marcher, protesta Liza faiblement.

— Non, tu ne peux pas.

Elle était bien trop légère, et ses vêtements flottaient sur elle – à l'exception de cette veste en cuir trop mince, souvenir d'une époque qui remontait à quinze ans.

Il franchit le seuil. Sa grand-mère ne manifesta aucune surprise en le voyant entrer, son ex-petite amie blessée dans les bras, suivi de son frère.

Brady ferma la porte derrière eux.

— Dans la cuisine, ordonna Pauline. C'est là qu'il fait le plus clair.

Comme s'ils ne le savaient pas. Cela n'arrivait plus guère désormais, mais il y avait eu un temps où les frères Wyatt étaient régulièrement rafistolés dans la cuisine après une bagarre ou une autre.

Dev était déjà là, et avait étalé un drap sur la table. Il arqua un sourcil à la vue de Liza, mais garda le silence. En soi, cela n'avait rien d'inhabituel. Pourtant, sa désapprobation était presque palpable.

Jamison assit Liza sur la table.

— Tu me crois maintenant ? demanda-t-elle, avant de grimacer de douleur.

Jamison choisit de suivre l'exemple de Dev et ne dit rien.

— Regardons ça, murmura Brady en s'approchant.

Il retira le pansement et examina la plaie à la lumière. Leur grand-mère avait préparé un linge et une cuvette d'eau à côté de lui, et la trousse de secours était ouverte, prête à servir.

Brady élargit la déchirure existante dans le jean pour se donner plus d'espace. Pendant qu'il nettoyait la plaie, Pauline tendit à Liza un verre d'eau et des comprimés.

— Tu sais pourquoi tu t'es évanouie ? demanda Brady d'une voix calme et agréable. Tu t'es cogné la tête récemment ? Tu as d'autres blessures ?

Liza secoua la tête.

— Tu es enceinte ?

— Non, dit-elle sèchement, le regard résolument rivé sur sa cuisse.

— Quand as-tu mangé pour la dernière fois, petite ? demanda leur grand-mère.

Liza passa une main tremblante dans ses cheveux pendant que Brady appliquait un nouveau pansement.

— Je ne…

— Elle a besoin d'un repas, affirma Pauline, en se dirigeant vers le réfrigérateur.

— Du bouillon, grand-mère, ordonna Brady.

Au grognement qui lui répondit, Jamison soupçonna que Liza allait avoir droit à un repas un peu plus consistant. L'intéressée tenta de sourire, mais sans grand succès.

— Je ne m'attendais pas à avoir la moitié des Wyatt à mes petits soins.

— Tu n'aurais pas dû te faire tirer dessus, rétorqua Dev.

— Je ne suis pas médecin, intervint Brady, mais je dirais que la perte de connaissance est due au choc et à la faim. Il n'y a pas de symptômes qui suggèrent autre chose. Il faut qu'elle mange, que le pansement soit maintenu propre, et tout devrait rentrer dans l'ordre.

— *Elle* est assise ici, lui fit remarquer Liza.

— C'est vrai, reconnut Brady avec un sourire patient. Tu vas devoir te reposer. Et nous expliquer pourquoi quelqu'un a tiré sur toi.

Elle toisa Jamison d'un air dédaigneux.

— Je suppose que ton frère peut te le dire.

Jamison soutint son regard.

— Liza pense que son père a assassiné Carlee Bright et que sa demi-sœur, qui a été témoin du meurtre, a été enlevée et est en danger de mort. Comme Liza, apparemment.

La froideur avec laquelle il résumait la situation fit frissonner Liza. Aussitôt, on lui entoura les épaules d'une couverture. Une attention de Brady.

Le silence s'abattit sur la cuisine, brisé seulement par Pauline qui s'affairait au fourneau.

— Comment sais-tu que Carlee est morte ? demanda Jamison.

— Parce que ça t'intéresse, maintenant ?

Elle se sentait fragile, déstabilisée, et sa jambe la lançait à l'endroit où la balle l'avait effleurée – par chance, ce n'était qu'une égratignure.

— Je n'irais pas jusque-là. Il est évident que les Fils sont mêlés à cette affaire, dit-il en désignant son jean déchiré. Je ne serais pas surpris que ton père ait tué Carlee. J'ai plus de mal à croire qu'il pourrait s'en prendre à sa propre fille. Ne serait-ce que parce que tu es encore vivante. Il a eu amplement le temps de te tuer, et assez de raisons de le faire.

Elle jeta un coup d'œil aux trois frères Wyatt qui se tenaient devant elle, les épaules larges et les bras croisés. Physiquement, ils ressemblaient à leur père. C'étaient des hommes bien bâtis, des hommes durs. Ils avaient les cheveux bruns, des yeux qui allaient du marron au vert. Leur menton était résolu, leur bouche fermement désapprobatrice.

Ils avaient changé, Dev surtout. Il semblait non seulement vieilli, mais… vaincu. Elle savait que toute question concernant sa claudication se heurterait à un silence de pierre.

Exactement comme elle savait que les frères Wyatt avaient une conscience, grâce à la femme qui s'activait auprès d'elle à cet instant. Ace, lui, n'en avait pas. Ses fils étaient devenus des hommes bien malgré lui.

— Gigi a quatre ans, commença-t-elle, s'efforçant de trouver le ton juste, entre l'émotion et le détachement.

Si elle était trop émue, ils ne la croiraient pas. Si elle

ne l'était pas, ils penseraient qu'elle était une espionne envoyée par Ace.

— Elle a vu mon père tuer Carlee.

— Pourquoi le gang aurait-il peur de ce qu'une fillette de quatre ans peut raconter ? rétorqua Jamison. Il doit y avoir quantité d'autres gamins dans ces camps qui en ont vu tout autant. Cela ne change rien. Ils ne peuvent le révéler à personne qui soit en mesure d'agir.

— Elle me l'a dit, Jamison, insista Liza, la gorge nouée. Elle me l'a dit. Le lendemain, elle avait disparu. Je… Quelqu'un me suit partout depuis. Ils savent que je sais, et ce soir on a tiré sur moi. Parce que j'étais venue te trouver.

— Tu n'es pas une d'entre eux ? riposta Dev, d'une voix plus dure encore que celle de Jamison.

Une d'entre eux.

Des années plus tôt, Pauline aurait exigé qu'il s'excuse. Elle aurait défendu Liza, affirmé qu'elle n'avait plus de liens avec les Fils des Badlands.

Cependant, c'était une chose de plus qu'elle avait perdue en retournant au camp – la confiance de Pauline. Il ne servait à rien de s'en attrister. Elle était venue pour Gigi, pas pour s'apitoyer sur elle-même.

— S'ils pensaient vraiment que tu sais quelque chose, tu serais déjà morte, lâcha Jamison froidement, le regard glacial.

Il avait raison, ce qui l'effrayait plus que tout le reste, mais elle prit soudain conscience d'une réalité en l'écoutant. S'il n'avait pas voulu l'aider, elle ne serait pas ici. Il l'aurait conduite à l'hôpital. Pas au ranch.

Il avait beau jouer les flics grincheux et détachés, il l'avait amenée à la maison. Chez sa grand-mère. Parce que, même si elle n'avait passé que quatre ans chez les Knight, Pauline avait été sa grand-mère, tout comme Duke et Eva Knight avaient été ses parents.

Malgré tout, elle n'avait pu rester. Lorsque Jamison l'avait persuadée de s'enfuir avec lui, lorsqu'il lui avait offert ce foyer et cette famille, elle avait pensé qu'elle pourrait accepter. Qu'elle pourrait se résigner à considérer sa sœur comme une cause perdue.

Au fil des mois, elle s'était sentie de plus en plus coupable à la pensée que Marci était toujours avec le gang. Plus elle voyait s'épanouir les frères de Jamison – qu'il avait sauvés avant de s'évader lui-même —, plus elle avait eu du mal à accepter sa propre conduite.

Elle avait dû quitter les Knight et retourner au gang, afin d'arracher Marci à leurs griffes. En fin de compte, ses efforts avaient été vains. Marci était une cause perdue. Elle avait refusé de partir, refusé de voir ce qu'il y avait de bon dans le monde.

Gigi, elle, n'avait que quatre ans. Elle avait une chance de vivre normalement. D'être en sécurité et heureuse. Par conséquent, Liza avait renoncé à une sœur pour se concentrer sur l'autre.

Maintenant, elle n'avait plus rien ni plus personne ici, à cet endroit où elle avait autrefois été aimée. Mais elle pouvait tout de même se servir de ce qu'elle savait pour obtenir l'aide de Jamison.

— Il faut que je retrouve Gigi, et je n'y arriverai pas toute seule. Tu sais que je ne peux demander de l'aide à personne là-bas.

— Et tu sais que je ne peux pas t'aider là-bas.

Elle ferma les yeux, comme si ce geste suffisait pour rejeter cette simple vérité. Elle continuait simplement à espérer… Non. Elle n'avait pas le temps d'espérer. La vie de Gigi était en jeu.

— L'un de vous va m'aider, affirma-t-elle. Vous savez ce qu'il en est d'être un enfant dans cet environnement-là. Vous savez ce qu'il en est de perdre sa mère et de n'avoir plus qu'un père cruel, effrayant. Un de vous doit m'aider. Vous le savez.

Le silence dura longtemps. Pauline lui tendit une tasse de bouillon bien chaud et un sandwich sur une assiette.

Au bord des larmes, Liza la regarda, tentée de se confondre en excuses et de la supplier de lui pardonner. Cependant, trop d'années avaient passé, et elle avait des soucis plus graves en tête.

Enfin, Brady se tourna vers Jamison.

— Tu es toujours de service, observa-t-il à mi-voix, comme si Liza n'allait pas pouvoir l'entendre.

La mâchoire de Jamison se crispa.

— Je vais ramener ta voiture, reprit son frère. Te remplacer jusqu'à la relève. S'il se passe quelque chose, on sera dans le pétrin tous les deux, mais tant pis.

Jamison se contenta d'acquiescer. Brady lança un dernier regard énigmatique à Liza, embrassa sa grand-mère sur la joue et sortit.

Jamison continuait à se taire. Personne n'avait offert son aide. Tandis que le silence s'éternisait, Liza s'efforça de maîtriser un début de panique. Il fallait qu'elle mange, c'était certain. Elle avait passé trop de journées à se terrer tout en cherchant Gigi, et ne se souvenait pas du dernier repas digne de ce nom qu'elle avait pris.

Cependant, il était difficile de manger quand on

avait l'estomac tordu de nœuds. Quand toutes ses actions semblaient devoir mener à la mort de Gigi, ou à la sienne.

Elle but une gorgée de bouillon, luttant de toutes ses forces pour ne pas pleurer.

— Les garçons, allez préparer deux chambres, ordonna Pauline.

Dev et Jamison parurent sur le point de protester, mais Liza savait qu'ils n'en feraient rien. Ils ne contrediraient pas leur grand-mère. En effet, ils pivotèrent sur leurs talons et quittèrent la cuisine, laissant Liza seule avec la femme qu'elle avait tant admirée adolescente.

— Tu ne sortiras pas de cette cuisine tant que tu n'auras pas fini tout ça, tu m'entends ?

Liza acquiesça. Sa vision s'était brouillée, non pas à cause de l'épuisement ou du vertige, cette fois, mais parce que ses yeux s'étaient remplis de larmes.

— Pas de ça, petite. Tu as une vie à sauver. Comment vas-tu t'y prendre ?

— Je ne sais pas, murmura Liza. Si Jamison ne veut pas m'aider, je ne sais pas ce que je ferai.

Elle n'aurait avoué cela à personne d'autre. Cependant, elle savait que Pauline garderait son secret.

Toujours pragmatique, celle-ci s'empara d'un torchon propre et essuya les larmes qui roulaient sur les joues de Liza. Puis elle lui tendit le sandwich.

— Jamison va t'aider. Il va renâcler un peu et faire le dur, mais il va t'aider. Il ne pourra pas s'en empêcher.

Pauline la dévisagea.

— Souviens-toi d'une chose : tu ne dois pas laisser ton amour-propre se dresser entre vous, petite. Et lui non plus.

3

— Ça ne me plaît pas, grogna Dev.

Il se penchait sur la droite pour soulager sa jambe raide, souvenir d'un affrontement avec son père lorsqu'il était un jeune policier résolu à le mettre hors d'état de nuire.

Chacun des frères Wyatt avait appris à sa manière qu'on ne pouvait pas s'attaquer aux Fils des Badlands sans en payer le prix.

Aucun d'entre eux ne s'était laissé décourager par leurs expériences précédentes, mais tous avaient été marqués par l'incident qui avait failli coûter la vie à Dev. À la vue de son cadet mourant, Jamison avait décidé de ne plus chercher à se venger.

Il soupira.

— Elle ne peut pas venir ici, insista son frère.

— Et pourtant, elle est ici.

Jamison n'avait pas réfléchi en l'amenant au ranch, mais il n'y avait pas d'autre option. Il savait ce que cela signifiait pour lui, pour ses frères. C'était un retour à un combat auquel ils avaient tacitement renoncé.

En dépit des vieilles promesses, il était peut-être inévitable.

Ils s'étaient échappés du gang, mais leur père continuait à sévir à la tête d'un groupe de criminels.

— Tu n'as pas seulement apporté les ennuis ici, mais à la porte des Knight.

Jamison refoula un pincement de remords. Il fallait qu'il se croie capable de gérer la situation.

— Liza n'a rien de grave. Nous partirons demain matin.

— Nous ?

Jamison se releva. Il avait terminé de faire le lit destiné à Liza – avec soin, car il savait que sa grand-mère tenait à ce que les choses soient faites correctement.

— Tu te rappelles comment c'était d'avoir quatre ans dans cet endroit ?

Dev garda le silence un instant, puis haussa les épaules avant de croiser son regard.

— Je ne connaissais rien d'autre.

— Tu sais que ce n'est pas vrai. Et si cette petite fille a vu quelque chose…

— Et si cette grande fille te raconte des histoires, qu'est-ce qui va se passer, à ton avis ? Tu vas finir par te faire tuer ?

— Quand Liza raconte des histoires, je le sais.

Du moins, il espérait être plus sensé qu'il ne l'avait été à vingt-deux ans.

Dev lâcha un rire froid.

— Depuis quand ? Tu pensais que vous deux alliez vous marier et que vous seriez un exemple pour tous les gamins coincés dans cet enfer. Un conte de fées qui pourrait les inspirer pour s'enfuir un jour. Et puis elle t'a plaqué. Pour retourner là-bas.

Ses paroles piquèrent Jamison au vif, comme seule

la vérité peut le faire. Toutefois, il était trop âgé maintenant pour réagir par la colère.

— Je ne vais pas ressasser le passé, Dev. Je serai prudent, mais il faut que je l'aide à retrouver cette petite fille.

Sa sincérité imposa silence à Dev. Ils traversèrent le couloir pour gagner la chambre située en face, celle qu'ils avaient partagée des années plus tôt. Depuis son accident, Dev dormait au rez-de-chaussée. Monter et descendre les escaliers était trop pénible pour sa jambe.

— Fais attention. Tu ne peux pas lui faire confiance. Quels que soient les souvenirs qu'elle évoque.

— Je ne lui fais pas confiance, répliqua Jamison, peut-être un soupçon trop fort.

Car son esprit se troublait dès qu'il s'agissait de Liza, c'était certain. Cela dit, il s'en rendait compte. Et quand on avait conscience d'un problème, on pouvait l'affronter. Par conséquent, il n'allait pas lui faire confiance. Il obéirait à ses propres instincts et convictions et…

— C'est bon à savoir.

Ils levèrent les yeux et virent Liza sur le seuil. Jamison ne se sentit pas particulièrement coupable – il lui aurait dit la même chose en face. Pourtant, la pâleur de son visage et le paquet de gâteaux salés qu'elle tenait à la main l'émurent malgré lui.

Il se redressa avec raideur.

— Tu as la chambre d'en face.

Elle jeta un coup d'œil derrière elle et esquissa un sourire moqueur.

— J'ai de la chance.

Sur quoi elle tourna les talons, prenant appui sur sa jambe indemne.

— Sois prudent, J., insista son frère. Elle ne va t'apporter que des ennuis. Je te le garantis.

Dev sortit de la chambre à son tour, en boitant lui aussi.

Jamison prit une profonde inspiration, suivie d'une autre. Liza était à n'en pas douter une source d'ennuis. Elle l'avait toujours été. Toutefois, cela ne voulait pas dire qu'il pouvait ignorer le sort d'une fillette de quatre ans.

Certes, elle n'était pas la seule petite fille en danger dans le monde. En tant que shérif, Jamison s'était résigné au fait qu'il ne pouvait aider toute l'humanité, mais il était résolu à essayer de faire une différence là où c'était possible.

Il farfouilla dans les tiroirs de la commode jusqu'à ce qu'il trouve ce qu'il cherchait. Cela fait, il traversa le couloir et toqua pour la forme avant d'entrer dans la chambre de Liza.

Elle lâcha un juron et le foudroya du regard.

Elle avait retiré son jean déchiré, ce qui avait déplacé le pansement. Ses jambes étaient aussi longues et aussi belles que dans les souvenirs de Jamison, dont le regard s'attarda sur elles une fraction de seconde trop longtemps.

Il se ressaisit aussitôt et désigna le pansement.

— Tu as besoin d'aide ?

— Bien sûr. Pourquoi est-ce que tu ne me toucherais pas alors que je suis à moitié nue ?

Il planta ses yeux dans les siens.

— Tu as peur de ne pas pouvoir te contrôler, mon chou ?

Elle émit un grognement dédaigneux, mais ne put tout à fait réprimer un sourire amusé.

— Très bien. Aide-moi.

Après avoir posé la carte sur le lit, il s'accroupit à côté d'elle et entreprit de resserrer le pansement. Au contact de la peau tiède de Liza, il dut faire appel à toute sa maîtrise de lui-même pour ne pas se rappeler toutes les fois où il l'avait caressée.

Ils étaient différents alors.

Il se releva, évitant son regard.

— Parlons logistique, suggéra-t-il.

— Oh ! oui, c'est vraiment excitant, ironisa-t-elle.

Il jeta un coup d'œil réprobateur vers elle, et vit qu'elle faisait mine de remettre son jean.

— Attends.

Liza interrompit son geste, les sourcils froncés.

— Pourquoi ?

Il ressortit de la pièce, fouilla de nouveau dans la commode et revint avec un vieux short de sport qu'il lui lança.

— Tiens.

Elle l'attrapa et l'examina. Avec un haussement d'épaules, elle laissa tomber le jean pour l'enfiler et serrer la cordelette à la taille. Le short lui arrivait aux genoux, bien qu'elle soit grande. Toutefois, ce n'était pas suffisant pour la protéger du froid printanier qui régnait dans la chambre.

— Si tu te mettais sous les couvertures ?

— Il va vraiment falloir que tu cesses de me faire des avances, Jamison.

— Haha. Mets-toi au lit.

Elle battit des cils en se glissant entre les draps, essayant en vain de dissimuler une grimace de douleur.

Il ramassa la carte qu'il avait apportée.

— Où ?

Liza hésita, et son silence éveilla aussitôt les soupçons de Jamison. Il se souvint de toutes les manières dont elle l'avait trompé autrefois.

Cela ne se reproduirait pas.

— Tes copains flics et toi ne pouvez pas débarquer avec la grosse cavalerie. Gigi ne serait pas la seule victime.

— Tu vois une foule autour de moi, Liza ? Ou est-ce qu'il n'y a que toi et moi ?

— C'est compliqué. Tu comprends ça, non ?

— Soit tu me dis où se trouve le camp principal et je cherche le moyen de secourir Gigi, soit tu te débrouilles toute seule demain matin.

Elle posa sur lui un regard direct, scrutateur. Comme si elle le connaissait, le comprenait encore.

— Tu aimerais croire que tu es dur à ce point, hein ?

— À toi de voir si tu veux courir le risque.

Liza considérait la carte du Dakota du Sud étalée sur ses genoux. Elle possédait toutes les informations qu'il désirait. Si elle hésitait, c'était pour des raisons autres que celles qu'il imaginait.

Jamison avait une vision manichéenne des rapports qu'on pouvait avoir avec les Fils des Badlands. À ses yeux, on était soit avec eux, soit contre eux, peut-être à cause de son rôle de shérif adjoint. Il était facile de se représenter le monde en noir et blanc quand on avait du pouvoir.

Liza, elle, faisait partie des vaincus dans cet univers, et les perdants avaient des choses une vision plus ambiguë.

Elle s'inquiétait pour Gigi. Et pour quiconque risquait sa vie dans cette entreprise – parce qu'il s'agissait d'une question de vie ou de mort.

Surtout, elle s'inquiétait pour Jamison.

Elle savait qu'Ace Wyatt voudrait se venger de ses fils tôt ou tard. C'était un homme patient. Il frapperait au moment où ils s'y attendraient le moins, au moment de son choix. Afin d'assouvir ce qui était à ses yeux une espèce de justice divine.

Elle ne voulait pas envoyer Jamison sur les terres du gang en sachant que ce geste pouvait déclencher une guerre.

Tu sais qu'il incarne ton unique chance, sinon tu ne serais pas venue. D'ailleurs, crois-tu qu'Ace Wyatt ignore où tu te trouves ?

Jamison était désormais exposé au danger à cause d'elle. On l'avait prise pour cible. Bien sûr, Ace, ou son propre père, avait envoyé un de ses sbires. Si l'un ou l'autre des deux avait appuyé sur la détente, elle serait morte à présent.

La blessure était un avertissement. De plus, celui qui avait tiré l'avait suivie. Jamison était impliqué maintenant, qu'il le veuille ou non.

Une bouffée de remords la submergea. Elle baissa les yeux sur la carte, surprise de constater que les larmes brouillaient sa vision. Elle avait pensé ne plus avoir de larmes à verser.

— Je suis désolée, murmura-t-elle.

— Il y a beaucoup de choses pour lesquelles tu pourrais être désolée, Liza. Tu vas devoir être plus précise, j'en ai peur.

— Je suis désolée de t'avoir mêlé à ça. Quoi qu'il arrive, ce sera le début de quelque chose. Je n'ai pas réfléchi aux conséquences.

Il soutint son regard longuement.

— Tout ce qui commence a une fin, Liza.

Il pointa le doigt vers la carte.

— Où ?

Liza capitula.

— Là. Ils se sont installés à Flynn.

L'expression de Jamison se durcit.

— Flynn ?

— Tu connais l'endroit ?

— C'est là que mon père est né, là que ses parents l'ont abandonné. C'est là qu'il nous a emmenés pour nous apprendre à devenir des hommes. S'il a établi ses quartiers là-bas, Liza, je ne crois pas que ce soit une simple coïncidence. Cette guerre que tu avais peur de déclencher – Ace l'a déjà commencée.

4

Jamison ne dormit guère. Après que Brady avait terminé son service sans encombre, il avait fait l'impensable : il avait appelé son supérieur et demandé à prendre tous les congés qu'il avait en réserve.

Il en avait accumulé beaucoup. Il y avait eu des questions, des réticences, mais en fin de compte le shérif Sneef n'avait pu nier que Jamison méritait « des vacances ».

Sacrées vacances.

Il entendit le grincement de la porte de derrière, les couinements des chiens laissés dehors, puis le son de bottes martelant le paillasson. Levant les yeux, il vit entrer sa grand-mère, un panier plein d'œufs accroché au bras.

— Tu es debout.

Un soupçon de désapprobation perçait dans sa voix, mais il était difficile de se lever assez tôt pour lui plaire.

Sans doute Dev était-il déjà occupé à soigner les vaches avec sa cow-girl, Sarah, une des filles que les Knight avaient recueillies et élevées. C'était une jeune femme maintenant, qui partageait son temps entre le ranch de son père adoptif et celui de Dev.

La vie continuait, loin d'Ace et des Fils des Badlands.

Même si Duke Knight avait perdu sa femme après un cancer, et que Dev avait perdu une partie de ses capacités physiques après une fusillade.

— Nous n'allons pas tarder. Je voudrais seulement que Liza prenne un solide petit déjeuner avant de partir.

Sa grand-mère se contenta d'un murmure d'assentiment, sortit une poêle et se mit à s'affairer comme si tout allait pour le mieux.

Jamison aurait aimé croire que c'était le cas. En amenant Liza au ranch, il avait exposé son aïeule au danger. Ce n'était pas la première fois et ce ne serait sans doute pas la dernière, mais il se sentait coupable quand même.

Elle n'avait pas mérité cela. Ce n'était pas sa faute si sa fille unique avait été séduite par Ace Wyatt. Elle n'avait jamais prévu d'élever six garçons turbulents, traumatisés.

Pourtant, elle l'avait fait, sans jamais se plaindre. Maintenant, elle approchait des quatre-vingts ans, et il voyait quel fardeau l'univers d'Ace Wyatt avait été sur ses épaules.

— Il faudra que tu sois vigilante, dit-il sur un ton aussi neutre que possible.

Toute expression d'inquiétude l'aurait agacée, et elle se serait hérissée s'il avait eu l'audace de lui donner un ordre.

— Je le suis toujours.

Elle pivota vers lui et le dévisagea à sa manière bien particulière.

— Ne doute pas de toi. Pas maintenant.

Il n'était guère surpris qu'elle l'ait percé à jour, mais il n'en était pas soulagé pour autant.

— C'est compliqué.

— C'est souvent compliqué de faire ce qui est juste, Jamison, déclara-t-elle, avant de retourner à ses préparatifs.

Il était bien placé pour le savoir. Il avait passé sa vie entière à essayer. Comme sa grand-mère l'avait dit, c'était rarement simple.

À cet instant, Liza entra dans la cuisine. À en juger par sa mine fatiguée, elle avait passé une mauvaise nuit. Aussitôt, sa grand-mère lui tendit un verre d'eau et des comprimés analgésiques.

— Merci, Pauline.

— Assieds-toi. Le petit déjeuner sera bientôt prêt.

Liza prit la chaise la plus éloignée de lui. Ce qui aurait été très bien s'ils n'avaient pas été sur le point de s'embarquer ensemble dans une mission périlleuse. À vrai dire, il aurait de loin préféré la laisser là, d'autant plus qu'elle était blessée.

Le problème, c'était qu'elle savait mieux que lui ce qu'ils cherchaient.

La mise en garde de Dev le taraudait. Il ne pouvait négliger la possibilité que Liza ait été envoyée par son père. Que toute l'histoire ne soit qu'un stratagème pour l'attirer sur le territoire du gang.

Jamison avait toujours su que son père n'était pas homme à laisser les choses en l'état, mais peut-être sa méfiance s'était-elle endormie au fil du temps. Ace Wyatt n'avait rien tenté contre ses fils depuis l'attaque où Dev avait été blessé, près de dix ans plus tôt.

Peut-être Jamison avait-il commencé à croire que la page était tournée.

Pour autant, il n'était pas surpris outre mesure.

Même si Liza ne lui avait pas dit toute la vérité, il était convaincu qu'une petite fille était en danger. Et il avait besoin de son aide pour trouver Gigi. Il la soupçonnait d'en savoir bien plus long qu'elle ne le lui avait avoué, et elle était bien mieux informée que lui des mouvements récents du gang.

Il faudrait qu'ils travaillent ensemble.

— Je m'étonne qu'il n'y ait pas de renforts, lâcha Liza dans la cuisine silencieuse.

— Brady, Tucker et Gage ont un emploi, Liza. Ils ne peuvent pas s'en aller comme ça.

— Je me suis donc adressée à la bonne porte.

— J'avais des congés à prendre, je les ai pris. D'ailleurs, il n'y a pas de quoi me remercier.

— Et Cody ? Tu ne l'as pas inclus dans ta liste.

— Ce que Cody fait ne te regarde pas.

— Ne me dis pas qu'un des frères Wyatt est sorti du rang ?

— Ça suffit, intervint la grand-mère de sa voix calme, plus efficace qu'une arme.

Elle déposa devant eux des assiettes d'œufs au bacon accompagnés de biscuits. L'âge avait ralenti ses gestes, mais elle était toujours aussi active.

— Jamison, je vais préparer quelques provisions. Il faudra que tu emportes tes affaires de camping, bien sûr. Et un peu de linge.

— Je peux…

Sa grand-mère n'eut qu'à arquer un sourcil pour qu'il se taise. Il n'allait pas la blesser en offrant de le faire à sa place. Elle n'aimait pas être traitée comme une personne âgée et il était difficile de trouver un juste équilibre entre l'aider et l'offenser.

— Je vois que les choses n'ont pas changé ici, commenta Liza lorsqu'elle eut quitté la pièce.

Jamison aurait aimé que ce soit vrai. Cependant, elle se trompait. Les choses avaient changé. Dev vivait avec les séquelles de ses blessures. Cody travaillait loin du ranch, et restait évasif quant à la nature précise de ses activités. Quant aux trois autres frères, tous occupaient des postes liés au maintien de l'ordre dans Valiant County, et étaient apparemment satisfaits de leur vie, mais Jamison avait des doutes. Il soupçonnait qu'avec l'âge adulte ils étaient simplement devenus plus habiles à dissimuler leurs cicatrices.

Cependant, il avait assez de soucis dans l'immédiat. Il garda le silence et se concentra sur son petit déjeuner. Liza l'imita sans faire de commentaire. Dieu merci.

Elle termina son assiette, ce dont il se réjouit. Comme il débarrassait la table, il remarqua qu'elle l'observait. Elle était venue parce qu'elle pensait qu'il était le seul à pouvoir l'aider – pas parce qu'elle voulait son aide.

N'en avait-il pas toujours été ainsi ?

Il chassa cette pensée. Tant qu'il ne s'autorisait pas à plonger dans de vieux souvenirs, tout irait bien.

Quelques instants plus tard, ils étaient dans la cour, occupés à charger la vieille Ford de Pauline, un véhicule anonyme, idéal pour leur expédition. Brady et Gage amèneraient la voiture de Jamison pour sa grand-mère plus tard dans la journée.

— Ça fait beaucoup de bagages, observa Liza en se baissant pour caresser les chiens tandis qu'il casait une glacière entre ses affaires de camping.

— On ne sait pas de quoi on aura besoin ni pour

combien de temps. Et je ne veux pas que tu tombes dans les pommes de nouveau.

Elle ne sourit pas, et ne lui décocha pas non plus de riposte acerbe, contrairement à ce qu'il avait espéré – non, pas espéré, escompté. Concernant Liza, il ne pouvait rien espérer.

Au lieu de quoi elle se releva et s'entoura de ses bras, les yeux rivés sur les collines qui se déroulaient à perte de vue.

— Ils sauront qu'on vient.

La vulnérabilité perçait dans sa voix, mais Jamison refusa de se laisser attendrir.

— On ne s'est pas vus depuis longtemps, mais tu devrais quand même me connaître suffisamment pour savoir que je m'en rends compte.

— Tu ne dois pas les sous-estimer.

Jamison regarda Dev qui sortait de la grange en boitant, suivi de Sarah. Son frère se dirigea vers eux tandis que la jeune femme rentrait à la maison. Les chiens coururent vers Dev. La scène offrait un tableau plaisant, mais Jamison ne voyait que la claudication de son frère.

Non, il ne sous-estimerait jamais plus son père.

Le regard que Jamison posa sur Dev n'avait pas échappé à Liza. Elle ne connaissait pas cette histoire et une partie d'elle brûlait de poser des questions. Les frères Wyatt et leur grand-mère étaient encore sa famille à ses yeux, même si elle avait coupé les ponts avec eux quinze ans plus tôt.

Pire encore, elle songeait au ranch des Knight, au-delà des collines.

Duke élevait-il toujours du bétail ? Riait-il toujours de lui-même et de ses histoires à dormir debout ? Ses sœurs adoptives d'alors étaient-elles toujours là ? Ou s'étaient-elles construit une vie heureuse ?

La détestaient-ils tous ?

— Je t'aurais bien proposé de passer là-bas, mais je ne veux pas mêler Duke et les filles à tout ça.

Liza déglutit, détournant les yeux.

— Non. Moi non plus.

Elle ne voulait pas demander quelles filles. Mieux valait ne rien savoir.

— Sarah et Rachel habitent toujours au ranch. Cecilia vit sur la réserve – elle est dans la police indienne. Felicity travaille comme garde-forestière dans le parc naturel.

Malgré elle, une question jaillit de ses lèvres.

— Et Nina ?

Jamison haussa les épaules.

— Elle est partie.

— Partie… Comment ?

— Tu tiens vraiment à le savoir, Liza ? Tu as pourtant eu le temps de te renseigner, non ? En quinze ans ?

Sa réponse lui fit mal, parce que c'était la vérité. Et parce que c'était la vérité, elle ne trouva rien à répondre. Dev s'approchait, l'air sombre et bougon – bien différent de l'adolescent enthousiaste et déterminé qu'elle avait connu.

Peut-être que certaines choses avaient changé, après tout.

— Vous partez ?

— Bientôt. Grand-mère termine de préparer quelques affaires. Je resterai en contact.

Dev acquiesça, puis reporta son attention sur elle. La désapprobation était gravée sur ses traits, et la barbe qui dissimulait son menton ne parvenait pas à adoucir son expression.

— Fais attention à toi, mon frère, dit-il en la regardant.

Elle ne prit pas la peine de plaider sa cause auprès de lui, ni de Jamison, d'ailleurs. Elle avait trahi leur confiance, et elle savait combien il était difficile de gagner la confiance des Wyatt. Elle était résignée à ce qu'ils aient une mauvaise opinion d'elle. L'important était de retrouver Gigi.

Pauline réapparut, apportant une cargaison supplémentaire. Liza avait l'impression qu'ils étaient des pionniers sur le point de traverser le pays en carriole à cheval.

Jamison prit congé des siens, en leur donnant la stricte instruction d'appeler s'il se passait quoi que ce soit de suspect au ranch. Enfin, ils montèrent dans le pick-up et se mirent en route.

Liza admira le paysage splendide qui défilait derrière les vitres. Le printemps tentait de s'établir, des touches de verdure pointaient ici et là. Les rares arbres qu'ils voyaient commençaient à bourgeonner.

Jamison roulait vers l'ouest, autrement dit droit dans la direction où se trouvait le campement du gang, ce qui la rendait nerveuse. Et s'il la déposait là et qu'il se lavait les mains de l'affaire ?

Non. Jamison ne se rendrait pas délibérément sur le territoire des Fils des Badlands. Certainement pas pour elle, en tout cas.

— Où allons-nous au juste ? demanda-t-elle au bout d'une autre minute de silence.

— Pas directement à Flynn, si c'est ça qui t'inquiète.

Elle n'aurait su dire ce qui l'inquiétait. Tout, peut-être. Elle avait fait appel à Jamison parce qu'il était le seul à pouvoir l'aider, mais cela ne signifiait pas qu'elle se fie à ses méthodes. Il était policier désormais. Il n'enfreindrait pas de lois pour mettre sa sœur en sécurité.

Il y avait environ deux heures de route entre Flynn et le ranch de Pauline, et ils roulaient déjà depuis plus d'une heure. Jamison avait affirmé qu'ils n'allaient pas directement à Flynn mais cela y ressemblait.

Liza pressa le front contre la vitre passager et, du coin de l'œil, saisit un reflet. Glacée, elle jeta un coup d'œil dans le rétroviseur et eut la confirmation de ses craintes.

— Dans l'immédiat, ce qui m'inquiète, c'est le type qui nous file, lâcha-t-elle, la gorge nouée.

Jamison sourit jusqu'aux oreilles, exactement comme autrefois. Stupidement, le cœur de Liza fit un petit bond dans son estomac, exactement comme autrefois aussi.

— Moi, il ne m'inquiète pas, dit-il tranquillement.

Sur quoi il écrasa la pédale d'accélérateur et quitta la route en trombe.

5

Jamison ne l’aurait avoué à personne, mais la poursuite éveillait chez lui une excitation qui lui avait manqué. Qu’il avait cru laisser derrière lui en entrant dans la police.

Pied au plancher, il zigzaguait entre les formations rocheuses, prenait des virages trop serrés, et en éprouvait une sombre satisfaction qu’il ne s’était pas autorisée depuis une éternité.

Il jeta un coup d’œil à Liza. Son expression oscillait entre l’inquiétude et l’amusement, le sourire espiègle dont il se souvenait. Elle avait toujours eu le goût du risque – plus encore que lui.

Mais ils n’étaient plus au bon vieux temps. Et il avait la nette impression qu’il allait devoir se rappeler ce fait plus d’une fois au cours des heures à venir.

Il n’y avait guère de cachettes, même à mesure qu’ils s’approchaient du paysage raviné, dominé par des escarpements rocheux. Il semblait impossible de continuer à rouler vite, encore moins d’échapper à leur poursuivant.

— Bon. Accroche-toi.

Il braqua brusquement, effectuant un demi-tour à cent quatre-vingts degrés. Liza poussa un cri – terrifié ou ravi, c'était difficile à dire – mais le pick-up se redressa et Jamison fonça droit sur leur poursuivant. Ils passèrent à un fil l'un de l'autre, fracassant leurs rétroviseurs respectifs.

Jamison lâcha un juron.

— Grand-mère va me tuer pour ça, marmonna-t-il en remontant sur la voie express.

Sa manœuvre lui avait permis de prendre assez d'avance pour atteindre la bretelle de sortie qu'il avait en tête. Quelques instants plus tard, ils empruntaient une piste gravillonnée tandis que Liza observait anxieusement le rétroviseur arrière.

— Ça ne va pas être si facile.

— Non. Ce n'est que le début. Mais nous avons l'avantage de savoir qu'ils ne vont pas nous tuer.

— Comment peux-tu en être sûr ?

— Si un membre du gang doit nous éliminer, ce sera mon père ou le tien. Ils n'enverront pas leurs sbires se charger de cette tâche. Sinon, nous serions morts depuis belle lurette.

— Cette pensée ne te déprime pas ?

— Si un homme comme mon père veut me tuer, j'en conclus que j'ai plutôt réussi ma vie.

— En faisant régner l'ordre dans un bled perdu.

L'insulte n'émut pas Jamison. Il n'avait pas construit sa vie d'adulte pour impressionner une ex-petite amie qui l'avait trahi. Par conséquent, il répondit à sa pique sur un ton à la fois léger et assuré.

— En protégeant les habitants d'une petite communauté soudée face à des gens tels que lui. Ça me convient.

— Certains d'entre nous choisissent de protéger ceux qui sont à l'intérieur.

— C'est ça que tu pensais faire quand tu es partie, Liza ? Protéger des gens qui suivent nos pères de leur plein gré – qui font délibérément du mal à ceux qui se dressent en travers de leur chemin ?

— Les enfants n'ont pas le choix, Jamison. Tu devrais le savoir mieux que personne.

Il n'avait pas de réponse à cela. Il ne pouvait – ne voulait pas croire qu'elle soit retournée au gang toutes ces années plus tôt dans le but de protéger des enfants, alors qu'elle était à peine sortie de l'enfance elle-même. Pourquoi ne le lui aurait-elle pas expliqué, au lieu de disparaître en pleine nuit en leur faisant craindre le pire ?

Il ouvrit la bouche, prêt à lui demander si elle avait la moindre idée du calvaire qu'ils avaient traversé durant les jours qui avaient suivi son départ. Les Knight et leurs filles s'étaient fait un sang d'encre, ses frères et lui avaient élaboré un plan visant à attaquer le gang pour la retrouver.

Jusqu'au moment où leur grand-mère avait exprimé tout haut ce qui était une évidence. Liza était partie de son plein gré.

C'est de l'histoire ancienne. Laisse tomber.

Il prit le virage suivant un peu trop vite, compte tenu du fait qu'il était presque sûr d'avoir semé leur poursuivant. Le chemin retournait d'abord vers Bonesteel, avant de rejoindre des routes secondaires qui menaient à la voie express plus à l'ouest.

— Ils sauront quand même où nous allons, commenta Liza sans dissimuler son agacement.

— Mais ils ne sauront pas d'où nous arrivons. Ni quand. Tu crois que Gigi est à Flynn ?

— Je n'en suis pas sûre. Je ne l'ai pas vue, mais ça ne veut rien dire. Mon père n'a pas bougé de là-bas. Soit elle était là aussi, soit quelqu'un l'a emmenée quelque part et attend qu'il aille les retrouver.

— Si tu ne l'as pas trouvée, la seconde hypothèse est plus probable.

Ce qui rendait l'entreprise plus ardue, mais pas impossible. Elle ferma les yeux, comme si cette pensée était douloureuse.

— Oui.

— Tu sais où sont les camps secondaires du gang en ce moment ?

— Non, Jamison. Je n'étais pas vraiment au sommet de la hiérarchie.

— Tu ne pouvais pas être tout en bas non plus.

Elle secoua la tête.

— Tu n'as jamais compris que les femmes avaient une place à part dans le gang. Quand on est considérée comme un simple objet, personne n'éprouve le besoin de se venger de vous. Le seul fait d'être là est une punition.

Peut-être y avait-il un grain de vérité là-dedans, mais cela ne voulait pas dire qu'il avait tort.

— Les Fils des Badlands ne laissent vivre que ceux qui leur sont utiles.

— Et pourtant, tu es là, en chair et en os. À quoi leur sers-tu, Jamison ?

À quoi bon essayer de lui faire entendre raison ? Elle se trompait. Il avait su qu'il occupait une place différente de la sienne au sein du gang lorsqu'ils étaient encore là-bas. Pourquoi s'imaginait-elle qu'il avait risqué sa vie pour la faire évader ?

Cependant, avec ou sans sa coopération, il pouvait tenter de deviner. Par chance, il connaissait bien les environs de Flynn. Quand il était enfant, les Fils avaient deux bases principales – l'une dans les Badlands, et l'autre située plus près de Bonesteel. Flynn, entre les deux, était un lieu particulier pour son père. Il avait parlé d'un attachement sentimental, mais Jamison ne s'y était pas trompé.

Flynn était l'endroit où Ace Wyatt emmenait ses fils quand il voulait leur faire du mal. Les corrompre, faire d'eux des êtres à son image.

Le fait qu'il n'y soit jamais parvenu constituait sans doute son unique regret. Voilà pourquoi Jamison avait su qu'en dépit de tous les espoirs qu'il pouvait nourrir, il avait une cible dessinée sur sa poitrine.

Avant de mourir, Ace voudrait se venger de ses fils, les punir pour leur résistance. Cependant, sa maîtrise de lui-même avait été le socle qui lui avait permis de former ce gang et d'asseoir son pouvoir. Il n'allait pas se précipiter. Il voulait choisir le moment propice pour les faire souffrir.

Les laisser construire leur vie, et puis la leur voler, voilà exactement le genre de plan qui lui plairait.

Jamison jeta un coup d'œil à Liza. Il sentait en elle une angoisse sincère – pour Gigi. Malgré tout, sa requête pouvait quand même être un piège. Pour autant qu'il le sache, son père avait pu exiger sa tête contre celle de Gigi. Ce n'était pas impossible et il ne pourrait pas en vouloir à Liza de se servir de lui pour sauver sa sœur.

— Tu sais, s'ils t'ont envoyée à moi pour une sorte d'échange, ça ne va pas bien se terminer.

Elle lâcha un rire amer.

— Je sais que tu ne me connais pas du tout, et bien sûr que j'aimerais échanger ta vie contre celle de ma sœur, mais ils ne m'ont pas posé la question. Et même s'ils l'avaient fait, je ne serais pas stupide au point de pactiser avec le diable, Jamison. Le diable l'emporte toujours, et je refuse de lui laisser Gigi.

Sa voix était véhémente, furieuse, et il ne put s'empêcher de la croire. Quand il s'agissait de Liza, il y avait toujours eu une faille dans son armure.

— Si nous réussissons – si nous parvenons à la tirer de là saine et sauve —, tu ne pourras jamais retourner au gang. Jamais.

Elle tourna la tête vers lui et rencontra son regard. Ses yeux sombres étaient humides mais emplis d'une détermination farouche.

— Je sais.

Il réprima l'envie d'insister. Mieux valait atteindre leur destination d'abord. Et puis, il fallait qu'il maîtrise les émotions qui compliquaient toute cette opération.

Liza avait renoncé à mémoriser la route tortueuse empruntée par Jamison. Ils s'approchaient de Flynn, et elle avait les nerfs tendus à craquer.

Elle aurait dû demander de l'aide à un de ses frères. Ou continuer à tenter de trouver Gigi toute seule. Jamais elle n'aurait dû mêler Jamison à cette affaire, ni s'imaginer que les vieilles blessures étaient guéries.

Car elles ne l'étaient pas. Elles n'étaient qu'enfouies, et chaque regard méprisant qu'il lui adressait, chaque remarque acerbe de sa part réveillait la douleur d'autrefois.

Cependant, elle était prête à endurer tout cela pour

Gigi. Elle n'avait pas réussi à sauver Marci. Elle ne pourrait surmonter un nouvel échec.

Si elle parvenait à sauver Gigi, à l'emmener loin du gang, il était évident qu'elle ne pourrait jamais y retourner. La seule raison pour laquelle elle y était repartie autrefois avait été pour sauver sa sœur.

Tout comme Jamison avait sauvé ses frères.

Si elle lui avait expliqué les raisons qui l'avaient poussée à s'en aller, il aurait rétorqué qu'elle aurait dû tout lui dire et qu'il aurait réglé le problème lui-même.

Cependant, elle avait été témoin des sacrifices qu'il s'était imposés pour sauver ses cinq frères. Pour la sauver, elle. Comment aurait-elle pu lui demander de recommencer pour quelqu'un qui était de sa responsabilité ?

Elle avait voulu se montrer à la hauteur de l'exemple qu'il lui avait donné. Malheureusement, en dépit de tous ses efforts pour persuader sa sœur de s'enfuir avec elle, Marci s'était entêtée à vivre au sein du gang. Liza ne s'était pas découragée. Elle était restée, et n'avait concédé la défaite que le jour où le petit ami de Marci avait menacé de la tuer et que sa sœur s'était contentée de rire.

À ce moment-là, Carlee était enceinte, si bien que Liza avait reporté son attention sur elle. Elle avait passé ces quatre dernières années à tenter de lui faire entendre raison. Bien qu'encore hésitante, Carlee avait paru de plus en plus sensible à ses arguments.

Maintenant, elle était morte, Gigi avait disparu, et Liza avait dû se rendre à l'évidence : elle n'était pas capable de mener seule sa mission à bien. Elle avait besoin de l'aide de Jamison.

— On va camper ici.

Arrachée à ses réflexions, elle se redressa et scruta la vitre. Ils étaient aux abords des Badlands, entourés des formations rocheuses qui avaient donné leur nom à la région.

— Camper ? répéta-t-elle.

On n'était qu'au tout début du printemps. La nuit serait glaciale.

— Tu croyais qu'on allait dans un hôtel cinq étoiles ?

Elle émit un petit rire moqueur.

— Oui, c'est à ça que je m'attendais.

— On va dormir sur le plateau. Ça ira.

— Ce sera intime.

— C'est plus sûr comme ça. On va manger quelque chose et réfléchir à une cachette autour de Flynn.

— Il y a trois jours que je suis partie. Ils ont pu l'emmener n'importe où.

— Oui, mais nous savons comment ils opèrent. Ils doivent être restés dans les parages.

— Jamison…

Elle était réticente à parler. Elle ne voulait pas détourner son attention de Gigi, mais si les rumeurs qu'elle avait entendues étaient vraies, la fillette était peut-être déjà à l'autre bout du pays.

— Il y a autre chose.

— Quelle surprise, marmonna-t-il en descendant du véhicule.

Liza n'aurait su dire si son écœurement visait le gang dans son ensemble ou elle en particulier, mais elle descendit à son tour et s'avança vers lui tandis qu'il sortait les provisions.

— Il y a des bruits qui circulent. Rien de concret,

et je n'ai pas vu de preuves, mais si ces rumeurs sont fondées…

Elle était à peine capable de parler tant elle était bouleversée.

Jamison posa la glacière sur le sol et, croisant les bras, la dévisagea d'un air interrogateur. Une posture de policier qui aurait été intimidante, sans doute, si elle n'avait pas été à ce point inquiète pour Gigi.

— Du trafic, parvint-elle à articuler, la gorge nouée.

— Les Fils des Badlands ont toujours trempé dans le trafic de drogues, rétorqua-t-il. Rien de neuf là-dedans.

— Du trafic d'êtres humains, Jamison. Du trafic sexuel, précisa-t-elle, sans pouvoir empêcher sa voix de trembler.

Le masque impénétrable du policier céda la place à une expression horrifiée.

— Tu as dit qu'elle avait quatre ans !

— Peu importe l'âge qu'on a, quand on est vulnérable. Tu es policier. Tu dois bien savoir ce que certains font subir à des enfants.

Il se détourna et reprit sa tâche.

— Je te dis ça pour que tu comprennes… que le gang n'obéit plus aux mêmes règles qu'avant.

Il prépara un sandwich et le lui tendit. Liza dut se faire violence pour l'accepter bien que ce soit son favori : jambon-fromage. Elle n'avait pas d'appétit.

Elle aurait pourtant dû éprouver un peu de satisfaction à la pensée qu'il se souvenait de son sandwich préféré. Qu'il n'avait pas conservé que de mauvais souvenirs.

— Les Fils font les choses d'une certaine manière, dit-il en préparant son propre sandwich. Même s'ils ont de nouvelles activités, leurs méthodes seront les mêmes. Il faut juste qu'on devine où ils pourraient cacher des êtres humains plutôt que des drogues. Je crois qu'on peut y arriver.

— Tu es très sûr de toi.

— Tu ne t'es pas adressée à moi par hasard, Liza. Il faut que je croie que c'est parce que tu me pensais capable de réussir.

N'osant se fier à sa voix, elle se contenta de hocher la tête.

— Dans ce cas, j'y arriverai.

6

Jamison était quasiment certain qu'ils n'avaient pas été suivis, et qu'ils avaient quelques heures devant eux avant d'être localisés. Leurs poursuivants allaient essayer de retrouver leur trace avant de contacter leurs supérieurs – sans doute pas son père ni celui de Liza. Ces exécutants étaient trop bas dans la hiérarchie. Par conséquent, la communication mettrait un peu de temps à parvenir au sommet de la chaîne.

D'autres hommes seraient envoyés – de meilleurs pisteurs. Il leur faudrait tout de même une bonne heure pour les repérer. D'une part, les cachettes étaient nombreuses et, d'autre part, il s'était arrêté à une distance respectable de Flynn, qui serait certainement le point de départ des recherches.

Il avait beau savoir qu'il disposait d'une certaine marge de sécurité, il n'était pas question qu'il partage un matelas de camping avec son ex. Il avait une force de volonté exceptionnelle, mais il était aussi trop avisé pour la mettre à l'épreuve avec Liza.

Il décida donc de dormir le premier, pendant que le risque d'être découverts était moindre. Il demanda à Liza de le réveiller au bout de deux heures, réglant le réveil sur son téléphone aussi parce qu'il n'avait pas entièrement confiance en elle.

Il n'aurait pas dû avoir confiance en elle du tout, point. Cette histoire de trafic d'êtres humains était peut-être une pure invention.

Mais pourquoi serait-ce le cas ? Jamison savait que son père n'était pas au-dessus de ce genre d'agissements. Et même si Liza lui avait dissimulé certaines choses par le passé, il avait du mal à croire qu'elle pourrait mentir ainsi à propos de sa sœur.

Ce qui faisait de lui une cible idéale.

Il poussa un soupir. En temps normal, il dormait comme un loir, mais ce soir-là, il soupçonnait que le doute l'empêcherait de fermer l'œil.

Il tira son téléphone de sa poche. Pas de réseau, ce qu'il savait avant de partir. Malgré tout, il rédigea un bref texto à l'attention de Cody et de Brady pour leur signaler la possibilité que les Fils soient mêlés à du trafic humain. Dès qu'il aurait du réseau, le texto serait envoyé. Avec un peu de chance.

Jamison rangea l'appareil et déplia la carte du Dakota du Sud. Elle était usée aux plis et sans doute existait-il des moyens plus sophistiqués d'archiver ses informations, mais il préférait les voir étalées ainsi devant lui.

La carte qu'il avait montrée à Liza la veille était dans la boîte à gants du véhicule. Cette carte-ci était la sienne, celle qu'il annotait depuis des années. Avant même qu'il s'échappe du gang et devienne un représentant de la loi.

Il avait marqué tout ce qu'il savait lorsqu'il était encore au sein du groupe. Les lieux qui servaient de cachette, que ce soit pour des gens ou des drogues. Les campements qu'ils avaient utilisés au fil du temps. Les violences. Les disparitions. Les meurtres.

Une histoire de tous les méfaits qu'il n'avait pu empêcher. Après l'attaque où Dev avait failli mourir, Jamison avait renoncé à traquer le gang et s'était focalisé sur ce qu'il pouvait protéger.

Pourtant, jamais il n'avait cessé d'annoter cette carte. Chaque fois qu'il entendait parler d'un incident, il le consignait là. Par conséquent, peut-être n'avait-il pas vraiment renoncé, en dépit de ce qu'il se disait. Peut-être avait-il simplement attendu qu'une occasion se présente.

Il exhala lentement son souffle. S'il n'avait exposé que lui-même au danger, cela ne l'aurait pas inquiété. Mais il n'était pas seul. Liza était là aussi.

Jamison refoula aussitôt cette pensée. Elle était en danger parce qu'elle avait choisi de l'être. Il ne pouvait pas laisser cela peser sur sa conscience. D'ailleurs, elle serait encore plus en danger s'il n'était pas là.

Il se força à se focaliser sur la carte, où Flynn n'était qu'un point minuscule. À l'époque de son enfance, c'était une ville fantôme et sans doute n'avait-elle pas changé. Sauf qu'à présent elle abritait un campement des Fils.

Ils ne gardaient sûrement pas Gigi prisonnière là-bas. Et si cette rumeur de trafic humain était fondée, Liza et lui allaient devoir redoubler de prudence.

Jamison était relativement peu informé sur ce genre de trafic, mais il avait l'intuition que son frère Cody en savait plus que lui. Peut-être devrait-il reprendre la route jusqu'à un point où il aurait du réseau, et appeler son frère.

Néanmoins, il risquait d'attirer l'attention, alors qu'il voulait rester aussi discret que possible. Quand les hommes de son père arriveraient, car ils arriveraient tôt ou tard, cela lui donnerait une indication de ce qu'ils essayaient de dissimuler.

Aux yeux d'Ace Wyatt, Flynn était un lieu sacré. Le lieu où il était né ; où ses parents l'avaient abandonné à la mort. Le lieu où, de son point de vue, il s'était élevé de sa situation misérable jusqu'à devenir l'homme le plus craint du Dakota.

Flynn était sa Mecque. S'il avait amené tout le gang là-bas, c'était signe qu'il mijotait quelque chose. L'élargissement de ses activités criminelles au trafic d'êtres humains ?

Dans ce cas, il avait une cachette à proximité, mais pas trop près. Un endroit isolé, sans doute, entre les buttes et les ravines. Une grotte, peut-être. Les acheteurs potentiels seraient-ils conduits jusque-là, ou les membres du gang se chargeraient-ils eux-mêmes du transport des victimes ?

S'ils les convoyaient, ils se dirigeraient vers l'ouest, vers le Wyoming. C'était le meilleur moyen de passer inaperçu. Ensuite, les possibilités étaient nombreuses. Denver, par exemple, plus à l'ouest encore. Jamison replia les pages du Wyoming et du Colorado. Il devait se focaliser sur un problème à la fois. Localiser l'endroit où Gigi était détenue.

Sans doute à l'ouest de Flynn, mais pas dans le parc national même, trop fréquenté.

Jamison observa la zone qui s'étendait entre Flynn et la limite du parc, s'efforçant de ne pas penser à l'ampleur de la tâche qui les attendait. Comment trouver des gens qui ne voulaient pas être découverts dans cette vaste étendue déserte ?

Dès qu'il aurait du réseau, il contacterait Felicity pour lui demander si elle avait entendu parler d'incidents inhabituels à proximité du parc. Felicity, une des jeunes filles qui avaient été élevées par les Knight, était devenue garde-forestière. Elle était trop gentille pour garder rancune à Liza. Au contraire, elle ne demanderait sans doute qu'à les aider.

Encore fallait-il qu'il puisse lui téléphoner. Dans l'immédiat… Eh bien, Liza pouvait dormir quelques heures pendant qu'il échafaudait des plans en attendant l'arrivée des sbires de son père.

À ce moment-là, il les guiderait là où il voulait les guider.

Il ouvrit la toile et se glissa à bas du véhicule, parcourant les environs des yeux.

Debout à côté de la voiture, Liza tressaillit, et il aperçut quelque chose de doré et de familier au creux de sa main. Elle referma ses doigts sur l'objet et resta figée sur place, aussi immobile qu'une statue.

— Je croyais que tu dormirais plus longtemps, murmura-t-elle.

Il l'entendit à peine par-dessus les battements effrénés de son cœur.

— Qu'est-ce que tu as là ? demanda-t-il malgré lui.

Pourtant, il connaissait déjà la réponse. Et pour rien au monde il ne voulait en avoir la confirmation. Pas maintenant, alors que le vent du passé soufflait autour d'eux.

Elle baissa les yeux sur son poing fermé, puis soutint son regard, un mélange de méfiance et de tristesse dans le sien. Il avait été si convaincu que, s'il la faisait sortir du gang, il pourrait chasser cette tristesse. Mais il avait dix-huit ans, et il était naïf.

— Tu sais ce que c'est.

Le vent soufflait si fort qu'il n'aurait pas dû pouvoir distinguer ses paroles, mais il comprit quand même.

— Pourquoi l'as-tu gardé ?

Encore une question qu'il aurait dû s'abstenir de poser. Bizarrement, elles semblaient jaillir d'elles-mêmes comme si son cerveau ne commandait plus – comme si l'instinct avait pris le dessus.

— Tu m'as dit que c'était un porte-bonheur, dit-elle en ouvrant les doigts, laissant la chaîne pendre entre eux.

Le médaillon en forme de cœur se balança dans le vent.

— Je me suis dit que j'en avais besoin dans ma vie – maintenant plus que jamais.

Trop d'interrogations se bousculaient dans l'esprit de Jamison. Et surtout celle-ci : la même photo se trouvait-elle à l'intérieur de ce médaillon ?

Peu importait. Rien de ce qui concernait le passé n'importait. Il devait se concentrer sur ce qui l'entourait, sur leur plan. Sur n'importe quoi sauf la manière dont elle regardait ce bijou, comme s'il contenait la solution à tous ses rêves brisés.

Il y avait trop de fantômes entre eux. S'aventurer sur ce terrain-là était du suicide émotionnel. Cela compliquerait tout, et puis, quelle importance à présent ?

Malgré tout, son cœur semblait incapable d'obéir à la raison. Incapable de lâcher prise.

— Pourquoi es-tu partie ?

Liza ne bougea pas. Elle avait peur d'esquisser un geste, de s'approcher de lui au lieu de s'éloigner.

— Je pensais que tu avais tout compris, dit-elle sans le regarder.

Sinon, il verrait forcément la douleur qui irradiait d'elle comme la poussière qui tourbillonnait entre eux, soulevée par le vent.

Il se détourna, l'air dégoûté, mais elle le connaissait encore assez pour savoir que ce dégoût était dirigé contre lui-même. Il ne voulait pas lui poser ce genre de questions. Il voulait être au-dessus du passé.

Pourtant, il n'était pas indifférent. Quelque chose vibra en elle, une émotion qui, compte tenu des circonstances, pourrait se révéler fatale, mais jamais elle n'avait été très apte à discerner ce qui était bon pour elle.

C'était si douloureux de l'observer, de constater qu'il était devenu l'homme qu'elle avait su qu'il deviendrait. Douloureux d'éprouver des sentiments qu'elle avait cru effacés par le temps. Pouvait-il aimer une femme qu'il n'avait pas vue depuis quinze ans ? Quelqu'un qu'il *détestait*.

C'était impossible.

Alors qu'elle se débattait avec ces pensées, le regard de Jamison se posa sur l'horizon, et devint dur et froid. Différent de celui qu'il avait eu à Bonesteel avant qu'elle soit blessée. Il y avait eu une émotion dans son dédain alors.

Ce regard-ci était glacial.

Il éveilla une réaction surprenante en elle. Un besoin ancien de le réconforter, de lui donner la chaleur que son existence au sein du gang avait éteinte.

— Monte dans la voiture, ordonna-t-il.

Elle ne protesta pas, n'essaya pas de voir ce qu'il voyait, parce qu'il n'y avait pas le moindre doute dans son esprit : les Fils les avaient trouvés.

Elle obéit.

Autrefois, elle aurait discuté, mais maintenant, elle était simplement soulagée que quelqu'un prenne les décisions à sa place. Elle était lasse de chercher à garder une longueur d'avance sur le gang, et d'échouer.

Jamison se glissa au volant, étala une carte sur ses genoux et se mit à tracer quelques marques au crayon.

— Qu'est-ce que tu fais ? demanda-t-elle, espérant que sa question ne ressemblait pas trop à une accusation.

Des hommes les poursuivaient et il prenait des notes ?

— Il y a trois voitures – avec sans doute deux hommes à bord dans chacune. Elles viennent de l'ouest. Donc, nous allons suivre cette direction. Attrape ce sac sur la banquette.

Il continua à consulter la carte pendant qu'elle bataillait pour faire passer l'énorme sac à dos sur le siège avant.

Enfin, il replia la carte et la fourra dans sa poche, puis lui désigna l'arrière de nouveau.

— Prends le plus petit. On part en rando. Ta jambe va tenir le coup ?

Même si ça n'avait pas été le cas, elle aurait acquiescé. Elle se refusait à être la personne qui le retardait. D'autant plus que c'était à cause d'elle qu'il se trouvait dans cette situation.

Elle obtempéra et descendit du pick-up en même temps que lui. Elle ne distinguait rien à l'horizon côté ouest, hormis peut-être un nuage de poussière. Cependant, elle se fiait à l'instinct de Jamison.

Sans un mot, elle lui emboîta le pas, réglant son allure sur la sienne. Sa jambe la lançait, mais la douleur était supportable. Elle s'y habituerait.

Il lui suffirait de penser au danger que courait Gigi pour l'endurer.

Ils s'engagèrent dans une ravine surmontée de ces étranges formations rocheuses qui attiraient les touristes. Le paysage n'était pas aussi spectaculaire que dans le parc national. Ici, il restait des étendues de terrain plat où poussait l'herbe printanière.

Liza trébucha et se cogna la jambe, étouffant un cri. Jamison ne se retourna pas, focalisé sur le chemin qu'il suivait dans sa tête.

— Pourquoi est-ce qu'on a abandonné le pick-up ? demanda-t-elle, en luttant pour ne pas déraper sur le rocher.

— On va décrire un cercle pour leur faire croire qu'on l'a abandonné. Ils vont commencer à nous chercher à pied, en rayonnant à partir du pick-up et en s'éloignant petit à petit. On devrait être de retour dans quelques heures. Vu la direction d'où ils venaient, j'ai une vague idée de l'endroit où la cachette pourrait être.

— Et s'ils montent la garde autour du pick-up ? Ou qu'ils y mettent le feu ?

Cette dernière possibilité n'était pas venue à l'esprit de Jamison. Elle le comprit à la pause presque imperceptible qu'il marqua.

— Ils ne feront pas ça. Leur premier objectif est de nous trouver et de nous ramener à nos pères. Ils se fichent de la voiture.

Liza ne prit pas la peine de discuter, mais jeta un coup d'œil en arrière, songeant à aux destructions que les Fils des Badlands prenaient plaisir à causer sur leur chemin.

Jamison avait sans doute raison de penser que les hommes avaient pour mission de les capturer et de les ramener à leurs pères, pour que « le conseil » décide de leur châtiment.

En revanche, pour ce qui était du sort du pick-up, il se berçait d'illusions. Elle en était sûre.

7

Ils marchèrent pendant une bonne heure. Jamison avait le circuit en tête, mais consultait sa boussole de temps à autre afin de s'assurer qu'ils ne tournaient pas en rond dans ce paysage fantasmagorique, où tout finissait par se ressembler.

Dès que le soleil commença à baisser, il reprit la direction du pick-up. Il maintenait un rythme lent et régulier, suffisant pour leur permettre de rejoindre le véhicule avant la tombée de la nuit, et, surtout, avant que la température ne chute. Il avait emporté des vêtements chauds pour Liza, mais avec sa blessure, une longue marche dans le froid était la dernière chose dont elle avait besoin.

Elle l'avait suivi sans se plaindre et il ouvrit la bouche pour la féliciter d'avoir tenu le coup, puis se ravisa. Elle n'avait pas besoin de ses encouragements. Elle essayait de sauver sa sœur. Pas de quêter son approbation.

Il n'était plus son protecteur, même si elle était venue lui demander un coup de main. Aider quelqu'un n'était pas la même chose que le sauver. Ces sentiments qui l'enveloppaient n'étaient que des souvenirs. Ils n'avaient rien à voir avec la réalité.

Ils n'étaient plus rien l'un pour l'autre. Plus rien du tout. Il finirait bien par se mettre ça dans le crâne.

Une odeur de brûlé s'immisça dans l'air alors qu'ils approchaient du pick-up, et un vague frisson d'appréhension le parcourut. Malgré tout, il se refusa à croire le pire. Pour quelle raison auraient-ils mis le feu au véhicule ? Cela risquait d'attirer l'attention – ce que les Fils avaient toujours évité de faire.

Cependant, comme ils s'avançaient dans la clairière, il vit le nuage de fumée noire. Atterré, Jamison contempla les dégâts en silence.

Le pick-up avait été incendié, exactement comme Liza l'avait craint. La carcasse noircie fumait encore, un squelette grotesque, incongru, sur fond de coucher de soleil flamboyant.

C'était la preuve éclatante qu'il s'était amolli. Il avait été si sûr que le gang ne prendrait pas cette peine, si sûr de savoir ce qu'ils projetaient et comment déjouer leurs plans. Son estomac se noua alors qu'il songeait aux erreurs qu'il avait commises – et à celles qu'il risquait de commettre avant la fin de cette mission insensée.

— Grand-mère Pauline va te botter les fesses, lâcha Liza sur un ton amusé.

Derrière elle, le crépuscule était un éblouissant kaléidoscope de couleurs. Signe qu'un orage allait éclater cette nuit.

Et ils n'avaient que leurs sacs à dos.

Lui botter les fesses ? Sa grand-mère allait l'écorcher vif, oui. À supposer qu'ils sortent vivants de cette expédition. Pour la première fois, il comprit vraiment pourquoi Liza avait été si effrayée, pourquoi elle s'était résolue, en dernier recours, à faire appel à lui.

Des vies étaient en jeu – ce qui n'avait pas été le cas quand ils étaient adolescents, du moins, il n'en avait pas eu conscience alors.

Le pire, c'était que Liza ne manifestait aucune surprise. Elle l'avait averti, non ? Il ne pouvait que fixer les vestiges du véhicule et se demander…

Il avait sauvé ses cinq frères, et Liza pendant un temps, jusqu'à ce qu'elle change d'avis. Les fils Wyatt s'étaient bâti une vie. S'ils n'avaient pas réussi à triompher du gang, au moins y avaient-ils survécu. Ils y avaient échappé. C'était censé être suffisant. Après que Dev avait frôlé la mort, Jamison s'était persuadé que ça l'était.

Il sentait l'acide lui ronger l'estomac à la pensée qu'il avait fait précisément ce contre quoi Liza l'avait mis en garde : il avait sous-estimé les Fils des Badlands. Tout cela parce que, à un moment donné, il avait considéré l'évasion comme une victoire.

Il avait mis trente-sept ans à le comprendre, mais il acceptait enfin l'évidence : l'évasion et la survie n'étaient pas une victoire. Pas tout à fait. Pas encore.

— Ce ne sont pas les Fils que tu connaissais, Jamison, reprit Liza doucement.

Comme si elle cherchait à le réconforter plutôt qu'à lui faire remarquer qu'elle l'avait prévenu.

Il avait continué à suivre leurs faits et gestes, pourtant. Il les avait surveillés de loin. Comment avait-il pu ne pas se rendre compte du fait qu'ils avaient changé ? Qu'ils étaient plus sûrs d'eux. Plus audacieux. Beaucoup plus dangereux.

— Tu dois bien savoir quel effet un pouvoir sans restriction a sur les hommes, continua Liza.

On aurait dit qu'elle avait lu ses pensées sur son visage.

Ce qui était possible. Et tout aussi inacceptable que l'erreur de calcul qu'il avait commise.

— Au bout d'un moment, plus personne ne met leurs décisions en question. Tout le monde a peur d'eux. Même le gouvernement fédéral n'a pas pris la peine de les infiltrer depuis des années. Les Fils ont tout ce qu'ils voulaient mais ils veulent toujours davantage. Parce qu'ils savent que rien ne peut les arrêter.

Quand elle avait commencé à parler, c'était sur un ton neutre. Presque résigné. Cependant, à mesure qu'elle continuait, l'émotion s'était logée dans sa voix, y vibrait. Et elle remuait Jamison au plus profond de lui-même.

— C'étaient déjà des criminels endurcis à l'époque, observa-t-il, luttant encore pour assimiler ses paroles.

Comment pouvaient-ils être plus forts, plus redoutés ? Comment était-ce possible ? Le bien était supposé l'emporter – il l'avait emporté toutes ces années plus tôt.

Sauf que non. Le bien s'était échappé, voilà tout.

— Ils sont pires maintenant, déclara Liza avec une conviction qu'il ne mettait plus en doute.

Les faits étaient les faits. Les Fils d'autrefois ne se seraient pas donné le mal de mettre le feu au pick-up. Ils n'auraient pas voulu attirer l'attention en laissant un véhicule brûlé au milieu de nulle part.

Si Liza disait vrai, et que les autorités avaient mis fin à leurs tentatives régulières d'infiltrer le gang…

Il exhala un soupir, évacuant ses inquiétudes avec. Il avait besoin d'un nouveau plan, et l'émotion ne le mènerait à rien.

Il jeta un coup d'œil à Liza, qui regardait la fumée comme si c'était un spectacle anodin. L'affection ne le mènerait à rien non plus, et pourtant, elle était là, dans ses entrailles, pareille à une vieille maladie dont il ne s'était pas complètement rétabli.

Soudain, alors qu'il se remémorait le passé et l'adolescent qu'il avait été, Jamison comprit qu'il devait retrouver cette personne-là. Retrouver la conviction, l'arrogance de sa jeunesse. Être prêt à tout risquer de nouveau.

Et cette fois, l'objectif ne serait pas l'évasion. Il y aurait une fin.

Avant de partir, il s'était résigné à la possibilité que cette mission le mène à une nouvelle confrontation avec son père, qu'elle déclenche la vengeance de ce dernier.

Désormais, ce n'était plus une possibilité, mais une évidence. Il était temps de mettre fin une fois pour toutes à la corruption du paysage qu'il aimait tant.

Le regard rivé sur le pick-up, il laissa remonter tout ce qu'il avait choisi d'enfouir au cours des quinze dernières années. Laissa le vent emporter ses illusions. Peut-être avait-il pressenti que ce moment arriverait, car il n'éprouva qu'une brève douleur, vite étouffée par la froide certitude qui avait caractérisé son adolescence.

— Le pouvoir absolu finit par être brisé, Liza. Personne ne règne pour toujours.

— Et ce serait pour quand ?

N'avait-elle pas perçu le changement qui s'était produit en lui ?

N'avait-elle pas senti de changement dans l'air ?

Il se retourna vers elle, rencontra son regard furieux

et effrayé, tandis que le ciel rouge et orangé flamboyait derrière elle, comme annonciateur de l'Apocalypse.

C'était le cas. Il était temps.

Ils allaient retrouver Gigi.

Ensuite, il s'attaquerait aux Fils.

— Pour maintenant.

L'expression qu'elle voyait sur le visage de Jamison la fit frissonner, et pour plus d'une raison. Elle lui rappelait le garçon qu'elle avait connu.

Et aimé.

C'était terrible d'être brusquement confrontée à… ces vieux sentiments, plus troublants maintenant qu'ils n'étaient plus des adolescents. Qu'il ne s'agissait plus de liberté.

Il s'agissait de la vie de sa sœur, et peut-être de la leur.

Elle éprouvait de la peur, mais aussi quelque chose de plus profond, de plus primitif. Une sensation qu'elle ne s'autoriserait en aucun cas à admettre.

Du moins l'espérait-elle sincèrement.

— Qu'allons-nous faire ? demanda-t-elle dans un murmure.

Il fronça les sourcils et parcourut le paysage des yeux avant de planter son regard intense dans le sien.

— Qu'est-ce qu'on devrait faire, à ton avis ?

— Comment ?

— Tu avais raison pour le pick-up. Tu…

Il secoua la tête presque imperceptiblement.

— Je croyais avoir gardé l'œil sur eux, mais il est clair que je ne les ai pas suivis d'assez près. Tu les connais, tu les comprends mieux que moi.

— Je ne suis pas une des leurs, Jamison. Quand…

— Je n'ai pas dit que tu l'étais. J'ai dit que tu les connaissais. Il faut qu'on se serve de ce que tu sais, parce que je ne peux plus anticiper leurs mouvements.

— Je ne…

— Arrête ça tout de suite.

Elle se tut, trop choquée par le ton cassant de sa voix pour protester.

— Tu sais, reprit-il. Tu vis parmi eux depuis quinze ans. Tu n'es pas obligée de faire semblant de croire que j'en sais plus long que toi. Je ne vais pas te punir.

— Ce n'est pas ce que…

Il arqua un sourcil, et elle laissa sa phrase en suspens. Il avait en partie raison. Elle était trop habituée à faire semblant de ne rien savoir – pour se protéger. À utiliser ses connaissances et ses compétences en cachette.

Elle n'était pas habituée à avoir… un équipier. Elle n'en voulait pas.

— Je suis fatiguée, Jamison, avoua-t-elle, s'efforçant de maîtriser le tremblement de sa voix. Je mène ce combat depuis trop longtemps. Tu sais comment c'est.

— Oui. Et je sais que tu ne peux pas renoncer tant que Gigi ne sera pas en sécurité. Mais je suis là, Liza. Je ne te demande pas d'agir toute seule. Je te demande de te servir de ton cerveau.

— Tu as toujours agi seul.

— Non. Mes frères et toi étiez tous assez âgés pour vous défendre quand je vous ai aidés à fuir. Gigi n'a que quatre ans. Et les Fils sont plus dangereux maintenant. Par conséquent, nous avons besoin de collaborer. Si je n'étais pas là, que ferais-tu maintenant ?

Liza passa les mains sur son visage. Elle avait mal

à la jambe et à la tête. La poussière lui brûlait les yeux et elle tombait de sommeil.

— Je continuerais à la chercher. Ils n'ont pas renoncé à nous trouver. L'incendie du pick-up était un message. Tu avais raison tout à l'heure. Ils ne vont pas nous tuer, mais ils veulent nous ramener à nos pères.

— Pourquoi le tien ne t'a-t-il rien fait quand tu es retournée au camp ?

Liza resta silencieuse. Elle s'était attendue à cette question, pourtant le mensonge qu'elle avait préparé ne jaillit pas de ses lèvres comme elle l'avait prévu.

— Encore une chose que j'ai sous-estimée, c'est ça ?

La voix de Jamison était trop douce, trop semblable à celle du garçon dont elle se souvenait.

Elle se détourna.

— Les femmes sont ignorées dans le gang. Tu le sais.

C'était un mensonge pathétique, et elle ferma les yeux.

— Mais la loyauté compte, observa-t-il. Plus que tout.

— Oui, eh bien, j'ai survécu, n'est-ce pas ? L'important, à présent, c'est de trouver Gigi. Ils savent que c'est elle qui m'intéresse. S'ils sont un tant soit peu intelligents, ils vont se contenter de nous attendre.

— Si ?

— Ils sont intelligents, mais arrogants aussi. Certains ne suivent pas tout à fait à la lettre les ordres d'Ace, parce qu'ils ont hâte de grimper dans la hiérarchie. J'ai remarqué…

Elle se tut mais Jamison attendit la suite. Il était difficile de rompre avec l'habitude de garder ses pensées, ses théories pour elle. Cependant, il avait raison. Ils devaient travailler de concert – non pas chacun de son côté, mais ensemble.

— Je n'ai pas beaucoup vu les meilleurs hommes d'Ace récemment. C'est juste une supposition de ma part, mais je me suis demandé s'ils n'avaient pas été chargés du trafic. Ce qui laisse à l'échelon suivant la tâche de nous retrouver. Cela dit, ils sont à ce niveau-là pour une raison.

— Plus de muscles que de cervelle ?

Elle acquiesça.

— D'où le pick-up incendié. Bien. Donc, nous continuons à viser Flynn. Tu penses qu'ils vont revenir ?

Liza regarda autour d'elle. Le jour déclinait rapidement. À l'est, les étoiles apparaissaient déjà dans le ciel. Elle sentait la température baisser, et le vent soufflait sans répit.

— Pas ce soir. Ils vont faire un rapport à leurs supérieurs, quels qu'ils soient. Et puis ils passeront à l'action demain matin, avec un plan.

— Et ceux qui sont responsables du trafic seront sans doute prêts à se mobiliser. Ils ne perdront pas de temps.

— Je ne sais pas si ce trafic existe réellement, objecta Liza.

Non parce qu'elle avait peur d'exprimer son opinion, cette fois, mais parce qu'elle voulait désespérément croire que ce n'était pas le cas. Croire qu'elle avait dramatisé.

Pourtant, quand elle rencontra le regard de Jamison, elle y lut trop de gentillesse. Et une pointe de pitié.

Elle se détourna.

— Il faut qu'on marche de nuit, qu'on prenne de l'avance sur eux si possible.

— D'accord.

Il s'approcha d'elle, mais elle n'osa pas relever la tête. Elle sentit qu'il ouvrait le sac à dos qu'elle portait, puis le faisait glisser sur ses épaules. Quand elle rassembla enfin le courage de le regarder, il lui tendait un sweat-shirt et un anorak.

— Enfile ça. Laisse ta veste en cuir.

Elle voulut protester, mais le bon sens l'en empêcha. Le sweat et l'anorak lui tiendraient bien plus chaud. Malgré tout, la vieille veste en cuir était une sorte de talisman. Elle avait survécu, à l'instar de Liza elle-même.

Comme s'il avait lu dans ses pensées, il lâcha un soupir et fit passer le sweat-shirt par-dessus sa tête – par-dessus la veste. Cela fait, il lui tendit l'anorak.

Ravalant le nœud qui s'était formé dans sa gorge, elle enfila un bras, puis l'autre. Elle voulut tendre la main vers la fermeture, mais il la devança.

Il était trop proche. Trop Jamison. Elle mourait d'envie de se pencher vers lui : quelles que soient ses réticences envers elle, et en dépit de l'amertume qu'il éprouvait encore après la manière dont elle était partie, elle devinait qu'il la serrerait dans ses bras et lui dirait que tout allait s'arranger.

Et là, elle s'effondrerait complètement.

Par conséquent, elle resta aussi immobile qu'une statue pendant qu'il remontait la fermeture.

— J'ai déjà fait ça, dit-il, avec l'assurance tranquille dont elle se souvenait. Je peux le refaire.

Ses paroles rompirent le charme. Elle avait autrefois cru qu'il possédait des pouvoirs magiques, mais elle n'avait plus ce genre d'illusions.

— Ne fais pas de promesses que tu n'es pas sûr de pouvoir tenir, Jamison. Sinon, tu t'en voudras plus tard.

— Je m'en voudrai d'une manière ou d'une autre, marmonna-t-il en la lâchant. Si tu as besoin de te reposer ou de grignoter quelque chose, dis-le. Il faut qu'on garde nos forces.

Il lui remit le sac, fouilla dans le sien et en tira deux lampes frontales.

— Mets ça, mais laisse-la éteinte, et reste aussi près de moi que tu peux.

Sur quoi il fixa sa propre torche et l'alluma, éclairant l'espace entre eux.

Et puis il lui tendit un pistolet.

8

Quand Jamison avait pris une décision, il n'hésitait plus. En général. Cependant, donner une arme chargée à une femme en qui il n'avait pas entièrement confiance le laissait vulnérable.

Enfin, si son heure était venue, autant qu'il meure de la main de Liza. Ce serait symbolique, et sans doute une fin méritée en regard de sa stupidité.

Ils se mirent en route, mais Liza ne tenta pas de le prendre pour cible. Elle avait suivi son conseil et marchait assez près de lui pour que sa torche suffise à les guider.

Jamison ne pouvait pas l'observer pour voir si elle était fatiguée, néanmoins, après une heure de marche éprouvante dans le noir, il décida qu'ils avaient besoin d'une pause.

Il lui tendit une bouteille d'eau et une barre protéinée qu'elle accepta avec une petite grimace et glissa dans sa poche au lieu de la manger. Au prix d'un effort, il s'abstint de lui faire la leçon.

— Il faut qu'on change ton pansement.

Elle secoua la tête.

— Pas encore. Rapprochons-nous davantage. D'ailleurs, ça va pour le moment.

Il en doutait fort, même si, à la lueur diffuse de la lampe, son visage ne trahissait aucune marque particulière de douleur ou d'inquiétude. Plutôt que de perdre un temps précieux à discuter avec elle, il se contenta d'acquiescer, reprit une gorgée d'eau, puis remit la bouteille dans son sac.

Ils repartirent, Jamison à l'affût de toute présence, humaine ou animale. Les lynx pouvaient être dangereux, sans parler des serpents à sonnette : dans l'obscurité, on courait le risque de faire rouler un rocher et de déranger un nid.

Une mauvaise rencontre avec un animal serait désastreuse, surtout en pleine nuit, alors qu'ils n'avaient pas de réseau téléphonique et qu'un gang de motards était à leurs trousses.

Par conséquent, Jamison avait adopté un rythme lent et prudent. Il ne pouvait se permettre de laisser son impatience prendre le pas sur le bon sens. Le temps pressait, certes, mais toute erreur serait fatale.

Il gardait l'œil sur sa montre, veillant à faire une halte toutes les heures pour boire un peu. À la troisième, sachant qu'ils se rapprochaient de Flynn et qu'ils allaient devoir redoubler de vigilance, il observa Liza avec attention.

Elle paraissait fatiguée, mais il était sûr que lui aussi. Puisqu'elle s'était immobilisée, il ne pouvait pas savoir si elle boitait davantage, mais un juron lui échappa lorsqu'il baissa les yeux sur sa blessure. Le tissu de son pantalon était imprégné de sang, ce qui signifiait qu'un point de suture avait dû céder.

— Tu as besoin d'un nouveau pansement.

— On n'a pas le temps.

— Tu veux encore que je me déshabille ? C'est lassant, à la fin.

— Moins lassant que cette blague.

Il déposa son sac et sortit la trousse de premiers secours.

— Il faut que je resserre le pansement. Sinon…

— Oui, oui, je sais.

Quand elle abaissa son pantalon, le bandage était saturé.

— Ce n'est pas joli.

— Ça pourrait être pire.

C'était vrai, et ils n'avaient pas de temps à perdre à se quereller. Il retira la gaze ensanglantée et la mit dans un sachet en plastique qu'il avait apporté. Ensuite, il fit de son mieux pour désinfecter la plaie en dépit de la poussière soulevée par le vent.

Liza frissonnait, et il travailla aussi vite et aussi efficacement que possible à la faible lueur de la lampe. Un seul point avait cédé, et il espérait qu'un pansement plus serré réglerait le problème. Idéalement, elle aurait dû aller à l'hôpital. Si sa blessure empirait, elle serait un fardeau plutôt qu'une aide.

Il s'abstint de le lui faire remarquer. C'était Liza qui endurait la douleur. Elle voulait sauver sa sœur. Elle connaissait les risques. Ce n'était pas son rôle de lui dicter sa conduite.

Ce n'avait jamais été son rôle, et il fronça les sourcils à la pensée qu'il l'avait peut-être fait autrefois. Était-elle partie à cause de lui ? S'était-il montré trop autoritaire dans sa détermination à la protéger, de sorte qu'elle s'était réfugiée dans le seul endroit qu'elle connaissait ?

Questions absurdes. Pensées absurdes. Peu importait, et il devait cesser de ressasser le passé.

Pourtant, comme il se relevait pour ranger la trousse, il dut se rendre à l'évidence : qu'il le veuille ou non, le passé était là. Un courant électrique qui vibrait constamment dans l'air entre eux, une attirance tout aussi forte qu'autrefois.

Peut-être parce que leur histoire ne s'était pas terminée. Peut-être à cause d'un sentiment plus profond. En tout cas, il était difficile de lutter contre.

Ils étaient trop près l'un de l'autre, ils se regardaient depuis trop longtemps, et bien que le cerveau de Jamison lui ordonne de réagir, de s'éloigner, il restait exactement là où il était. Trop près d'elle. Trop tenté de…

— Tu te détesterais autant que tu me détestes, murmura Liza, rompant le charme.

Heureusement.

Il se détesterait, elle avait raison, mais l'obscurité qui les entourait rendait plus facile d'avouer la vérité, au lieu de l'enfouir profondément en lui.

— Souffrir n'est pas haïr, Liza. Ne confonds pas l'un avec l'autre. C'est ce que font les membres du gang. Pas moi.

Il recula d'un pas pendant qu'elle remontait son pantalon.

— Ça doit être bien d'avoir quitté le gang, supprimé toutes ces horreurs, et d'être parfait et heureux maintenant, lâcha-t-elle de sa voix dure et empreinte d'émotion dans le noir. Ça doit être tellement bien d'avoir laissé tout ça derrière toi.

— Tu aurais pu en faire autant, lui rappela-t-il, mais sans amertume.

Il commençait à ressentir une curieuse lassitude, qui le privait de l'énergie nécessaire pour maintenir une façade forte, indifférente. Ne restait que la vérité nue.

— Non, je ne pouvais pas.

— Si tu le dis.

— Marci était encore là-bas.

Il ne voulait pas discuter des raisons de son départ. Ou plutôt, il voulait désespérément le faire, mais savait que cela ne les satisferait ni l'un ni l'autre.

— Ta sœur n'avait aucune envie d'être sauvée. C'est pourquoi nous l'avons laissée là. Tu as dit à l'époque que tu l'acceptais. Je ne vois pas pourquoi les quatre ans que tu as passés en dehors du gang auraient changé quoi que ce soit.

— Parce que ça te suffit, à toi ? On ne devrait pas essayer de sauver quelqu'un qu'on aime juste parce qu'il ou elle ne veut pas l'être ?

Elle n'avait pas répondu aux failles qu'il avait signalées dans son raisonnement, mais à quoi bon retomber dans les ornières du passé ? Il devait mener à bien cette mission et reprendre le cours de sa vie avant que la tentation ne l'entraîne sur un chemin qu'il tenait à éviter.

— Pas si on veut se sauver soi-même.

— Tu ne peux pas comprendre. Tu n'as dû laisser personne derrière toi.

Que s'imaginait-elle ? Que tout ce qu'il avait fait alors ou qu'il faisait maintenant était *facile* ? Qu'il était *agréable* de savoir que son père était un monstre et que, s'il n'y prenait pas garde, le mal pouvait s'épanouir en lui aussi ?

Il se remit à marcher sans répondre.

Sa jambe lui faisait mal au point qu'elle était au bord des larmes. Son cœur était non moins meurtri. À cause de tant de choses. Pas seulement la douceur avec laquelle Jamison avait refait son pansement, ni la manière dont il l'avait regardée ensuite – comme s'ils s'étaient quittés la veille. Mais à cause de ce qu'il avait dit, de l'indifférence qu'il avait manifestée à l'égard de Marci, et du choc qui s'était lu sur son visage quand elle avait dit qu'il n'avait rien laissé derrière lui.

Et puis, il avait remis son masque et recommencé à marcher.

Le remords cognait dans la poitrine de Liza comme le battement de son cœur. Le regret lui nouait les poumons, et elle avait du mal à respirer sans pleurer.

Pourtant, elle continuait à avancer, parce que c'était Gigi l'important, pas son passé gâché ni les sentiments qu'elle éprouvait encore pour Jamison Wyatt.

Souffrir n'est pas haïr, Liza. Ne confonds pas l'un avec l'autre.

Ces mots la hanteraient jusqu'à la fin de ses jours. Tout ce qu'elle avait connu en grandissant, c'était la souffrance et la haine. Elle n'avait jamais discerné d'étincelle de gentillesse nulle part sauf chez les frères Wyatt, et par la suite, dans le monde que Jamison lui avait offert.

Peut-être y avait-il d'autres raisons pour lesquelles elle n'avait pu rester, en dehors de Marci. Peut-être la bonté de grand-mère Pauline et des Knight avait-elle été impossible à accepter. Trop bouleversante pour quelqu'un qui n'avait connu que le mal.

Quelle horrible pensée ! Pourtant, elle devait faire preuve d'indulgence avec elle-même. Elle avait vingt ans à l'époque. Peut-être les choses se seraient-elles passées différemment si elle avait été plus jeune, ou plus âgée.

Mais il était trop tard pour le regretter. Elle avait fait un choix. Exactement comme Marci avait fait le sien. Et Carlee.

Gigi, elle, n'avait pas le choix.

Par conséquent, Liza se forçait à marcher, à ignorer la douleur qui lui laminait la jambe. En revanche, elle ne pouvait tout à fait ignorer celle qui lui serrait le cœur.

— Tu n'as jamais eu envie de revenir ?

Si la question le surprit, il n'en montra rien.

— Je ne sais pas.

Elle s'était attendue à un « Non » plein d'emphase, à une certitude, au moins. Pas à un « Je ne sais pas ». Cet aveu ne fit qu'ajouter au désordre de ses pensées. Jamison était *toujours* sûr de lui.

— Comment ça, tu ne sais pas ?

— C'est trop compliqué, dit-il en pressant l'allure, l'obligeant à trottiner pour le rejoindre.

— Ce n'est pas une réponse, Jamison.

Il poussa un profond soupir.

— La vérité est quelque part entre les deux. C'était de là que je venais, même si je détestais cet endroit. Ace est mon père, même si je le déteste. Je ne voulais pas y retourner, mais il y avait des jours où je ne voulais pas non plus… ne *pas* y retourner.

Elle secoua la tête, comme pour nier ce qui était manifestement une réponse honnête. Elle ne connaissait que trop bien ce déchirement, ce désir d'avoir une chose et son contraire. Cette impression de ne jamais être tout à fait à sa place.

Jamais elle n'avait pu avouer cela à personne, mais Jamison venait de distiller ce sentiment en quelques mots. Des mots qui n'auraient sans doute de sens que pour eux.

Le moment était mal choisi pour une discussion sincère, mais sinon maintenant, quand ? Quand aurait-elle de nouveau l'occasion d'aborder ce sujet avec quiconque ? Jamison était le seul à comprendre les deux facettes de son existence.

— Si c'était compliqué de ne pas revenir, tu ne crois pas que l'inverse était compliqué aussi ?

Jamison resta silencieux un instant. Quand il répondit enfin, il éluda la question.

— Partagé ou pas, je n'y suis pas retourné. C'est la différence entre nous.

— Il fallait que j'y retourne.

— Si c'est ce que tu veux croire, Liza, vas-y. Tu n'as pas besoin de mon absolution. Si tu en avais eu besoin, tu ne serais pas partie.

Elle s'immobilisa alors, parce que c'était la vérité. Elle n'avait besoin ni de son approbation ni de son pardon. Si elle s'était posé la question la veille, elle aurait affirmé qu'elle ne voulait ni l'un ni l'autre.

Pourtant, là, dans la nuit glaciale balayée par le vent hurlant, le cœur en lambeaux et la jambe qui la lançait, elle comprit que c'était précisément ce qu'elle désirait le plus au monde depuis qu'elle s'était glissée hors de la maison des Knight, toutes ces années plus tôt.

Son approbation. Son pardon.

Il était trop tard. Trop tard.

— En ce qui me concerne, ça n'a pas d'importance, ajouta-t-il, déjà assez loin pour qu'elle doive allumer sa propre lampe pour le rattraper sans trébucher. Nous sommes ici pour une raison, et une seule.

— Gigi.

Ce qui signifiait qu'elle devait s'accepter et se pardonner toute seule, plutôt qu'attendre que Jamison le fasse.

Elle lâcha un soupir. C'était une prise de conscience bouleversante, mais elle ne se sentait pas délivrée pour autant. Cela n'arriverait que lorsque Gigi serait en sécurité. Alors, Liza pourrait bâtir sa propre vie.

Sa *propre* vie. Aller là où bon lui plairait et faire ce qu'il lui plairait. Sans se soucier de Jamison ni du gang.

Elle prit une profonde inspiration, laissant son cœur battre au rythme de sa douleur. Elle utiliserait sa souffrance pour triompher de la peur. Atteindre un avenir dont elle seule déciderait.

Elle rattrapa Jamison et éteignit sa lampe dès qu'elle fut assez proche de lui pour voir son chemin à la lueur de la sienne. Ils marchèrent en silence, ce qui valait sans doute mieux, songea-t-elle.

Plus de discussions. Elle ne chercherait plus à le convaincre de la croire ou de la comprendre. Cela n'avait pas d'importance. Elle devait seulement se souvenir de ses paroles. Elle n'avait pas besoin de son absolution.

Ils ne se haïssaient pas. Ils n'étaient pas obligés de se pardonner l'un l'autre.

Il suffisait qu'ils se pardonnent eux-mêmes. Elle se demanda s'il y était parvenu. Elle en doutait.

Jamison s'arrêta brusquement et éteignit sa torche. Liza retint son souffle. Au loin, une étincelle jaillit.

Celle d'un briquet.

9

— Ce doit être un campement. Tu penses qu'ils sont tous là ?

Jamison jeta un coup d'œil vers Liza, décidé à se fier à elle autant qu'à son instinct.

Elle arborait une expression curieuse. La peur et le doute ne se lisaient plus sur ses traits. Même le masque d'indifférence narquoise qu'elle avait adopté au début n'était plus là.

Elle paraissait farouche. Résolue. Il baissa les yeux sur sa jambe – pour autant qu'il puisse en juger, le pansement tenait et le sang avait cessé de couler.

— Sans doute tous ceux qui sont à notre recherche. Ou la plupart d'entre eux, en tout cas, dit-elle avec une totale certitude.

— Tu vas rester ici et…

— Non. On ne se sépare pas. Jamais.

Elle avait parlé avec une insistance qui aurait pu le faire vaciller si ces mots et la manière dont elle les avait prononcés ne lui avaient rappelé son père.

— C'est une règle des Fils.

— Une règle intelligente, déclara-t-elle sans hésiter. Si on veut les battre, il faut qu'on applique les mêmes règles qu'eux.

— Pas question.

— Jamison, je ne laisserai pas ta fierté, ton honneur, ou je ne sais comment tu veux l'appeler, nous mettre des bâtons dans les roues. Tu as dit que tu étais prêt à les neutraliser, à te confronter à eux et à ton père. Tu ne peux pas le faire en tant que policier. Tu dois le faire en tant que Jamison Wyatt.

Plutôt mourir. Il ne prononça pas les mots à voix haute, parce qu'il savait qu'il valait mieux ne pas tenter le sort quand on avait affaire aux Fils des Badlands.

— Je ne serai pas Ace, Liza. Je ne peux pas être lui.

— Je ne dis pas que tu dois l'être, Jamison. Mais si on n'emprunte pas leurs méthodes, on n'a aucune chance.

Leurs méthodes. Leur cruauté. En tant que policier, il avait dû s'endurcir contre l'injustice. Comme il l'avait dit à Liza, certains ne voulaient pas être sauvés – et on ne pouvait survivre soi-même si on s'acharnait à essayer. Mais la cruauté était autre chose. C'était une perte d'humanité – une noirceur de l'âme.

Il avait vu cette noirceur engloutir son père un peu plus au fil des ans. Car, contrairement à la plupart de ses frères, il pouvait encore se remémorer une époque où Ace n'était pas complètement mauvais. À un moment donné, il y avait eu de la compassion en Ace Wyatt.

Jamison n'avait jamais su ce qui l'avait détruite, peu à peu, mais il savait que le terrain était glissant. Plus on faisait souffrir autrui, moins on avait de bonté en soi-même si les gens qu'on faisait souffrir le méritaient.

Terrain glissant ou pas, une petite fille de quatre ans était en danger. Par conséquent, Liza avait raison sur un point : il ne pouvait appliquer les règles auxquelles il était habitué dans la police. Il ne pouvait pas respecter la loi à la lettre.

S'il voulait mettre le gang hors d'état de nuire et faire face à son père une fois pour toutes, il devait être prêt à franchir des limites qu'il s'était promis de ne pas franchir.

Mais pas toutes.

— Je ne peux pas te promettre d'être sans pitié, Liza. Je me suis trop souvent promis de ne pas devenir comme Ace. Mais je ferai tout pour sauver une petite fille innocente.

Elle exhala un soupir, mais il reprit la parole avant qu'elle ait eu le temps de répondre.

— Il faut qu'on sache combien ils sont. Je crois qu'il serait plus sûr et plus efficace qu'un seul de nous deux se rapproche pour les compter. Et, puisque je ne suis pas blessé, il serait logique que ce soit moi.

— Et s'ils te découvrent et t'emmènent à ton père, qu'est-ce que je deviens ?

— Plus nous en savons…

— Non. C'est le flic qui parle. Nous n'avons pas besoin de savoir ce qu'ils font. Nous avons besoin de savoir ce que nous faisons, nous. C'est Gigi que nous voulons, pas eux. Et si on les contournait, tout en continuant à se diriger vers Flynn ? L'endroit où ils gardent Gigi se trouve sûrement entre eux et Flynn.

— De l'autre côté de Flynn. À l'ouest. Ce sera plus commode pour le transport ou pour donner rendez-vous à des complices. Ça évite de faire venir des étrangers en ville, marmonna Jamison, vaguement agacé que le plan de Liza soit meilleur que le sien.

— Bon, dans ce cas, on marche jusque-là. Si possible, sans se faire repérer.

Son argument était sensé. Il doutait que les hommes de son père s'attendent à ce qu'ils marchent toute la nuit. S'ils pouvaient dépasser ce groupe avant le lever du soleil, il ne leur resterait plus que les sentinelles du camp principal à neutraliser.

Et s'ils réussissaient à contourner Flynn avant le lever du soleil, leurs chances seraient encore meilleures.

— Sors ta carte, ordonna-t-elle. Celle avec les notes.

Il déplaça son sac à dos et tira la carte de sa poche.

— Pas de lampe frontale. Tiens ça pendant que je cherche ma lampe stylo.

Il posa le sac par terre et fouilla à l'intérieur jusqu'à ce que ses doigts effleurent la tige mince.

— Déplie la carte.

Elle obtempéra. Alors qu'ils l'étudiaient en silence, un petit bruit le fit tressaillir.

Une sorte de froissement. Il pouvait s'agir d'un animal – c'était sans doute le cas, néanmoins un frisson lui parcourut la nuque. Il croisa le regard de Liza dans la faible lueur dégagée par le stylo. Elle ouvrit la bouche mais il l'arrêta d'un geste.

De l'autre main, il éteignit la lampe et la fourra dans sa poche. Ensuite, il effleura les doigts de Liza encore cramponnés à la carte, et lui fit signe de la replier et la ranger.

Elle hocha imperceptiblement la tête.

Jamison se tourna vers l'endroit d'où venait le bruit, lui faisant un bouclier de son corps. Le froissement du papier s'entendit dans le silence nocturne, mais exactement comme le son qu'ils avaient entendu – on aurait pu le prendre pour le grattement d'un animal, ou le souffle du vent.

Il réprima l'envie de dégainer son pistolet. Un coup de feu résonnerait dans les canyons et les trahirait. Il pouvait lutter contre un ou deux attaquants, mais pas contre tout un groupe.

Il ne distinguait rien autour de lui hormis les ténèbres. Ses yeux ne s'étaient pas encore accoutumés à l'obscurité après la lueur du stylo. Il tendit l'oreille, guettant le moindre son indiquant la présence d'un rôdeur. Par chance, Liza était derrière lui, plaquée à un rocher, par conséquent ils ne pouvaient être totalement encerclés.

À moins que quelqu'un n'arrive par le sommet du rocher.

Soudain, un frottement familier lui parvint – le bruit d'un couteau qu'on dégaine. Jamison avait un couteau, lui aussi, qu'il gardait dans sa botte. La lame était courte, et ne lui serait pas d'une grande utilité s'il devait s'en servir pour se défendre dans le noir.

Il sentit la main de Liza tirer son bras gauche vers l'arrière, puis presser un objet dans sa paume.

Le manche d'un couteau. Il ne le voyait pas, mais à en juger par son poids il était doté d'une lame plus longue que le sien. Cela dit, il ne pouvait se lancer à l'aveuglette. C'était trop risqué. Il devait voir sa cible et agir aussi silencieusement que possible.

En général, les membres du gang communiquaient au moyen de radios ou de talkies-walkies. Si l'un d'eux se trouvait à proximité, il avait éteint le sien. Ce qui donnait à Jamison l'espoir de neutraliser la menace sans être découvert – du moins, pas immédiatement.

Il avait besoin de lumière. Et d'une grosse dose de chance.

Le couteau de Liza en main, prêt à bondir, il alluma sa lampe frontale et vit précisément ce qu'il avait redouté. Un homme à moins de trois mètres de lui – par chance, aveuglé par la clarté soudaine.

Jamison se rua sur lui.

À la dernière seconde, Liza étouffa le hurlement qui lui était monté à la gorge. Un cri serait synonyme de capture.

La lampe frontale de Jamison tomba à terre pendant qu'il se jetait sur l'homme. La lumière se réfléchit sur le sol rocheux, créant un faisceau suffisant pour que Liza puisse distinguer deux silhouettes luttant dans le noir.

En revanche, elle n'y voyait pas assez pour savoir qui était qui. Trop souvent, un éclair transperçait la pénombre, le reflet d'un objet argenté, brillant.

Impossible de tirer – et pas seulement parce qu'elle risquait de blesser Jamison. Le bruit était l'ennemi. Ils pouvaient maîtriser un homme…

Une minute. Le gang n'envoyait jamais un seul homme en mission. Liza alluma sa propre lampe et regarda autour d'elle. Personne hormis Jamison et son adversaire.

Elle était debout à côté d'un promontoire rocheux. Quelques cailloux tombèrent sur le sol. Elle leva les yeux, s'écartant juste à temps pour esquiver un homme qui sautait du haut. Elle pivota pour lui faire face, regrettant à demi d'avoir donné son couteau à Jamison.

Le nouveau venu était un des laquais de son père.

— Bonsoir, Claybourne, lâcha-t-elle sur un ton narquois.

— Bonsoir, la morte.

Il avait une arme au poing, mais elle disposait d'un avantage. Il n'oserait pas s'en servir contre elle.

Non. Si elle mourait, ce serait de la main de son père. Par conséquent, elle sourit.

— Tu rêves, mon chou.

— Tu te crois intouchable, hein ? Mais il y a des limites que même toi tu ne peux pas franchir, ma belle.

Elle garda son sourire fermement plaqué sur ses lèvres, en dépit de la crainte qui lui nouait brusquement les entrailles. Même si elle n'attachait pas foi à toutes les menaces proférées par les hommes de son père, les derniers événements l'incitaient à la prudence.

Ils devaient savoir qu'elle cherchait Gigi. Et si la fillette était une des victimes du trafic dont elle avait entendu parler, cela signifiait-il que cet homme avait la permission de l'éliminer ? Son père aurait-il accepté qu'elle soit tuée par un autre que lui ?

Peu probable. Elle n'avait causé aucun ennui pour l'instant et personne ne savait qu'elle avait eu vent des rumeurs de trafic à part Jamison. Jamison qu'elle n'osait pas regarder. S'il était en train de maîtriser son adversaire, mieux valait qu'elle continue à détourner l'attention de Claybourne.

Elle se focalisa sur celui que son père considérait comme son meilleur pisteur à défaut d'être un de ses hommes les plus intelligents.

— Et quelle limite serais-je en train de franchir ? demanda-t-elle sur un ton suave.

— Je dirais que faire appel à un Wyatt en est une.

— Tu ne peux pas me tuer pour ça, Claybourne. Je le sais et toi aussi.

Il sourit dans le faisceau de sa lampe.

— Il y a une grande marge entre la situation où nous sommes en ce moment, et ton cadavre à mes pieds, non ?

Les bruits de lutte avaient cessé et Liza savait qu'elle devait continuer à parler, à garder l'attention de Claybourne focalisée sur elle. Si Jamison l'avait emporté, il pourrait le prendre par surprise. Dans le cas contraire, elle était fichue de toute manière. Elle ne pourrait pas se défendre contre deux adversaires et emmener Jamison blessé en sécurité.

Pourvu qu'il soit sain et sauf !

— Ne t'excite pas trop. Je te suivrai sans résister.

Claybourne ricana.

— C'est sûr.

Il pointa le pistolet vers sa jambe.

— Tu ne t'es pas bien occupée de ça, hein ?

— C'était donc toi le piètre tireur de Bonesteel ?

Il eut une grimace de mépris.

— J'ai tiré exactement où je voulais.

Et je vais faire pareil.

Du coin de l'œil, elle distingua Jamison qui s'avançait vers le faisceau de lumière. Il n'était qu'à quelques mètres derrière Claybourne, invisible de lui tant que ce dernier fixait son attention sur elle.

S'ils agissaient ensemble, peut-être pourraient-ils neutraliser Claybourne sans faire trop de bruit. Ce dernier hésiterait à tirer de peur de les blesser – mais s'y résoudrait peut-être pour donner l'alerte.

Liza baissa les yeux sur l'arme, puis reporta son

regard sur Jamison, à la limite du faisceau de lumière. Elle refoula un pincement de douleur à la vue de son visage tuméfié.

Elle baissa de nouveau les yeux sur le pistolet, espérant qu'il comprendrait le signal.

— Quoi ? Tu t'imagines pouvoir me le piquer, ma belle ? s'esclaffa Claybourne.

D'un accord tacite, Liza et Jamison passèrent à l'action. Liza donna un coup de pied dans le pistolet tandis que Jamison empoignait Claybourne par-derrière et plaquait une main sur sa bouche, étouffant ses cris.

L'arme tomba sur le sol. Liza se précipita pour la rattraper, tâtonna un peu pour le ramasser. Elle parcourut les environs des yeux, vit l'autre homme ligoté et bâillonné, complètement immobile. Mort ou pas, elle n'aurait su le dire, mais peu importait.

— De la lumière, Liza, ordonna Jamison, les dents serrées.

Elle pivota aussitôt pour l'éclairer. Il avait passé un bras autour du cou de Claybourne qui continuait à se débattre, mais de plus en plus faiblement.

— Je pourrais l'abattre, déclara Liza, bouleversée par le filet de sang qui coulait sur la tempe de Jamison.

— Et nous aurions combien d'hommes à nos trousses ? rétorqua-t-il. Ils vont réagir assez vite comme ça. Il doit y avoir un rouleau de corde dans ton sac. Sors-le.

Liza s'exécuta et le lui tendit. Il relâcha sa prise sur le cou de Claybourne, lequel avala une goulée d'air et se tortilla, mais Jamison le maintenait en place et eut tôt fait de le ligoter à son tour, déchirant son sweat-shirt en piteux état pour en faire un bâillon.

— Tu es blessé, dit-elle faiblement.

— On s'occupera de ça plus tard.

Il retourna d'un pas vif à l'endroit où gisait son sac à dos, à moitié renversé par son adversaire. En hâte, il ramassa le contenu éparpillé sur le sol et le fourra pêle-mêle dans le sac en désignant le rocher d'où Claybourne avait sauté.

— On y va. Tout de suite.

Elle lança un dernier regard aux hommes allongés qui gigotaient sur le sol rocheux, puis à la lueur qui continuait à briller au loin. Elle discernait des ombres, rien de net. Cependant, quand les complices des deux prisonniers se rendraient compte qu'ils ne communiquaient plus depuis un certain temps, ils viendraient à leur recherche.

Et ils auraient vite fait de comprendre ce qui s'était passé.

Elle suivit Jamison.

10

— Tu saignes toujours, Jamison.

C'était vrai, et son visage était tuméfié et douloureux. Cependant, le jour n'allait pas tarder à se lever.

— Ça attendra.

— Oui, c'est ce que disent les médecins à propos des blessures à la tête. Elles « attendent », surtout si on persiste à faire une marche de nuit sans les avoir soignées.

— Qu'est-ce que tu proposes, Liza ? Qu'on s'assoie tranquillement le temps que tu me fasses un pansement pendant que les Fils se rendent compte qu'on a éliminé deux d'entre eux ?

Il scruta l'horizon à l'est. Déjà une mince lueur apparaissait. L'aube. Il poussa un soupir. Ils n'avaient pas une minute à perdre.

— Il faut qu'on trouve une grotte.

— Une grotte ?

Sachant pertinemment que Liza était, ou avait été, claustrophobe, il n'était guère surpris par la consternation qu'il entendait dans sa voix. Cependant, cela ne changeait rien à la réalité de leur situation.

— Dès qu'il fera jour, ils se mettront à notre poursuite.

— Les grottes sont pleines de chauves-souris, de lynx, d'ours et de serpents ! protesta-t-elle avec vigueur. Je ne vais pas me cacher dans une grotte.

— Eh bien, moi si.

La douleur qui lui vrillait la tempe le rendait irritable. Et menaçait sa capacité à réfléchir calmement et de manière rationnelle.

— Ça ne faisait pas partie du plan, marmonna Liza derrière lui.

Elle était tombée plus d'une fois alors qu'ils s'efforçaient d'avancer sans allumer leurs lampes. Le sort s'acharnait contre eux – ou presque : ils avaient échappé à la capture, par conséquent les choses pouvaient encore empirer.

— Non, ça ne faisait pas partie du plan, concéda-t-il. Mais il faut s'adapter.

— Ton calme me sidère, commenta-t-elle. Ils sont peut-être déjà à nos trousses. Tu es blessé. Moi aussi. Ils savent que nous sommes dans les environs et probablement où nous allons. Et tout ce que tu trouves à dire, c'est qu'il faut s'adapter.

— Qu'est-ce que tu voudrais que je fasse ? Que je crie ? Que je pique une crise ?

— À vrai dire, j'aimerais bien voir ça.

— Haha.

Il trébucha dans une ornière, lâcha un juron. Il aurait donné n'importe quoi pour faire une pause. Une sieste. Et, oui, nettoyer son visage ensanglanté, en espérant n'avoir rien de cassé.

— Notre seule chance de pouvoir nous reposer, c'est de trouver une grotte.

— On va ramper là-dedans, risquer d'être attaqués par un lynx, et après ?

— On va se relayer pour monter la garde pendant la journée. Manger. Nettoyer mes plaies. Étudier la carte. Les laisser passer le coin au crible. Avec un peu de chance, ils ne nous trouveront pas. Et ce soir, on repartira. Même s'ils devinent notre tactique, il sera trop tard pour qu'ils nous découvrent aujourd'hui.

Avec un peu de chance.

— Ça me tue de l'admettre, mais c'est une bonne idée, maugréa-t-elle. Comment allons-nous dégoter une grotte sans allumer nos lampes ?

— Si nous sommes là où je le crois, il faut qu'on continue à aller droit vers l'ouest.

— Tu sais où nous sommes ?

— Je crois.

Il ne savait pas si sa connaissance des lieux était une chance ou un mauvais augure, mais les canyons et les grottes autour de Flynn avaient été son terrain de jeux – et son enfer personnel – lors de son enfance.

Son père considérait que l'âge de sept ans était un tournant pour un garçon. À partir de ce moment-là, chaque été, Jamison avait été laissé seul en pleine nature pendant le nombre de jours qui correspondait aux années qu'il avait passées sur la terre. Pour l'endurcir. Faire de lui un homme.

La première fois, ç'avait été un calvaire. Sept jours de terreur absolue. Mais il avait tenu bon et obtenu les félicitations de son père. Il y avait eu un côté magique à voir la fierté d'Ace.

Cinq ans plus tard, quand son père avait imposé le même exercice à Dev, tout avait basculé pour Jamison.

Il avait su alors qu'il devait planifier leur évasion. Il avait consacré le reste de son enfance à le faire – et à survivre au châtiment infligé par son père chaque fois qu'un de ses frères disparaissait.

Ace n'avait jamais imaginé que Jamison ait pu orchestrer leur fuite, mais il l'avait accablé de reproches, fustigeant son manque de courage, de force ou de vigilance. Pour sa part, Jamison avait toujours éprouvé une satisfaction perverse à savoir que c'était l'indifférence d'Ace envers ses fils qui avait rendu leur évasion possible.

Quand Jamison avait organisé le départ de Dev – le dernier à s'enfuir avant lui – son père l'avait roué de coups, au point qu'il avait bien failli le tuer.

Jamison s'était résigné à mourir. Il avait sauvé ses frères et il pouvait mourir la conscience tranquille, en sachant qu'il avait fait de son mieux. Il aurait aimé aider son amie Liza, mais la vie était ainsi.

Au dernier moment, Ace s'était maîtrisé. Une expression terrible avait traversé son regard à cet instant, mais il n'avait rien dit. Il s'était contenté de sourire et avait abandonné Jamison blessé dans une grotte, le laissant retrouver seul le chemin du camp.

Près de vingt ans plus tard, il était de retour, en légèrement meilleur état – et il cherchait cette grotte.

C'était une expérience un tantinet déconcertante, mais il n'avait pas le choix.

Il continua donc à marcher, ignorant la douleur jusqu'au moment où il aperçut les imposantes parois rocheuses qu'ils devraient escalader pour accéder à leur refuge.

— Je passe le premier. Tu montes la garde, d'accord ?

Il s'activa sans bruit, ouvrant la voie tandis qu'elle surveillait les environs, à l'affût de tout danger éventuel. À plusieurs reprises, elle mit une main sur son épaule et ils s'immobilisèrent tous les deux, écoutant le vent qui sifflait autour d'eux alors que les premières lueurs de l'aube flirtaient avec l'horizon.

Enfin, il trouva la grotte dont il se souvenait. Il désigna l'entrée à Liza d'un signe de tête, et lut la répugnance sur ses traits. En revanche, elle ne recula pas.

— Et s'il y a un animal à l'intérieur ?

Jamison se baissa et ramassa quelques pierres qu'il jeta dans la grotte, aussi loin qu'il en était capable avec son bras blessé.

Il dressa l'oreille, mais aucun bruit ne lui parvint, aucun signe de vie. Il se hissa dans l'ouverture, puis alluma sa lampe frontale avant de dégainer son arme. Prenant appui sur sa main libre, il s'avança dans la pénombre.

Le faisceau de sa torche balaya le plafond. Quelques chauves-souris s'agitèrent au-dessus de lui, mais rien ne suggérait la présence d'un prédateur sur les lieux – pas d'os ni d'excréments.

— Je ne veux pas faire ça. Je ne veux pas faire ça, répéta Liza comme un mantra tout en le suivant à l'intérieur.

C'était tout Liza, songea-t-il. Elle allait peut-être protester vingt-quatre heures durant, mais elle était là.

— Jamison. Ils peuvent nous encercler. Nous… Il y a tant de possibilités.

— C'est vrai, mais j'ai un atout dans ma manche, si je puis dire.

Jugeant qu'ils étaient allés assez loin, il s'assit avec précaution, soulagé bien que le sol soit froid et humide.

Il leva la main, lui montrant l'objet qu'il avait volé à son adversaire.

— Leur walkie-talkie !

— Je l'ai piqué au type. On devrait pouvoir entendre tout ce qu'ils font.

— Et c'est seulement maintenant que tu me le dis ? Pourquoi est-ce que tu ne l'écoutes pas depuis le début ?

Elle ne s'était pas assise. Elle était courbée en deux, mais parvenait tout de même à avoir l'air impérieux, les mains campées sur les hanches.

— On ne pouvait pas s'en servir avant d'être sûrs qu'ils ne puissent pas nous entendre, expliqua-t-il, passant une main sur sa poitrine soudain comprimée.

Un malaise qui n'avait rien à voir avec ses blessures et tout à avoir avec Liza.

Quinze années s'étaient écoulées, et pourtant, elles n'avaient rien changé. Une bouffée de tendresse l'envahit, mêlée de désir et d'un autre sentiment, quelque chose qui ressemblait à du respect. Il avait beau lui en vouloir, penser qu'elle l'avait trahi – en choisissant le gang plutôt que lui – mais elle était encore là, elle luttait toujours. Et quelqu'un qui persistait à se battre pour le bien et la justice après avoir vécu si longtemps au sein du gang devait être quelqu'un d'exceptionnel.

Ce genre de pensées allait lui attirer des ennuis – il risquait d'être trahi de nouveau, voire de mourir —, malgré tout il avait de plus en plus de mal à les repousser.

— Nous sommes peut-être trop loin pour les capter, dit-elle, fronçant les sourcils.

— Possible, mais je doute que les Fils s'en servent à moins qu'ils n'aient une longue portée.

Il alluma la radio.

— C'est parti.

Liza retint son souffle. On n'entendait rien hormis un grésillement sourd. Elle ferma les yeux, accablée.

Cependant, quand elle rouvrit les yeux, le faisceau de sa lampe éclaira le visage meurtri de Jamison. Un autre motif d'inquiétude, plus immédiat que tout le reste.

Elle retira son sac à dos et farfouilla à l'intérieur. Elle en sortit un coupe-vent et s'agenouilla dessus, espérant qu'il était imperméable. Ensuite, elle sortit la trousse de premiers secours, ainsi qu'une bouteille d'eau.

— Bois ça. Ne la gaspille pas pour moi.

— Ne dis pas de bêtises.

Certes, ils ignoraient combien de temps allait durer leur expédition, et l'eau pouvait devenir un bien précieux qu'il faudrait préserver coûte que coûte. Cela dit, ils ne pouvaient courir le risque d'une infection – et le visage de Jamison était couvert d'entailles et maculé de poussière.

Attrapant un T-shirt en coton dans son sac, elle le déchira en deux, puis trempa une moitié dans l'eau pour s'en servir comme gant.

Il fronça les sourcils. Il ne ressemblait plus au jeune homme d'autrefois. Ses traits s'étaient durcis, et il n'était plus aussi mince qu'à vingt-deux ans. Le temps et l'âge lui avaient donné des muscles. Le soleil avait creusé de minuscules rides autour de ses yeux et de sa bouche.

Sans doute avait-elle quelques rides aussi. Et elle avait perdu la minceur de ses vingt ans – son corps avait acquis quelques rondeurs.

Même si elle n'avait jamais eu à s'inquiéter de son poids, contrairement à Carlee qui était constamment au régime.

Carlee. Le seul fait de penser à elle était douloureux. Lui rappelait la dernière fois qu'elle avait vu Gigi.

Maman, elle est partie. Les méchants lui ont fait du mal. Elle avait les yeux ouverts, mais elle ne bougeait plus.

Liza poussa un soupir et fixa l'homme qui lui faisait face. Il la regardait avec une pointe de méfiance, mais il y avait autre chose dans ce regard. Elle se souvint du moment où elle lui avait dit qu'il se haïrait s'il la touchait.

Il éprouvait peut-être encore l'écho de ces… vieilles émotions entre eux, mais il n'allait pas suivre le chemin d'autrefois. La sauver. L'aimer. Promettre de la protéger jusqu'à la fin de leur vie.

Non. Elle avait gâché sa chance.

Elle déglutit, refoula les pensées qui se bousculaient en elle et se pencha pour nettoyer le visage de Jamison. Elle avait beau s'efforcer d'être douce, elle sentait la tension dans son corps alors qu'il luttait contre la douleur. Sans même s'en rendre compte, elle murmura des paroles d'encouragement tout en désinfectant les plaies, puis en lui mettant des pansements là où c'était possible, effleurant le duvet de ses moustaches, l'arête de son nez, qu'elle avait toujours trouvée « noble ».

Quand donc avait-elle été assez sotte pour attribuer de la noblesse à la forme d'un nez ?

Son travail terminé, elle l'observa. Il avait le teint pâle, mais son regard était vif et moins méfiant qu'avant. Au contraire, l'air entre eux semblait vibrer d'électricité. D'attraction. Parce qu'ils avaient été trop proches l'un de l'autre.

Le temps ne pouvait effacer ce que leurs corps avaient partagé autrefois.

Elle tenta de se raisonner. En quinze ans, il avait forcément aimé d'autres femmes. Il avait sans doute oublié la sensation de ses lèvres pressées contre les siennes.

Ils n'avaient été que des adolescents, prisonniers d'un monde cruel. Guidés par les hormones, l'intrépidité et la conviction, sinon d'être immortels, d'être capables de survivre à tout ce que le sort pouvait mettre en travers de leur chemin.

Et pendant quelques brèves, quelques délicieuses années, ils avaient réussi. Ils s'étaient évadés, et une vie de liberté s'étendait devant eux.

Elle était plus âgée maintenant, elle avait connu trop de déboires, perdu trop d'êtres aimés, pour conserver cette illusion.

Cette pensée lui donna le vertige. Savoir qu'elle avait perdu non seulement Jamison, mais sa foi en l'avenir, était presque intolérable. Sans pouvoir s'en empêcher, elle se pencha en avant et appuya son front contre le sien.

Quand le bras de Jamison se posa sur ses épaules, lui offrant un réconfort silencieux, elle céda aux sanglots qu'elle refoulait depuis des semaines.

— Dors, murmura-t-il en l'attirant sur ses genoux.

Pelotonnée contre lui, elle sanglota tandis qu'il lui

caressait les cheveux doucement. Qu'il lui essuyait les joues. La fatigue l'enveloppa telle une couverture, et le sommeil l'emporta.

Elle rêva des morts.

11

Jamison avait eu l'intention de rester éveillé, mais il s'était endormi à son tour et ne pouvait guère s'en vouloir. Ils avaient marché toute la nuit, et il était exténué.

Il ouvrit les yeux et fronça les sourcils. Liza n'était plus blottie contre sa poitrine, dormant comme si elle se sentait totalement en sécurité avec lui.

Quelque chose en lui s'était brisé alors. Et quand il avait succombé au sommeil, il avait rêvé comme jamais auparavant.

Il avait rêvé d'une paix véritable.

Ce qui était insensé. Tant que le gang existait et que son père était en vie, il ne connaîtrait pas la paix. Jamison était assez pragmatique pour ne pas croire à un monde idéal où il triompherait de l'un et de l'autre.

Mais peut-être pouvait-il triompher de l'un et ralentir l'autre. Dans le meilleur des cas.

Il leva les yeux. Adossée à la paroi opposée de la grotte étroite, à quelques pas de lui, Liza l'observait en grignotant une barre de céréales. Toute trace de vulnérabilité chez elle avait disparu.

Jamison se découvrit agacé qu'elle se soit réveillée la première et détachée de lui sans qu'il en ait conscience.

Il aurait dû être plus sensible à son environnement. Cependant, le moment était mal choisi pour s'attarder là-dessus. Ils avaient des questions plus importantes à régler.

Tandis qu'il la dévisageait, elle lui lança une barre de céréales. Il l'attrapa au vol, sans cesser de la fixer.

Elle était la clé d'une porte en lui. Une porte qu'il attendait d'ouvrir depuis… toutes ces années.

Tu vas bien ?

Non.

Rien sur le talkie-walkie ?

Je n'ai rien entendu, mais je viens de me réveilleraussi.

Cette réponse le soulagea un peu. Peut-être s'était-il réveillé parce qu'elle s'était levée et lui avait-il seulement fallu quelques instants pour reprendre des esprits. Il consulta sa montre. Il n'était pas encore midi – par conséquent, il avait dormi cinq heures environ. Il était possible que les hommes partis à leur recherche – s'ils avaient compris que leurs éclaireurs avaient été neutralisés – aient emprunté une mauvaise direction.

C'est sans doute bon signe, commenta-t-il.

— À moins qu'ils n'aient compris qu'un talkie-walkie manquait à l'appel et changé la fréquence.

On peut mettre cette théorie à l'épreuve.

Il tendit la main pour qu'elle lui lance l'appareil, mais elle n'en fit rien.

— Tu parles en dormant, dit-elle, en posant sur lui un regard indéfinissable.

Étant donné qu'il avait exclusivement rêvé d'elle, Jamison se raidit malgré lui.

— Ah bon ? répondit-il sur un ton neutre. J'ai dit des choses intéressantes ?

Je suppose que tout dépend de qui tu parlais.

— Je ne pourrais pas te le dire. Je ne me souviens pas de mes rêves.

Elle émit un petit bruit songeur, mais s'abstint de tout autre commentaire. Jamison déchira l'emballage de la barre de céréales et mordit dedans sans plaisir.

— Change de fréquence, suggéra-t-il. Attends dix minutes pour voir si on reçoit quelque chose, sinon passe à une autre.

Il se pencha pour attraper son sac, un geste qui lui arracha une grimace. Tous ses membres étaient courbaturés. Quel âge avait-il donc, trente-sept ans ou quatre-vingts ? Il s'étira un peu, sortit sa bouteille d'eau et en but une gorgée, après quoi il tourna la tête d'un côté et de l'autre pour dénouer les muscles de son cou et mit la main dans sa poche pour y prendre la carte.

Elle n'était pas là. Il eut un bref instant de panique avant de se souvenir que c'était Liza qui l'avait. Luttant pour maîtriser les battements précipités de son cœur, il prit une lente inspiration, gardant les yeux rivés sur la barre de céréales jusqu'à ce qu'il se soit ressaisi.

La carte ? demanda-t-il sur un ton qui lui parut dégagé.

Elle la sortit de sa poche, mais au lieu de la lui remettre elle la déplia sur ses propres genoux.

— Elle commence à tomber en lambeaux, observa-t-elle. Qu'est-ce que c'est que tout ça, à propos ? Ces marques ne correspondent pas seulement à ce qui s'est passé au cours de ces derniers jours.

Il haussa les épaules.

C'est juste une carte.

— Non. C'est une carte codée. Explique-moi ce qu'elle veut dire, Jamison.

Pourquoi ?

Parce que ça me concerne.

Elle n'ajouta pas « toujours », mais le mot semblait planer dans l'air entre eux. Quand il s'agissait d'eux, « toujours » semblait aller de soi.

Peut-être était-ce précisément pour cela que la blessure laissée par sa disparition ne s'était jamais refermée tout à fait. Qu'elle avait laissé une cicatrice à vif qu'une autre femme ne pourrait jamais guérir.

Liza était sienne pour toujours, qu'elle soit avec lui ou non. Qu'il le veuille ou non.

Cette prise de conscience le rendait trop vulnérable. Il se força à se focaliser sur la conversation.

— Je me suis tenu au courant au fil des années. Même après que nous… que je m'étais échappé, chaque fois que j'entendais parler d'un incident lié au gang, je le notais. Les croix représentent des morts. Les carrés sont des lieux de campement. Les cercles dans la marge, des disparitions inexpliquées.

Elle cilla et baissa les yeux.

— Tu savais ? Pendant tout ce temps, tu savais et tu n'as jamais…

Il devina ce qu'elle avait eu l'intention de dire avant de laisser sa phrase en suspens. Il le savait parce qu'il se demandait constamment ce qu'il aurait pu faire de plus. Malgré tout, l'accusation silencieuse de Liza le piquait au vif.

Jamais quoi ?

Jamais rien fait.

Elle secoua la tête et planta son regard dans le sien.

Tu savais tout ce qui se passait et tu n'as rien fait.

Elle le fixait comme s'il s'était transformé en criminel sous ses yeux.

Son reproche était injuste, mais, plus que ses propos, c'était son regard qui faisait mal à Jamison. Assez mal pour qu'il renonce à se défendre. À quoi bon ? Si elle voulait avoir une mauvaise opinion de lui, quelle importance ?

Il s'en moquait. Cela ne servait à rien de tenter de lui expliquer quoi que ce soit. Cependant, les paroles jaillirent de sa bouche sans qu'il puisse les en empêcher.

— Brady, Gage et Tucker travaillent pour le bureau du shérif du comté, exactement comme moi. J'ai des contacts dans d'autres régions du Dakota du Sud. J'ai exercé des pressions là où je le pouvais. Eux aussi. Nous avons fait tout ce que nous pouvions faire.

Cependant, il était seul. Il ne disposait pas des mêmes moyens qu'une agence fédérale. Et son action était limitée par les contraintes de la loi. Jamais il n'avait considéré cela comme un échec avant que Liza pose sur lui ce regard blessé, horrifié.

— Donne-moi la carte, ordonna-t-il d'une voix bourrue.

Elle secoua la tête et prit son propre sac, puis farfouilla à l'intérieur pour trouver un stylo. Après avoir fait quelques annotations à son tour, elle la lui lança.

Il étudia le gros X qu'elle avait marqué, à une bonne vingtaine de kilomètres au nord de Flynn.

— Tu sais que c'est là que Carlee a été tuée ?

— Pas avec certitude. Mon père a une maison dans ce coin-là – j'ignore où précisément, mais je sais qu'elle se trouve dans les environs. Tu sais qu'il a toujours aimé avoir un lieu à part. Être un cran au-dessus du reste. Il gardait sa famille hors d'atteinte pour être le seul à la tourmenter. Je ne vois pas dans quel autre endroit il aurait pu tuer Carlee en présence de Gigi.

Il acquiesça, tandis qu'une nouvelle idée prenait forme dans son esprit. Il s'était dit que l'ouest était le lieu le plus logique au point de vue logistique, mais si le père de Liza était le responsable du trafic…

— Qu'y a-t-il aux alentours ? Donne-moi des détails.

— Je ne sais pas.

— Liza, insista-t-il, plus sèchement.

— Crois-moi. Je n'étais pas autorisée à approcher. On m'a laissée revenir dans le gang, mais jamais on ne m'a fait confiance. Pas une seule fois. Je suis la Mariah de cette génération-ci. Tout ce que je peux espérer, c'est secourir ma sœur avant que vienne mon tour de mourir.

Mariah. Il se souvenait d'elle. Agée d'une quarantaine d'années, elle était rebelle et n'hésitait pas à dire le fond de sa pensée, ce qui lui valait d'être régulièrement malmenée. Longtemps, Jamison et Liza s'étaient demandé pourquoi les chefs du gang lui laissaient la vie sauve. Personne d'autre au camp n'était autorisé à manifester un tel irrespect.

Elle avait même aidé Jamison un jour, lorsqu'il s'employait à faire évader Tucker. Il avait été sur le point de se faire surprendre, et elle avait créé une diversion.

Un an plus tard, on s'était servi d'elle – à son insu – dans un attentat suicide contre un convoi de prisonniers qui avait permis au gang de faire évader un des leurs.

Les Fils des Badlands étaient patients. Rusés. Ils ne

se débarrassaient de personne avant d'être certains que cet individu ne pouvait plus leur être d'aucune utilité.

Jamison supposait que c'était en partie pour cette raison qu'il était resté en vie ces quinze dernières années. Son père attendait le moment où il pourrait lui être utile.

Peut-être auraient-ils dû lui forcer la main. Lui arracher le pouvoir. Prendre l'initiative, exactement comme Jamison l'avait fait en organisant l'évasion de sa fratrie.

Enfin. Ce qui était fait était fait.

— Et si la cachette était là-bas ? Chez ton père ou à proximité ? Assez près pour que Carlee s'aperçoive de quelque chose ? Les Fils ne tuent pas sur un coup de tête. Si Gigi a été témoin du meurtre, c'est qu'il y a eu un imprévu. Je n'ai pas assisté au meurtre de ma mère. Du jour au lendemain, elle avait disparu.

La compassion adoucit le visage de Liza. Jamison continua. Il ne voulait pas de sa compassion.

— Ton père a toujours voulu être un peu à l'écart, c'est vrai, mais vingt-cinq kilomètres, c'est beaucoup. Ace n'aurait pas été d'accord avec ça, à moins d'avoir une bonne raison.

— C'est… oui, c'est possible.

— Ça expliquerait aussi qu'on ne capte rien sur le talkie-walkie. Nous sommes partis vers l'ouest. S'ils protègent ton père ou le trafic, ils sont peut-être allés vers le nord.

Elle acquiesça et planta son regard dans le sien.

— Eh bien, je suppose que c'est ce qu'on va faire aussi.

Ils restèrent dans la grotte jusqu'à la fin de l'après-midi et se relayèrent pour écouter la radio, en vain. Quand le jour commença à baisser, ils se préparèrent à partir. Jamison était d'avis que le silence des ondes signifiait qu'il n'y avait pas de danger à se mettre en route et, pour sa part, Liza était soulagée à la perspective de couvrir une partie du chemin avant la nuit.

Désormais, ils avaient un objectif clair. Elle ne pouvait s'autoriser à imaginer que la théorie de Jamison soit erronée. Il fallait qu'il ait raison, et que Gigi soit chez leur père.

Elle s'efforçait de ne pas penser à ce dernier.

Ils remplirent leurs sacs en silence. Jamison lui tendit un sachet de mélange de noix et de fruits secs et sa bouteille d'eau. Ne voulant pas se disputer avec lui, elle mangea et but autant que son estomac noué le lui permettait.

Elle insista pour examiner les pansements qu'il avait au visage et en refaire quelques-uns. À son tour, il tint à changer le sien, si bien qu'elle dut retirer son pantalon et le laisser faire. À aucun moment il ne sembla affecté par le fait de la toucher.

Elle aurait pu être n'importe qui. Une parfaite inconnue. Un de ses frères. Il aurait refait leur pansement avec le même détachement. En fait, il aurait sans doute été plus brusque avec ses frères, parce qu'il les aimait. Il aurait été furieux qu'ils soient blessés.

Elle était une étrangère pour lui.

Et elle était idiote de laisser ses pensées tourner en rond ainsi, alors que sa sœur était en danger.

Elle réprima un gémissement quand il tamponna sa plaie avec une lingette antiseptique, mais il fut rapide.

L'instant d'après, il étalait la bande douce et fraîche sur les points de suture.

Ses mains étaient calleuses – à cause du travail qu'il effectuait au ranch, sans doute, pour épauler Dev et sa grand-mère. Même s'il vivait à Bonesteel, à quarante-cinq minutes de là, il devait les aider de son mieux.

Aider. C'était sa nature. Il s'était tenu informé des faits et gestes du gang, et bien qu'elle se soit sentie trahie l'espace d'un instant, cela n'avait pas duré. Il avait utilisé son influence pour essayer de réparer les méfaits que le gang avait causés.

Il n'avait pas expliqué certaines des marques qu'elle avait vues sur la carte, mais elle savait ce qu'elles signifiaient. C'étaient les affaires où il avait réussi à obtenir une arrestation. Elle avait reconnu un endroit en particulier, à l'ouest de Bonesteel, où Lyle Pearce avait été arrêté et condamné pour meurtre trois ans plus tôt – ce qui avait suscité la fureur de son père et d'Ace.

Non, Jamison n'avait pas oublié. Contrairement à ce qu'il avait prétendu, il n'avait pas lâché prise. Elle se demanda si Ace le savait – s'il tenait lui aussi le compte des interventions de son fils.

Cette pensée l'emplit d'angoisse. C'était une chose de savoir qu'elle pouvait être une nouvelle Mariah – qu'elle risquait à tout moment d'être utilisée par le gang au péril de sa vie. C'en était une autre d'imaginer la haine qu'Ace avait dû accumuler contre son fils aîné.

Ce qui rendait cette entreprise d'autant plus dangereuse pour Jamison. L'estomac noué, elle fut tentée de dire quelque chose alors qu'il terminait le pansement, mais les mots se refusèrent à elle.

Encore accroupi devant elle, il enroulait la bande autour de sa jambe, ses doigts calleux effleurant la peau.

Il leva les yeux vers elle et se redressa lentement, le bout de ses doigts lui frôlant la peau alors qu'il remontait le pantalon. Elle se sentit fondre sous son regard brûlant, sentit sa peur s'évanouir.

Car Jamison avait toujours été son roc. Et elle avait aspiré à la sécurité qu'il lui apportait autant qu'elle avait désiré son corps.

Ce n'était pas le moment de céder à la nostalgie, mais elle se noyait, incapable de résister à l'électricité qui vibrait entre eux, et au plus profond d'elle. Il la dominait d'une bonne tête, et elle se laissa aller contre lui alors même que la raison lui disait qu'elle commettait une erreur.

Elle se hissa sur la pointe des pieds et se pressa contre son torse. Leurs corps s'épousèrent, comme ils l'avaient toujours fait. Ils étaient assortis, corps et âme. Elle se donna le temps de l'observer, guettant un signe disant qu'il ressentait la même chose.

Il ne manifesta aucune réaction. Il resta immobile, le regard calme. Quelque chose céda en Liza – sa raison, peut-être, car l'instant d'après, réaction ou pas, elle appuya ses lèvres contre les siennes.

Contrairement à ce qu'elle redoutait, il n'eut pas de mouvement de recul. Il ne la repoussa pas. Il se laissa embrasser. Et peu à peu, seconde après seconde, il s'adoucit, lui rendit son étreinte. Ce fut une telle surprise qu'elle s'y abandonna entièrement.

Le baiser s'enflamma – pas comme autrefois, où des étincelles de désespoir se mêlaient à leur bonheur. C'était différent – plus profond et plus complexe. Ce n'était pas seulement une étincelle, mais une explosion venue de l'intérieur. Du bonheur et du désir, un sentiment de trahison et de perplexité ; d'espoir et de cynisme. Il contenait tout ce qu'ils étaient, tout ce qu'ils avaient été durant les quinze années de leur séparation.

Ce baiser résumait leur amour d'enfants, leurs premiers émois sexuels, leurs cœurs encore inséparables après tout ce temps – car ils étaient faits l'un pour l'autre et ne pourraient jamais se forcer à appartenir à un être différent.

Il était le seul homme que Liza ait jamais désiré, le seul qu'elle ait touché intimement de son plein gré et, en son for intérieur, elle se réjouissait que quinze ans n'aient rien changé à cela.

Malgré tout, son soulagement était empreint de tristesse. Même si elle était encore à bout de souffle, plongée corps et âme dans le tourbillon du baiser, la réalité de leur monde s'immisçait en marge de son euphorie.

Il l'entourait de ses bras puissants, l'embrassait avec détermination. Comme s'il était possible d'effacer les vieilles douleurs et d'entamer une histoire nouvelle, durable.

Quelques instants plus tard, cependant, il la repoussa. Lentement et avec douceur, mais c'était un rejet tout de même.

Le silence et le désir tourbillonnaient autour d'eux dans la pénombre de la grotte. Le corps de Liza vibrait d'une électricité qu'elle avait presque oubliée.

Peu importait. Ce baiser était absurde, et Jamison l'avait repoussée, quoi qu'elle éprouve.

Ç'avait été une erreur, pourtant la sensation demeurait

gravée en elle. Elle aurait voulu lui décocher un sourire provocant et une remarque désinvolte, mais elle en était incapable.

— Il fallait que je sache si c'était encore là, murmura-t-elle.

C'était la vérité – dans toute sa glorieuse absurdité.

Le regard de Jamison était énigmatique, impossible à déchiffrer – à moins qu'elle n'ait pas envie de le déchiffrer. Peut-être ne voulait-elle pas savoir ce qu'il ressentait.

— Je suppose que oui.

Sa réponse ne trahissait pas grand-chose, mais c'était un aveu tout de même.

— Ce n'est pas vraiment le moment d'y réfléchir.

— Pas vraiment, non, confirma-t-il sans cesser de l'observer.

— On devrait y aller.

Elle fit mine de sortir mais la main de Jamison était toujours sur son bras, et la retenait.

Elle crut qu'il allait l'embrasser de nouveau – l'espéra, peut-être. Cependant, il se contenta de la regarder, de fouiller son visage. Il y avait quelque chose qui ressemblait à de la vulnérabilité dans ses yeux, si bien qu'elle resta immobile et le laissa trouver ce qu'il cherchait.

— C'était moi ? demanda-t-il d'une voix rauque. J'étais trop… autoritaire. Une autre version d'eux. Il a fallu que tu fuies…

— Oh ! Jamison, non ! s'écria-t-elle, horrifiée. Non. Je voulais être toi. Sauver ma sœur comme tu avais sauvé tes frères. Je voulais prouver que j'étais aussi bonne que toi.

Elle se tassa brusquement, comprenant ce qu'elle ne s'était jamais autorisée à s'avouer.

— Je n'ai jamais réussi.

Il cilla, comme si elle l'avait frappé. Puis il la lâcha.

— Je suppose que ça n'a pas d'importance.

Elle s'était dit cela. Qu'il ne comprendrait pas. Que trop de temps avait passé. Pourtant, à cet instant, elle s'interrogea.

Malheureusement, ce n'était vraiment pas le moment de se poser la question.

— On devrait partir, répéta-t-elle.

S'ils ne s'en allaient pas, quelle douleur émotionnelle ajouteraient-ils à leurs blessures physiques ?

— Je vais sortir d'abord, jeter un coup d'œil, et puis tu me suivras. On a un long chemin à faire.

Oui. Ils avaient un long, très long chemin à faire.

12

Ils marchaient en silence, à la lueur d'un autre coucher de soleil flamboyant. Jamison se remémorait des soirs où, à l'époque où ils étaient encore dans le gang, Liza et lui s'éclipsaient pour gagner une colline ou un promontoire rocheux, selon l'endroit, et admirer le ciel du crépuscule.

Elle disait alors que les couchers de soleil étaient pleins de promesses – pour le lendemain. Il répondait toujours que, strictement parlant, sa remarque s'appliquait plutôt aux levers de soleil.

Chaque fois, elle lui rétorquait en souriant :

— C'est vrai, mais qui veut se réveiller d'aussi bonne heure ?

Tant qu'ils étaient parmi le gang, il avait refusé de la toucher. Ç'aurait été une violation de ce qu'il essayait d'accomplir, une insulte à l'homme qu'il aspirait à être. La première fois qu'elle l'avait embrassé, il lui avait fait la leçon alors même que son cœur cognait à tout rompre dans sa poitrine.

Il se souvenait encore du sourire espiègle qu'elle lui avait lancé au clair de lune. Comme il avait voulu s'y perdre, et se perdre en elle ! Il avait été à deux doigts d'enfreindre le vœu qu'il s'était fait à lui-même.

Bon sang. Le moment était malvenu pour ressasser des souvenirs – surtout des souvenirs heureux.

S'ils se trouvaient là où il le pensait, qu'ils ne rencontraient pas de problème et qu'ils ne se perdaient pas, ils arriveraient à proximité de la maison du père de Liza avant l'aube.

Ils continuèrent donc à marcher. Ils ne parlèrent guère. De temps à autre, ils faisaient une brève halte, buvaient une gorgée d'eau et grignotaient quelques fruits secs. Ils allumaient la radio et tendaient l'oreille.

Avant longtemps, ils reprenaient leur route, utilisant leurs lampes frontales pour s'éclairer dans la nuit noire. La lumière rendait Jamison nerveux, tout comme le fait qu'ils avaient décidé de laisser la radio allumée et que le son risquait d'alerter quiconque à leur recherche.

Quand il jugea qu'ils approchaient, il fit signe à Liza d'éteindre la radio et sa lampe. Ils se contentèrent de la sienne pendant un moment. Le paysage avait changé. Le terrain était encore rocheux, mais entouré de forêt.

Liza étouffa un bâillement, et il l'imita.

— On devrait faire une pause.

Lâchant un soupir de soulagement, elle se laissa tomber sur une petite étendue herbeuse.

— Enfin.

— Une petite pause, avertit Jamison. Nous ne devons pas être loin. Qu'en penses-tu ?

Elle parcourut les bois du regard.

— Je ne sais pas.

Jamison s'assit à côté d'elle, sortit sa lampe stylo et étudia la carte dans le petit faisceau de lumière.

Il désigna la marque que Liza avait tracée, puis traîna son doigt légèrement en direction du sud.

— Je crois que nous sommes à peu près là. La propriété est de quelle taille, à ton avis ?

— D'après ce que Gigi m'en a dit, je crois que c'est un chalet, mais assez grand. Elle a parlé d'une cheminée, et de Carlee qui avait confectionné des brownies. J'ai eu l'impression que la maison possédait tout le confort. Gigi m'a raconté qu'elle avait un terrain de jeux dehors – une balançoire et un toboggan.

Elle marqua une pause.

— Mais elle n'a mentionné personne d'autre que Carlee et mon père. Si le trafic se déroulait sous leur nez, elle aurait parlé d'autres gens.

— À moins qu'il n'y ait plusieurs bâtiments et que Gigi et Carlee aient été censées rester dans la maison principale. Je ne peux pas m'empêcher de penser que Carlee a dû voir quelque chose pour que ton père décide de l'éliminer.

— Gigi a parlé de chevaux, dit soudain Liza, comme si elle s'adressait à elle-même. J'avais oublié ça, parce que c'était il y a quelque temps. Elle a dit que son cheval lui manquait. D'abord, j'ai cru qu'elle parlait d'une peluche, mais non.

— Des chevaux. Des écuries. Ça ne ressemble pas au mode de vie du gang.

Par le passé, les Fils des Badlands avaient été des nomades. Cependant, les choses avaient changé. Liza le lui avait dit et il devait cesser d'être surpris.

— Non. Ton père pourrait toujours lever le camp en quelques minutes, mais le mien semblait vouloir poser des racines.

— Comment as-tu pu avoir accès à Gigi après la mort de Carlee ?

— Je ne savais pas que Carlee était morte. Personne ne le savait – du moins, personne ne me l'avait dit.

— C'est Gigi qui te l'a appris ?

— Mon père, Carlee et Gigi avaient l'habitude de venir au camp principal une fois par semaine. J'en profitais pour parler à Carlee, j'essayais de la persuader de fuir. Ce jour-là, elle n'était pas avec eux. Mon père avait rendez-vous avec le tien pour parler affaires, comme toujours, et il a confié Gigi à deux adolescentes. Comme il faisait beau, elles l'ont emmenée se promener et jeter des cailloux dans l'étang. Et elles étaient trop accaparées par leur portable pour se soucier de moi.

— Tu es venue à Bonesteel tout de suite ?

— J'ai attendu trois jours. J'espérais revoir Gigi toute seule.

— Tu as réussi ?

— Une seule fois. C'était difficile sans attirer l'attention. Le jour où je suis partie pour Bonesteel, mon père ne l'a pas amenée. Je ne savais pas s'il était au courant de ce qu'elle m'avait dit, mais je sentais que, si je restais, cela se terminerait mal pour nous deux. J'avais besoin d'aide. C'est là que je suis venue te trouver.

Ses paroles n'auraient pas dû déclencher une vague de chaleur en lui. Et pourtant, ce fut précisément ce qui arriva. Il était pathétique, se dit-il.

— Dors. Je vais monter la garde.

Il ne leur restait que peu de temps avant l'aube, et la lumière du jour les exposerait à un danger accru, mais elle avait besoin de repos.

Elle le dévisagea dans le noir.

— Tu es sûr ?

— Oui.

Comme elle faisait mine de s'adosser à un arbre, il leva les yeux au ciel.

— Viens ici, dit-il, plus sèchement qu'il n'en avait eu l'intention.

Sur quoi il tendit le bras et l'attira plus près, de manière à ce qu'elle puisse se servir de lui comme oreiller.

Elle le regarda, et l'espace d'une seconde le souvenir du baiser qu'ils avaient partagé dans la grotte le submergea. Cependant, Liza se contenta de nicher la tête contre son épaule avec un soupir.

Elle s'assoupit presque aussitôt. Un bras passé autour d'elle, il s'obligea à étudier la carte pour ne pas céder au sommeil à son tour.

À l'aide de la lampe stylo, il prépara un itinéraire qui les amènerait à la propriété. Puis, aux premières lueurs de l'aube, il éteignit la torche et ralluma la radio en veillant à régler le volume sur minimum.

Liza dormait profondément. Il la contempla un peu trop longtemps à la lumière dorée du matin. Il avait été si convaincu que ses sentiments pour elle étaient morts. Si certain de l'avoir effacée de sa mémoire et de son cœur.

Pourtant, à certains égards, c'était comme s'ils s'étaient quittés la veille. Elle était là, près de lui, à sa place. Avec lui.

Comme il passait une main sur son front, il saisit un mouvement parmi les arbres et se figea.

Quelqu'un était là. Une personne ou plusieurs ? Il distinguait une seule silhouette – qui ne paraissait guère soucieuse de dissimuler sa présence.

Quelque chose dans la démarche de l'individu lui semblait vaguement familier. Un instant, Jamison se tint immobile, le regard rivé sur lui, indécis. Liza dormait-elle toujours ?

Très lentement, il baissa la main vers son holster. L'inconnu fit de même.

Liza changea de position, et Jamison lui chuchota aussitôt de ne pas bouger. Elle obéit, restant immobile sur ses genoux tandis qu'il refermait la paume sur la crosse de son pistolet.

L'homme s'approcha un peu. Il était encore assez loin, mais son regard rencontra le sien, Jamison en eut la certitude.

— Cody ? lâcha-t-il, interdit, à peine conscient d'avoir parlé à voix haute.

— Ton frère ? murmura Liza.

— Je ne…

C'étaient les yeux de son frère, les gestes de son frère. Il restait à bonne distance, mais pourquoi Jamison aurait-il pensé qu'il s'agissait de Cody si ce n'était pas lui ? Même s'il ne voyait son benjamin qu'à Noël, il était certain de ne pas se tromper.

— Reste ici, ordonna-t-il à Liza avant de se lever lentement.

Ignorant ses objections, il se dirigea vers la silhouette. L'homme était armé, mais son pistolet n'était pas braqué sur lui.

Parce que c'était bel et bien son frère. Comme Jamison s'approchait, Cody mit un doigt sur ses lèvres, indiquant d'un geste le talkie-walkie qu'il portait accroché à la ceinture. Lequel ressemblait étrangement à celui que Jamison avait dans son sac. Cependant, il était impossible que Cody soit de mèche avec les Fils. Sans doute avait-il acquis le sien de la même manière que Jamison.

Cela dit, son frère n'avait l'air ni blessé ni fatigué.

Néanmoins, quand Cody prit la main de Jamison et la leva, Jamison ne résista pas, et n'adopta pas même une position qui puisse lui permettre de passer à l'attaque.

Parce que Cody était son frère.

Son petit frère.

Jamison l'avait sorti du camp juste avant qu'il atteigne ses sept ans – avant qu'il doive subir le rituel des sept nuits seul en pleine nature. Aux yeux de Jamison, c'était son plus grand succès. D'eux tous, c'était Cody qui avait vécu le plus longtemps auprès de leur grand-mère. Il était allé à l'université.

Cody ne pouvait pas faire partie du gang. Jamison se refusait à le croire.

Il se rendit compte avec un temps de retard que Cody pianotait de l'index sur sa paume. Il lui fallut quelques secondes pour comprendre qu'il s'exprimait en morse.

Va-t'en.

Jamison ouvrit la bouche pour répondre, mais Cody secoua la tête et remit un doigt sur ses lèvres.

Par conséquent, Jamison tapa sa réponse sur la paume de son frère, peut-être un peu plus fermement que nécessaire.

Non.

Il le faut.

Non.

Dangereux.

Non.

Peux pas te protéger.

Pas besoin.

Cody laissa échapper un soupir de frustration, et jeta un regard rapide autour de lui.

Ne gâche pas tout.

Sur quoi, il laissa retomber la main de Jamison et s'enfonça dans les bois.

Jamison n'aurait su dire combien de temps il resta figé sur place après son départ. Il avait l'impression d'avoir fait un rêve ou vu un fantôme. En tout cas, l'incident soulevait des questions auxquelles il n'avait pas de réponses.

À commencer par « Gâcher *quoi* ? »

Au bout d'un moment, il pivota sur ses talons, à l'affût d'un autre bruit. Aucun son ne lui parvint. Il n'y avait que Liza et lui.

— Qu'est-ce qui se passe ? demanda-t-elle à son retour.

Jamison fixa les bois déserts.

— Je donnerais cher pour le savoir.

Jamison relata à Liza l'échange qu'il avait eu avec Cody pendant qu'elle s'efforçait de manger une autre barre de céréales. Cependant, elle ne pouvait pas se permettre de perdre connaissance comme elle l'avait fait à Bonesteel.

— Il avait un talkie-walkie comme le nôtre ? demanda-t-elle avec une grimace.

— Il avait un talkie-walkie. Point.

— Tu dois quand même reconnaître que tout porte à croire qu'il est de mèche avec les Fils.

— Tu as entendu des rumeurs à ce sujet ?

— Non, mais…

— Donc, ce n'est pas le cas, affirma Jamison avec conviction. Ce genre de nouvelle se répand comme une traînée de poudre. Si tu n'es pas au courant, ce n'est pas possible.

Elle réprima une bouffée de compassion. Elle devait parler.

— Sauf si c'est le secret d'Ace.

Jamison secoua la tête et ferma son sac à dos avec plus de force que nécessaire.

— Ace le chanterait sur les toits, au contraire, tant il serait fier d'avoir récupéré un de nous.

— À moins d'avoir une bonne raison de se taire.

— Cody m'a mis en garde, Liza. Les Fils ne font pas ce genre de chose.

Elle fut tentée de renoncer, mais ils s'apprêtaient à se jeter dans la gueule du loup. Elle n'avait pas le droit de négliger toutes les possibilités.

— C'est vrai dans l'ensemble. Mais ça pourrait se comprendre si Cody avait de l'affection pour toi. Il se peut qu'il fasse partie du gang tout en ne voulant pas te faire de mal.

— Ce n'est pas possible.

— Parce que tu ne veux pas que ça le soit ?

Il braqua sur elle un regard furibond. Sa colère aurait pu effrayer Liza, ou l'offenser, si elle n'avait pas perçu que la trahison de Cody serait pire que tout à ses yeux. Pire encore que son départ à elle toutes ces années plus tôt. Pire que de souffrir lui-même aux mains des Fils.

Un de ses frères – le benjamin, qu'il avait arraché au gang tout jeune. Il était insupportable à Jamison d'imaginer que Cody ait pu y retourner.

Cependant, c'était bel et bien une possibilité, et que

cela lui coûte ou non, elle devait être assez rationnelle pour l'envisager.

— Quoi qu'il en soit, il ne te fera pas de mal. Mais ça ne veut pas dire qu'il ne va pas révéler notre position à quiconque.

— Je refuse d'admettre que mon frère soit membre du gang, déclara-t-il, d'une voix qui n'était pas seulement froide, mais glaciale, cassante. Nous allons continuer comme prévu.

Comprenant qu'elle ne réussirait pas à se faire entendre tant qu'il était si furieux, Liza se focalisa sur une autre approche.

— En plein jour ?

— Tu as une meilleure idée, Liza ? Je ne vois pas de cachette aux alentours. Dis-moi ce que nous devrions faire, à ton avis ?

— Eh bien, pour commencer, tu pourrais cesser de passer ta colère sur moi. Si ton frère a décidé de retourner au gang, je n'y suis pour rien.

En dépit de la tempête qui devait faire rage en lui, il se maîtrisa. Mais elle devinait sa douleur.

— Donc, c'est ma faute.

Ce n'était pas une question – et Liza en fut irritée.

— Ça t'arrive d'écouter les autres ? Ou es-tu à ce point absorbé par toi-même que tu penses être la cause de tout ?

Il se mit à marcher, se dirigeant vers un but que lui seul connaissait.

— Non, dit-il fermement, mais avec moins de véhémence.

Liza soupira et le suivit, sans pour autant pouvoir se résoudre à lâcher prise.

— Oh ! Tu penses juste être responsable de nous, c'est ça ? Parce que nous sommes faibles et stupides…

Il fit volte-face, le calme cédant la place à la fureur.

— Je vous ai *sauvés*. Tous les deux. Alors explique-moi, veux-tu ? Si vous êtes retournés au gang, qu'est-ce qui a mal tourné ?

Liza eut l'impression que son cœur se brisait. Non, ce n'était pas de la fureur qui débordait en lui, c'était de la peur. De l'inquiétude et du remords. Elle avait beau savoir qu'ils n'avaient pas de temps à perdre à refermer de vieilles plaies, elle ne pouvait pas laisser celle-ci continuer à saigner pendant qu'ils marchaient.

Elle prit le visage de Jamison entre ses mains, ses paumes lui encadrant les joues.

— Ce n'est pas à cause de toi, mon chou. Ça n'a jamais été à cause de toi.

— Alors pourquoi ?

Il porta les mains aux poignets de Liza comme pour l'obliger à le lâcher, mais en fin de compte, il les laissa là. Sa question flottait dans l'air entre eux.

— Nous ne savons pas tous comment être bons, dit-elle, gauchement, ne sachant comment expliquer ce qu'elle ne comprenait pas vraiment elle-même.

Car il était bon. La bonté était une partie intégrante de lui.

— Nous ne savons pas tous comment désirer ce qui est bon – ou le garder. Ce n'est pas gravé en nous comme ça l'est en toi. Ça n'est pas ton échec, Jamison.

Il fronça les sourcils, et son expression s'adoucit.

— Je ne crois pas que tu puisses dire que c'est le tien non plus. Vu la manière dont nous avons été élevés.

Elle ne put s'empêcher de sourire.

— Oh ! Jamison ! Comment peux-tu être si généreux ? Je ne le saurai jamais. Tu n'as pas besoin de m'absoudre de mes fautes. Je sais ce que je suis.

— Vraiment ?

L'espace d'une seconde, cette question toute simple sema le doute en elle. Mais non. Elle savait.

— Je voulais être toi, mais je n'ai pas pu sauver Marci. Et maintenant, je ne sauverai jamais Carlee. Gigi est mon dernier espoir de faire quelque chose pour mes sœurs.

— Tu l'as dit toi-même, observa-t-il. La situation est différente des hommes et différente de celle des femmes. Les fils d'Ace Wyatt et la fille de Tony Dean. Il en a toujours été ainsi et ça ne va pas changer. Ce que tu n'as pas réussi à faire n'était pas un échec.

Non, ils n'avaient pas le temps de refermer de vieilles plaies, mais ses paroles firent à Liza l'effet d'un baume apaisant. Elle essaya en vain de lutter contre le soulagement qui l'envahissait. Il ne pouvait rien changer au fait qu'elle avait échoué avec Marci et Carlee.

Malgré tout, son cœur se sentait moins meurtri.

— Te dis-tu cela parfois, Jamison ? Ou considères-tu que tout ce qui tourne mal est de ta faute ?

— On devrait repartir, dit-il d'une voix bourrue.

Liza acquiesça. Pourtant, ils restèrent encore immobiles un instant dans les bois silencieux, les mains de Liza sur les joues de Jamison, et les mains de Jamison sur ses poignets.

Elle avait du mal à se détacher de lui. À se convaincre, comme autrefois, qu'elle devait avoir assez de grandeur d'âme pour le libérer d'elle.

Ce n'était pas le moment de penser à tout cela. Il

retira ses mains et elle les siennes, et ils se remirent en route. Elle s'efforça de ne pas songer à ses pieds douloureux, à la blessure qui la lançait, à l'expression de Jamison qui lui tordait le cœur.

Ils marchaient depuis un certain temps, et le soleil grimpait dans le ciel, augmentant le risque qu'ils soient vus et capturés. Liza sentait son anxiété grandir d'une minute à l'autre quand Jamison s'immobilisa soudain, le bras levé.

Lentement, il dégaina son arme et fit signe à Liza de l'imiter. Elle s'exécuta sans bruit.

Jamison fit un pas en avant et ils débouchèrent dans une clairière. Elle comprit alors qu'il n'avait pas vu de menace précise, qu'ils pénétraient simplement en territoire dangereux.

Un petit chalet rustique occupait le centre de l'espace dégagé, entouré d'un bosquet. Des piles de feuilles s'amoncelaient ici et là, sans doute poussées par le vent. Les vitres qui n'étaient pas cassées étaient noircies par la crasse. Le logis paraissait déserté, à l'abandon.

Cependant, les apparences étaient parfois trompeuses.

Ce n'était pas la maison dont Gigi lui avait parlé. Et si l'endroit était utilisé comme un repaire par les Fils, Jamison et elle auraient sans doute déjà été abattus.

L'arme au poing, scrutant tour à tour les bois et les fenêtres du chalet, elle suivit Jamison qui décrivait un grand cercle autour de la clairière, puis un second, plus petit.

Elle ne tirait pas très bien, encore moins quand elle était nerveuse, mais elle savait manier un pistolet, et avec un peu de chance, cela suffirait. Enfin, avec un peu de chance, elle n'aurait pas à presser la détente.

Il n'y avait aucun signe de présence humaine. Aucune empreinte, rien qui semble avoir été dérangé depuis très longtemps. Aucun bruit. Quand ils eurent décrit un troisième cercle, plus petit encore, Jamison désigna la porte.

— Allons voir.

Liza hocha la tête. Ils s'avancèrent, assez proches l'un de l'autre pour ne faire qu'un. Jamison tendit la main vers la poignée. Elle grinça et geignit, mais tourna.

Son pistolet armé, Jamison poussa lentement le battant jusqu'à ce que le soleil illumine l'intérieur poussiéreux. Liza entra derrière lui, parcourant des yeux les quelques meubles vermoulus, en piteux état.

— Quelqu'un est venu ici récemment, mais ne voulait pas que quiconque le sache, déclara Jamison en abaissant lentement son arme.

Liza l'imita, fronçant les sourcils. D'après ce qu'elle pouvait en juger, personne n'avait mis le pied ici depuis des années.

— Comment le sais-tu ?

— Les fenêtres ne sont pas aussi poussiéreuses que les placards. Quelqu'un les a ouvertes et a effacé les traces qu'il avait laissées. Regarde cette chaise – tu vois qu'elle a été déplacée.

— C'est peut-être un animal ?

— Non. Mais l'individu en question n'est plus là. Ce qui est une bonne nouvelle pour nous.

— Comment ça ? Il pourrait revenir.

— Oui, mais il n'a rien laissé. Par conséquent, je crois que nous sommes en sécurité ici. Autant nous reposer jusqu'à la tombée de la nuit.

— Et que ferons-nous à la tombée de la nuit ?

— Nous essaierons de trouver la maison de ton père. Et idéalement, d'échafauder un plan pour sauver Gigi.

— Rien que nous deux ?

— Tu sais, il se pourrait que Cody poursuive le même objectif que nous.

Liza ne se sentait pas prête à se quereller de nouveau avec lui à ce sujet. Elle avait des doutes concernant Cody Wyatt, mais après tout, Jamison connaissait son frère mieux qu'elle.

— Peut-être.

— Je sais que tu ne me crois pas.

— Il n'est pas nécessaire que je te croie, Jamison. Tout comme il n'est pas nécessaire que tu me croies quand je dis qu'il est peut-être membre des Fils. Nous pouvons être d'un avis différent et quand même accomplir ce que nous sommes venus faire.

Il passa une main sur son visage, et son geste lui arracha une grimace de douleur.

— Bon, soupira-t-il. On devrait se reposer.

Liza regarda d'un œil méfiant le vieux matelas posé dans le coin. Mieux qu'une grotte, supposa-t-elle. Elle s'assit dessus avec hésitation, plissant le nez. Il sentait le renfermé et le moisi.

— Attends, murmura Jamison.

Il retira son sac à dos, l'ouvrit et en tira un étui en tissu qui se révéla contenir une couverture soigneusement pliée.

— Eh bien, tu es un homme organisé.

— Quelque chose comme ça.

Il étendit la couverture, attendit qu'elle s'assoie et prit place à côté d'elle.

Elle l'observa. Il semblait porter le poids du monde

sur ses épaules. Les coupures et ecchymoses qu'il avait au visage devaient le faire souffrir mais il n'en montrait rien.

Elle tendit la main et effleura sa tempe, comme elle le faisait autrefois, quand elle débordait d'amour pour un garçon qui était infiniment trop bon pour elle. Trop bon pour le monde où il avait échoué.

Lentement, il tourna la tête. Leurs yeux se rencontrèrent.

Certaines choses étaient aussi dangereuses que le gang. Et la manière dont il la regardait à cet instant en faisait partie.

13

Il était fatigué, et il aurait dû dormir. Ou manger. Ou boire quelque chose. N'importe quoi sauf rester assis là, en espérant que Liza allait faire davantage que caresser son visage tuméfié.

Ses doigts apaisaient les brûlures et les élancements. Elle était tout ce qu'il désirait, et il était assez las pour penser… Quel mal y aurait-il ? Cela ne compromettrait pas leur plan. Tant pis si elle croyait que son frère était retourné au gang. Tant pis si elle y était retournée.

Lève-toi. Focalise-toi sur ta mission.

Pourtant, là, face au désir brûlant et palpable entre eux, il eut une prise de conscience : s'il avait été totalement dévoué à son travail et à la justice ces quinze dernières années, c'était parce que Liza n'avait pas été là.

Si elle avait été là, tout serait passé au second plan. Il en avait toujours été ainsi. Il se pencha vers elle, gardant les bras le long du corps alors même qu'elle enfouissait les doigts dans ses cheveux.

— Qu'est-ce qu'on est en train de faire ? demanda-t-elle dans un souffle.

Ses yeux étaient brillants, et elle secoua la tête presque imperceptiblement.

Pourtant, elle ne s'éloigna pas. Ne se détourna pas.

Il avait compris la question, mais il ne voulait pas y répondre.

— On attend que le soleil se couche.

Elle s'efforça de sourire.

— Ah ! dans ce cas…

Elle se glissa sur ses genoux d'un mouvement fluide, tranquille, rappelant à Jamison un passé qui, avec le recul, lui semblait étrangement plus facile. Pourtant il s'était senti en danger à l'époque, désespéré parfois, mais il était jeune. Il avait cru pouvoir se battre pour la justice et toujours triompher. Les quinze années écoulées lui avaient prouvé le contraire.

Le bien ne l'emportait pas toujours.

Malgré tout, il n'avait jamais pu renoncer à l'espoir de le voir triompher.

Et la femme qui incarnait le bien, l'espoir, était là, à côté de lui. Il s'autorisa à promener les mains sur son dos. Une éternité avait passé depuis la dernière fois qu'il l'avait caressée ainsi, mais à certains égards, rien n'avait changé.

— Tu te rappelles notre première fois ? murmura-t-elle, la main légèrement posée sur son menton pour ne pas lui faire mal, sa bouche lui frôlant l'oreille.

Le souvenir était gravé en lui. Le décor n'avait été guère différent – la grange de sa grand-mère plutôt qu'une cabane abandonnée, la sécurité au lieu du danger, Liza prenant l'initiative et lui qui suivait, alors même que la raison lui enjoignait de résister. Trop de pensées se bousculaient en lui : ce n'était pas le moment, c'était trop tôt, mais il avait cédé quand même.

Parce que Liza était sa raison d'être.

— Oui.

— Tu voulais attendre. Tu voulais toujours attendre.

Elle le regarda. Ils étaient si proches qu'il distinguait les minuscules taches de rousseur sur l'arête de son nez. Il aurait pu faire la liste de ce qui avait changé sur son visage et de ce qui était resté exactement pareil. Cependant, il se noyait dans l'océan marron foncé de ses yeux.

— Qu'attendais-tu, Jamison ?

— Je ne suis pas sûr de m'en souvenir.

Le mensonge lui était venu aisément. Parce que mentir sur les sentiments qu'il éprouvait avait toujours été la seule chose qui l'avait maintenu sur le chemin du bien et de la justice.

Elle ne feignit même pas de le croire.

— Bien sûr que si. Tu te souviens de tout.

Sa bouche esquissa un sourire malgré lui. Il baissa les mains sur ses hanches et l'attira plus près de lui, plus près de son désir.

— Je me souviens de toi.

Elle exhala son souffle, hésitante, fouillant son regard à la recherche de quelque chose. Quelque chose qu'il ne voulait pas donner mais qu'elle trouverait quand même – qu'elle trouverait toujours.

Toujours vibrait entre eux.

— Qu'est-ce que c'était ? demanda-t-elle dans un murmure. Je n'ai jamais compris. Peut-être que j'avais peur de savoir. Je veux comprendre maintenant. Je sais que tu me désirais. Je sais que tu m'aimais, et pourtant tu me repoussais. Tu ne voulais pas me faire l'amour.

— Non, je ne voulais pas.

Il se remémorait si clairement l'idée qu'il se faisait de son devoir, et cela lui faisait mal. Parce qu'il avait perdu cette conviction-là. Il allait céder à leur attraction, céder à Liza, alors qu'il n'aurait jamais cédé auparavant. Trop vieux pour avoir des principes, songea-t-il. Ou peut-être trop conscient du peu de bonheur qu'il y avait dans sa vie quand elle n'était pas avec lui.

— Jamison ?

Le corps souple de Liza était pressé contre son sexe durci. Ses mains tenaient le visage de Jamison avec une douceur qu'il n'avait jamais connue jusqu'alors, et elle non plus, sans doute. Leur existence avait été jonchée d'épreuves.

Et ils ressassaient de vieilles histoires en attendant que le soleil se couche.

Curieusement, il avait l'impression d'avoir un rendez-vous avec ce destin auquel il ne croyait pas. Comme s'ils étaient arrivés à un moment où ils devaient se pencher sur le passé. Se redécouvrir. Ici même, avant d'affronter le danger, voire la défaite. Ici, avant que commence la véritable guerre – car il allait s'agir d'une guerre. Contre les Fils. Contre son père et celui de Liza.

Par conséquent, il lui avoua la vérité qu'il s'était juré de ne jamais lui avouer.

— Je voulais faire les choses comme il faut.

Elle fronça les sourcils.

— Comme il faut ?

— Je voulais qu'on se marie. Qu'on soit un couple normal, respectable. Tu étais trop jeune pour tout ça. Alors, j'ai essayé d'attendre que tu sois prête.

Elle lâcha un soupir, comme si une douleur subite l'avait saisie. Puis elle l'embrassa, longuement et tendrement, différemment d'autrefois.

— Je n'étais pas trop jeune. Et nous sommes trop vieux pour tout ça maintenant, chuchota-t-elle contre sa bouche.

— Vraiment ?

Elle se figea – à l'exception de son regard, qui se souda au sien.

Il n'était pas le même homme qu'avant. En réalité, il n'avait pas été un homme alors. Pas vraiment. Il avait la tête pleine d'idées toutes faites, de notions romantiques. Il s'imaginait pouvoir être noble et bon. Il s'imaginait que la vie était un choix entre le blanc et le noir, et qu'il choisirait toujours le blanc.

Cependant, la réalité n'était pas si simple, tant s'en faut. Enfin, il acceptait les zones grises que la vie lui présentait.

Lentement, les yeux toujours rivés aux siens, il souleva le T-shirt de Liza et le fit passer par-dessus sa tête, révélant sa peau pâle et crémeuse, qui contrastait tant avec sa chevelure brune.

Elle avait toujours été une série de contrastes. Les ténèbres et la lumière. Le bien et le mal. L'espoir et la peur. Au lieu de choisir l'un et de craindre l'autre, il acceptait les deux, il aimerait les deux.

Le médaillon en or qu'il lui avait donné toutes ces années plus tôt était accroché à son cou. Le cœur battant, il l'ouvrit.

La photo à l'intérieur était tirée d'un groupe, il s'en souvenait parfaitement. Sa grand-mère l'avait prise avec son vieux Polaroid : tous les garçons Wyatt, toutes les filles Knight, devant la grange. Elle en avait pris plusieurs parce que Brady avait accidentellement fermé les yeux au moment crucial.

Jamison en avait gardé une. Il avait découpé Liza et lui-même, puis avait glissé le cliché dans le médaillon. Un geste romantique, parce qu'il essayait de lui prouver que la vie en dehors du gang pouvait être différente. Normale.

Qu'elle l'ait gardé n'aurait pas dû avoir tant d'importance à ses yeux. Et pourtant, depuis l'instant où il l'avait surprise en train d'essayer de s'introduire dans son bureau, c'était comme si les quinze dernières années s'étaient évanouies.

Il étendit Liza sur le matelas. Cette fois, il ne cédait pas, c'était son choix. Il déposa une traînée de baisers sur sa bouche, le long de son cou, sur son épaule. Il la caressa, avec tendresse et respect, tandis qu'elle lui retirait sa chemise et le touchait à son tour, jusqu'au moment où il sut qu'elle seule pouvait le libérer de la tension accumulée en lui.

Car elle seule le pouvait.

Il acheva de la déshabiller, veillant à protéger sa jambe blessée. Elle joignit ses efforts aux siens et tira sur ses vêtements. Enfin, ils furent nus l'un et l'autre. Unis. Comme ils étaient censés l'être.

Quand elle s'arqua contre lui, murmurant son nom, il aurait voulu que cet instant dure toujours. Puis la lenteur et la tendresse cédèrent la place à la passion, à l'espoir.

Sachant que l'histoire ne pouvait être effacée et que l'avenir n'offrait aucune certitude, ils se donnèrent l'un à l'autre. Basculèrent dans un délicieux abîme ensemble, exactement comme autrefois.

— Liza.

La voix de Jamison était insistante, mais Liza, encore

enveloppée de la chaleur du sommeil, répugnait à se réveiller pour de bon. Elle se nicha plus profondément dans la couverture moelleuse.

— Liza.

Elle avait moins chaud maintenant, car le corps de Jamison n'était plus à côté d'elle. Elle cilla et ouvrit les yeux. Le soleil filtrait encore à travers les vitres. Ils n'avaient dû dormir qu'une heure ou deux.

Elle le fusilla du regard. Puis se souvint que le but de l'expédition était de sauver sa sœur, pas de dormir.

Certainement pas de faire l'amour avec son ex-petit ami.

Non, songea-t-elle en contemplant le visage meurtri de Jamison, le terme d'ex-petit ami ne convenait pas.

Cet homme était l'amour de sa vie.

Quand elle avait affirmé qu'ils étaient trop vieux pour songer à se marier, à vivre normalement, il avait répondu : « Vraiment ? » comme s'ils avaient un avenir devant eux.

Ce serait de la folie de le croire, et pourtant…

S'ils survivaient, peut-être pourraient-ils se retrouver. Peut-être.

Encore fallait-il qu'ils survivent.

— J'ai trouvé quelque chose.

Sa voix était neutre, dépourvue d'émotion. Ses yeux, en revanche…

Elle s'obligea à se focaliser sur ses paroles.

— Quel genre de chose ?

— Habille-toi.

Elle obéit en grommelant, touchée cependant de constater qu'il avait disposé ses vêtements à côté d'elle.

— Il fait encore jour.

— Pas pour longtemps, mais ce n'est pas pour cette raison que je t'ai réveillée.

Il désigna le couloir et la salle de bains.

— J'ai remarqué une drôle de lueur verte. Qui semblait venir d'une fente dans le mur. Je suppose qu'il faisait trop jour pour qu'on la voie tout à l'heure.

— Laisse-moi deviner. Des déchets nucléaires.

Sa plaisanterie le laissa de marbre. Il s'accroupit et lui montra un trou noir, là où il avait dû retirer une partie de la cloison. À l'intérieur se trouvait un objet totalement incongru. Une sorte... d'ordinateur portable.

— Qu'est-ce que ça signifie ? demanda-t-elle, stupéfaite.

— Que nous ne sommes pas en sécurité ici. Celui ou celle qui a occupé ce chalet avant nous va revenir le récupérer. C'est certain, mais... ce n'est pas tout. Cet appareil contrôle des explosifs, Liza.

— Quoi ?

— Je ne comprends pas tout – je n'en sais pas assez là-dessus. Mais il affiche un compte à rebours avant des explosions.

— Ici ?

— Non.

Il secoua la tête.

— Non, je crois... Je n'en suis pas sûr, mais je pense que c'est peut-être la propriété de ton père. Ceci ressemble à un plan, expliqua-t-il en désignant l'écran. Il y a une maison – assez grande. Une écurie. Une sorte de hangar.

Tout en parlant, il suivait les contours des carrés et rectangles sur l'écran.

— Et chacun de ces points clignotants montre un

endroit où on a placé des explosifs. Du moins, c'est ce que je devine.

Soudain glacée, elle le saisit par le bras.

— Mais Gigi est là-bas !

— Nous n'en sommes pas absolument sûrs, lui fit-il remarquer, si calme et si *flic* qu'elle eut envie de hurler.

— Jamison ! Elle pourrait être là-bas, et quelqu'un va tout faire sauter.

Elle lui pressa le bras.

— Cody. Cody était dans les parages. Nous n'avons vu personne d'autre. Si quelqu'un va s'en prendre aux Fils, c'est forcément lui. Ils ne vont pas faire exploser leur repaire eux-mêmes.

— Ils en seraient capables, mais… tu as raison, soupira-t-il. C'est sans doute Cody.

— Il faut que tu l'en empêches ! Jamison, il faut que tu lui demandes de tout arrêter.

— Comment ? Je ne sais pas où il est allé. Il m'a dit de partir.

Liza se rua hors de la salle de bains. Elle n'avait pas le temps de discuter avec lui. Elle n'avait pas de temps, point.

— Il faut qu'on se sépare. Je vais essayer de trouver la maison et de sauver Gigi. Toi, tu vas chercher Cody.

Elle tendait la main vers ses chaussures, mais il lui saisit le poignet.

— On ne se sépare pas. C'est toi qui l'as dit.

Le pire, c'était qu'elle ne voulait pas se séparer de lui. Au contraire.

— Nous n'avons pas le choix si la vie d'une petite fille est en jeu, rétorqua-t-elle en se dégageant. L'un de nous doit avertir Cody pendant que l'autre va chercher Gigi. Tout de suite.

— Nous ne savons pas de quelle maison il s'agit. Nous ne savons pas où est Cody. En fait, nous ne savons pas où est Gigi.

— Mais nous savons qu'ils ne sont pas ici.

Jamison passa une main dans ses cheveux.

— Je ne suis pas en train de suggérer que nous restions ici sans rien faire. Je suggère qu'on réfléchisse.

— À propos de quoi ? On n'a pas le temps de réfléchir. Il faut que tu retournes où nous étions et que tu essaies de trouver Cody.

Elle s'assit sur le lit et commença à nouer ses lacets.

— Et tu vas repousser ton père et ses sbires toute seule, avec un pistolet ? Même à supposer que tu le puisses – quand tu auras récupéré Gigi, que vas-tu faire ?

Elle se leva et le regarda droit dans les yeux.

— Si elle mourait sans que j'aie essayé de l'atteindre, je ne pourrais pas vivre avec ma conscience. Jamison, regarde-moi.

Elle perdit de précieuses secondes à attendre qu'il le fasse.

— Si c'était un de tes frères, qu'il avait quatre ans et qu'il était sans défense, que ferais-tu ? Mets-toi à ma place.

— Je le fais déjà. Tu penses que ça me serait égal qu'il arrive malheur à Gigi ?

Elle savait bien que non, qu'il en souffrirait presque autant qu'elle bien qu'il n'ait jamais rencontré l'enfant. Ce n'en était que plus douloureux.

Cependant, elle avait déjà perdu trop de temps. Elle ne s'était pas lancée dans cette expédition pour renouer avec Jamison. Ce qu'ils avaient partagé dans ce chalet n'était qu'un moment de faiblesse. Elle ne pouvait s'autoriser à laisser cet interlude influer sur ses décisions.

— Nous n'avons pas le temps. Pas le temps. Il faut que je parte et toi aussi.

Elle attrapa le pistolet, puis souleva son sac. Elle s'apprêtait à lui ordonner de s'écarter quand il reprit la parole.

— Je t'aime.

Elle aurait dû savoir qu'il essaierait de tricher. Mais elle se refusait à tomber dans le piège, alors même que son cœur se gonflait d'émotion, que ses yeux s'emplissaient de larmes.

— Jamison, n'essaie pas d'utiliser…

— Je t'ai toujours aimée, coupa-t-il. Je t'aimerai jusqu'à la fin de mes jours.

Il était calme. Grave.

Et ses paroles ne pouvaient pas compter. Ne comptaient pas.

— Tout l'amour du monde n'aura pas d'importance si elle meurt sans que j'aie essayé de la sauver. Je mourrai avec elle, d'une manière ou d'une autre.

— Si tu meurs, elle aussi. Je veux que tu te souviennes de ça. Il a fallu que je m'en souvienne. Plus d'une fois j'ai dû me rappeler qu'il n'arriverait rien de bon à mes frères si je gisais mort dans un fossé. Trouve la maison. Trouve Gigi. Fais ce que tu dois faire pour la mettre à l'abri – mais ne prends pas de risques inutiles. Tu ne peux pas te mettre en danger, parce que tu la mettrais en danger aussi. Tu comprends ce que je te dis ?

Elle ne comprit pas immédiatement, non, parce

que son esprit s'était focalisé sur une seule chose. Il la laissait partir. Certes, elle ne lui aurait pas permis de l'en empêcher, mais elle pensait qu'il essaierait. Qu'il…

Peu importait. Il la laissait partir sans discuter davantage, sans lui mettre des bâtons dans les roues. Elle se hissa sur la pointe des pieds et pressa sa bouche sur la sienne dans un baiser rapide, violent.

— Je t'aime. Je t'ai toujours aimé. Je t'aimerai toujours – quoi qu'il arrive.

— Je te rejoindrai dès que j'aurai averti Cody. Si tu réussis à la faire sortir, nous nous retrouverons ici. Compris ?

Elle hocha la tête. Il attrapa son propre sac et lui tendit le talkie-walkie.

— Garde-le allumé. S'ils sont là et qu'ils communiquent avec l'extérieur, une des fréquences devrait les capter.

Liza hésita, se découvrant réticente à partir seule. Et pourtant, elle s'était tellement habituée à être seule qu'elle avait cru ne plus jamais éprouver un tel sentiment, ne plus jamais avoir besoin de quelqu'un.

Quelqu'un qui lui tiendrait la main. Qui panserait ses blessures et elle les siennes. Qui lui apporterait sa force tranquille, et la mènerait à sa sœur.

Ne savait-elle pas déjà qu'elle ne réussirait pas toute seule ? Elle avait échoué avec Marci, avec Carlee…

— Liza.

Elle leva les yeux vers lui, soudain prise de panique face au plan qu'elle avait été si résolue à exécuter.

— Nous sommes toujours ensemble. Nous travaillons chacun de notre côté, chacun à une extrémité de la corde. Et nous nous retrouverons au milieu.

— Je…

— Nous nous retrouverons au milieu. Tiens.

Il sortit sa carte, la carte qu'il annotait depuis des années, et la lui tendit.

— Elle t'aidera peut-être. Il y a des piles de secours au fond de ton sac en cas de besoin. D'accord ?

Elle regarda la carte, puis le regarda. Il essayait de la rassurer. De l'encourager. Alors qu'elle savait pertinemment qu'il ne voulait pas qu'elle s'engage dans cette entreprise. Quinze ans plus tôt, il l'aurait déjà enfermée à clé dans le chalet pour s'en charger lui-même.

Je voulais faire les choses comme il faut.

Il la laissait partir, lui faisait confiance pour sauver Gigi comme elle lui faisait confiance pour retrouver Cody et empêcher les explosions.

Elle prit une profonde inspiration et acquiesça.

— Nous nous retrouverons au milieu.

Sur quoi elle sortit dans le noir, prête à tout.

14

À chaque pas, Jamison se maudissait d'avoir laissé Liza partir seule. Il aurait dû l'accompagner. Ils auraient pu libérer Gigi ensemble et laisser les explosifs détruire les lieux.

Cependant, il y avait trop d'inconnues. Et si les explosions se déclenchaient plus tôt que prévu ? Et s'il y avait d'autres innocents sur place en plus de Gigi ?

Il avait beau essayer de se convaincre que c'était pour ces raisons qu'il l'avait laissée partir, il savait que sa décision n'avait été ni rationnelle ni raisonnable.

Il avait saisi l'expression de Liza lorsqu'elle avait hésité au moment de quitter le chalet. Le moment où une faille s'était glissée dans sa détermination, la figeant sur place. Elle avait eu besoin que quelqu'un lui fasse confiance, lui affirme qu'elle était capable de réussir.

Peut-être avait-elle toujours eu besoin qu'il lui apporte ce genre de soutien et ne s'en était-il jamais aperçu. Peut-être était-ce justement ce dont beaucoup de gens dans sa vie avaient besoin – pas de quelqu'un qui débarquait pour tout régler, tout arranger, mais de quelqu'un qui leur disait qu'ils étaient capables de se débrouiller tout seuls.

Il ne servait à rien de se pencher sur le passé, de

songer à toutes les manières dont il avait pu étouffer ses frères. En revanche, il pouvait réparer le présent.

Liza était forte, compétente, et elle avait besoin d'en avoir la preuve. Pour cela, il fallait qu'elle soit soutenue par des gens qui avaient foi en elle. Et il fallait que Gigi soit encore en vie.

Ce qui signifiait qu'il lui incombait d'empêcher les explosions. Aussi vite que possible, et coûte que coûte. Il n'était pas un expert en informatique, de sorte que tenter d'intervenir sur l'ordinateur était une opération de dernier recours.

Cody, lui, possédait une licence en informatique. D'eux tous, il était le seul à avoir fait des études supérieures. À vrai dire, ils ne lui avaient pas laissé le choix. Quand les professeurs de Cody avaient commencé à souligner ses capacités, Jamison et ses frères avaient résolu de tout faire pour l'envoyer à l'université.

Après avoir protesté, suggéré d'entrer dans la police, Cody avait fini par céder à leurs pressions et était entré à l'université du Dakota du Sud. Certes, ce n'était pas l'établissement le plus coté du pays, mais il avait fait bon usage des opportunités qui s'étaient offertes à lui. Il avait effectué des stages au sein de la CIA, et obtenu son diplôme avec mention. Ces dernières années, il prétendait avoir été accaparé par des activités en free-lance dans le Wyoming. Il ne rentrait au ranch que pour Noël, et ne donnait jamais beaucoup de détails.

Même si ces explosifs n'étaient pas son œuvre, Cody aurait une idée de ce qui se passait. Jamison voulait croire qu'il était mêlé à l'opération qui se préparait. Quelle autre raison aurait-il eu d'errer dans les Collines

Noires, un talkie-walkie à la main, communiquant en morse ?

Parvenu à l'endroit où ils s'étaient croisés quelques heures plus tôt, Jamison s'arrêta et scruta les environs. Tout à ses réflexions sur Liza et son frère, il n'avait pas réfléchi clairement. Lorsqu'il avait vu Cody, ce dernier s'éloignait de la clairière – dans la direction opposée à celle du chalet.

Si son instinct ne le trompait pas et que ses souvenirs de la carte étaient exacts, c'était précisément par là que se trouvait la propriété du père de Liza.

Allait-il mettre les explosifs en place ?

Il n'y avait qu'une seule manière de le savoir.

Il se mit en route, revoyant la carte dans sa tête, ajustant son itinéraire à mesure qu'il avançait.

Soudain, un craquement attira son attention. Puis un infime mouvement. Lentement, avec précaution, il mit une main sur son pistolet tandis que, de l'autre, il éteignait sa lampe frontale.

Un autre frôlement, en face de lui, cette fois.

Il était dans le noir total à présent. Sans bruit, il fit un pas de côté… et percuta quelque chose. Ou plutôt quelqu'un.

Par conséquent, Jamison passa à l'attaque. Tenta de maîtriser l'individu qui se tortillait sous lui. Celui-ci se débattit mais ne riposta pas.

— Arrête, espèce d'imbécile, pesta la voix de Cody.

Jamison s'immobilisa, puis se releva.

— Ça ne t'est pas venu à l'esprit de dire : « Salut, Jamison, je rôde dans les bois que tu traverses. » ? Qui est l'imbécile ici ? Tu croyais que je n'allais pas me défendre ?

— Tais-toi une minute, et n'allume pas cette fichue lampe, grogna Cody.

Jamison obéit, bien qu'il n'apprécie guère de voir son benjamin lui donner des ordres. Au bout de quelques secondes, Cody émit un soupir agacé.

— Qu'est-ce que tu fabriques ?

— On a le droit de parler, maintenant ? Ou tu préfères qu'on se tape dans la main ?

— Ce n'est pas le moment de plaisanter, Jamison. Tu ne dois pas aller plus loin. Retourne d'où tu viens.

— Je ne peux pas.

— Je ne plaisante pas. Sans vouloir te vexer, ce n'est pas un endroit pour l'adjoint du shérif d'un coin perdu. Je ne sais pas ce que tu fabriques avec Liza Dean, mais je n'ai pas le temps de m'y intéresser. Il faut que vous fichiez le camp. Tous les deux.

— Si je le pouvais, Cody, je l'aurais fait la première fois que tu me l'as demandé. Je ne suis pas ici en tant que shérif, et Liza n'est pas là en tant que… Peu importe. Écoute-moi. C'est toi qui as mis les explosifs ?

Cody le poussa brutalement, lui imposant le silence. Jamison fronça les sourcils, mais sa réaction fut invisible à son frère dans le noir.

— Tu essaies de nous faire tuer ? lança Cody.

— Tu ne comprends pas. Si c'est toi, il faut que tu renonces. Tu ne peux pas… Il y a des vies innocentes en jeu.

— La vie des Fils des Badlands est en jeu, répliqua son frère avec une détermination glacée. Elle ne m'importe guère.

— Et les enfants ?

— Quels enfants ? Il n'y a pas d'enfants sur place. Tu

penses que je ne sais pas ce que je fais ? Tu me prends pour un idiot qui pose des explosifs pour s'amuser ? Pour se venger ? J'ai surveillé le coin et la maison. Je… Je ne peux pas te donner de détails. Je sais que tu te considères comme le sauveur suprême, Jamison, mais cette opération te dépasse. Va chercher Liza et laisse-moi faire mon travail.

— Tu as entendu parler de Carlee Bright ?

Cette fois, Cody le saisit par le col.

— Tu n'as pas la moindre idée d'où tu mets les pieds.

Et parce que son frère paraissait sincèrement – pas effrayé, non, mais affecté, inquiet, alerte et concentré, Jamison ne tenta pas de se défendre. Il répondit calmement et à voix basse.

— Non. C'est vrai. Mais je sais que la sœur de Liza a été témoin du meurtre de Carlee et qu'elle a disparu après l'avoir dit à Liza. Je sais que Tony a tué Carlee – ou, du moins, qu'il était là quand c'est arrivé. Je n'ai fait aucune recherche et je ne suis jamais venu ici, mais je sais que Gigi a quatre ans et tu peux imaginer le danger qu'elle court.

— Tony va et vient, répondit son frère. Il a trois hommes de main et quelques femmes sur place, mais pas d'enfants.

— Tu as vérifié la cabane ? L'écurie ?

— Je surveille l'endroit. Il n'y a…

— Qu'est-ce que tu surveilles, Cody ? Pas tout. Tu as surveillé Tony et ses hommes, mais as-tu fait attention au reste ?

— Tu ne sais pas où tu mets les pieds, Jamison, répéta son frère. Rentre à la maison. Retourne à Bonesteel. Laisse-moi m'occuper de ça.

— Je ne peux pas.

— Tu ne peux pas. Tu ne peux pas m'écouter ni me faire confiance. En revanche, tu fais confiance à Liza. Qui est retournée au gang.

— Je fais confiance à Liza, qui essaie de sauver quelqu'un qu'elle aime. Il faut que tu empêches l'explosion, Cody. Il le faut. Jusqu'à ce qu'on soit certains.

— Ce n'est pas moi qui décide, Jamison.

Jamison mit la main sur celle de Cody, encore serrée sur le tissu de sa chemise. Pas pour se dégager, mais pour établir un lien avec son frère.

— Il faut que ce soit toi. Tout de suite.

La main de Cody resta ferme.

— Ce n'est plus toi qui me donnes des ordres, grand frère.

— À quoi es-tu mêlé, bon sang ?

— À des choses plus importantes que le sauvetage d'une seule petite fille.

— Il n'y a rien de plus important que d'essayer de sauver des enfants innocents. S'il suffisait de faire sauter les méchants, nous aurions pu le faire voilà vingt ans. Ce n'est pas si facile, Cody. Tu le sais. Au fond de toi, tu le sais.

Cody lâcha la chemise de Jamison, le repoussant légèrement en même temps. Puis il lâcha un juron dans le noir.

Jamison attendit, bien que chaque seconde de plus mette sa patience à rude épreuve et avive son inquiétude pour Liza. Cody pianotait sur quelque chose, un clavier d'ordinateur peut-être, mais il n'y avait pas de lumière, rien qui lui permette d'en être sûr.

Au bout de quelques minutes, il prit la main de

Jamison et pressa une petite boîte rectangulaire dans sa paume.

— Tu vas aller sur place, maugréa Cody, comme s'il regrettait déjà d'avoir autorisé cela. Tu vas fouiller l'écurie – il n'y a pas d'enfants à la maison ni dans le hangar. Dans l'écurie… il n'y a que les chevaux mais ce sont mes hommes qui l'ont inspectée. Pas moi. Ça ne faisait pas partie de ma mission, mais…

— Ta mission ?

— Tu vas fouiller l'écurie, répéta Cody. S'il n'y a rien, tu appuies sur ce bouton deux fois et tu décampes aussi vite que tu peux, parce que je vais tout faire sauter. Si, par miracle, mes hommes avaient manqué quelque chose et qu'il y avait des innocents sur les lieux, tu appuies une fois et une fois seulement.

— Et s'il y a quelqu'un – qu'est-ce qui va se passer ?

— Dans ce cas, je pourrai peut-être t'obtenir de l'aide. Peut-être. Mais pas avant d'avoir des preuves, et même alors, ce n'est pas certain.

— Cody…

— Pas de questions. Ne t'inquiète pas pour moi, mon frère. Tu as de plus grands soucis dans l'immédiat.

C'était vrai, malheureusement.

— Fais attention à toi. Ne prends pas de risques.

— Pas de risques ? Tu me prends pour qui, Jamison ? Sûrement pas pour un Wyatt, répliqua Cody avec un humour pince-sans-rire. Maintenant, vas-y. Et dépêche-toi.

Jamison avait déjà fait volte-face.

Guidée par un clair de lune intermittent, Liza marchait sans avoir recours à sa lampe frontale. Elle ne l'allumait que de temps à autre pour jeter un coup d'œil à la carte, mais seulement pendant quelques secondes pour ne pas attirer l'attention.

Elle faillit de peu trébucher sur le premier indice suggérant qu'elle était sur la bonne voie. Le petit tricycle rose était poussiéreux et couvert d'aiguilles de pin, comme si on ne s'en était pas servi depuis un certain temps.

Une bouffée d'espoir monta en elle, aussitôt réprimée. Un tricycle rose ne signifiait rien, sauf qu'une fillette était venue sur cette propriété à un moment donné.

Et qu'elle cherchait une fillette.

Elle scruta les environs et discerna des lueurs au loin.

Lentement, à pas prudents, elle s'avança. À mesure qu'elle progressait, les arbres devenaient plus denses, offrant une excellente couverture. Au bout d'un moment, elle ravala un sanglot de soulagement : là, entre les troncs d'arbres, elle voyait des fenêtres éclairées.

Un grand chalet se dressait devant elle, imposant au clair de lune. C'était l'endroit qu'elle cherchait.

Forcément.

Connaissant son père, elle était sûre que l'endroit était étroitement surveillé. Que des hommes étaient postés un peu partout. Peut-être même y avait-il des caméras. Tout était possible parce que cette propriété ne ressemblait en rien au mode de vie habituel des Fils. Ils préféraient vivre dans des campements, des tentes et des cabanes qu'ils pouvaient abandonner à tout moment, et rapidement. Ils organisaient leurs rassemblements et rendaient leur « justice » dans des grottes, de manière à ne laisser aucune trace derrière eux.

Le chalet et ses dépendances suggéraient une

permanence, une sédentarité qui n'avait jamais attiré les Fils jusqu'alors.

Peut-être ce choix leur serait-il fatal.

Peu importait pour l'instant. Dans l'immédiat, une seule chose comptait : trouver Gigi. Adossée à un tronc d'arbre, elle s'obligea à respirer plus calmement, à réfléchir.

Elle avait trouvé la maison. Il ne lui restait plus qu'à découvrir Gigi et à échapper à la vigilance des gardes. En espérant que Jamison ait pu atteindre Cody et empêcher l'explosion.

Quant à la possibilité que Jamison échoue, elle était incapable de l'imaginer. Les mots « Jamison » et « échec » ne pouvaient être associés. Son cœur et sa raison s'y refusaient.

Elle s'obligea à se focaliser sur sa mission. Elle avait une petite fille à protéger. En cas de problème, elle était armée et pourrait se défendre.

Contre une horde de gangsters ? Comment avait-elle pu se croire capable de mener à bien une pareille entreprise ?

Parce qu'il n'y avait pas d'autre solution.

Pas d'autre solution. Elle se répéta ces mots alors qu'elle tournait le dos au chalet. Scrutant l'obscurité, elle tendit l'oreille. Un instant, elle vit des ombres s'avancer vers elle, avant de se rendre compte que le clair de lune lui jouait des tours.

Aucun bruit ne lui parvenait. Seuls le souffle du vent et le murmure des branches…

Des chevaux. Le son distinct d'un cheval qui s'ébroue. Elle devait être à proximité de l'écurie.

Elle se dirigea vers l'origine du bruit et découvrit

avec stupeur qu'elle était tout près d'un grand bâtiment trapu. En tendant la main, elle pouvait effleurer la cloison en bardeaux. Elle se trouvait à l'arrière, car aucune porte ni fenêtre n'étaient visibles.

Elle continua à tâtons, se guidant de ses mains pour gagner la façade. La porte était fermée par une grosse chaîne et un cadenas. Suspect.

Gagnée par l'angoisse, elle s'avança encore, s'efforçant de déterminer la source du bruit.

Soudain, elle aperçut une fenêtre haut placée, d'où émergeait la tête d'un cheval. Sous la fenêtre se trouvait une sorte de barrière qui ressemblait plutôt à une grille, également fermée par un cadenas.

Liza s'accroupit et scruta l'intérieur à travers les barreaux. Elle était trop près de la maison pour allumer sa lampe, et ne pouvait qu'espérer qu'un rayon de lune vienne à son aide.

Tout d'abord, elle ne distingua que le noir absolu. Puis, au bout d'un instant, elle crut déceler un mouvement. Était-ce un effet de son imagination ? Non. Quelqu'un bougeait dans l'écurie. Un animal ?

Parcourue d'un frisson, elle s'obligea à rester immobile, focalisant son regard sur la forme indistincte.

Des yeux.

Quelqu'un s'approchait. Elle retint son souffle, resserra sa prise sur l'arme qu'elle tenait à la main.

La silhouette était menue. Trop petite pour être celle d'un homme.

— Gigi, murmura Liza, guidée par l'espoir plutôt que la certitude.

— Sissy ?

Liza crut que ses genoux allaient se dérober sous

elle. Ravalant des larmes de soulagement, elle vit de petits doigts potelés s'agripper aux barreaux, un visage crasseux qui la regardait derrière la barrière.

— Je n'ai pas le droit d'être là, murmura la fillette, jetant un coup d'œil inquiet en direction du chalet.

Liza réprima un sanglot et se baissa pour être à la hauteur de Gigi.

— Moi non plus, ma chérie.

— Je veux maman.

— Je sais. Je sais, soupira Liza en étudiant la hauteur de la fenêtre. Tu peux monter jusque là-haut ?

Gigi leva les yeux, esquissa un sourire.

— George va m'aider.

George ?

— Non. Non, mon chou, tu ne dois rien dire à…

Mais Gigi s'était déjà éloignée. Liza vit qu'elle s'approchait du cheval et lâcha un soupir de soulagement.

— Maman m'a appris un truc, expliqua Gigi à voix haute, trop haute.

Liza pressa son visage contre la grille.

— Il faut que tu parles tout bas, ma chérie. Nous devons être prudentes. N'importe qui pourrait venir. La seule façon de sortir d'ici sans encombre est de ne pas faire de bruit.

— Non. C'est l'heure de la réunion. On est toutes seules jusqu'à ce que les lumières s'éteignent en haut. Ensuite, quelqu'un vient apporter à manger.

— On te garde ici ?

Malgré tout ce qu'elle savait de son père, elle avait du mal à le croire. Pourtant, elle avait souvent été enfermée dans des placards en grandissant. Pourquoi aurait-il changé et traité Gigi différemment ? À ses yeux, les filles étaient des bouches inutiles, jusqu'au jour où elles cessaient de l'être.

Gigi ne répondit pas. Elle chuchotait quelque chose à l'animal, lequel sembla… s'agenouiller.

À la stupéfaction de Liza, Gigi se hissa sur la croupe du cheval, et lui tapota l'encolure tandis qu'il se relevait. Un rayon de lune illumina les cheveux blonds de Gigi et son grand sourire. Cramponnée à la crinière de l'animal, elle se pencha et pressa la joue contre la tête de celui-ci.

— Maman me disait que George m'aiderait à m'enfuir un jour, souffla-t-elle d'une petite voix triste.

— Elle avait raison, parvint à articuler Liza, malgré son émotion. Viens, George.

Le cheval s'approcha lentement de la grille. Liza tendit les bras. Sans hésiter, Gigi se hissa par-dessus la barrière, comme si elle avait fait ce geste des dizaines de fois auparavant. Était-ce le cas ? Carlee et elle avaient-elles préparé leur évasion ?

Liza n'avait pas le temps de s'interroger là-dessus. Gigi sauta dans ses bras avec une confiance absolue qui lui fit monter les larmes aux yeux.

L'enfant blottie contre elle, elle jeta un coup d'œil vers les fenêtres du premier étage. Elles étaient encore allumées, mais cela ne signifiait pas que personne ne montait la garde.

— Papa dit qu'il va tuer George, murmura Gigi en se pelotonnant contre elle.

— Nous ne le laisserons pas faire, affirma Liza, sincère.

Le cheval avait peut-être sauvé la vie de Gigi. Elle devrait trouver le moyen de le faire échapper à son tour.

Maintenant, c'était à elle de prendre la relève. Gigi était dans ses bras. Tout allait s'arranger. Un miracle s'était produit et elle allait devoir en profiter au maximum.

— Écoute, mon chou. On va s'enfuir. Accroche-toi à moi et ne fais pas de bruit, d'accord ?

Gigi leva la tête.

— Et les autres ?

Le sang de Liza se glaça brusquement dans ses veines.

— Quels autres ?

Gigi désigna l'écurie.

— Les autres. Je suis censée rester avec elles.

Liza étouffa un juron.

15

Jamison commençait à craindre de s'être égaré. Il faisait noir comme dans un four, il était exténué, et il lui semblait avoir perdu tout sens des directions. Peut-être était-il en train de tourner en rond, destiné à causer la mort de tous ceux qu'il aimait.

Il refoula cette sombre pensée. Par chance, il avait l'habitude de se battre contre ces voix, ces craintes. Il n'avait laissé personne mourir quand il était enfant. Il ne le ferait pas non plus à présent.

Par conséquent, il continua à avancer. Il ne pouvait s'autoriser à douter de lui. Il devait croire en lui-même et en ses compétences. Comme il croyait en Cody et en Liza.

En fin de compte, la survie dépendait constamment d'autrui. Il connaissait des policiers qui étaient trop aigris ou trop arrogants pour faire confiance à quiconque, mais en arriver là revenait à se condamner à mort. C'était si souvent l'espoir qui faisait la différence entre la vie et l'au-delà.

Dans quoi son frère était-il impliqué ? Compte tenu des explosifs, Jamison avait peine à croire que l'opération en cours soit légale.

Et cette certitude le rongeait.

Jamison et ses frères avaient tout fait pour donner à Cody l'opportunité de se construire une vie loin du gang. Au lieu de quoi, il était là, au cœur de l'action – en train de comploter avec d'autres pour faire sauter leur base.

Par certains côtés, c'était logique.

Des lumières apparurent devant lui, chassant brusquement le remords et l'exaspération qui menaçaient de le ralentir. Des lumières émanant d'une maison.

C'était si étrange d'associer les Fils à une vie sédentaire. Un chalet, un hangar, une écurie. Sans doute s'étaient-ils approprié les lieux après avoir assassiné quelqu'un, mais ce genre d'existence ne ressemblait pas à celui qu'ils avaient quand il était enfant.

Dans quelle mesure connaissait-il cette nouvelle version du gang ?

Ce nouveau gang qui se créait des racines, qui faisait le commerce de chair humaine. Liza lui avait dit que tout avait changé, et il en avait conclu que la violence était devenue hors de contrôle. Il avait compris qu'il devait les voir d'une manière différente, peut-être même les combattre d'une manière différente, mais ce changement, ce comportement de gens « normaux » allant de pair avec le trafic de petites filles… Cette possibilité-là le perturbait trop pour qu'il s'autorise à y penser.

Il se força à se focaliser sur sa mission. Qu'il soit compétent ou pas n'avait pas d'importance. Il était là.

Il s'avança sans bruit vers les lumières, marquant une pause à intervalles réguliers pour tendre l'oreille. D'abord, il ne saisit que le bruissement du vent et des branches, mais à mesure qu'il approchait, un autre son lui parvint… des chuchotements.

Guidé par les murmures, il continua sa progression, s'efforçant de déterminer si les voix étaient masculines ou féminines. Le gang n'employait que des hommes pour monter la garde, que ce soit à l'intérieur ou à l'extérieur, et pourquoi auraient-ils éprouvé le besoin de chuchoter ?

Malgré tout, il ne pouvait pas être sûr qu'il ne s'agissait pas de gardes armés. Il dut attendre d'être parvenu plus près pour qu'un rayon de lune lui apporte une réponse.

Une petite silhouette était accroupie contre un bâtiment, et une seconde, plus grande, tentait d'escalader… une sorte de barrière. Comme si elle voulait pénétrer à l'intérieur.

— Liza.

La silhouette vacilla, puis retomba, atterrissant gauchement.

— Dépêche-toi ! chuchota-t-elle.

En quelques secondes, il combla la distance qui les séparait, et vit que la petite fille se réfugiait derrière les jambes de Liza.

— Gigi, tout va bien, la rassura Liza en posant une main sur la tête de l'enfant. C'est Jamison. C'est mon ami et il va nous aider. Je te le promets.

L'enfant secoua la tête avec vigueur.

Liza s'accroupit à côté d'elle tandis qu'il les rejoignait.

— Jamison m'a sauvée, moi. Il y a longtemps. Je te promets qu'il est gentil. Il va nous aider.

— Tu l'as trouvée, murmura Jamison stupidement.

Il avait encore du mal à le croire. Elles étaient là

toutes les deux, saines et sauves. Maintenant il ne leur restait plus qu'à…

— Elle dit qu'il y a d'autres enfants dans l'écurie. D'autres petites filles, murmura Liza d'une voix étranglée.

Atterré, Jamison exhala son souffle. Les choses n'allaient pas être si faciles après tout.

— J'ai vu Cody. Il me suffit de lui envoyer un message pour empêcher l'explosion.

Il sortit le boîtier que son frère lui avait remis et pressa calmement le bouton une seule fois. Un problème était résolu, mais il en demeurait un, non moins menaçant.

— Ça va nous donner un peu de temps. Il faut quand même qu'on sorte d'ici le plus vite possible.

— Emmène Gigi. Je vais aller chercher les autres filles.

Jamison ne feignit même pas de réfléchir à sa suggestion. Il s'avança vers la grille et l'examina au clair de lune.

— Je vais y aller et je te les ferai passer. Ça me sera plus facile qu'à toi, avec ta blessure. Et Gigi se sentira plus en sécurité avec toi.

— Jamison.

— Nous n'avons pas de temps à perdre.

Il ajusta son sac à dos et mit les mains à plat sur le haut de la grille. Il n'avait aucun outil qui lui permette d'ouvrir le cadenas, et il n'était pas convaincu de pouvoir repasser par-dessus la barrière. Cependant, peu importait. Si quelqu'un devait être coincé à l'intérieur, mieux valait que ce soit lui.

Il prit appui sur ses bras, mais ne parvint pas tout à fait à se hisser seul – de sorte qu'il demanda à Liza de le pousser.

Il bascula de l'autre côté, et atterrit tout sauf gracieusement, son coude et sa hanche percutant le sol en ciment qui sentait le fumier. Un éclair de douleur se répandit dans son corps, mais il n'avait rien de cassé. Pour le moment.

Malheureusement, son atterrissage maladroit avait effrayé le cheval, qui se cabra et hennit. Plus soucieux du bruit que d'une éventuelle blessure, Jamison se hâta de se relever et s'efforça d'apaiser l'animal.

— Chut. Tout va bien, murmura-t-il, en s'avançant lentement, montrant ses paumes.

Le cheval continuait à trépigner nerveusement, mais Jamison parvint à s'approcher suffisamment pour poser une main sur son flanc et le caresser. Sans doute habitué à la présence d'inconnus, il se calma peu à peu.

Jamison jeta un regard par-dessus son épaule. Derrière la grille, Gigi et Liza l'observaient avec inquiétude.

Tout dépendait de lui et il n'avait pas une seconde à perdre.

Il dépassa le cheval et s'enfonça dans la pénombre de l'écurie. Hésitant, il regarda autour de lui, mais l'obscurité était trop dense pour qu'il voie quoi que ce soit. Il avait besoin de lumière.

En dépit du danger, il retira sa lampe frontale, la braqua sur le sol et l'alluma. S'il maintenait le faisceau vers le bas, peut-être parviendrait-il à ne pas être vu de l'extérieur.

Du foin sale était répandu sur le sol. Il se trouvait dans un autre box, plus grand que le premier. Une porte au fond était entrouverte, sans doute celle par où Gigi était passée.

Il se glissa dans l'entrebâillement, qui donnait sur

une sorte de long couloir entre les stalles. Aucun bruit ne lui parvenait, et il en conclut qu'il n'y avait pas d'autre cheval.

Le silence était effrayant. S'il y avait réellement des êtres humains ici, pourquoi n'entendait-il aucun bruit de voix, aucun mouvement ?

Cependant, il était policier, et il connaissait son métier. Il se mit à fouiller les lieux méthodiquement, comme il l'aurait fait dans n'importe quel bâtiment. Chaque pièce une à une, en veillant à garder le faisceau braqué sur le sol, loin de tout ce qui pouvait ressembler à une fenêtre.

Il doutait que Gigi ait inventé cette histoire d'autres petites filles, mais peut-être se trouvaient-elles ailleurs. Cela dit, Gigi était parvenue jusqu'à Liza, et même à l'âge de quatre ans, elle était assez éveillée pour savoir qu'elle venait de quitter d'autres enfants.

Mais pourquoi aurait-elle eu la permission d'aller voir le cheval, et pas les autres ? Jouissait-elle d'un traitement de faveur parce qu'elle était la fille du chef ? C'était peu probable, si elle avait assisté au meurtre de sa mère.

Jamison inspecta la stalle suivante. Jusqu'à maintenant, il n'avait pas encore trouvé de lieu fermé à clé, mais après tout, l'entrée principale était cadenassée, interdisant toute évasion.

Il ne restait plus qu'une seule pièce, située tout à l'arrière et, contrairement aux stalles, fermée par une porte pleine. On aurait dit une sorte de bureau. Jamison s'avança tout doucement, mais ne distingua aucun bruit trahissant la présence d'êtres humains prisonniers à l'intérieur.

À moins que ces êtres humains ne soient morts. Gigi aurait-elle été laissée avec des cadavres ?

Bien que tout en lui se révolte à cette idée, il se prépara à être confronté à une scène d'horreur. Il en avait l'habitude.

Quand il ouvrit la porte et balaya le faisceau de sa lampe autour de la pièce, il faillit s'effondrer de soulagement. Blotties les unes contre les autres dans un coin, un groupe de fillettes clignèrent des yeux à son entrée, se tassant sur elles-mêmes comme si elles pouvaient miraculeusement devenir invisibles.

Elles s'étaient faites si immobiles, si silencieuses, qu'il mit un instant à se rendre compte qu'elles étaient dix, au moins.

— Je ne vais pas vous faire de mal, dit-il avec douceur, sans tenter de s'approcher pour ne pas les effrayer.

Il braqua la lumière sur lui plutôt que sur elles.

— Je ne suis pas avec le gang. Je vais vous faire sortir d'ici, mais il va falloir m'écouter, et ne pas faire de bruit.

Elles se pelotonnèrent plus étroitement les unes contre les autres. Il doutait fort qu'elles le croient, pourtant il devait les convaincre. Il ne pouvait pas les obliger à l'accompagner.

— Je suis dans la police. Regardez.

Il perdait du temps, de précieuses secondes qu'ils n'avaient pas, mais comment faire autrement ? Il ne pouvait pas les tirer de là par la force. Non seulement parce qu'ils seraient découverts si elles se mettaient à hurler, mais surtout parce qu'elles avaient déjà sûrement subi assez de violences pour toute une vie.

Il retira son sac à dos et ouvrit la petite poche intérieure où il avait glissé sa plaque quelques jours plus tôt. Il avait l'impression qu'une éternité s'était écoulée depuis.

— Voici mon étoile, dit-il en l'éclairant. Je suis ici pour vous aider.

Certes, si elles avaient grandi au sein du gang, on leur avait très tôt appris à se méfier de la police. Il ne pouvait qu'espérer que la situation les incite à changer d'avis.

Aucune ne bougea. Aucune ne parla. Il rangea sa plaque, reprit son sac et mit la lampe sur son front.

— Je veux seulement que vous veniez avec moi. Une par une. Je vais vous emmener au box du cheval et vous aider à passer par-dessus la grille. Une femme vous attend là-bas, avec la petite fille qui était avec vous. Gigi. Elle est sortie. Une fois qu'on sera tous dehors, on va s'enfuir.

— Ils vont nous tuer si on s'enfuit, chuchota une fillette.

— Pas si je peux les en empêcher.

Jamison avait vu assez de gens confrontés à des situations désespérées pour savoir que mentir produisait rarement l'effet escompté. Cela dit, il ne tenait pas non plus à exposer la vérité sans fard à un groupe d'enfants terrifiées. La plus âgée devait avoir douze ans tout au plus.

La gorge nouée par l'horreur et le dégoût, il se força à poursuivre. Il devait se focaliser sur leur fuite.

— Il faudra qu'ils nous rattrapent d'abord. Vous préférez rester ici ou essayer de survivre ?

Seul le silence lui répondit. Jamison ne renonça pas pour autant.

— Une par une. Qui veut venir la première ?

Il attendit. Longtemps. Trop longtemps. Enfin, une des fillettes se leva gauchement. Quelques autres tentèrent de l'arrêter, mais elle secoua la tête. C'était une des plus âgées.

— Je préfère mourir plutôt que rester ici, déclara-t-elle fermement.

Jamison hocha la tête, réprimant l'envie de tendre la main vers elle. Il ne voulait pas qu'elle se sente menacée.

— Suis-moi, d'accord ?

Elle acquiesça. Il repartit par là où il était venu, et prit soin d'éteindre sa lampe à l'approche de la sortie. Quand la fillette vit Liza et Gigi, elle se rua vers la grille et tomba à genoux en étouffant un sanglot.

— C'est vrai, chuchota-t-elle. Vous allez nous sauver.

— On va essayer, dit Liza en lui tapotant la main. Laisse Jamison te hisser par-dessus la grille. Je vais t'attraper.

Elle acquiesça de nouveau et se retourna vers Jamison. En quelques secondes, elle était dans les bras de Liza, et se mit à pleurer pour de bon.

— Il faut aller plus vite, murmura Liza tandis que Gigi s'efforçait de la consoler.

— Je sais.

Entre les allées et venues de Jamison avec les fillettes, Liza surveillait la maison. L'opération prenait trop de temps. La réunion n'allait pas durer éternellement. Quelqu'un allait finir par apporter aux filles de quoi manger.

Et Gigi ne voulait pas la lâcher d'une semelle.

Huit fillettes étaient sorties. Liza leur avait ordonné d'aller se cacher dans les bois. L'une d'elles connaissait une cachette qu'elle croyait sûre au cas où on allumait les projecteurs qui pouvaient éclairer le pourtour de la propriété. Cependant, Liza n'avait pu persuader Gigi de les accompagner, et elle s'était mise à pleurer quand une des filles avait tenté de l'emmener.

Elle courait trop de danger ici, mais Liza ne savait que faire. Les filles que Jamison avait fait sortir avaient manifestement été maltraitées. Quel sort les attendait si Jamison et elle les abandonnaient ?

Ils n'avaient d'autre solution que de rester. Et ils réussiraient à les sauver. Au fond, les choses allaient mieux qu'elle ne l'avait craint. La lumière était encore allumée au premier étage. À chaque seconde qui s'écoulait, son cœur cognait plus fort contre ses côtes.

Peut-être allaient-ils réussir. Peut-être allaient-ils faire sortir chacune des fillettes avant que ces lumières ne s'éteignent. Peut-être…

Le premier étage bascula soudain dans la pénombre. Liza se figea, presque incapable d'en croire ses yeux, mais la voix de Gigi l'arracha à la panique qui menaçait de l'étreindre.

— Les lampes sont éteintes, Sissy, chuchota la fillette avec un effroi presque palpable. Ils vont venir.

— Je sais, mon chou. Je sais.

Il fallait qu'elle fasse quelque chose. Qu'elle agisse. Mais Jamison avait dit qu'il restait encore deux fillettes.

Il apparut, flanqué d'une enfant.

— Il n'y a plus de lumière, Jamison. Ils arrivent.

— Mais Jenni est encore là-bas, geignit la petite fille qu'il guidait, à peine plus âgée que Gigi.

Jamison la souleva et la tendit à Liza.

— Viens aussi, le pressa-t-elle, s'efforçant de maîtriser sa panique. Emmène les filles à l'abri. Je vais aller chercher la dernière.

— Non. On n'a pas le temps. D'ailleurs, elles seront plus à l'aise avec toi. Pars. Nous vous rejoindrons. Dirige-toi vers le chalet. Avec un peu de chance, Cody sera là.

Liza ne voulait pas quitter cet endroit – sans cette dernière enfant effrayée, sans Jamison trop brave et trop bon pour l'abandonner. Cependant, plus elle tardait, plus ils risquaient d'être capturés. Tous.

— Venez, les filles, dit-elle en les prenant par la main.

La mort dans l'âme, elle prit la direction que les autres enfants avaient suivie.

Elle ne regarderait pas en arrière. Elle n'en avait pas le temps.

Si Jamison ne venait pas, elle confierait les fillettes à Cody et reviendrait le chercher. Elle ne lui permettrait pas de se sacrifier pour…

N'aurait-elle pas fait la même chose ?

Ne devrait-elle pas rester ?

Elle baissa les yeux sur Gigi, cramponnée à sa main. Non. Comme Jamison le lui avait fait remarquer, si elle mourait, Gigi serait plus en danger encore. Et Gigi était sa priorité. Tant que l'enfant ne serait pas à l'abri, rien d'autre ne comptait.

Elle ne pouvait pas penser à Jamison. Pas encore. Par conséquent, elle devait croire qu'il allait sauver cette dernière fillette et lui-même avec. Bien sûr qu'il réussirait. Jamison réussissait toujours.

Derrière elles, Liza entendit une porte grincer, puis claquer.

Quelqu'un venait.

— Vite. Il faut qu'on se dépêche, souffla-t-elle.

Elle aurait voulu pouvoir les porter toutes les deux, mais c'était impossible. Aussi, elle marcha aussi rapidement qu'elles en étaient capables, les soutenant quand elles trébuchaient, mais sans s'arrêter.

Elle jugeait avoir accompli la moitié du chemin quand elle trébucha à son tour sur une racine. Elle bascula la tête la première, entraînant les deux fillettes dans sa chute.

Malgré la douleur fulgurante qui lui traversa la cheville, Liza parvint à ne pas crier. Elle était sûre de s'être fait une entorse, mais peu importait. Elle se releva tant bien que mal, et aida les deux enfants à faire de même. Celles-ci s'étaient mises à pleurer, sans bruit d'abord, et sanglotaient maintenant.

— Chut. On va nous entendre.

Elle s'agenouilla et les pressa contre elle, déposant des baisers apaisants sur leurs tempes.

— Je sais que c'est dur, mais il faut qu'on continue pour être en sécurité. Comment t'appelles-tu, mon chou ?

— Bette, fit l'enfant en reniflant.

— Bon. Écoute-moi, Bette, je vais te porter pendant un petit moment. Ensuite, ce sera le tour de Gigi. D'accord ?

Liza souleva l'enfant, ignorant les élancements qui lui transperçaient la cheville et la jambe. Puis elle prit Gigi par la main. Quelques instants plus tard, elles avaient atteint le bouquet d'arbres où les autres fillettes s'étaient rassemblées.

— Où est Jenni ? demanda l'une d'elles.

— Elle va venir. Mais on doit…

— Attendez !

Le chuchotement effrayé venait de derrière elles. Il fut suivi d'un craquement de brindilles, et une petite forme indistincte apparut, trop menue pour appartenir à un adulte.

— Jenni ! cria Bette.

Aussitôt, Liza plaqua une main sur la bouche de l'enfant, mais le mal était fait. Le nom résonna dans les bois silencieux. Si quelqu'un les cherchait, il l'avait forcément entendu.

— On va courir, les filles, ordonna Liza, espérant qu'elles accepteraient ses ordres sans discuter. En essayant de faire le moins de bruit possible. Vous allez me suivre. Deux par deux. Sans parler. Tenez-vous par la main pour que personne ne reste en arrière. Jamison…

Le cœur lui manqua soudain.

— Où est Jamison ? demanda-t-elle à Jenni, s'efforçant de rester calme.

Jenni lâcha un sanglot.

— Il m'a dit de courir. Je ne sais pas… Je ne sais pas ce qui s'est passé après.

— Je vois. Tout va bien, mentit Liza, la gorge nouée alors qu'elle pensait à lui, resté seul dans l'écurie. Tu as fait ce qu'il fallait. Bon, les filles, mettez-vous par deux.

Il fallait qu'elle les emmène en lieu sûr, et qu'elle trouve Cody. Quelqu'un devait aller au secours de Jamison.

Elle vérifia que les fillettes se tenaient par la main, puis commença à marcher d'un pas rapide, se retournant régulièrement pour s'assurer que toutes la suivaient. Chaque fois, elle regardait au-delà, espérant en vain apercevoir Jamison qui accourait à son tour.

Il allait s'en tirer, se répéta-t-elle. Même s'il était capturé, personne ne lui ferait de mal, puisqu'il était le fils d'Ace Wyatt.

Jusqu'au moment où Ace arriverait.

16

Contrairement à la promesse qu'il avait faite à Liza, Jamison n'avait pas suivi Jenni dans les bois.

Les fillettes avaient besoin de creuser un écart pour avoir une chance de s'en tirer. Si les membres du gang découvraient immédiatement qu'elles manquaient à l'appel, ils se mettraient à leur recherche et auraient tôt fait de les rattraper.

Et tous leurs efforts auraient été en vain.

Par conséquent, il devait gagner du temps. Avec un peu de chance, il réussirait à neutraliser celui ou ceux qui allaient venir apporter de la nourriture. Cela fait, il tenterait d'escalader la grille à son tour. Mais pour cela, il avait besoin de temps, lui aussi.

Des bruits parvinrent bientôt à ses oreilles. Des bruits de pas, de voix. Le claquement d'une chaîne, le déclic d'un cadenas.

Il parcourut du regard la pièce qui avait servi de prison aux petites filles et prit sa décision. Il s'accroupit dans le coin obscur où les enfants s'étaient blotties les unes contre les autres. Son pistolet au poing, il songea à l'acoustique et se demanda si une détonation risquait de faire accourir d'autres hommes.

Tirer serait son dernier recours, mais s'il fallait en passer par là, tant pis.

Et si les hommes étaient trop nombreux pour qu'il puisse lutter, eh bien, il avait un plan pour cette éventualité-là aussi.

Il n'en avait pas parlé avec Cody, mais Jamison comptait sur lui pour qu'il continue à surveiller le dispositif relié au boîtier. Et pour qu'il comprenne que, si le bouton était pressé de nouveau, cela signifiait que l'explosion pouvait avoir lieu.

Jamison se retrouverait peut-être pris entre deux feux, mais tant pis. Au moins, il aurait accompli la mission qu'il s'était fixée.

Sauver des vies humaines exigeait qu'on soit prêt à sacrifier la sienne si nécessaire. Il en avait toujours eu conscience.

Et même à supposer qu'un avenir avec Liza l'attende de l'autre côté de cette épreuve, elle avait raison. Comment pourrait-il vivre avec sa conscience s'il ne donnait pas à ces fillettes une chance raisonnable de s'échapper ?

La réponse était simple : il ne pourrait pas.

Jamison tendit l'oreille, se focalisa sur le présent. Deux séries de pas. Deux voix.

Il était capable d'éliminer deux hommes. Peut-être même sans tirer un seul coup de feu. Le pistolet dans une main et un couteau dans l'autre, il se prépara à passer à l'attaque.

— Elles ont appris à ne pas faire de bruit, hein ? s'esclaffa une voix grave.

— Il faut croire qu'elles sont plus malignes qu'on ne le pensait.

Que ces individus osent se moquer de petites filles retenues prisonnières dans une écurie sale et humide emplit Jamison de fureur. Malgré tout, il maîtrisa sa rage et son dégoût pour mieux se concentrer.

Deux hommes bien bâtis entrèrent dans la pièce en ricanant. L'un portait un sac contenant des barquettes de nourriture, tandis que le second tenait une lampe de camping et un pistolet dans sa main libre.

— Il faut croire qu'elles sont plus intelligentes que vous ne le pensiez, déclara Jamison calmement. Beaucoup plus.

Celui qui tenait le sac de barquettes le lâcha aussitôt, sans doute pour s'emparer d'une arme. Jamison se rua en avant – non sur l'homme, mais sur la lanterne. Il abattit la crosse de son pistolet dessus et entendit le fracas satisfaisant du verre brisé avant que la pièce soit plongée dans l'obscurité.

Ils n'allaient pas tirer à l'aveugle dans le noir. Du moins l'espérait-il.

Malheureusement, il se trompait. Le vacarme assourdissant d'un coup de feu résonna à ses oreilles.

— Espèce d'idiot ! lança un des deux hommes. Tu aurais pu me tuer.

— Que voulais-tu que je fasse d'autre ?

Profitant de leur dispute, Jamison se faufila hors de la pièce, ses yeux s'ajustant à la pénombre alors qu'il s'avançait dans le couloir. Parvenu à hauteur du box du cheval, il marqua une pause. Il allait faire du bruit, mais il pourrait quand même prendre de vitesse les types qui continuaient à se chamailler derrière lui.

Il fit sortir George dans le couloir, puis lui donna

une bonne tape sur la croupe. L'animal s'élança vers la porte d'entrée laissée ouverte.

Sans se donner le temps d'espérer, Jamison le suivit. Il entendit les hommes se ruer à ses trousses, et se hâta de tirer le battant et de refermer le cadenas d'un coup sec. Le tout à la lueur argentée du clair de lune.

Les types étaient probablement équipés de radios, mais au moins il était dehors. Ils ne pourraient pas savoir dans quelle direction il était parti.

Maintenant, il devait filer, et vite.

Cependant, lorsqu'il se retourna, il s'aperçut qu'il n'était pas seul. Une seconde plus tard, deux hommes le saisissaient chacun par un bras, l'obligeant à lâcher couteau et pistolet. Jamison eut beau se débattre, ils le maintenaient fermement.

— Tu penses vraiment que je laisserais des abrutis pareils faire quoi que ce soit sans écouter tous leurs faits et gestes ?

Une lumière vive se braqua sur le visage de Jamison. Il ne cilla pas, et s'obligea à ne pas bander ses muscles. Ses gestes devaient rester souples et fluides. C'était sa seule chance de pouvoir se débarrasser des types qui lui serraient les bras.

Le faisceau demeurant rivé sur lui, Jamison se contenta de fermer les yeux. Il n'avait pas besoin de regarder son interlocuteur pour reconnaître sa voix.

— Tony. Ça me fait plaisir de te voir. Enfin, façon de parler, puisque tu m'aveugles.

Tony lâcha un rire et Jamison réprima un ricanement en retour. Il avait toujours haï le père de Liza autant que le sien, sinon davantage. Ace était le chef parce qu'il était froid et calculateur. Il savait manipuler autrui, et éveiller une sorte de loyauté. Il était dangereux parce qu'il comprenait les gens et se servait de cette connaissance contre eux.

Tony Dean était non moins dangereux, car les autres lui étaient totalement indifférents. Son cerveau ne fonctionnait pas comme celui de tout un chacun – Jamison le trouvait indéchiffrable. Il l'aurait qualifié de sadique, mais ç'aurait été accorder un semblant d'ordre à ce qui n'était que chaos.

Personne ne pouvait jamais prédire ce que Tony allait faire – et c'était précisément pourquoi il était le bras droit d'Ace.

— Elles n'iront pas bien loin, lança-t-il en abaissant le faisceau de sa lampe sur le sol. Mais je suis impressionné que tu aies réussi à les faire sortir. Cela dit, Ace t'a appris tout ce que tu sais.

Jamison sourit, bien que la comparaison lui donne la nausée. Ace lui avait enseigné quelque chose malgré lui. Était-il impossible d'échapper au gang ?

Si c'était vrai, il n'avait qu'une seule autre option : le détruire. Il avait beau être dans le pétrin, il n'était pas encore mort.

— Tu crois ? répondit-il.

Les hommes lui maintenaient les bras. S'il parvenait à changer de position et à presser le coude contre sa poche, il pourrait appuyer sur le bouton du boîtier que Cody lui avait donné.

Il parvint à le faire une fois avant que ses gardes raffermissent leur prise et lui ordonnent de cesser de bouger. Il détendit ses muscles, compta jusqu'à cinq, puis tressaillit délibérément et parvint à appuyer une seconde fois.

Son geste lui valut un violent coup de coude à l'estomac, mais si Cody avait reçu le message, peu importait la douleur.

— Attachez-le, dit Tony en soupirant. Mais ne le malmenez pas trop. C'est le précieux aîné d'Ace Wyatt.

Jamison n'opposa aucune résistance aux hommes qui le ligotaient. À quoi bon se défendre puisque son frère ne mettrait que quelques minutes à réagir ? Du moins, c'était ce que Jamison espérait.

Il fallut encore une minute ou deux. Les sbires de Tony n'avaient pas encore terminé de l'attacher quand le premier éclair déchira la nuit autour du chalet, suivi d'une déflagration assourdissante et d'une pluie de débris.

Les gardes lâchèrent Jamison et décampèrent.

Tony, en revanche, ne bougea pas. Il garda son arme braquée sur lui.

— Tu aurais dû déclencher ça un peu plus tôt.

— Ah bon ? rétorqua Jamison sur un ton enjoué.

— Tu penses que le nom de ton père suffit à te protéger ? Je suis son associé. Je n'ai pas peur de lui. Ace ne verrait aucun inconvénient à ce que je te descende. Au contraire, il me remercierait sûrement.

— Je n'en serais pas si sûr, Tony, répliqua Jamison. À ta place, j'y réfléchirais à deux fois avant de parler pour lui. Tu le connais.

Un autre bâtiment explosa – le hangar.

Ensuite, ce serait le tour de l'écurie, songea Jamison. Sans doute serait-il tué. Il exhala son souffle et s'y résigna. Si Tony Dean mourait aussi, cela en vaudrait la peine.

Elles allaient réussir. Pourtant, au lieu d'éprouver du soulagement, Liza avait l'estomac noué. Elle ne pouvait réprimer la tentation de se retourner régulièrement, espérant envers et contre tout apercevoir Jamison qui les rattrapait.

En vain.

Les fillettes marchaient à sa suite, rapidement et sans un bruit. À mesure qu'elles s'éloignaient de l'écurie, Liza ralentit l'allure. Les enfants étaient fatiguées et, surtout, terrifiées.

Elle porta Gigi un moment, et Jenni fit de même avec Bette, sa petite sœur. Liza s'obligea à se concentrer sur le chemin : elle devait trouver le chalet ou mettre les filles à l'abri d'une manière ou d'une autre. La seule chose qui comptait était de les éloigner du gang.

Jamison les rejoindrait tôt ou tard.

Enfin, elle pénétra dans une clairière familière. Elle avait réussi. Le chalet se dressait dans l'étrange pénombre précédant l'aube, où l'obscurité régnait encore, mais le ciel semblait dégager la lumière annonciatrice du jour nouveau.

Elle avait ramené les filles. Sauvé Gigi. Elle serra l'enfant dans ses bras et rassembla ses ouailles autour d'elle. Le soulagement lui fit l'effet d'un baume, mais fut de courte durée.

Tout n'est pas encore terminé.

L'absence de Jamison pesait lourdement sur ses pensées.

Essayait-il de résister au gang ? S'était-il égaré ?

Était-il mort ?

Les questions tournoyaient en boucle dans sa tête, la

dernière la frappant chaque fois avec tant de violence qu'elle en avait le souffle coupé.

Cody sortit du chalet au moment où elle s'avançait. Il ouvrit la bouche comme pour les saluer, puis son regard se posa sur les onze enfants et son expression changea.

Les filles se blottirent aussitôt les unes contre les autres derrière Liza.

— Tout va bien, dit-elle, les yeux sur Cody.

La dernière fois qu'elle l'avait vu, c'était tout juste un adolescent. Lorsqu'il avait parlé à Jamison plus tôt, elle n'avait aperçu qu'un ombre, une silhouette indistincte.

Maintenant, elle voyait les similarités avec son frère. Il n'avait pas tout à fait le même nez, et ses yeux étaient plus clairs – cerclés de vert. Il était moins large d'épaule, plus élancé.

Mais c'était indéniablement un Wyatt. Outre sa ressemblance physique avec ses frères, son expression farouche confirmait ce que Jamison avait toujours cru. Elle ne doutait plus de lui.

— Voici Cody, ajouta-t-elle. C'est le frère de Jamison. Il va nous aider, exactement comme Jamison vous a aidées à sortir de l'écurie.

— Entrez vite, dit-il, s'efforçant tant bien que mal de sourire.

Il prit soin de garder les mains derrière son dos, et de s'écarter de la porte, comme pour montrer aux filles qu'il n'était pas une menace. Liza les encouragea à pénétrer dans le chalet, fermant la marche tel un chien de troupeau.

Comme elle franchissait le seuil, Cody l'arrêta d'un geste. Elle baissa les yeux sur la main qu'il avait posée sur son bras, arquant les sourcils. Il n'était pas membre du gang, mais cela ne signifiait pas pour autant qu'elle lui fasse confiance.

Il ne bougea pas.

— Asseyez-vous où vous voulez, lança Cody aux fillettes restées debout au centre de la pièce. Vous êtes en sécurité maintenant. Reposez-vous.

Un feu crépitait dans la cheminée et quelques lampes de camping étaient allumées ici et là. L'ordinateur portable que Jamison avait découvert dans la salle de bains trônait sur le plan de travail.

— Je vais voir si je peux trouver quelque chose à grignoter, continua Cody sans lâcher le bras de Liza.

Il rabattit la porte à demi, comme s'il comprenait d'instinct que les filles supporteraient mal d'être enfermées de nouveau.

— Où est Jamison ? demanda-t-il à mi-voix.

Liza tenta de se dégager, mais il la tenait fermement.

— Écoute…

— Dis-moi où il est, gronda-t-il.

Liza le dévisagea. Il n'y avait pas que de la colère dans son regard noisette. Quelque chose qui ressemblait à de la peur rôdait là aussi.

— Il a aidé les filles à sortir, mais il…

Elle déglutit, se refusant à envisager le pire. Pas encore.

— Il n'a pas suivi la dernière. Il lui a dit qu'il venait, mais il ne l'a pas fait.

— Tu es en train de me dire qu'il… qu'il n'est pas avec vous ? Qu'il est toujours là-bas ?

— À l'écurie. Les filles étaient dans l'écurie. Il est

sans doute resté pour s'assurer qu'on avait pris assez d'avance. Des hommes venaient et…

Cody lâcha un juron et passa une main sur son visage.

— Quoi ? Qu'y a-t-il ? Qu'est-ce que…

Un grondement sourd s'éleva au loin, accompagné d'un éclair de lumière.

Liza se figea.

— Qu'est-ce que c'était ? demanda-t-elle dans un souffle.

— Liza.

La voix de Cody était prudente. Trop prudente. Il lâcha lentement son bras.

— Qu'est-ce que c'était, Cody ? répéta-t-elle en le repoussant.

Elle savait, pourtant. Elle savait exactement ce que c'était.

Et ce que cela signifiait.

— Il a appuyé deux fois sur le bouton.

— Quoi ? Qu'est-ce que ça veut dire ? De quoi parles-tu ?

Cody lâcha un nouveau soupir – d'irritation, d'angoisse, de tristesse.

— Je lui ai donné un appareil. Celui-ci m'envoie un message qui ne peut être ni capté ni intercepté. Jamison l'a activé une fois, ce qui signifiait qu'il avait trouvé des gens dans l'écurie.

Cody baissa les yeux sur le sol, secouant la tête.

— Ces petites filles.

— Tu ne le savais pas.

— J'aurais dû le savoir, marmonna-t-il. Je n'ai pas déclenché les explosions. J'étais en train d'avoir une conversation avec mes supérieurs sur le risque de dommages collatéraux quand j'ai reçu un nouveau message – cette fois, Jamison avait pressé le bouton deux fois. C'était le signal de déclenchement des explosifs.

— Pour le chalet, coupa Liza, s'accrochant désespérément à l'espoir qu'elle avait encore.

— Liza…

Elle n'attendit pas la suite. Pivotant sur ses talons, elle s'élança dans la direction d'où elle était venue. Sa cheville la faisait atrocement souffrir mais elle n'en avait cure. Elle ne pouvait se soucier de sa douleur alors que Jamison était…

— Tu ne peux rien faire, cria Cody derrière elle. Les explosifs vont…

Un nouveau grondement, un autre éclair de lumière.

Elle se figea, et regarda avec horreur les flammes qui s'élevaient au loin. Non. Elle refusait d'admettre que tout était fini. Elle pouvait encore l'atteindre. S'il avait donné le signal, c'était parce qu'il ne risquait pas d'être pris dans l'explosion. Non. Ce n'était pas possible.

Elle avait à peine fait quelques pas que Cody la saisit par la taille. Elle fit volte-face et tenta de le frapper, mais il esquiva aisément le coup avant de lui empoigner le bras aussi, et de la maintenir immobile.

— Il faut que tu restes ici avec les filles, dit-il, serrant les dents, tandis qu'elle continuait à se débattre en vain. Je vais y aller et…

— Non, Cody. J'ai fait ce que je pouvais, mais je ne peux pas les emmener en lieu sûr. Toi, si. Tu peux faire venir des renforts ou… je ne sais quoi. Tu as des contacts, des supérieurs, tu as un ordinateur. C'est à toi de prendre la relève.

— Tu ne peux pas sauver Jamison s'il ne peut pas

se sauver lui-même, Liza. C'est un policier, et il a de l'expérience.

Il marqua une pause. Quand il reprit la parole, sa voix était monocorde.

— S'il n'a pas survécu…

— Ne dis pas ça.

Elle s'immobilisa néanmoins. Cessant de résister, elle prit une inspiration saccadée et relâcha son souffle. Elle était convaincue que Jamison pouvait survivre à presque n'importe quoi, et elle aussi.

Cependant, elle avait parfois besoin d'aide, et Jamison aussi. Il n'avait pas agi totalement seul lorsqu'il avait libéré ses frères. Il avait eu besoin de l'appui de sa grand-mère, et du soutien occasionnel d'un membre du gang qui répugnait à faire du mal aux enfants.

— Peut-être qu'il s'en est sorti.

Le ton de Cody était presque doux, peut-être parce qu'il espérait que c'était le cas.

— Si oui, il va nous rejoindre ici. Mais tu ne dois pas aller le chercher. Nous ne savons pas dans quel état sont les bâtiments et il reste encore une explosion à venir.

Elle se refusait à l'écouter. À accepter que ce soit la réalité.

— Empêche-la !

— C'est impossible, Liza. Si je pouvais le faire, je l'aurais déjà fait. Tout est connecté. La troisième explosion va avoir lieu d'une seconde à l'autre. Le décalage a donné du temps à Jamison. S'il a pris la fuite après la première, il va s'en tirer. Tu devrais attendre.

— Et s'il ne vient pas ?

— C'est pour cette raison que tu dois me laisser

y aller. Je vais appeler mes hommes pour qu'ils vous évacuent, les filles et toi. Ensuite, je partirai. Laisse les Wyatt s'occuper des Wyatt.

Laisse les Wyatt s'occuper des Wyatt. La phrase résonna dans l'esprit de Liza, mais elle était dépourvue de sens à ses yeux. Jamison lui appartenait autant qu'à ses frères. Et d'ailleurs, c'était son propre père qui était au centre de cette affaire. Pas Ace Wyatt.

— Ce n'était pas votre père qui détenait ces filles, n'est-ce pas ?

Le visage de Cody se ferma. Il avait repris son masque de policier.

— Rentre au chalet, Liza. Je m'occupe du reste.

— Comme une gentille petite femme, tu veux dire ? Parce que seul un grand homme fort peut tout régler ?

Elle était tentée de lui écraser le pied mais, comme s'il avait lu dans ses pensées, il changea de position.

— Je veux dire que ce sont les autorités qui doivent s'en charger.

— Et à quelle autorité appartiens-tu au juste, Cody ?

Il secoua la tête sans répondre.

— C'est bien ce que je pensais.

Le recours aux explosifs n'entrait pas dans le mode de fonctionnement normal des forces de l'ordre. Cody était du côté de la justice, pas forcément du côté de la loi.

La troisième explosion déchira l'air. Elle n'avait pas de temps à perdre à discuter. Cody la tenait toujours. Il fallait qu'elle s'échappe. Qu'elle fasse tout ce qui était en son pouvoir pour sauver Jamison.

Elle leva les yeux vers Cody, laissant toute son angoisse et toute sa crainte percer dans son regard.

— Excuse-moi, murmura-t-elle.

— De quoi… ?

Un coup de genou dans l'entrecuisse lui arracha un gémissement étouffé. Profitant de sa surprise et de sa douleur, elle se dégagea et prit ses jambes à son cou.

Elle avait atteint l'orée du bois quand elle sentit qu'on agrippait sa veste et qu'on la tirait brutalement en arrière – si brutalement qu'elle s'effondra. Elle foudroya Cody du regard et se releva aussitôt. Il voulait l'empêcher de partir ? Qu'il essaie !

Elle serra les poings, prête à passer l'attaque.

Il se contenta de lever les yeux au ciel.

— Tu as perdu la tête.

— Et lui ? lâcha-t-elle entre ses dents, sans changer de posture.

Cody avait baissé sa garde une fois. Il referait la même erreur et elle en profiterait pour lui asséner un coup de poing. Et un autre. Et encore un autre, jusqu'à ce qu'elle puisse aller chercher Jamison.

Cependant, en un éclair, Cody fut derrière elle, un bras autour de son cou et l'autre serrant les mains de Liza comme un étau.

— Aussi cinglé que toi, lâcha-t-il sur un ton dégoûté. Maintenant, calme-toi et je vais te laisser partir.

— Tu *quoi* ?

— Je vais te laisser partir. Je veux juste te donner quelque chose d'abord.

— Je ne vais pas tomber dans un…

— Arrête, bon sang, marmonna Cody.

Il continua à maugréer contre les gens qui refusaient d'obéir aux ordres, même quand c'était une question de vie ou de mort et ainsi de suite. Malgré tout, elle cessa de se débattre, et tout en fulminant toujours, il glissa un objet dans sa manche.

— Tiens. Maintenant, va te jeter dans la gueule du loup. Mais quand tu seras morte, ne viens pas me hanter, d'accord ? Je t'aurai avertie.

Elle fixa sa manche.

— Qu'est-ce que tu as fait ?

— Ne t'inquiète pas pour ça. Fais-moi confiance.

— Pourquoi devrais-je te faire confiance ?

— Parce qu'on aime Jamison tous les deux, je suppose ? Et qu'on espère qu'il n'est pas mort.

Liza cilla, puis fronça les sourcils alors qu'il lui faisait signe de s'en aller.

— Allez, vas-y. Il faut que je m'occupe des filles que tu as sauvées. Mais fais-moi confiance : si tu trouves Jamison, j'enverrai quelqu'un vous récupérer tous les deux. Tout ce que vous avez à faire, c'est de rester en vie.

Les filles que tu as sauvées. Elle avait réussi à libérer Gigi, elle l'avait mise à l'abri. Cody veillerait à ce que les autorités prennent le relais.

Elle avait fait son devoir envers sa sœur.

À présent, elle devait faire son devoir envers l'homme qu'elle avait toujours aimé, celui qui l'avait sauvée autrefois. Elle allait lui rendre la pareille.

17

La douleur était omniprésente. Intense, cuisante, lancinante. Il avait envie de s'endormir, de sombrer dans l'oubli, pourtant il avait une tâche à accomplir. Il devait se relever. Partir.

Jamison parvint à entrouvrir les yeux, mais ne vit que des flammes. Partout.

Ce rappel brûlant de la scène qui venait de se dérouler le fit bondir sur ses pieds en dépit des protestations de son corps. Titubant, il lutta pour recouvrer son équilibre, évitant de justesse une nouvelle chute.

Il parcourut les environs du regard. Tout semblait flamber autour de lui. Il s'ordonna de rester calme, d'analyser la situation. L'explosion l'avait projeté à l'écart de l'écurie. Divers débris fumaient encore à proximité et, à quelques mètres à peine, il distingua une forme humaine à terre. Il fit quelques pas raides vers elle.

Tony Dean gisait sans vie, les yeux ouverts et vides, un fragment de métal enfoncé dans ses entrailles.

Jamison le fixa plus longuement qu'il n'aurait dû, essayant d'assimiler la réalité. Tony Dean était mort, tandis que, par miracle, il était vivant.

Cependant, il n'avait pas le temps de s'attarder sur

cette pensée. Il devait se mettre à l'abri. Trouver de l'eau. De l'air frais. S'éloigner de ce lieu car il entendait des cris, apercevait des ombres qui tentaient de maîtriser le brasier.

Les hommes que Jamison avait enfermés dans l'écurie étaient sûrement morts. Quant à ceux qui avaient entrepris de le ligoter, rien n'était moins sûr – ils avaient pris la fuite après la première explosion.

De là où il était, Jamison discernait au moins huit silhouettes qui couraient autour du chalet. Pour autant qu'il puisse en juger, tous ces hommes étaient focalisés sur l'incendie.

Il se mit à marcher en direction des bois, ignorant les élancements qui lui transperçaient le corps. Il aurait aimé croire que tout le monde était trop occupé pour le chercher, mais il ne se berçait pas d'illusions.

Tony avait su qu'il était là. Il avait forcément signalé à ses hommes que celui qui avait libéré les fillettes n'était autre que le fils d'Ace Wyatt.

Dès qu'un semblant d'ordre serait rétabli, on allait se lancer à ses trousses.

Il était impératif qu'il soit parti d'ici là, et qu'il évite le chalet où Liza avait conduit les enfants. Il ne voulait pas mener les gangsters droit à leur cachette. Il n'aurait su dire au juste combien de temps il était resté inconscient, mais au vu du chaos qui régnait encore, sans doute pas très longtemps.

Pas assez longtemps pour que Cody ait pu conduire Liza et les fillettes en lieu sûr.

Jamison étouffa un juron à cette pensée. Il devait espérer que son frère allait faire passer la sécurité des fillettes avant tout, et non se ruer à son aide en comprenant qu'il avait envoyé le signal alors qu'il était encore sur place.

Derrière l'écurie en ruines, certains arbres étaient en feu. Il longea l'orée de la forêt, dans la direction opposée à celle par où il était venu.

Il tenta de se représenter la carte. Tout était encore un peu confus dans son esprit – à l'évidence, il avait été plus secoué qu'il ne voulait l'admettre par l'explosion et sa perte de connaissance.

Quoi qu'il en soit, il devait continuer à avancer. Il n'avait pas le temps d'attendre que ses pensées soient redevenues claires. Il ne pouvait se permettre d'être repéré, encore moins capturé. Pas alors qu'il était en si piteux état. S'il devait se battre maintenant, il n'aurait aucune chance.

Il s'avança vers le chalet ravagé par les flammes. Les hommes s'activaient à l'arrière, l'endroit le plus durement touché par l'explosion. Personne ne se trouvait devant.

Une route passait là. Une route que Jamison ne se rappelait pas avoir vue sur la carte – peut-être parce qu'elle n'était pas goudronnée. S'il voulait suivre la direction opposée à celle que Liza et les filles avaient empruntée, il allait devoir traverser cette route, en terrain découvert.

Quelque chose en lui se rebellait à cette perspective. Cependant, il refoula sa réticence, la mettant sur le compte du choc qu'il avait subi, et des tremblements qui le secouaient par moments. Le contrecoup, sans doute. Au prix d'un effort surhumain, il fit un pas en avant.

Quelque chose clochait, mais il n'avait pas le temps d'y songer. Quand il tenta de faire un nouveau pas, sa jambe céda sous lui et il tomba à genoux. Il baissa les yeux et constata avec stupeur qu'il avait lui aussi un débris planté dans son mollet. C'était seulement maintenant qu'il prenait conscience de la douleur, du sang qui dégoulinait sur sa chaussure.

C'était de mauvais augure, songea-t-il confusément. D'autant plus qu'il semblait incapable de réagir. Il fixait le morceau de bois, mais sans pouvoir décider quoi faire.

Un bruit de moteur l'arracha à ses réflexions. Une jeep était apparue en haut de la colline.

C'était de mauvais augure aussi.

Déjà, les phares s'approchaient. Jamison eut beau tenter de s'écarter, son corps n'obéit pas assez vite. Il fut pris dans le faisceau des phares. Comme il essayait de s'enfuir, une autre voiture arriva – et des hommes surgirent des bois pour l'encercler.

Il resta debout, immobile, l'esprit totalement vide.

La portière de la première jeep s'ouvrit, et son père en descendit, le reflet des flammes dansant sur son visage souriant. Un visage par trop ressemblant à celui que Jamison voyait dans la glace le matin.

Il ne put réprimer un rire. La situation était ridicule. Impossible. Dire qu'il avait survécu à tant d'épreuves pour en arriver là !

— Tu n'as pas l'air en forme, fiston, ironisa Ace avec un sourire narquois.

— Tandis que, comme par hasard, Ace Wyatt est indemne, ironisa Jamison. Allez comprendre.

Six hommes étaient déployés en cercle autour de lui, chacun équipé d'un fusil semi-automatique braqué sur son torse. Ils ne tireraient pas – sauf si Ace leur donnait le signal de le faire ou, peut-être, si Jamison se jetait sur Ace. Dans ce cas-là, tout serait permis.

Un instant, il envisagea de tenter une évasion. La liberté valait la peine de prendre le risque d'être roué de coups. Mais puisque Ace était là, autant retenir son attention le plus longtemps possible, et donner à Liza et aux filles plus de chances d'en réchapper.

— Eh bien ! C'est comme ça que tout finit, papa ? Ou est-ce qu'on va avoir une conversation cœur à cœur d'abord ? demanda Jamison, s'efforçant de maîtriser le claquement de ses dents.

— Jamison, tu me sous-estimes. Ce n'est jamais la fin avant que quelqu'un soit à genoux et suppliant.

— Je ne t'ai jamais sous-estimé. Je t'ai parfois imaginé, à genoux et suppliant.

Ace lâcha un rire.

— Le plus triste, c'est que même si tu pouvais me réduire à cette extrémité, tu n'aurais jamais assez de cran pour appuyer sur la détente. Tu tiens trop de ta mère. Elle a eu plusieurs fois la possibilité de m'achever, mais elle n'a jamais pu.

Des années plus tôt, Jamison aurait explosé de rage en entendant de tels propos. Le temps lui avait appris une chose : son père ne mentionnait sa mère que lorsqu'il était vraiment déstabilisé.

Par conséquent, il se força à repousser la douleur et adopta un ton neutre, empreint d'ennui.

— Tu t'accroches toujours à ton histoire d'overdose ? Ou tu voulais te confesser ?

— Ton problème, Jamison, et la raison pour laquelle tu n'as jamais été une menace pour moi, c'est que tu es trop bon pour comprendre comment le monde fonctionne. Je sais que tu n'es pas derrière tout ça, ajouta-t-il, désignant les flammes d'un geste. Tu n'en es pas capable. Tous ces dégâts collatéraux. Toutes ces morts. Tu ne pourrais pas vivre avec toi-même.

Jamison songea aux individus qui s'étaient trouvés à l'intérieur du chalet, ces hommes complices de la détention de onze fillettes innocentes. Il avait la certitude que les rumeurs que Liza avait entendues étaient fondées. Ces petites filles prisonnières étaient l'objet d'un trafic – et elles n'étaient sûrement pas les premières.

— Ce que tu dis a peut-être été vrai autrefois, répliqua-t-il. Mais ça ne l'est plus.

— Dis-moi, Jamison, pourquoi la vie d'un enfant serait-elle plus précieuse qu'une autre ? N'avons-nous pas tous une âme ? Ne possédons-nous pas tous la capacité d'atteindre la rédemption ?

— Tu as le choix des décisions que tu prends. Pas les enfants.

Sa réponse avait été plus crispée qu'il ne l'aurait voulu. Son corps tremblait malgré lui, et il commençait à comprendre qu'il ne sortirait pas vivant de cette confrontation.

Il avait accepté ce sort quand ç'avait été un sacrifice conscient et délibéré de sa part. En revanche, si c'était son père qui dictait sa mort, son père qui décidait, comme il l'avait toujours fait, c'était une autre affaire.

— Tout individu capable de marcher et de parler a un choix, Jamison. J'avais sept ans quand mes parents m'ont abandonné à la mort, mais j'ai choisi de vivre. De diriger. Tout comme tu as choisi d'être un lâche, de t'enfuir et de mener une petite vie étriquée à essayer de te sentir important à cause d'une plaque de shérif.

La pique fit mouche, mais pas assez pour que Jamison morde à l'hameçon. Il ne s'était pas enfui par lâcheté et ce n'était pas sa plaque qui lui donnait un sentiment d'importance. C'était le fait qu'il se rendait réellement utile. Qu'il aidait les gens. Qu'il était parfois le seul obstacle au mal qui menaçait un individu.

Cela arrivait moins souvent, sans doute, qu'il ne l'avait escompté lorsqu'il fréquentait l'école de police. Mais cela arrivait suffisamment. Aider son prochain était toujours suffisant.

Si sa vie s'achevait là, aux mains de son père, il aurait aidé à sauver onze petites filles, et c'était un prix qu'il était prêt à payer.

À mesure que Liza s'approchait, les flammes semblaient de plus en plus imposantes. Malgré tout, elle ne ralentit pas l'allure, sauf quand elle aperçut un corps allongé sur le sol, immobile.

Elle exhala son souffle, puis se força à prendre une inspiration tremblante. Ensuite, elle fit un pas en avant, résolue à rester maîtresse d'elle-même.

Ce n'était pas Jamison.

Elle faillit tomber à genoux tant elle était soulagée, néanmoins il était trop tôt pour se réjouir. Il y avait d'autres cadavres étendus par terre.

Le suivant n'était pas Jamison non plus, mais son cœur manqua un battement tout de même.

C'était son père. Une partie de sa dépouille était calcinée, un fragment de métal fiché dans son ventre. Ses yeux grands ouverts ne voyaient plus rien.

Elle se sentait moins peinée qu'horrifiée. En grandissant au sein du gang, elle avait vu plus d'un corps sans vie. Elle avait regardé des hommes s'entre-tuer. Elle comprenait la mort un peu trop intimement et, dans une certaine mesure, elle avait appris à s'en détacher. Ç'avait été une condition essentielle à la survie.

Elle haïssait cet homme depuis aussi longtemps que remontaient ses souvenirs, et les actes qu'il avait commis la révoltaient. Malgré tout, c'était son père. Les sentiments qu'elle éprouvait à son égard demeuraient compliqués.

Elle se pencha, lui ferma les yeux et prit une profonde inspiration. Sa mort était une bonne chose. Il ne pourrait plus faire de mal à personne. Ni à Gigi ni à elle.

Comme elle se redressait, elle remarqua quelques objets éparpillés à proximité. Parmi eux se trouvait le sac à dos de Jamison. Cela ne signifiait pas forcément que Jamison se soit trouvé ici. Son père avait pu lui prendre le sac et le laisser enfermé dans l'écurie…

Cependant, la lampe frontale de Jamison gisait elle aussi sur le sol, à quelques pas de là. Par conséquent, il n'était pas dans l'écurie quand la bombe avait explosé.

Elle continua à marcher, inspectant chaque corps, tout en veillant à rester à l'écart des hommes qui se tenaient autour du chalet en flammes.

Ils semblaient discuter. S'ils redoutaient que des inconnus ne se soient infiltrés sur leur territoire, ils n'en laissaient rien paraître.

Jamison n'était pas mort. Il ne pouvait pas être mort. Elle aurait vu sa dépouille au milieu des décombres. Elle aurait *senti* qu'il n'était plus là. Par conséquent, elle devait persévérer, essayer de le trouver où qu'il soit allé.

Elle s'avança sans bruit. À supposer qu'il ait pu échapper à la vigilance de ces hommes, il aurait pris la direction opposée à celle qu'elle avait suivie. Pour ne pas conduire d'éventuels poursuivants droit au chalet de Cody.

Il serait passé par ici, dans l'espoir que, s'il était capturé, le gang ne saurait pas que les filles avaient emprunté un autre chemin. Il aurait tout fait pour les protéger.

Peut-être devait-elle repartir. Pour autant qu'elle puisse en juger, Jamison n'était pas mort. Et s'il n'était pas blessé, il avait pris la fuite. Le bon sens lui ordonnait de retourner au chalet et de l'attendre.

Son cerveau avait beau l'inciter à faire marche arrière, son corps s'avançait quand même, à l'affût des crépitements du feu, des voix des hommes non loin.

Parvenue à hauteur de la façade, elle marqua une pause. Plusieurs véhicules étaient garés sur la route, leurs phares braqués sur un seul et même point. Son sang se glaça dans ses veines alors qu'elle focalisait son regard sur l'endroit.

Jamison était au milieu.

Face à Ace.

Jamison avait une mine épouvantable. Le visage en sang, les vêtements roussis, un fragment de bois planté dans la jambe. Six hommes l'entouraient, munis d'armes impressionnantes. Toutes pointées sur lui.

Liza déglutit et baissa les yeux sur sa manche. Elle n'avait pas la moindre idée de ce que Cody avait mis là. Mais il avait affirmé qu'il pourrait les trouver.

Pour cela, encore fallait-il qu'ils soient encore en vie. Liza s'avança encore. Il était impossible qu'elle parvienne à neutraliser six hommes. Elle ne pourrait même pas créer une diversion. Ils se contenteraient de l'abattre.

— Ne discutons pas ici, lança Ace.

Il avait parlé d'une voix aimable, presque comme s'il s'agissait d'une discussion d'affaires agréable. Un frisson glacé parcourut l'échine de Liza, la paralysant sur place. Elle connaissait ce ton de voix. Elle savait quel genre d'ordre il précédait.

Tuez-le.

Toutefois, elle avait la certitude qu'Ace ne tuerait pas Jamison – pas tout de suite. Il allait le torturer d'abord, assouvir son désir de vengeance. Bien que tremblante, Liza se redressa. Si elle était là, ils la tortureraient d'abord. Le père de Jamison voudrait le forcer à assister au spectacle.

Pour autant que cette idée lui soit insupportable, au moins cela le maintiendrait en vie. Elle avait besoin de temps. Besoin de donner à Cody le temps de les localiser d'une manière ou d'une autre. Elle ne pouvait pas laisser Jamison seul.

Elle s'éclaircit la gorge et fit lentement un pas vers le cercle de lumière.

— On fait une petite fête, Ace ? Et je n'ai pas été invitée ?

Sa voix était légère en dépit du tremblement de ses mains.

Jamison lâcha un juron furieux. Elle lui sourit. Il ne lui rendit pas son sourire, mais au moins, il eut le bon sens de ne rien dire de plus. Ou alors il était trop blessé pour le faire.

— Ah, Juliette vient rejoindre son Roméo. C'est touchant que tu veuilles mourir avec lui, Liza. Vraiment.

Un des hommes la poussa en avant. Elle adressa à Ace un sourire froid.

— Je présume que vous n'avez jamais lu Shakespeare.

Pour toute réponse, Ace inclina la tête. Le même homme s'avança et lui décocha un violent coup de poing au menton. Elle vit des étoiles mais elle réussit à rester debout. Elle encaissait les raclées depuis qu'elle était enfant.

En revanche, Jamison se rua sur son attaquant, et récolta un coup de crosse qui le projeta à terre.

Liza s'accroupit à côté de lui.

— Ne fais pas ça. Je ne peux pas le supporter, murmura-t-elle, en lui caressant la tempe doucement.

Elle mourait d'envie de le serrer contre elle, mais elle devait détourner l'attention d'Ace le plus longtemps possible.

Jamison ne pourrait pas endurer beaucoup plus de mauvais traitements – il était manifestement sous le choc. Par conséquent, elle se leva, et l'aida à se remettre debout.

— Qu'est-ce que tu fais ici ? parvint-il à articuler.

Elle secoua la tête.

— Ace prend plaisir à regarder d'autres hommes tabasser des femmes et des petites filles parce qu'au fond, ce n'est qu'un lâche, lança-t-elle en toisant l'intéressé avec un autre sourire moqueur.

— Un lâche ?

Ace éclata de rire, mais son hilarité était un soupçon

forcée. Il n'était pas si facile d'ignorer quelqu'un qui vous tournait en ridicule.

— Je constate que ton père ne t'a pas donné assez de gifles pour t'apprendre le bon sens.

— Mon père est mort, riposta-t-elle en lui rendant son sourire méchant. Je l'ai vu moi-même. Qu'allez-vous faire sans Tony pour distribuer les punitions sadiques qui vous retournent l'estomac ?

Ace accusa le coup, et Liza éprouva une sensation de triomphe. Elle l'avait déstabilisé – ce qui était une victoire en soi.

Tant pis si elle allait sans doute la payer cher.

— Tu crois qu'il était le seul malade prêt à obéir à mes ordres, Liza ? répondit Ace avec un soupir, comme s'il s'adressait à un enfant particulièrement obtus. Tu ne t'imagines quand même pas que ton père était quelqu'un de spécial ? Je le remplacerai dès que je me serai débarrassé de vous deux.

Il claqua dans ses doigts.

— Je n'aurai qu'à faire ça.

— Vous avez déjà eu largement le temps de nous tuer, Ace. Et pourtant, nous sommes encore là. À bavarder.

— Attachez-la. Et mettez-lui un bâillon, pour l'amour du ciel !

Deux hommes s'emparèrent d'elle. Liza décida de résister pour gagner du temps. Quand l'un d'eux abattit son arme sur l'arrière de sa tête, tout devint noir l'espace d'un instant. Elle cessa de se défendre.

Ils l'attachèrent sans ménagement, lui enfoncèrent un bâillon dans la bouche avec plus de force encore. Sa vision s'était brouillée, mais redevint nette peu à peu.

Jamison observait la scène, la fureur dans les yeux.

Elle avait peut-être fait un mauvais calcul, songea-t-elle, effrayée. À en juger par son expression, il allait se faire tuer avant l'arrivée des secours.

— Cela dit, tu poses une question intéressante, Liza, reprit Ace. Une question qui, j'imagine, vous a empêchés de dormir l'un et l'autre. Des années durant.

Il s'avança vers Liza. Elle refusa de laisser la peur l'envahir. Elle ne voulait pas lui donner la satisfaction de lire l'effroi sur ses traits. Malgré tout, lorsque Ace lui souleva le menton, elle ne put réprimer un mouvement de recul.

Il la toisa. Dans ses yeux brillait une lueur qu'elle ne connaissait que trop bien pour l'avoir vue sur le visage de son père au fil des années. Cet homme prenait plaisir à faire souffrir les autres.

Jamais elle n'avait vu Ace maltraiter quiconque. Ordonner à ses hommes de tuer ou de torturer, oui, mais jamais elle ne l'avait vu se charger du sale boulot en personne. Elle n'était pas certaine de pouvoir affirmer la même chose après ce soir – à supposer qu'elle soit encore capable d'affirmer quoi que ce soit.

— Tu veux savoir pourquoi vous avez survécu aussi longtemps ? Toi, Liza, parce que tu n'es rien. Personne ne se soucie de toi, par conséquent il ne me servait à rien de t'éliminer. Jusqu'à aujourd'hui.

Il tourna son regard vers Jamison.

— J'attendais que tu aies un fils, Jamison. Pour te le voler comme tu m'as volé les miens. Je sais que tu n'accordes aucune valeur à ta propre vie, mais tu en aurais accordé à celle d'un enfant.

Il reporta son attention sur Liza.

— Et il semble que tu en accordes à la sienne. C'est bon à savoir.

Soudain, il pivota et se dirigea vers une des voitures.

— Retire ce bout de bois fiché dans la jambe de mon fils et fais-les monter tous les deux dans la jeep, ordonna-t-il à un de ses hommes. Ne communique pas par talkie-walkie. Suis mon chauffeur.

Liza n'avait qu'une pensée en tête.

Vite, Cody, vite.

18

Ils allaient mourir tous les deux.

Il ne pouvait y avoir d'autre issue à présent qu'on l'avait fait monter dans la voiture. Il était blessé, plus gravement sans doute qu'il ne l'avait jamais été. Son père allait gagner.

Non. Il devait y avoir un moyen de sauver Liza. Il le fallait. Il ne pouvait renoncer. Il avait sauvé des gens dans des circonstances impossibles parce qu'il avait eu foi en lui-même. Pourquoi serait-ce différent cette fois-ci ?

Un des hommes de main poussa Liza à l'intérieur. Son père était assis devant, à côté du chauffeur. Ils discutaient à voix basse, mais Jamison ne parvenait pas à distinguer leurs paroles.

Peut-être que, une fois en route, l'un d'eux pourrait ouvrir la portière et sauter. Même si la mort était au rendez-vous, ce serait un sort préférable à celui que leur réservait Ace.

Contrairement à Liza, Jamison n'était pas ligoté. Il aurait aimé croire que la stupidité était à l'origine de cette omission, mais il était certain qu'Ace avait agi ainsi pour des raisons perverses. Peut-être voulait-il qu'ils tentent de s'échapper pour faire durer le jeu.

Peut-être savait-il que Jamison n'avait plus la force de lutter.

Mais il trouverait un moyen. N'importe lequel.

S'il avait appris quelque chose au sujet de son père, c'était que celui-ci avait la rancune tenace. Après une enfance malheureuse, certains aspiraient avant tout à soulager la douleur des gens. À leur épargner les épreuves qu'ils avaient endurées. Jamison comprenait ce désir.

D'autres, comme Ace, aspiraient au contraire à infliger cette douleur à autrui.

Malgré tout, Jamison calcula qu'un coup bien placé pourrait neutraliser le chauffeur, et provoquer un accident. Cela dit, les deux hommes à l'avant portaient une ceinture de sécurité, contrairement à Jamison et Liza. Leurs chances de survie étaient minces.

Tandis qu'il passait en revue divers scénarios dans sa tête, Liza se rapprocha discrètement de lui. Bien qu'elle ait les mains liées dans le dos, elle manœuvra de façon à ce que ses doigts effleurent ceux de Jamison. Il tâta ses liens, jugea qu'ils n'étaient pas très solides. Il pourrait les défaire. Cela leur donnerait une meilleure chance.

Les doigts de Liza pressèrent les siens, et elle secoua imperceptiblement la tête.

Puis elle se mit à… pianoter dans sa paume. Tout d'abord, il crut qu'elle voulait attirer son attention, mais c'était déjà chose faite. Il y avait des pauses entre les tapotements. Des touches légères, d'autres plus fermes. Ce n'était pas du morse… ni aucun code qu'il connaissait.

Cody avait fait la même chose. Cody, qui avait accès

à toutes sortes de ressources. Voulait-elle lui dire que Cody allait les aider ?

Liza était venue seule, ce qui signifiait qu'elle avait emmené les fillettes en lieu sûr – elle les avait conduites à Cody. Et ce dernier avait potentiellement les moyens de les sauver.

Dans ce cas, l'essentiel était de rester en vie le plus longtemps possible. Ce qui signifiait jouer au plus fin avec son père. La tâche ne serait pas aisée.

Mais avec l'aide de Liza, peut-être pourrait-il y parvenir.

— C'est vraiment mignon que vous vous soyez retrouvés, déclara Ace suavement en se tournant vers eux.

Il souriait d'un air bonhomme, comme un père normal qui s'adressait à son fils et à sa petite amie.

Cependant, il était tout sauf un père normal.

Liza émit un bruit, qui fut étouffé par son bâillon. Cela valait mieux, songea Jamison, parce que c'était sans doute une remarque sarcastique.

— Dommage pour ta sœur, ajouta Ace, en continuant à sourire à Liza.

Elle fronça les sourcils, mais puisqu'elle ne pouvait pas parler, c'était à Jamison de poser les questions. Avec Ace, cela revenait à s'aventurer sur un champ de mines. Malgré tout, il ne pouvait laisser cette remarque sans réponse. Liza voudrait savoir ce qui s'était passé.

— Que veux-tu dire ? demanda-t-il, feignant la perplexité.

— J'imagine que votre présence au chalet signifie que vous aviez compris qu'elle était là.

Ace se gratta la joue, l'air songeur, avant de hausser les épaules.

— Elle était dans l'écurie. Ce qui veut dire que l'explosion – à laquelle vous êtes mêlés, j'imagine – l'a tuée. Vraiment dommage que tu sois responsable de la mort de ta sœur bien-aimée et de dix de ses petites copines.

Jamison ne put que fixer son père, s'obligeant à compter les battements de son cœur pour s'empêcher de trahir la vérité.

Ace pensait que les filles étaient toujours dans l'écurie. Il y avait eu un problème de communication quelque part, et il ne savait pas qu'elles s'étaient enfuies.

Il ne savait pas.

Jamison avait envie de rire.

Même s'ils ne parvenaient pas à s'échapper, Cody pourrait arrêter Ace Wyatt pour ses liens avec un trafic d'êtres humains.

Liza tourna la tête et la nicha dans l'épaule de Jamison. Elle ne fit pas un bruit, mais ses épaules se soulevèrent et s'abaissèrent, comme si elle essayait de convaincre Ace qu'elle pleurait. Jamison soupçonnait qu'elle partageait la même envie de rire que lui, au contraire.

Il baissa la tête, enfouit le visage dans ses cheveux. Ils devaient à tout prix éviter de se trahir, mais savoir qu'ils avaient cet avantage emplissait Jamison d'un tel espoir qu'il avait du mal à ne pas sourire.

Liza et lui gardèrent donc la tête baissée pendant que la jeep cahotait sur des routes inégales, ou plutôt des pistes. Jamison ne voyait rien à travers les vitres fumées, et ne prit pas la peine d'essayer.

Quand le véhicule s'arrêta, il n'avait plus envie de sourire. L'angoisse avait succédé à l'espoir. Quoi qu'il arrive à présent, un calvaire les attendait.

Son père et le chauffeur descendirent, après quoi les portières arrière s'ouvrirent et deux hommes de main les tirèrent brutalement hors de l'habitacle, chacun d'un côté.

Jamison se mordit la langue pour ne pas hurler. Il avait beau souffrir le martyre, il ferait tout pour ne pas leur donner cette satisfaction.

Liza était encore ligotée et bâillonnée, mais puisqu'on l'avait fait passer le premier, Jamison ne pouvait pas voir si elle essayait de résister. Il devait se concentrer pour rester debout en dépit du vertige et de la douleur. Sa jambe s'était engourdie, il boitait, et le monde tournoyait autour de lui.

Il reconnaissait l'endroit, plus ou moins. Il était à Flynn, dans un bâtiment où il était entré cent fois enfant. Toutefois, la vieille baraque branlante avait été réparée, restaurée, de sorte que, de l'extérieur, elle ressemblait à une église modeste, mais bien entretenue. Toute blanche au milieu d'un bouquet d'arbres centenaires. On aurait dit un décor de carte postale, surtout à cette heure-ci, avec le soleil qui se levait à l'est, baignant le paysage d'une lumière dorée. Une lumière qui ressemblait à une promesse.

La promesse de la paix qu'il trouverait s'il tenait bon, peut-être.

On le poussa à l'intérieur. Là aussi, tout avait changé depuis l'époque où il vivait dans le gang. Les bancs avaient été astiqués avec soin, tout comme le plancher ciré. À la place de l'autel trônait un siège imposant.

Ace prit place sur ce siège.

Les symboles chrétiens avaient disparu, remplacés par les emblèmes des Fils des Badlands. Leur drapeau – représentant un crâne parmi les rochers des Badlands – était accroché à un des murs, leur devise gravée dans les lambris derrière Ace.

Le salut dans la force.

Ace était assis dessous, tel un souverain, voire un être supérieur. Il se prenait pour un dieu, et ceci était son église. Les Fils étaient ses loyaux fidèles.

Et les autres étaient punis.

Jamais Jamison n'avait vu une telle mise en scène. À l'instar du chalet de Tony, elle était bien loin du mode de vie nomade qu'il avait connu enfant.

Les Fils étaient-ils si certains de leur invincibilité qu'ils avaient commencé à se fixer ?

Jamison ne savait s'il devait s'en réjouir ou s'en effrayer. D'un côté, un excès de confiance signifiait qu'il serait plus aisé de les arrêter et de les juger, mais de l'autre, peut-être étaient-ils réellement invulnérables.

Non, il se refusait à le croire.

D'autres devises avaient été gravées sur les murs.

Les forts portent un tatouage. Les faibles portent une plaque.

Dessous se trouvaient des clichés de policiers, certains marqués d'une croix écarlate.

Les agents que le gang avait abattus.

Refoulant la vague de fureur qui le submergeait, Jamison se focalisa sur le fait que ces images étaient autant de preuves de culpabilité. S'il survivait à cette épreuve, elles contribueraient à envoyer Ace en prison.

Derrière les barreaux pour la première fois de sa vie.

— C'est un peu ridicule, même pour toi, lâcha-t-il.

— Tout ça ? demanda Ace en désignant l'église. C'est ta chance de me supplier de te pardonner, fiston. Ta seule chance. Je suggère que tu te mettes à genoux.

Jamison éclata de rire, puis cracha en direction de son père. Sachant que le coup allait venir, il esquiva et se tourna vers les deux hommes armés derrière lui. Ils avaient leur pistolet braqué sur sa poitrine, mais ils ne pouvaient pas s'en servir. Pas sans l'autorisation d'Ace.

Il y avait certains avantages à être le fils d'un dément.

— Toi, mets-le à genoux, ordonna Ace d'une voix tendue. Toi, amène-la ici.

Le premier type s'avança vers Jamison, qui lui décocha un coup de coude dans le genou. Un filet de sang éclaboussa le parquet rutilant. Jamison en éprouva un peu trop de satisfaction – le genre de satisfaction qui lui rappela qu'il était bien le fils d'un dément.

Il n'aimait pas cette sensation, ne voulait pas que la violence chante en lui, puissante et meurtrière, au point que rien d'autre ne comptait plus.

Car Liza comptait.

Les deux hommes qui la maintenaient ne la forcèrent pas à s'agenouiller. Ils la déposèrent sur les genoux d'Ace, comme si elle était une enfant.

Son père sourit à Jamison.

Ravalant sa rage et la bile qui lui montait à la gorge, ce dernier se mit à genoux. Il allait céder. Supplier si nécessaire. Mais pas renoncer.

— C'est bien, commenta Ace, en enroulant un bras autour de la taille de Liza.

Elle redressa le menton et regarda droit devant elle, mais ce fut tout.

— Mes propres parents m'ont abandonné à la mort, reprit-il, mais je ne suis pas mort. J'ai survécu, et ce que j'ai construit…

— Est une communauté loyale prête à obéir à mes ordres. Parce que j'étais fort. Plus fort que n'importe qui, récita Jamison.

Il s'était agenouillé, mais il se refusait encore à supplier. Il planta son regard dans celui de son père.

— Tes discours sont aussi assommants et aussi prévisibles qu'autrefois.

— Tout véritable leader doit subir des trahisons, Jamison. J'ai subi la tienne. J'ai attendu ma vengeance, car un bon chef sait être patient. Un bon leader, un vrai, attend son heure.

— Eh bien, puisque je n'ai pas de fils que tu puisses voler, je suppose que tu vas devoir patienter encore un peu.

— Les transgressions doivent être punies, Jamison.

Il resserra sa prise sur Liza, et Jamison dut faire appel à toute sa maîtrise de lui-même pour ne pas se ruer sur lui.

— L'un de vous deux va payer avec son sang. L'autre avec l'échec.

— Tu commences à parler comme le chef d'un culte plutôt que d'un gang, lâcha Jamison, les dents serrées.

— Ne t'en fais pas, répondit Ace tranquillement. On peut être l'un et l'autre. Qu'arrive-t-il après la chute d'un leader, Jamison ? C'est le chaos. Qu'arrivera-t-il si tu ne retournes pas à tes frères ? S'effondreront-ils ? Non. Je ne crois pas. Ils voudront te venger. Mais si j'avais voulu me venger de mes parents, qu'aurais-je construit ? Rien. J'ai voulu me venger du monde et je m'en suis créé le mien.

— Il y a un vaste monde en dehors d'ici, en dehors de ce gang, rétorqua Jamison, désireux de le faire parler pour gagner du temps. Tout ce que tu as construit, c'est… un village, peut-être.

— Je n'ai pas besoin du reste du monde, Jamison. Je n'ai besoin que de gens loyaux. Dommage que ce mot ne s'applique ni à l'un ni à l'autre de vous deux.

Il tira un couteau de sa poche et l'approcha de la joue de Liza.

— Je t'ai appris que la seule vérité était le pouvoir. Tout le reste est une faiblesse. Tu ne m'as pas cru. Maintenant, j'ai ta faiblesse entre les mains. Que devrais-je en faire, à ton avis ?

Liza se faisait violence pour dissimuler son dégoût. Le bras d'Ace était enroulé autour de sa taille tel un python. Le contact lui donnait la nausée.

Les yeux de Jamison étincelaient d'une fureur à peine contenue. Tôt ou tard, il n'allait plus pouvoir se maîtriser. Il fallait qu'elle fasse quelque chose. Et vite.

Ace avait raison sur un point : elle était le point faible de Jamison. Il commettrait un acte stupide plutôt que de laisser Ace lui faire du mal.

Ce dernier pressa la pointe du couteau contre sa joue. Elle regarda Jamison, le suppliant silencieusement de ne pas réagir.

— Tu me surprends, déclara Ace en pressant la pointe du couteau contre la joue de Liza. Soit tu as appris à te dominer, soit elle ne compte pas beaucoup pour toi. L'un comme l'autre me rendrait fier.

— Je ne vis que pour ça, répondit Jamison, sarcastique. Te rendre fier de moi.

— Je sais que tu t'imagines être au-dessus de mon influence, mais ne va pas penser que tu es devenu flic sans raison. Toi et tous tes frères. Comme si cette plaque pouvait vous faire échapper à ce que vous êtes réellement.

La pointe du couteau s'enfonça davantage dans la chair de Liza. Elle serra les dents, refusant de trahir la douleur cuisante qu'elle éprouvait.

Soudain, brusquement, Ace éloigna le couteau et abaissa le bâillon.

— Je ne voudrais pas étouffer tes cris de douleur, expliqua-t-il, en pressant le couteau contre sa gorge, cette fois.

Le sang de Liza se glaça dans ses veines, néanmoins elle se focalisa sur Jamison. Sur la lueur féroce qu'elle lisait dans ses yeux. Il avait essayé de la sauver autrefois, mais c'était à elle d'agir maintenant. Elle avait sauvé Gigi. Elle pouvait sauver Jamison.

Elle ne tremblerait pas. Ne supplierait pas. Elle serait forte, comme il lui avait appris à l'être.

— Vous ne voulez pas donner l'ordre à un de vos abrutis de faire le sale boulot à votre place ? lâcha-t-elle d'une voix calme, empreinte de mépris.

— En temps normal, c'est ce que je ferais, puisque tu n'es rien du tout. Mais je veux que Jamison revoie le moment où je t'ai tranché la gorge jusqu'à la fin de ses jours.

Liza savait qu'elle était condamnée. La mort était inévitable. Malgré tout, elle ne donnerait pas à Ace la satisfaction de mener la danse.

Elle avait un couteau sous la gorge et les mains liées dans son dos. Jamison regardait les hommes armés qui le surveillaient, prêt à tenter quelque chose.

S'ils pouvaient agir de concert, ce serait une bataille plutôt qu'un massacre. Mais comment faire ?

Elle n'eut pas le temps de trouver la réponse à sa question. Une violente explosion l'arracha à l'étreinte d'Ace et la projeta au sol.

Complètement étourdie, elle mit quelques secondes à se rendre compte qu'elle était allongée par terre, que l'air était ponctué de cris et de coups de feu. Elle saignait – à cause de l'entaille qu'Ace lui avait faite à la joue, ou à la gorge. Elle n'aurait su le dire au juste. Tout était flou.

Soudain, elle sentit qu'on la retournait sur le dos. Ace. Elle se défendit aussitôt. Elle n'avait pas de stratégie hormis donner des coups de pied – aussi fort que possible. Ses mains étaient toujours attachées : elle n'avait pas d'autre moyen de résister.

Le couteau toujours à la main, il s'assit à califourchon sur elle pour la plaquer au sol, lui maintenant les épaules pour l'empêcher de se débattre. Côté positif, songea-t-elle, il ne pourrait pas la poignarder tant qu'il restait dans cette position.

— Tu crois avoir gagné, ironisa-t-il. Mais tu ne gagneras jamais.

— C'est la différence entre vous et moi, Ace. Je n'ai pas besoin de gagner. Survivre à ce cauchemar me suffit. Je n'ai pas besoin de davantage.

— Tu penses que tu vas survivre ? s'esclaffa-t-il. Le survivant, c'est moi.

— Pas cette fois, intervint une voix derrière lui.

Il se figea, et Liza leva les yeux vers le nouveau venu. Cody braquait un pistolet sur la tête de son père.

Cody était là.

— Les filles…, balbutia-t-elle.

— … sont saines et sauves, assura-t-il.

Ace fronça les sourcils un instant, comme s'il essayait de comprendre le sens de ces paroles.

— Oui, on les a sauvées, expliqua Liza avec satisfaction. On les a fait sortir sous votre nez. Vous avez encore envie de nous faire la leçon sur les vrais leaders ? Nous avons tous été plus forts que vous, Ace. Maintenant, vous allez comprendre à quel point.

— Lâche ce couteau, ordonna Cody.

— Je pourrais l'égorger avant que tu aies le temps de me mettre une balle dans la tête, fiston. Je te conseille de prendre un autre ton avec moi.

— Eh bien, vas-y.

Horrifiée, Liza retint son souffle, attendant la fin. Cependant, un coup de feu résonna, et le couteau échappa aux mains d'Ace tandis que la balle allait se ficher dans le mur opposé.

Comme elle levait des yeux atterrés sur Cody, il haussa les épaules.

— Les tireurs d'élite sont parfois utiles. Les experts en explosifs aussi, lâcha-t-il en désignant l'arrière du bâtiment d'un geste vague.

Puis il inclina la tête en direction de quelqu'un. Liza se sentit tirée de sous Ace, les liens de ses mains furent coupés alors qu'elle se remettait debout.

Elle parcourut des yeux l'étrange scène. Un des murs de l'église avait presque entièrement disparu, mais aucune flamme ne s'élevait. Des experts en explosifs, à n'en pas douter.

À l'intérieur, deux des hommes d'Ace étaient ligotés ensemble, étendus pêle-mêle par terre. Deux autres étaient à l'évidence morts. Et Jamison… Jamison gisait sur le sol – un des hommes de Cody penché sur lui.

Liza s'élança, trébuchant dans sa hâte à le rejoindre.

— Ça va, marmonna-t-il alors qu'elle lui effleurait la joue.

— Il est blessé à la tête et il a besoin de points de suture, rectifia une voix de femme, celle de la personne qui s'occupait de lui.

Vêtus de noir et armés jusqu'aux dents, tous les membres de l'équipe de Cody arboraient foulards, casques et cagoules qui dissimulaient leurs visages, si bien qu'il était difficile de déterminer leur sexe.

Elle se retourna vers lui, perplexe. À quoi donc était-il mêlé ?

— Ace est encore vivant ? demanda Jamison d'une voix rauque, qui trahissait l'effort qu'il devait faire pour parler.

— Je crois.

— Aide-moi à me lever.

Sur quoi il tenta de se redresser, alors même que Liza et la femme tentaient de l'obliger à rester allongé.

— Vous ne devriez pas, objecta l'inconnue.

— Il le faut.

Sachant qu'il ne renoncerait pas, Liza adressa un signe de tête à l'inconnue et l'aida à se remettre debout. L'espace d'un instant, il chancela légèrement, puis s'avança vers Cody, dont l'arme était toujours braquée sur la tête d'Ace.

L'expression de son visage glaça Liza. Elle saisit Jamison par la manche, voulant l'éloigner de la scène. Ace était étendu sur le dos, un sourire aux lèvres, et rien de bon – rien – ne pouvait venir de ce moment.

Cependant, Jamison mit calmement la main sur l'épaule de son frère.

— Ne le tue pas.

19

Cody continua à fixer Ace, mais Jamison savait qu'il l'avait entendu. Sa prise sur le pistolet avait changé, et il le sentait vaciller.

Jamison insista pendant qu'il en était encore temps.

— Je veux qu'il finisse ses jours au fond d'une prison, reprit-il.

Son crâne le lançait, et il voyait double, mais il était vivant. Il allait survivre.

Maintenant, il devait s'assurer que son benjamin survive aussi. Pas seulement qu'il sorte indemne de ce cauchemar.

— S'il est mort, tout sera terminé, objecta Cody, le doigt sur la détente.

Terminé. C'était tentant. Savoir qu'Ace ne pourrait plus resurgir dans leurs vies et y semer le chaos. N'était-ce pas cette crainte qui avait hanté Jamison pendant toutes ces années ?

Pourtant, s'il le tuait, Cody devrait vivre avec son geste pour toujours. Cela n'en valait pas la peine, songea Jamison. Ce poids sur la conscience. À jamais.

— Tu veux être comme lui ? demanda-t-il tout bas.

Comme Cody gardait le silence, il continua.

— Son second est mort. Il va aller en prison.

Jamison se tourna vers son père. Si ce dernier se sentait vaincu, il n'en laissait rien paraître. Jamison voulait qu'il paraisse vaincu. Qu'il en ait l'air. Qu'il soit l'incarnation même de la défaite. Une cellule aurait cet effet-là. Pour lui, la privation de liberté serait un sort pire que la mort.

— Que disais-tu qu'il arrive lorsqu'un vrai leader disparaît, papa ?

Ace sourit.

— C'est le chaos, fiston.

Jamison acquiesça, puis pivota vers Cody.

— On a ce qu'on voulait. C'est fini. Le gang va être démantelé. Il va finir ses jours derrière les barreaux, et tu le sais. Tout est fini. Ne te condamne pas à vivre avec ça pour toujours.

— Ce ne sera jamais fini, Jamison, protesta Ace avec un rire. Jamais. À moins qu'un de vous n'ait le courage de me descendre. Mais vous ne l'aurez pas. Aucun de vous ne l'a. Aucun.

Jamison vit tressauter les muscles de la mâchoire de Cody mais il n'eut pas besoin d'intervenir. Son frère abaissa son arme.

— Tu parles comme un homme qui a envie de mourir. Je n'ai pas l'intention de te donner cette satisfaction.

Sur un signal de sa part, deux hommes relevèrent Ace et lui passèrent les menottes.

— Je ne voudrais pas avoir l'air de me plaindre, dit Jamison en les regardant emmener leur père. Mais, puisqu'il est évident que tu n'appartiens pas aux forces de l'ordre officielles, as-tu le droit de le menotter ?

— On va s'en occuper, rétorqua Cody, dont le regard

suivait son père aussi. Le temps que tout soit terminé ici, ce sera légal.

Jamison se demanda s'il devait être soulagé ou non par sa réponse.

— Où sont les filles ? intervint Liza.

Cody se détourna enfin d'Ace et leur fit signe de le suivre au-dehors. Une rangée de voitures noires attendait.

— Elles ont été emmenées dans un centre médical. Je ne voulais pas faire intervenir les services sociaux avant que vous soyez là. Certaines d'entre elles ont pu nous donner les noms de leurs parents, d'autres sont trop jeunes. Il va falloir jouer serré, mais nous voulons nous assurer que nous ne rendons pas des enfants à des parents qui les ont vendues.

— Vendues ? répéta Liza, atterrée.

— Cela arrive, malheureusement. Et dans le gang, tout est possible. Quoi qu'il en soit, le réseau est démantelé. Tony est mort, Ace va être mis en prison. Le trafic ne va pas reprendre. Pas ici, en tout cas.

— Mais tu ne savais pas que les filles étaient ici, observa Jamison. Comment as-tu… ?

— Nous enquêtions sur la disparition de Carlee Bright. Elle avait un lien avec un membre de notre groupe. Nous n'avons trouvé aucune preuve de l'existence du trafic, ce qui m'incite à penser que cette opération était la première de ce genre. Vous deux y avez mis fin avant même qu'elle ait lieu.

— Nous n'avons rien fait, objecta Jamison.

Il ne savait pas depuis combien de temps les fillettes étaient détenues dans l'écurie ni de quelle manière elles avaient été traitées. Ils leur avaient peut-être épargné un sort pire encore, mais elles avaient déjà connu la peur et la cruauté.

— Si vous n'aviez pas été là, nous aurions déclenché l'explosion et elles seraient mortes à présent, déclara Cody froidement.

Son détachement apparent ne réussit pas à tromper Jamison. Son frère se sentait coupable, à tort.

Il lui pressa l'épaule.

— Mais tu ne l'as pas fait.

Cody hocha la tête.

— Mes hommes vont vous conduire au centre médical. Quelqu'un pourra te mettre des points de suture et examiner la cheville de Liza. Nous allons terminer ici et au chalet.

C'était étrange pour Jamison de recevoir des ordres de son petit frère.

— Il y avait des photos de policiers exécutés sur les murs, dit-il. Elles doivent avoir survécu à l'explosion. On pourra s'en servir comme pièces à conviction.

— Mes hommes vont emporter tout ce qui peut servir de preuve à charge contre Ace. Nos activités ne sont peut-être pas officielles, mais nous savons comment transmettre nos informations aux autorités légales. Tony étant mort, il est clair qu'Ace va tenter de lui faire endosser les plus graves de leurs méfaits, mais ça ne suffira pas pour qu'il échappe à la prison.

— Une fois qu'il sera incarcéré, nous pourrons travailler à rassembler un maximum d'éléments contre lui, assura Jamison.

— J'espère que tu as raison, parce que si tu te trompes, nous serons tous en danger. En danger de mort.

— On gérera. Quoi qu'il arrive.

Cody regarda ses hommes qui faisaient monter Ace dans une voiture.

— Il se peut qu'on doive l'éliminer.

Jamison savait que c'était une possibilité, mais que ce serait aussi son dernier recours.

— On vaut mieux que ça. Mieux que lui.

Seul un soupir lui répondit. Jamison n'avait pas besoin d'explications pour en deviner le sens.

Je n'en suis pas si sûr.

Par conséquent, il incombait à Jamison d'en être sûr pour deux. Pour eux tous.

Des années durant, il avait craint que le mal enraciné chez son père ne soit tapi en lui.

Mais ils étaient là. En vie. Après avoir aidé à sauver des vies innocentes. Aujourd'hui, cette victoire lui suffirait.

Cody ouvrit la portière d'un gros 4x4 de type militaire. Jamison marqua une pause et le dévisagea, secouant la tête.

— Dans quoi es-tu impliqué au juste ?

Son frère sourit.

— Après cette opération ? Plus rien.

Liza s'assoupit pendant le trajet jusqu'au « centre médical », lequel ressemblait de l'extérieur à un chalet anodin, mais se révélait, à l'intérieur, être une véritable clinique. Une fois arrivée, elle refusa obstinément de se faire ausculter avant d'avoir vu Gigi. Devant son insistance, le médecin capitula, et ce fut avec l'enfant dans les bras qu'elle se laissa enfin examiner.

— Nous allons vous donner des béquilles, mais il faut vous reposer pendant les semaines qui viennent, déclara la femme, après lui avoir mis des points de suture.

Liza lâcha un petit rire.

— Je ne me le ferai pas dire deux fois !

Elle baissa les yeux sur l'enfant qui s'était endormie sur ses genoux.

— Ces petites filles… ont-elles été…

Elle s'interrompit, incapable de se résoudre à prononcer le mot.

— Hormis quelques contusions, elles vont bien. Elles se rétabliront très vite.

On toqua à la porte, et une femme passa la tête à l'intérieur.

— Cody voudrait vous parler, Liza. Je peux mettre Gigi dans son lit.

Liza resserra sa prise sur l'enfant, réticente à la lâcher.

— Vous n'allez pas pouvoir la porter, avec votre cheville blessée, reprit la femme en souriant. Venez avec moi, je vais vous conduire dans sa chambre. Vous pourrez rester avec elle jusqu'à ce que vous soyez tranquillisée. Cody attendra.

Liza sourit à son tour. Elle ne connaissait pas son interlocutrice, mais elle lui faisait confiance. À Cody aussi. Il les avait sauvés – tous. Elle avait une dette envers lui tout comme elle avait une dette envers Jamison.

Ni l'un ni l'autre ne verraient les choses sous cet angle, bien sûr. Une bouffée d'émotion la submergea, qu'elle refoula à grand-peine. Elle avait échappé au gang, et cela signifiait qu'elle allait revoir Pauline. Les Knight. Les frères Wyatt. Jamison…

Ils feraient tous partie de sa vie désormais. De la vie de Gigi.

La femme prit Gigi dans ses bras, puis attendit que Liza se lève et trouve son équilibre avec les béquilles. Ensuite, elle la fit entrer dans une pièce sombre, éclairée ici et là par quelques veilleuses. Elle contenait plusieurs lits – certains avaient à l'évidence été déplacés pour que les fillettes puissent être ensemble.

Après avoir déposé Gigi sur l'un d'eux, la femme recula, laissant à Liza le soin de la border.

L'enfant dormait à poings fermés. Liza la contempla un instant avant de promener son regard sur la salle. Les deux sœurs partageaient un lit, tandis que la plupart des autres avaient chacune le leur. Toutes dormaient.

Elles étaient en sécurité. Peut-être avaient-elles vu des choses affreuses, mais elles avaient survécu.

À regret, elle suivit l'inconnue dans le couloir.

— Nous les surveillons, ne vous inquiétez pas. Si l'une d'elles se réveille et a peur, quelqu'un viendra.

Trop émue pour parler, Liza se contenta d'acquiescer. Sa compagne la conduisit dans une autre salle. Le chalet était nettement plus vaste qu'elle ne l'avait pensé. Il abritait plusieurs chambres et salles d'auscultations, ainsi que cette pièce qui faisait penser Liza à une salle d'interrogatoire.

Cependant, Jamison était là – le visage couvert de pansements, le bras en écharpe. Il leva les yeux vers elle, l'épuisement gravé sur ses traits.

Un élan d'amour monta en elle, si violent et si douloureux qu'un sanglot lui échappa. Elle se figea, mais il ne s'écoula qu'une fraction de seconde avant que les bras de Jamison se referment autour d'elle.

— Chut. Tout va bien. Nous sommes sauvés.

Elle secoua la tête, se sentant idiote, à bout de forces.

— Assieds-toi, murmura-t-elle d'une voix rauque, tout en s'accrochant à lui. Tu es blessé.

Il continua à lui caresser le dos et déposa un baiser sur sa tempe.

— Je vais bien. Ne pleure plus, mon chou. Ça me tue. Tout va bien maintenant.

Elle se laissa aller contre lui, laissant libre cours à ses larmes. Tout allait bien, en effet. Peu importaient les épreuves qui les attendaient, ils pourraient y faire face. Ils y feraient face. Parce qu'ils avaient accompli leur mission et que, s'ils avaient réussi à expédier Ace en prison et à démanteler un trafic d'enfants, ils étaient capables d'affronter n'importe quoi.

Lorsqu'elle se fut un peu ressaisie, Jamison la guida vers une chaise et la fit asseoir, puis appuya ses béquilles contre le mur et prit place à côté d'elle. Cody était installé en face d'eux, une tablette devant lui.

— Je voulais vous parler de l'avenir des fillettes, dit-il sans préambule. Nous commençons par vérifier qu'elles n'ont pas été portées disparues. Quant à celles dont les parents étaient membres du gang… nous pourrions leur trouver de bonnes familles d'accueil sans passer par les voies officielles.

Jamison fronça les sourcils.

— Comment ça ? Il faudra qu'elles aient des papiers d'adoption en bonne et due forme pour pouvoir aller à l'école et…

— En utilisant des méthodes que je ne devrais pas détailler en présence d'un flic respectueux des règles, coupa Cody en souriant.

Jamison cilla, mais n'insista pas. Cody se tourna vers Liza.

— Dans ton cas, Liza, tu obtiendrais probablement la garde de Gigi de toute manière. Tu es sa plus proche parente et elle te connaît. Si tu voulais…

— Bien sûr que je veux, coupa Liza vivement.

— Très bien. Nous allons nous mettre en contact avec les autorités concernées et faire en sorte que tout se passe aussi vite que possible. À propos, tu n'as pas demandé ce qui était arrivé au cheval.

Liza secoua la tête.

— Je ne veux pas le savoir.

— Je l'ai fait sortir, intervint Jamison. Je ne sais pas s'il a échappé à l'explosion, mais je l'ai fait sortir de l'écurie.

Liza le regarda, stupéfaite et pleine d'admiration.

— Mon équipe l'a retrouvé dans les bois, expliqua Cody. Gigi nous a dit qu'il l'avait sauvée. Il a été mis à l'abri aussi.

Liza lâcha un rire émerveillé. Ainsi, ils étaient tous sains et saufs. Même le cheval.

— Et Ace ? demanda-t-elle, avec un vestige d'inquiétude.

— Il est actuellement détenu à la prison de Pennington. Nous collaborons avec les forces de l'ordre locales et fédérales pour que toute une série de charges soient retenues contre lui.

Jamison hocha la tête.

— Dès que les filles seront réveillées, nous vous emmènerons chez grand-mère, reprit Cody. Duke et elle ont accepté de les héberger en attendant qu'on leur trouve des familles d'accueil. Nous essayons de faire aussi vite que possible pour leur donner la stabilité dont elles ont besoin sans pour autant négliger quoi que ce soit. Nous voulons qu'elles soient bien traitées, maintenant et à l'avenir. Nous y veillerons. C'est notre mission.

À la fois soulagée et au comble de l'épuisement, Liza appuya la tête contre l'épaule de Jamison.

— Je n'ai qu'une envie : rentrer à la maison.

Jamison la serra dans ses bras.

20

Le chaos régnait au ranch, mais c'était le genre de chaos qui plaisait à Jamison.

Sa grand-mère avait recueilli quatre fillettes y compris Gigi. Trois autres se trouvaient chez les Knight, tandis que les quatre dernières, qui avaient été kidnappées, avaient été rendues à leurs parents.

Ce soir, tout ce petit monde se retrouvait chez Pauline pour dîner.

Quatre des fillettes devaient partir dans leur nouveau foyer le lendemain, et les parents adoptifs avaient été invités également. La maison débordait de monde, et sa grand-mère dirigeait la cuisine avec l'efficacité d'un général sur le champ de bataille.

À table, Duke raconta nombre d'histoires qui les firent tous rire aux larmes ; on aurait dit un repas de Noël. Une grande fête.

C'en était une. Une célébration de la vie, de la survie, de l'avenir qui s'offrait à eux.

Le dîner terminé, les filles se rendirent à l'écurie pour aller caresser George et lui souhaiter bonne nuit. C'était devenu un rituel quotidien depuis que Cody avait réussi à le faire transporter au ranch.

Il y était traité comme un coq en pâte, ce qu'il avait bien mérité.

Jamison et ses frères étaient chargés du rangement. Ce soir-là, Dev débarrassa la table pendant que Cody et lui s'attaquaient à la vaisselle.

Cody avait passé les trois derniers jours au ranch. Comme s'il avait l'intention de s'y installer.

— Quand vas-tu nous parler de ce groupe dont tu fais partie ? demanda Jamison en essuyant une assiette.

— Jamais, répondit Cody en souriant.

Il reporta son attention sur la vaisselle, et son sourire s'effaça.

— Dès cette opération terminée, je serai renvoyé.

— Pourquoi ?

— C'est une organisation secrète, Jamison. J'ai compromis le secret.

— Tu as aidé des gens. Tu nous as sauvés.

Cody marqua une pause, puis secoua la tête.

— L'appartenance au groupe est toujours temporaire. Nous savons que n'importe quelle mission risque de nous compromettre et que nous devrons partir.

Il haussa les épaules.

— J'ai fait ma part. J'ai aidé quelques personnes. Maintenant, il va falloir que je réfléchisse à la suite. J'ai l'impression que Dev aurait besoin d'un coup de main ici.

— Tu détestes le travail du ranch.

— Peut-être que je vais changer d'avis en vieillissant.

— Je n'y crois pas une seconde, gloussa Jamison.

Cela ne l'inquiétait pas, cependant. Cody resterait peut-être quelque temps, mais il finirait par trouver sa voie.

— Tu sais, tu pourrais encore entrer à l'école de police.

— On verra.

Jamison n'insista pas. Ce n'était pas une mauvaise idée que son frère séjourne au ranch dans l'immédiat. Au cours des mois à venir, ils allaient tous devoir faire preuve de vigilance au cas où le gang tente de se reformer. Même s'il en doutait, mieux valait être prudent.

La vaisselle terminée, ils rejoignirent les autres jusqu'à ce que vienne le moment de se coucher. Grand-mère et Liza emmenèrent les filles qui restaient dans leurs chambres. Cody disparut dans la sienne, tandis que Dev et Sarah se chargeaient des dernières corvées de la journée.

Jamison monta à son tour. Il n'était pas encore rétabli – tant s'en fallait-il. Mais cela viendrait.

Il enfila le couloir et s'arrêta sur le seuil de la chambre de Gigi. La porte était ouverte et la fillette était pelotonnée contre Liza qui lui lisait une histoire.

Jamison attendit que Liza ait terminé et bordé l'enfant.

— Tu restes là, Sissy ?

— Bien sûr, mon chou.

Quelques secondes plus tard, Gigi dormait. Quand Liza se leva, elle ne parut guère surprise de le voir.

Elle sourit, referma la porte et le retrouva dans le couloir. Elle avait passé les dernières nuits dans la chambre de Gigi, si bien qu'ils n'avaient pas vraiment eu le temps de se parler.

Et ils avaient beaucoup de choses à se dire.

— Où sont tes béquilles ?

— Elles m'agacent plus que l'entorse. Je n'en ai plus

besoin, répondit-elle avant de lui lancer un regard de côté. Combien de temps peux-tu rester ici ?

Il fronça les sourcils malgré lui.

— Le devoir m'appelle, soupira-t-il. J'ai des paperasses à remplir.

Cette perspective ne l'enchantait guère. Il n'éprouvait pas le besoin d'élucider des crimes constamment, mais il aimait circuler dans sa ville et être actif dans la communauté.

Liza fit la grimace.

— Tu es blessé.

— Je peux répondre au téléphone. Pour ce qui est du reste, Gage me remplace, ce qui veut dire qu'il faut absolument que je retourne au bureau pour lui casser les pieds.

Il se pencha vers elle et lui pressa le bras.

— Vous serez en sécurité ici toutes les deux. Vous pouvez rester aussi longtemps que vous le voulez.

Liza contempla l'homme qu'elle aimait, cet homme qui lui avait donné l'espace dont elle avait eu besoin ces derniers jours pour se consacrer à Gigi. Et pour réfléchir à leur nouvelle existence.

Cette existence n'aurait aucun intérêt si Jamison n'en faisait pas partie. Il voulait qu'elle reste au ranch. À l'écart, à l'abri. Parce qu'il l'aimait et qu'il avait passé sa vie à sauver autrui. Pour lui, l'amour se confondait avec le sacrifice.

Elle allait devoir lui enseigner que non.

Elle posa une main sur sa poitrine.

— Je connais un autre endroit où nous serions en sécurité.

Jamison fixa sa main, puis la regarda dans les yeux. Il semblait presque blessé, ce qui la laissa perplexe.

— Liza… Si tu veux emmener Gigi ailleurs, je comprendrai. Je pourrais t'aider. Mais tu devrais attendre…

— Je ne parle pas d'aller loin, répondit-elle en lui donnant une petite poussée. Je parle d'une petite ville où il y a une école, et un policier très consciencieux qui veille à ce que les rues soient sûres.

Il ouvrit la bouche, mais aucun son n'en sortit.

— À moins que tu n'aies changé d'avis à propos de nous.

Il se redressa.

— Je n'ai pas changé d'avis.

— Ace est en prison, lui rappela-t-elle en nouant les bras autour de son cou.

— Pour le moment.

Il lui entoura la taille de ses bras. Son inquiétude était palpable, mais il ne se détacha pas d'elle.

— S'il n'y était plus, je serais sur sa liste aussi, souffla-t-elle.

Comme il se raidissait à ses paroles, elle déposa un baiser sur son menton.

— Tu le sais, dit-elle doucement.

— Et Gigi ?

— Elle sera en sécurité avec moi. Avec nous.

— Vous pourriez disparaître toutes les deux. Si tu me donnes un peu de temps, je pourrais…

— Disparaître jusqu'à quand ?

Liza secoua la tête.

Plus jeune, elle se serait sentie blessée qu'il puisse

vivre sans elle, mais la femme qu'elle était devenue ne comprenait que trop bien qu'il essayât de la protéger.

— Tu aurais pu envoyer tes frères à l'autre bout du monde. Vous auriez tous pu partir. Vous êtes restés, parce que vous êtes ici chez vous, et parce que ces gens-là ont déjà trop dominé nos vies. Nous allons rester aussi, Jamison. Et si nous sommes en danger, nous nous battrons. Ensemble.

— Je t'aime. Je veux t'avoir à mes côtés, Liza, mais…

— Pas de « mais ». Nous nous aimons. Nous veillerons l'un sur l'autre. Et nous ferons tout ce qui est en notre pouvoir pour que Gigi soit en sécurité et heureuse. Qu'est-ce qu'une femme pourrait désirer de plus ?

— Eh bien, peut-être un endroit plus agréable à vivre qu'un appartement négligé au-dessus du poste de police.

— Dans ce cas, nous trouverons une maison.

Il baissa les yeux sur elle. Si elle ne l'avait pas déjà aimé de toutes ses forces, son regard intense, infiniment sérieux, aurait suffi à la conquérir.

— Avant de trouver une maison, on va trouver une église, dit-il sur un ton résolu, presque comme s'il lui lançait un défi.

Elle se contenta d'arquer un sourcil.

— Tu crois que cela me fait peur ?

— Je doute que tu aies peur de quoi que ce soit, Liza. Mais… soyons réalistes…

— J'ai dû faire face à la mort une dizaine de fois au cours de la semaine écoulée.

Il tendit la main et repoussa une mèche qui retombait sur son front. Quand il reprit la parole, sa voix était douce.

— Justement. Peut-être que nous ne sommes pas bien placés pour nous engager jusqu'à la fin de nos jours.

Liza ne put réprimer un rire.

— Avec combien de femmes as-tu fait l'amour au cours de ces quinze dernières années ?

Il se redressa et rougit, indigné.

Adorable et parfait. Son homme. Son homme à elle.

— Je ne vois pas le rapport.

— Pas beaucoup, donc.

— Je n'ai pas dit… Ça ne signifie pas…

— Ça signifie que tu m'attendais, que tu aies voulu l'admettre ou pas. Parce que tu m'as fait une promesse autrefois, et que toi, Jamison Wyatt, tu tiens tes promesses.

Elle émit un soupir, parce que c'était la vérité, et que cela ne changerait jamais.

— Même quand tu ne veux pas. Tu m'attendais. Quelque part au fond de toi, tu savais qu'on finirait par se retrouver. Exactement comme je le savais, même si je n'osais pas l'espérer.

— Je ne sais pas comment c'est possible. D'être séparés pendant si longtemps, de changer à tant d'égards et pourtant… je ne crois pas à tous ces trucs-là. À l'idée qu'on sait ce qu'on ne sait pas. Qu'on attend sans s'en rendre compte. Je n'y crois pas. Mais…

— On s'est retrouvés.

— On s'est retrouvés, répéta-t-il en se penchant vers elle.

Devançant son baiser, Liza pressa ses lèvres contre les siennes. Car son avenir était là, avec cet homme qu'elle n'avait jamais cessé d'aimer.

Retrouvez en février 2021,
dans votre collection

BLACK ROSE

Un ange gardien pour Katlin, de Julie Anne Lindsey - N°624

SÉRIE GARDES DU CORPS EN ALERTE 4/4

Dans la chambre d'hôpital où elle vient de se réveiller, Katlin, désorientée, se rend compte qu'elle a perdu la mémoire. À son chevet, un homme lui annonce qu'elle a été victime d'une tentative d'assassinat et qu'il est là pour la protéger. Avec des mots choisis pour la rassurer, il lui révèle qu'il est le meilleur ami de son frère. Troublée, Katlin se demande alors si elle peut lui accorder sa confiance…

Proximité risquée, de Julie Miller

Intelligente, magnifique, inaccessible… Pour l'inspecteur de police Hudson Kramer, Virginia Brennan est et doit rester un témoin à protéger. Et tant pis si la jolie scientifique, qui a reçu des menaces de mort, le trouble plus que de raison, et si chacune de leurs rencontres le met au supplice. Il fera son devoir et en aucun cas il ne cédera au désir qu'elle lui inspire…

Un otage à sauver, de Carla Cassidy - N°625

« Plusieurs enfants sont retenus en otage avec Annelise Taylor, leur enseignante »… En entendant ce nom, Evan se fige et fixe le poste de radio. Que faire ? Certes, son rôle de négociateur du FBI lui ordonne de se précipiter au secours des victimes. Pourtant il hésite car la perspective de revoir Annelise, qui l'a quitté trois ans plus tôt, déclenche en lui une myriade de sentiments qu'il a le plus grand mal à contrôler…

Le passé révélé, de Debra Webb

Quel secret plane sur la disparition d'Andy Clark, vingt-cinq ans plus tôt ? De retour dans sa ville natale, Halle Lane, journaliste d'investigation, publie un article sur ce mystère jamais élucidé. Et voilà que de l'autre bout du pays un homme demande à la rencontrer. Il se nomme Liam Hart et prétend avoir remarqué une étrange ressemblance entre le cliché publié par Halle et des photos de lui enfant…